NÚRIA PRADAS

DER BOULEVARD DER TRÄUME

ROMAN

Aus dem Katalanischen
von Sonja Hagemann

PENGUIN VERLAG

Die Originalausgabe erschien 2020
unter dem Titel *Tota una vida per recordar*
bei Planeta, Barcelona.

Die Übersetzung ins Deutsche wurde gefördert von

institut ramon llull

MIX
Papier aus verantwortungsvollen Quellen
FSC® C083411
www.fsc.org

Klimaneutral*
Druckprodukt
ClimatePartner.com/14044-1912-1001

Penguin Random House Verlagsgruppe FSC® N001967

1. Auflage 2021

Umschlag: bürosüd GmbH
Umschlagmotiv: © Marie Carr/Trevillion Images/mauritius images/
David Tran/Alamy/www.buerosued.de
Redaktion: Anja Rüdiger
Satz: GGP Media GmbH, Pößneck
Druck und Bindung: CPI books GmbH, Leck
Printed in Germany
ISBN 978-3-328-10741-5
www.penguin-verlag.de

Für dich, Clàudia.
Durch dich ist so vieles möglich geworden.
Zum Beispiel dieser Roman.

Ja, Fred Astaire war toll. Man darf aber nicht vergessen, dass Ginger Rogers genau das Gleiche gemacht hat. Nur rückwärts … und mit Stöckelschuhen.

Bob Thaves

April 1932
September 1934

AUF DER JAGD NACH EINEM TRAUM

Jeder Verrückte, der gern Tausende von Zeichnungen für ein paar Meter Film anfertigen will, ist herzlich willkommen.

Winsor McCay

KAPITEL 1

DIE VERGESSENEN

Die Landschaft flog vor den Augen von Sophie vorbei, die den Kopf ans Zugfenster gelehnt hatte und hinausblickte.

Lau und feucht hing die Luft im Waggon.

Sophie schloss die Lider und ließ sich von der Sonne liebkosen, die träge durch die Scheibe hereinfiel. Augenblicklich blitzten in ihrem Kopf Bilder auf, Szenen einer von ihr so sehr herbeigesehnten Zukunft. Monatelang hatte Sophie sich diese Zukunft Nacht für Nacht erträumt, sodass sie nun ihre Gedanken beherrschte und darin keinen Platz mehr für irgendetwas anderes ließ.

Sophie war klar, dass sie auf vieles würde verzichten müssen, um ihr Ziel zu erreichen. Aber sie war dazu bereit, das schützende Nest ihres Elternhauses hinter sich zu lassen, ihre Freunde und die Geborgenheit der geliebten Heimatstadt.

Natürlich hatte Sophie Angst; selbstverständlich hatte die Ungewissheit sie nachts oft wach gehalten. Aber es war ihr gelungen, sich allen Zweifeln zu stellen. An diesem Punkt hatte sich vor ihr ein strahlender Himmel aufgetan, und sie war sich ihrer Überzeugung sicher gewesen: Genau das wollte sie. Sie wünschte es sich mehr als alles andere, koste es, was es wolle. Dafür war sie zu jedem Opfer bereit, sogar zu diesem hier, dem ersten: der langen Reise von New York an die Westküste. Um Los Angeles zu erreichen, musste Sophie nämlich drei lange Tage und drei unendliche Nächte in einem warmen, lauten Zug verbringen, in dem bald alles voller Ruß war.

Allerdings hatte sie nicht damit gerechnet, wie hart die Wochen vor ihrer Abreise werden würden.

Der Zug bewegte sich in gleichmäßigem Rhythmus voran, und die immer größere Entfernung ließ Sophies Erinnerungen langsam verblassen. Aber irgendwann kehrte alles zurück, was sie erlebt hatte, als Erstes die Ereignisse der letzten Stunden. Wie eine scharfe Kralle gruben sie sich ihr in die Brust und lösten ein Gefühl der Leere aus.

»In dieser unglücklichen Zeit müssen Pläne geschmiedet werden, die auf den Vergessenen aufbauen, auf bislang nicht organisierten, aber unverzichtbaren Einheiten wirtschaftlicher Kraft. Pläne wie jene aus dem Jahr 1917, die von unten herauf entstanden sind, nicht von oben hinab, und bei denen man wieder einmal sein Vertrauen in die Vergessenen am Fuß der Wirtschaftspyramide setzt.«

Am Abend des 7. April 1932 wandte sich von Albany in New York aus der Gouverneur des Staates und Präsidentschaftskandidat Franklin D. Roosevelt per Radio an die Nation.

Anders als Präsident Hoover versprach der Herausforderer, sich der Probleme aller Wirtschaftszweige des Landes durch die schwere Krise anzunehmen. Seine Lösungen sollten die tragische Situation der sozial benachteiligten Schichten verbessern, jener Menschen, die die Wirtschaftskrise am eigenen Leib zu spüren bekamen und am meisten darunter litten.

Die Eheleute Simmons hatten sich – ihren unabänderlichen Gewohnheiten entsprechend – wie jeden Abend zur gleichen Stunde im Wohnzimmer eingefunden und warteten auf ihre Töchter, um mit ihnen zusammen zu essen. Ebenfalls wie gewöhnlich hatte Joseph Simmons seinen Platz im Ohrensessel vor dem Kamin eingenommen und las die *New York Times*, während im Hintergrund das Radio lief. Seine Frau Vera saß hingegen mit dem Rücken zum Erker auf dem Dreisitzersofa und strickte.

Das Ehepaar lebte mit seinen beiden Töchtern, Elionor und Sophie, mitten in der Upper West Side in der 74th Street, fast an der Ecke zur Amsterdam Avenue. Sie bewohnten ein Sandstein-Reihenhaus, ein charakteristisches Townhouse, wie sie diese Gegend prägten.

Häuser dieses Stils, der bald als typisch für viele Viertel von New York gelten würde, entstanden seit Beginn des zwanzigsten Jahrhunderts, um die wachsende Mittelschicht zu beherbergen.

Konkret handelte es sich beim Zuhause der Simmons um ein hübsches Gebäude im Italianate-Stil, dessen Eingangstür man wie auch bei den Nachbarn über Stufen mit schmiedeeisernem Geländer erreichte. Unterhalb des Eingangs befand sich der Zugang zum Souterrain.

Im Erdgeschoss gab es große Bogenfenster und einen weiten Eingangsbereich, von dem aus eine Treppe zu den oberen Etagen führte. In den beiden Räumen links und rechts davon hatte Joseph Simmons, ein bekannter und beliebter Arzt, bis vor zweieinhalb Jahren sein Arbeitszimmer und seine Praxis gehabt.

Das Prachtstück des Hauses war ohne Zweifel der gusseiserne Vorbau, der das große Wohnzimmer im ersten Stock zierte. Im Erkerzimmer, wie die Simmons es nannten, fand das Leben der Familie statt. Von jeher kam sie in dem Raum mit weichen Teppichen, Kamin, Radio, bequemen Sofas und Sesseln zusammen, um zu lesen, zu plaudern, Gäste zu empfangen und besondere Anlässe zu feiern. Auf dieser in helles Licht getauchten Bühne spielte sich das Familienleben der Simmons ab, das bis vor Kurzem noch so strahlend und erfüllt gewesen war.

Aber es hatte sich alles geändert, weil der unheilvolle Schwarze Donnerstag des 24. Oktobers 1929 ihr Leben so wie das von Tausenden und Abertausenden Amerikanern auf den Kopf gestellt hatte.

Nur eine Woche nach dem Kurseinbruch beliefen sich die Verluste an der Börse auf etwa achtzehn Milliarden Dollar, was den Gewinnen eines ganzen Jahres entsprach. Weder das Eingreifen des Bankensektors noch das von Finanzriesen wie Rockefeller konnte die Entwicklung stoppen, genauso wenig wie die Versuche von Präsident Hoover, der Bevölkerung Mut zuzusprechen.

Auf die erste Welle von Selbstmorden unter Aktionären, die in wenigen Stunden ein wahres Vermögen verloren hatten, folgte der Mangel an Krediten. Gescheiterte Investoren konnten ihre Schulden nicht bezahlen, wodurch die Banken kein Geld einnahmen. Die Bankreserven schrumpften, was vor allem kleine Sparer und schwächere Firmen traf, sodass viele dieser Unternehmen eins nach dem anderen schließen mussten.

Durch den Börsenkrach hatte Dr. Simmons nicht nur die Ersparnisse eines ganzen Lebens verloren, sondern auch einen Großteil seiner Patienten, die ihn jetzt nur noch im äußersten Notfall aufsuchten.

Seine berufliche Tätigkeit reduzierte sich auf ein paar Hausbesuche hier und da. Aus diesem Grund hatte er irgendwann die Praxis schließen müssen.

Seitdem lag ein trübes Licht über dem bisher so erfüllten und glanzvollen Leben von Vera Simmons.

Vielleicht hatte sie sich deshalb hinter einer dicken Mauer aus Gleichgültigkeit verschanzt und übte sich jeden Tag in der Kunst der Verstellung. Statt ihre Verbitterung zum Ausdruck zu bringen, verhielt sich Vera meistens so, als wäre alles wie immer.

Im Erkerzimmer hatte sie einst zu ihrer Stärke gefunden, deshalb tat sie nun alles, um angesichts des drohenden Verfalls die Pracht des Raumes zu bewahren.

Tatsächlich hatte sich hier nichts verändert. Noch immer verströmten vom Erker aus Azaleen, Pfingstrosen und natürlich New Yorker Rosen ihren Duft wie in den guten alten Zeiten. Die Spitzengardinen filterten das Licht und hielten eine Welt in Aufruhr fern, die Vera nicht verstand.

Joseph hatte die Zeitung zusammengefaltet, die jetzt

auf seinem Schoß ruhte, und lauschte mit voller Aufmerksamkeit den Worten des Gouverneurs:

»So mancher behauptet, eine riesige Investition öffentlicher Gelder vonseiten der föderalen sowie der Staats- und der lokalen Regierungen würde das Arbeitslosenproblem komplett lösen. Aber eins ist offensichtlich: Selbst wenn wir viele Milliarden Dollar aufbringen und sie in nützliche öffentliche Bauvorhaben stecken würden, könnte man mit all diesem Geld nicht die zurzeit sieben oder zehn Millionen erwerbslosen Menschen beschäftigen.«

In diesem Moment kehrte Sophie nach Hause zurück und wurde von der strahlenden Sonne in Empfang genommen, die durch die weißen Gardinen des Erkers hereinfiel. Sophies Wangen leuchteten so rosig wie das abendliche Licht, und ihre Augen glänzten.

Joseph stellte das Radio aus.

Schon bald würde Sophie ihren Abschluss an der Washington Irving High School machen, wo sie sich auf Design spezialisiert hatte, weil sie eine künstlerische Ader hatte. Das hatte sie von klein auf bewiesen und sich an der Washington Irving durch ihr zeichnerisches Talent hervorgetan.

Und da Sophie mit Abstand Josephs liebste Tochter, sein Augenstern, war, platzte er als ihr größter Bewunderer beinahe vor Stolz.

Sophies Mutter hingegen betrachtete ihre Entwicklung mit Unbehagen. Vera war eine Frau, die immer alles genau verstehen wollte: Warum etwas geschah, aus welchem Anlass, wohin es führen würde … Und je vorhersehbarer alles war, desto besser.

Für sie war es konsequent und verständlich, dass Elionor als Tochter eines Arztes Krankenschwester geworden war und in einer Klinik eine Anstellung gefunden hatte. Dafür war sie erzogen worden: für eine anständige Arbeit, nützlich und praktisch, mit der sie sich den Lebensunterhalt verdienen und ihre Zukunft sichern konnte.

Ihre jüngste Tochter Sophie hingegen schien in Veras Augen nur ihre Zeit zu vergeuden, wenn sie stapelweise Blätter mit Figuren bemalte oder Nachmittage lang die Tiere im Zoo beobachtete und zeichnete.

Vera war klar, dass ihr Mann für die ganze Sache mitverantwortlich war, da er die verrückten Ideen des Mädchens noch unterstützte.

Und wenn sie schon einmal dabei war, gab Vera einen Teil der Schuld an Sophies Neigungen auch den Lehrern der Highschool. Vor allem einer von ihnen, ein gewisser Bob Waldman, schien einen großen Einfluss auf Sophie auszuüben und hatte ihr wohl einen Floh ins Ohr gesetzt.

Sophie hatte offensichtlich keine Ahnung davon, was ihrer Mutter da durch den Kopf ging, auf welche Fragen sie vergeblich eine Antwort suchte. Denn an diesem Abend brachte Sophie eine echte Bombe zum Platzen.

»Ich gehe nach Los Angeles«, verkündete sie ganz plötzlich, ohne ihre Eltern zur Begrüßung zu küssen oder auch nur den Hut abzunehmen.

Ja, sie hatte es gleich gesagt und sofort den Eindruck gehabt, dass ihr eine schwere Last von den Schultern genommen war. Aber während sie aufatmete, hingen ihre Worte verloren im Raum, und es breitete sich tiefe Stille aus.

Vera, die beim Stricken völlig in ihre Grübeleien versunken gewesen war, schaute von ihrer Handarbeit auf und funkelte Sophie an, die den Blick abwandte.

Dass dann auch noch ein paar Maschen von der Nadel rutschten, als das Strickzeug mit einer zackigen Bewegung auf dem Sofa landete, verhieß nichts Gutes.

»Würdest du das bitte noch einmal wiederholen?«, brachte Vera schließlich hervor.

Joseph betrachtete Sophie derweil mit neugierigem, aber ein wenig beunruhigtem Blick.

»Ich habe gesagt, dass ich nach Los Angeles gehen will«, wiederholte sie mit kaum vernehmbarer Stimme. Aber sie fasste sofort neuen Mut und fuhr mit begeistertem Lächeln fort: »Ich habe nämlich ein Stipendium für das Chouinard Art Institute und fange im September dort an.«

Dann verstummte sie und wartete beklommen auf die Reaktion ihrer Eltern.

Josephs Augen leuchteten.

Die von Vera hingegen waren weiterhin mit eiskaltem Blick auf ihre Tochter gerichtet.

Da keiner der beiden den Mund aufmachte, fügte Sophie lieber noch hinzu: »Ich hab mich vor Monaten darum beworben, weil Mr Waldman mich dazu ermutigt hat. Chouinard ist die renommierteste Kunstschule …«

»Aber was sagst du denn da, Sophie? Wovon redest du nur?«, fiel Vera nun ihrer Tochter ins Wort und presste mit enttäuschter Miene die Lippen aufeinander.

»Mutter, das ist so eine große Chance, verstehst du das denn nicht? Im Chouinard Art Institute werden sowohl die schönen Künste als auch Gebrauchskunst unterrichtet. Dort kann ich die nötigen Fähigkeiten erwerben, um in einem Trickfilmstudio zu arbeiten.«

Ihre Stimme zitterte ein wenig, da der stechende Blick ihrer Mutter sie weiterhin zu durchbohren schien.

»Das ist mein Traum. Ich möchte Animatorin werden.«

»Dein Traum, sagst du? Hast du mal daran gedacht, in was für einer Situation wir uns gerade befinden?«, versetzte Vera und brachte jede einzelne Silbe voller Bitterkeit vor. Sie nahm ihren Ehemann ins Visier, so als wäre in Wirklichkeit er am Börsenkrach schuld. Dann fixierte Vera wieder ihre Tochter, und ihr noch grimmigerer Tonfall machte den Schmerz in ihrer Seele deutlich: »Womöglich hast du vergessen, dass dein Vater die Praxis schließen musste.«

»Vera …«, versuchte Joseph sie zu unterbrechen.

»Und vielleicht ist es dir ja entgangen, unter welchen Anstrengungen deine Schwester zum Einkommen der Familie beiträgt«, fuhr Vera fort, ohne Joseph zu beachten. »Oder glaubst du etwa, dass es ihr Traum war, den ganzen Tag in einem Krankenhaus am anderen Ende der Stadt zu verbringen?«

Inzwischen hatte jeglicher Mut Sophie verlassen. Trotzdem fasste sie sich ein Herz und versuchte die Argumente ihrer Mutter zu widerlegen: »Mir ist schon klar, dass ich arbeiten werden muss, um mir meinen Lebensunterhalt zu verdienen. Ich habe mir alles gut überlegt, weil ich euch nun wirklich nicht auf der Tasche liegen will. Deshalb habe ich im Laufe des Schuljahrs auch das Geld gespart, das ich mit Zeichenunterricht verdient habe. Dadurch habe ich genug für die Fahrkarte und die ersten Tage. Außerdem hat Mr Waldman für mich ein Empfehlungsschreiben verfasst, er kennt nämlich einen Animator in den Walt Disney Studios und glaubt ...«

»Mr Waldman? Schon wieder dieser Mr Waldman! Warum steckt Mr Waldman die Nase nicht in seine eigenen Angelegenheiten?«, rief Vera immer lauter, während sie empört auf dem Sofa herumrutschte und sich dann an ihren Ehemann wandte, als wäre Sophie gar nicht zugegen.

»Hast du das mitbekommen, Joseph? Kannst du das fassen? Jetzt sag doch auch mal was dazu!«

»Ich denke, wir sollten ihrem Anliegen Gehör schenken.«

»Ich hingegen finde, dass wir ihr schon viel zu viel Aufmerksamkeit geschenkt haben. Sie ist doch erst siebzehn, Joseph, und jetzt will sie ganz allein nach Los Angeles, in den heutigen Zeiten! Begreifst du das nicht? Wie soll sie sich denn ihren Lebensunterhalt verdienen, wenn sie nichts weiter kann als zeichnen? Offensichtlich will sie einmal quer durchs Land fahren ... um in einem Trickfilmstudio zu arbeiten!«

Eisiges Schweigen machte sich im Raum breit, als Vera verstummte.

»Ich wollte immer schon im Bereich Animation arbeiten, Mutter. Für mich sind Zeichentrickfilme die reinste Magie, aber es handelt sich auch um eine Form von Kunst. Und du …«

»Ich? Es reicht, über dieses Thema will ich nichts mehr hören.«

Vera griff wieder nach ihren Stricknadeln und seufzte, als sie die fallen gelassenen Maschen bemerkte.

Sophie betrachtete mit stillem Hilferuf ihren Vater.

Er antwortete mit einer vielsagenden Geste, mit der er sie um Geduld und Zeit bat und auch darum, jetzt erst einmal gefasst zu bleiben.

Als Elionor nach Hause kam und noch in Schwesternuniform den Raum betrat, lief sie gegen eine Mauer aus undurchdringlichem Schweigen.

»Was ist denn los?«, fragte sie, weil ihr sofort klar war, dass etwas nicht in Ordnung war. Wahrscheinlich steckte eine der verrückten Ideen ihrer Schwester dahinter, dachte sie, die ihre Mutter so auf die Palme brachten.

»Was hast du dieses Mal verbrochen?«, fragte sie Sophie in bissigem Tonfall.

Vera stand auf, legte dieses Mal die Handarbeit vorsichtiger weg und verkündete: »Wir essen in einer Viertelstunde, macht euch dafür bitte ein bisschen frisch. Vor allem du solltest dich umziehen, Elionor, du siehst ja furchtbar aus.«

Elionor biss sich auf die Zunge, weil es ja doch nichts brachte, mit ihrer Mutter zu diskutieren, wenn sie diesen schneidenden Tonfall anschlug. Vera begriff offenbar nicht, dass man nach einem langen Arbeitstag im Krankenhaus gar keinen anderen Anblick bieten konnte. Und erst recht nicht nach der Fahrt quer durch New York in einer U-Bahn voller Menschen, die nach Schufterei rochen, nach Müdigkeit und manchmal nach Armut.

Wütend nahm Elionor die runde Haube ab, unter der ihre blonden Locken zum Vorschein kamen, und folgte Vera aus dem Zimmer.

Joseph trat an Sophie heran, die in einen Sessel gesunken war und den Blick auf das geometrische Muster des großen Teppichs gerichtet hielt. Er berührte sie am Ellbogen und zog sie sanft hoch.

»Mein Mädchen, erklärst du mir nach dem Essen die Sache mit diesem Stipendium?«

Sophie lächelte, und ihre grauen Augen begannen wieder hoffnungsvoll zu leuchten.

Es waren zwei Monate mit ständigen Drohungen, voller Unbehagen und Streitereien.

Verletzendes Schweigen empfing Sophie jedes Mal, wenn sie das Haus betrat. Abends legte sie sich nach dem ewigen Kampf mit ihrer Mutter erschöpft ins Bett und ließ ihren Tränen freien Lauf.

An wieder anderen Abenden war es glühende Wut, die ihr Herz erfüllte.

Vera hatte deutliche Worte gesprochen: Sophie war noch minderjährig und würde ohne Erlaubnis ihr Elternhaus nicht verlassen dürfen. Und wenn sie doch wegging, würde man sie eben zur Rückkehr zwingen. Was für ein erniedrigender Gedanke! Aber Vera wollte alles tun, was nötig war, damit sich ihre Tochter diese Idee aus dem Kopf schlug.

Und ihr Vater schien das Handtuch geworfen zu haben.

Aber Sophie hatte inzwischen begriffen, dass ein Traum wie der ihre nicht einfach so in Erfüllung gehen würde. Sie würde dafür etwas riskieren müssen und war dazu bereit. Der Unterricht an der Kunstakademie würde erst im September beginnen. Sophie hatte jedoch beschlossen, direkt nach ihrem Abschluss umzuziehen, um sich ganz in Ruhe in Los Angeles einzurichten und Kontakt zu den Trickfilmstudios aufzunehmen.

Sie würde einfach alles tun, um ihren Traum zu verwirklichen. Vielleicht würde sie nicht sofort Arbeit in einem Studio finden, aber sie hatte zwei Hände und würde im Notfall eben als Tellerwäscherin oder Kellnerin arbeiten.

Sophie hatte sich eine einfache Fahrkarte mit dem Ziel Los Angeles gekauft und ging am Tag des Aufbruchs ohne Abschied aus dem Haus. Es war noch früh. Als sie das einzige Zuhause verließ, das sie je gekannt hatte, krochen langsam die ersten Strahlen der Morgensonne über die Straßen von New York.

Mit dem Koffer in einer Hand und ihrer Zeichenmappe unter dem anderen Arm wanderte Sophie umher, bis sie schließlich genug davon hatte und sich auf den Weg zum Bahnhof machte. Aufgeregt erreichte sie viel zu zeitig die Gran Central Station, wo trotz der frühen Stunde bereits viele Menschen hin und her liefen, die in alle Richtungen unterwegs waren.

Sophie ging am Informationsschalter vorbei und bewunderte wieder einmal die blaue Kuppeldecke mit den in goldener Farbe aufgemalten Sternbildern. Schweigend verabschiedete sie sich von den großen strahlenden Kronleuchtern, den Wandelgängen oberhalb des zentralen Foyers und dem Marmorfußboden, der trotz Tausender stets darüber eilender Füße immer makellos glänzte.

Die junge Frau wusste nicht, wann sie das nächste Mal nach New York zurückkommen würde, zu diesem Bahnhof, nach Hause. Sie wusste ja nicht einmal, ob sie überhaupt je wiederkehren würde.

Beim plötzlichen Gewicht einer Hand auf ihrer Schulter befürchtete Sophie bereits, ihr Traum sei zerplatzt, bevor er auch nur angefangen hatte. Mit heftig klopfendem Herzen drehte sie sich ganz langsam um.

Was sie dann vor sich sah, war allerdings das lächelnde Gesicht ihres Vaters.

Zusammen suchten sie eines der Bahnhofscafés auf und fassten einander bei den Händen, als sie vor zwei Tassen Kaffee saßen. Dann reichte Joseph Sophie einen Umschlag mit Geld.

»Vater, das kann ich doch nicht annehmen … Ihr beide …«

Er ließ sie nicht aussprechen. »Nimm es und sei ganz unbesorgt. Du weißt ja, dass wir ein paar Wertgegenstände verkaufen mussten, um an Bargeld zu kommen. Es ist nicht viel, aber es gehört dir. Und du wirst es brauchen, glaub mir.«

Ihre Hände zitterten vor Rührung, als Sophie das Kuvert in ihre Tasche schob. »Aber Mutter … Wenn sie das erfährt …«

»Mach dir um sie mal keine Gedanken. Das regle ich schon irgendwie, deine Mutter ist nämlich ziemlich vorhersehbar. Ich werde ihr klarmachen, was für ein Skandal es wäre, wenn wir dich unter Zwang zurückholen. Da ist es ihr doch sicher auch lieber, dich glücklich in Los Angeles zu wissen. Außerdem werde ich ihr von all den wichtigen Familien erzählen, die ihre Kinder aufs Chouinard schicken. Du wirst schon sehen, in einem Monat wird sie bereits all unseren Freunden erzählen, dass sie eine Künstlerin zur Tochter hat, die mit einem Stipendium an einer der besten Kunstakademien Amerikas studiert.«

»Dabei wird sie aber nicht erwähnen, dass diese Tochter gern in einem Trickfilmstudio arbeiten würde.«

Wie so oft lachten sie verschwörerisch.

»Weißt du schon, was du nach der Ankunft dort tun wirst?«

»Zunächst schaue ich beim Chouinard vorbei und suche mir eine einfache Unterkunft für die ersten Wochen, bis ich Arbeit finde. Ich habe dir ja bereits erzählt, dass mir mein Lehrer ein Empfehlungsschreiben mitgegeben hat. Er kennt einen der Animatoren aus den Walt Disney Studios persönlich, bei dem ich mich vorstellen und meine Zeichnungen vorlegen soll. Durch Mr Waldmans Empfehlung wird bestimmt alles viel leichter, und vielleicht bieten sie mir eine Halbtagsstelle an. Mr Waldman hat mir erzählt, dass Studenten vom Chouinard bei Walt Disney sehr gefragt sind.«

Sophie lehnte sich auf ihrem Stuhl zurück und seufzte verträumt. »Vater, dieses Stipendium gehört mit zum Besten, was mir im Leben je passiert ist. Und eine Anstellung in den Disney Studios wäre für mich die Erfüllung eines Traums. Wenn Mutter das doch nur verstehen könnte ...«

»Du wirst deinen Weg gehen.«

Joseph betrachtete seine Tochter mit einer Mischung aus Stolz und Wehmut im Blick.

Sophie würde die vielen gemeinsamen Momente des Glücks mit ihrem Vater fest in ihrem Herzen einschließen. Insbesondere den Zauber jenes Nachmittags, an dem er mit ihr ins Kino gegangen war und sie zum ersten Mal gezeichnete Figuren in Bewegung gesehen hatte.

»Es wird spät. Ich muss los zu ein paar Hausbesuchen«, sagte Joseph mit liebevollem, aber müdem Blick.

Die beiden standen auf und umarmten sich lange.

»Bleib einfach du selbst, meine Kleine. Egal, was passiert, sei du selbst und gib deine Träume nicht auf.« Als kaum vernehmbares Flüstern kitzelte die Stimme von Joseph Sophies Ohr. Dann löste er sich widerwillig von seiner Tochter und ging auf das große Foyer zu.

Sophie wurde das Herz schwer, aber sie zwang sich, die Schultern zu straffen und tief durchzuatmen. Jetzt durfte sie wirklich kein Feigling sein. Niemals. Stattdessen wollte sie sich ihres Vaters würdig erweisen.

KAPITEL 2

HYPERION AVENUE 2719

Nachdem der Zug die Mojave-Wüste und das noch verschlafene Pasadena durchquert hatte, erreichte er endlich Los Angeles.

Dort wurde Sophie von drückender Hitze in Empfang genommen und schleppte kraftlos ihren Koffer und die Arbeitsmappe durch den Bahnhof. Sophie stieg in ein Taxi und bat den Mann am Steuer, sie zu einem einfachen Hotel zu bringen, das nicht allzu weit vom Zentrum entfernt lag.

Sie hatte Glück, da der geschwätzige und hilfsbereite Taxifahrer alle Geheimnisse der Stadt zu kennen schien. Ihm kam nicht nur sofort ein Hotel in den Sinn, das genau ihren Vorstellungen entsprechen würde, sondern er kommentierte unterwegs auch alles, was es zu sehen gab, stolz wie ein enthusiastischer Fremdenführer.

Sophie betrachtete, was da vor den Wagenfenstern vorbeizog, und sah trotz der Begeisterung des Taxifahrers bloß eine Art deprimierende Wüstenlandschaft mit vielen leeren Grundstücken.

Im Zentrum waren die Straßen belebter, weil es dort ein paar Lagerhäuser, jede Menge Parkplätze und – in vielen Fällen leer stehende – Bürogebäude gab. Das alles hatte so gar nichts mit der bunten und kosmopolitischen Stadt gemein, aus der Sophie stammte.

Das Taxi hielt auf einer breiten Straße, dem Adams Boulevard. Dem Fahrer zufolge lag er im Westteil der Stadt und war mehr als anderthalb Kilometer lang.

Anderthalb Kilometer lang durchquerte diese Straße die Stadt wie ein Fluss, an dessen Ufern zwischen vielen viktorianischen Häuschen auch die eine oder andere Villa lag, führte in ihr Zentrum und in die südlicheren Viertel. Das Haus am East Adams Boulevard 127 gehörte zu den größeren Gebäuden, und ein Schild verwies darauf, dass es dort freie Zimmer für Gäste gab.

Als das Taxi verschwunden war, stand Sophie wie angewurzelt vor dem Klotz mit den vergilbten Mauern, der von zwei hohen Spitzdächern mit grünen Ziegeln gekrönt war. Durch einen ungepflegten Garten erreichte man eine kleine Veranda mit der Eingangstür.

Sophie ging durch den Kopf, dass der Zahn der Zeit wirklich an allem nagte. Und als sie sich auf der Straße umschaute, wurde dieser Gedanke nur bestätigt.

Die Kleider lagen ausgebreitet auf dem Bett. Blusen, Röcke, Jacken und das ein oder andere Sommerkleid warteten geduldig darauf, in den Schrank geräumt zu werden.

Während Wasser aus ächzenden Rohren in die Wanne lief, wusch sich Sophie im Bad erst einmal das Gesicht.

Als sie danach hochschaute, schien Elionor sie aus dem Spiegel heraus anzusehen. Sophie erwiderte den Blick.

Elionor war eine wahre Schönheit mit großem, schlankem Körper und ähnelte nicht nur in dieser Hinsicht ihrer Mutter.

Auch Sophie war hübsch, aber auf weniger unnahbare Art und Weise. Sie hatte ein angenehmes, herzförmiges Gesicht und helle, weiche Haut. Insgesamt war sie klein wie ihr Vater, schlank und wohlproportioniert, aber sie hatte nicht die gleiche elegante Haltung wie Vera und Elionor.

Elionors früher so langes Haar leuchtete wie Weizen und reichte ihr, der neuesten Mode entsprechend, inzwischen nur noch bis zu den Schulterblättern.

Sophie hingegen wusste, dass ihr selbst so ein Haarschnitt überhaupt nicht stehen würde, weil sich ihre rebellische Mähne ja doch nur aufmüpfig kräuseln würde. Da sich ihre dichten braunen Locken nur bändigen ließen, wenn sie sie zusammenband, wollte sie sie lieber nicht abschneiden.

Beide Schwestern hatten die grauen Augen ihres Vaters geerbt. In dieser Hinsicht ähnelten sie sich also. Oder vielleicht auch nicht, denn in Sophies Augen stand ein Blick voller Neugier, lebendig und oft ganz sanft. Manchmal glitzerte darin auch ein freches Funkeln, während Elionors Blick stets scharf wie ein Messer blitzte.

Sophie verfügte außerdem über einen in ihrer Familie einzigartigen Schatz: zwei Grübchen, die beim Lachen ihre Wangen zierten.

Vera betonte gerne, dass sie keine Ahnung hatte, wo die eigentlich herkamen.

Ja, die beiden Simmons-Schwestern waren wirklich sehr verschieden.

Elionors Verhalten, ihre Gesten und Worte wirkten immer ein wenig hochmütig und kühl.

Sophie hingegen hatte etwas Zerbrechliches an sich, ihr Blick war gütig und zeugte von Seelenruhe und Zuversicht.

Mit ihrem unterschiedlichen Charakteren und Interessen hatten sie einander nie besonders nahe gestanden. Sie waren nie gute Freundinnen gewesen, obwohl Sophie sich immer nach all den schönen Momenten gesehnt hatte, die ihrer Meinung nach zu einer engen Beziehung zwischen Schwestern gehören sollten. Während sie herangewachsen waren, hatten sich die Gegensätze aber nur noch weiter verstärkt, und die Simmons-Schwestern hatten im Leben ganz unterschiedliche Wege eingeschlagen.

Deshalb konnte Sophie einfach nicht verstehen, warum sie jetzt, in der Ferne, ständig an Elionor denken musste. Nur dreieinhalb Tage nach ihrem Weggang von zu Hause fehlte Sophie sogar das selbstgefällige Lächeln, das ihre Schwester üblicherweise auf den Lippen trug.

Vielleicht war Liebe unter Geschwistern ja genau das: sich nach dem Guten zu sehnen und nach dem weniger Guten ebenfalls.

Als Sophie Elionor im Spiegel die Zunge rausstreckte, begann das Bild der arroganten Schönheit zu verschwimmen und verschwand schließlich.

Träge begann Sophie sich auszuziehen. Nach dreieinhalb Tagen im Zugabteil fühlte sie sich schmutzig und klebrig. Damit ihre Haare nicht nass wurden, steckte sie sie sich zu einem hohen Knoten hoch und sank dann ins warme Wasser der Wanne. Mit einem genüsslichen Seufzen schloss sie die Lider und ließ den ganzen Körper von diesem wohligen Gefühl umfangen.

Am nächsten Morgen trat eine energiegeladene Sophie mit leuchtenden Augen und vor Aufregung geröteten Wangen in ihrem besten Sommerkleid auf die Straße. Ja, das Modell aus rosafarbener Shantungseide war bereits ein paar Jahre alt. Aber sie mochte es, denn es ließ sie groß und schlank wirken, weil es sich wie angegossen an ihre Taille schmiegte.

Aus Sophies lockerer Hochsteckfrisur lösten sich hier und da ein paar widerspenstige Locken, die sie unter einer gestrickten kleinen Baskenmütze in derselben Farbe wie das Kleid zu verstecken suchte.

In der rechten Hand trug Sophie die Mappe mit ihren Arbeiten, ihre Visitenkarte. In der Tasche, die über ihrer linken Schulter hing, steckten der Brief ihres Lehrers und folgende Adresse:

Walt Disney Studios
Hyperion Avenue 2719

Von diesem Studio hatte Sophie so oft geträumt und es sich auf unterschiedlichste Arten vorgestellt. Aber keine ihrer Fantasien hatte sie in eine verlassenen Gegend ohne Häuser geführt, in der Unkraut auf den Bürgersteigen wuchs und alle Ecken überwucherte.

Sophie blickte auf der zu dieser frühen Morgenstunde fast leeren Straße nach links und rechts, bis ihr ein kleines

Gebäude neben einer Tankstelle auffiel. Davor standen die einzigen beiden Autos weit und breit.

Das kann doch nicht sein, dachte Sophie, hier bin ich bestimmt nicht richtig! Vielleicht hatte sie sich ja mit der Haltestelle der Yellow Car, der Straßenbahn von Los Angeles, vertan. Plötzlich fühlte sie sich ein wenig verloren, als sie sich langsam der Tankstelle näherte. Das weiß-grüne Gebäude daneben mit dem grünen Ziegeldach und der hübschen Rasenfläche schien einem Märchen entsprungen zu sein. Als sie nahe genug herangekommen war, konnte Sophie die Schrift auf einem Schild an der Tür lesen:

Walt Disney Studios

Sie schluckte, versuchte, ihre Nerven im Zaum zu halten, und schob die Tür zu ihren Träumen auf.

Sophie fand sich in einem großen, durch eine Trennwand unterteilten Raum wieder.

Links und rechts von dem kleinen Eingangsbereich befanden sich zwei geschlossene Türen. Auf den Schildchen daran stand links der Name Walt Disneys, rechts der seines Bruders Roy.

Sophies Herz machte einen doppelten Salto mortale. Da niemand ihre Anwesenheit bemerkt zu haben schien, schritt sie nun den Gang entlang, der sich vor ihr auftat. Zu ihrer Linken sah sie durch eine offene Tür einen großen Bereich, in dem man eng nebeneinander etliche Tische aufgestellt und dabei jeden Zentimeter gut ausgenutzt hatte.

Im dichten Zigarettenrauch erahnte Sophie ein paar Männer, die über Zeichentische gebeugt arbeiteten.

Einen Moment schloss sie die Lider und lauschte begeistert dem süßen Lied von Bleistiften, die übers Papier kratzten. Sie erschufen tausend Geschichten, die bald wie durch Zauberhand zum Leben erwachen würden.

Sophie machte die Augen wieder auf, als hinter ihr jemand fragte: »Kann ich dir irgendwie helfen?«

Die Stimme gehörte zu einer blonden jungen Frau mit einem in leuchtendem Korallenrot geschminkten Mund.

Sophie hatte sie bisher gar nicht bemerkt, riss sich jetzt aber zusammen, klappte den Mund zu und kehrte in die Wirklichkeit zurück. »Äh ... also, ich suche Tom Kinney, weil ich ihm ein Empfehlungsschreiben und meine Arbeiten vorlegen will«, erklärte sie und blickte vielsagend auf ihre Mappe.

Die junge Frau schaute in den Raum hinein, in dem die Männer arbeiteten. »Tom ist noch nicht da, kommt aber bestimmt gleich. Pünklichkeit ist nicht gerade seine Stärke«, sagte sie und lachte.

»Also ... vielleicht könnte ich ja hier auf ihn warten.«

»Natürlich, kein Problem, wenn es dir nichts ausmacht, dabei zu stehen. Einen Stuhl kann ich dir leider nicht anbieten. Die sind hier Mangelware.« Sie zwinkerte Sophie zu. »Ich bin Carol.«

Nachdem sie sich vorgestellt hatte, zuckte Carol unbekümmert mit den Schultern und ging zu ihrem Tisch hinüber. Sophie schaute ihr hinterher. Auf der rechten Seite des Raumes entdeckte sie an einigen maßgefertigten

Tischen mit großen hohen Ablagefächern, in denen man Bilder griffbereit aufbewahren konnte, mehrere weibliche Angestellte. Sie arbeiteten direkt neben den großen Fenstern, durch die Tageslicht hereinfiel.

Carol nahm ihren Platz am Gang ein und war bald in ihre Arbeit vertieft.

Leise ging Sophie zu ihr hinüber und beobachtete eine Weile schweigend und wie hypnotisiert, was die junge Frau da tat. Irgendwann überwand Sophie ihre Schüchternheit und fragte: »Was ist das für eine Folie, an der du da arbeitest?«

Carol blickte nicht einmal auf, während sie antwortete. »Das ist eine Cel, eine transparente Zelluloidfolie. Hast du so was noch nie gesehen?«

Es kam keine Antwort, da sich Sophie gar nicht angesprochen fühlte und nur weiter fasziniert betrachtete, wie Carol das durchsichtige Blatt bemalte. Dabei drängten sich ihr jede Menge weiterer Fragen auf: »Und warum kommt die Farbe auf die Rückseite?«

Mit verschmitzten Lächeln schaute die Koloristin zu Sophie auf. »Man dreht das Bild um und malt innerhalb der Konturen aus Tinte, damit auf keinen Fall Pinselstriche sichtbar werden.«

Sophie gelang nur ein schüchternes Nicken, während sie daran denken musste, was sie über diesen wunderbaren Beruf alles nicht wusste. Sie würde noch so viel lernen müssen!

Plötzlich erschien im Türrahmen ein großer, kräftiger Mann inmitten einer Wolke von Zigarettenrauch. Sophie kam er vor wie eine Geistererscheinung.

Carol schaute wieder ein paar Sekunden von ihrer Arbeit auf und rief: »Diese junge Dame möchte zu dir, Tom.«

Tom Kinney trat näher und reichte Sophie die Hand. »Guten Tag, Miss …«

»Simmons, Sophie Simmons aus New York. Ich bin wegen meiner Ausbildung nach Los Angeles gekommen, weil ich ein Stipendium für das Chouinard Art Institute habe.«

»Fürs Chouinard? Nicht schlecht!«, rief Tom mit beeindrucktem Lächeln aus.

Sophie fühlte sich ermuntert, weiterzusprechen. »Wissen Sie, ich würde auch gern als Trickzeichnerin arbeiten. Also, so weit ich neben dem Studium denn Zeit dafür habe. Ich … hm, habe welche von meinen Bildern mitgebracht, und ein Empfehlungsschreiben von Bob Waldman …«

»Ah, Sie kennen Bob?«

»Er war an der Highschool mein Kunstlehrer und hat mich sehr unterstützt«, erklärte Sophie hastig. Auf einmal schien sie nicht genug Hände zu haben, um Kinney alles zu zeigen, was sie dabeihatte.

»Kommen Sie, wir gehen rüber ins Büro.«

Mit weichen Knien folgte Sophie Tom Kinney in das Büro von Walt Disney, in dem ein großer Tisch aus Nussbaumholz stand. Neben mehreren Stühlen gab es darin auch ein bequemes Sofa, eine Stehlampe und ein paar Regale.

Mit Sophies Zeichnungen in den Händen ließ sich Kinney in Disneys Lehnstuhl hinter dem Tisch sinken und forderte die junge Frau mit einem Blick auf, ihm gegenüber Platz zu nehmen.

Während Kinney interessiert ihre Arbeiten durchsah, betrachtete Sophie die Wand, die sie vor sich hatte. Daran hingen nur drei gerahmte Fotografien, die sich auf der leeren weißen Fläche zu verlieren schienen.

Vom mittleren Bild lächelte eine schöne Frau herunter. Sie wurde links und rechts von zwei Micky-Maus-Figuren eingerahmt, die sie wie treue Soldaten eskortierten.

Sophie musste lächeln, als sie daran zurückdachte, wie sie in New York diese gutmütige Maus zum ersten Mal im Kino gesehen hatte, in *Steamboat Willie*. Ein Zeichentrickfilm mit Ton! Das schien schon ewig her zu sein. Damals, im Jahr 1928, war Sophie bloß ein dreizehnjähriges Mädchen gewesen, das stapelweise Blätter mit Zeichnungen füllte und gerne Trickfilme im Kino sah.

Und nun saß sie in Walt Disneys Büro, wo die Maus mit den großen Ohren sie von der Wand her beobachtete und ihr zuzwinkerte.

Jetzt war Sophie fest davon überzeugt, dass das Universum auf ihrer Seite war.

»Hören Sie mal, Miss …«

»Simmons.«

»Miss Simmons, ja …«

Als Sophie eine Viertelstunde später wieder die staubige, Straße in ihrer traurigen Abgeschiedenheit entlanglief, hatte sie Tränen in den Augen und einen metallischen Geschmack im Mund, der wohl der des Scheiterns war.

Das Gespräch war schnell vorbei gewesen. Freundlich

hatte Kinney ihr dargelegt, dass trotz der wachsenden Beliebtheit der Filme mit Micky im Studio zurzeit auf Sparpolitik gesetzt wurde. Daher konnten sie es sich nicht leisten, noch jemanden einzustellen, vor allem nicht mit einer Halbtagsstelle.

»Im Moment …«, hatte Tom Kinney noch hinzugefügt, bevor er ihr die Hand geschüttelt und sie verabschiedet hatte.

»Und was jetzt, du Träumerin?«, fragte sich Sophie laut, während sie die Straße entlangmarschierte, ohne darauf zu achten, wohin sie da eigentlich ging.

In ihrem Verdruss bemerkte sie das Auto überhaupt nicht, das nahe am Bordstein langsam hinter ihr herfuhr.

Plötzlich hielt der Wagen, und ein äußerst attraktiver Mann sprang heraus. »Miss!«

Mit ihrer Mappe unter dem Arm drehte sich Sophie überrascht um und wischte mit der freien Hand eine verräterische Träne weg. Sie sah den jungen Mann an, ohne zu verstehen, wer er war, was er hier machte und von ihr wollte.

»Entschuldigen Sie bitte, aber ich habe Sie aus dem Studio kommen sehen und gedacht, dass Sie vielleicht Hilfe brauchen. Ich arbeite da, wissen Sie?«

»Sind Sie etwa Animator bei den Disney Studios?«, fragte Sophie mit kaum vernehmbarer Stimme.

»Ja.«

Er sah ihr eindringlich in die Augen.

Sophie konnte seinen Blick nicht erwidern, der von Intelligenz zeugte, aber auch etwas Beunruhigendes an sich hatte. Sie schaute zu Boden.

»Jules Beck, Miss«, stellte sich der junge Mann vor und reichte ihr die Hand.

»Sophie Simmons.«

»Erlauben Sie mir, dass ich Sie ins Zentrum bringe? Oder wohin auch immer Sie möchten. Wenn Sie so weitermachen, haben Sie sich nämlich gleich verlaufen.«

Sophie ließ den Blick über die trostlose Landschaft wandern. »O nein! Darauf hab ich gar nicht geachtet.«

Jules wandte sich zu seinem Auto um. Es handelte sich um ein quadratisches, kompaktes Cabrio, das bereits einige Jahre auf dem Buckel hatte, aber in makellosem Zustand war.

Er setzte sich hinein, öffnete die Beifahrertür und forderte Sophie zum Einsteigen auf.

Als Jules den Motor anließ, schloss sie die Augen und hielt ihre Baskenmütze fest, damit sie nicht davonflog. Sophie lehnte den Kopf gegen den Sitz, atmete ganz bewusst und sog so viel Luft in die Lunge, wie sie nur konnte.

Nach einer Weile hatte sie sich aber an die Geschwindigkeit des Fahrzeugs gewöhnt und fand sie sogar angenehm.

Etwas später saßen Jules und Sophie an einem Tisch mit Blick auf den Hollywood Boulevard zusammen im Henry's. Das Henry's war ein beliebtes Deli in der Nähe der Vine-Street-Kreuzung. Jules hatte zwei Tassen Kaffee bestellt, und für Sophie eine riesige Portion hausgemachten Obstkuchen, den sie nun mit der Gabel bearbeitete.

»Abgelehnt zu werden ist nie angenehm«, sagte Jules,

um die Stille zu durchbrechen, die sich zwischen ihnen eingestellt hatte.

Sophie schaute kurz zu ihm auf und richtete den Blick sofort wieder auf ihren Teller, wo sie weiter den Kuchen malträtierte.

»Aber sehen Sie das Ganze nicht als Scheitern, Miss Simmons.« Er verstummte einen Moment. »Darf ich Sie Sophie nennen?«

Lustlos nickte sie.

»Glauben Sie mir, Sophie, das hat gar nichts mit Ihren Fähigkeiten zu tun. Nachdem Sie gegangen waren, hat mir Tom außerdem selbst erzählt, wie gut Ihre Zeichnungen sind. Er hat auch Ihr Stipendium fürs Chouinard erwähnt.«

Seine Komplimente freuten Sophie und trösteten sie ein wenig. Daher leuchtete nun wieder etwas Hoffnung in ihren Augen. »Das hat er gesagt?«

»Sie sollten den Kuchen auch mal probieren. Der ist wirklich lecker.«

Wenig überzeugt spießte Sophie ein Stück auf die Gabel und schob es sich in den Mund.

»Wenn Sie wirklich in dieser Branche arbeiten wollen, Sophie, dann müssen Sie auch wissen, wie sie funktioniert.«

»Wahrscheinlich werde ich nie in einem Trickfilmstudio arbeiten. Ich war einfach naiv!«

Jules schenkte ihr ein aufmunterndes Lächeln. »Kennen Sie die Kurzfilme mit Oswald?«

»Natürlich.«

»Die hätten das Studio beinahe ruiniert.«

»Wie bitte? Das kann doch nicht sein, schließlich sind sie so berühmt. Ich hätte gedacht …«

Jules hob die Hand, als wolle er darum bitten, das Wort ergreifen zu dürfen. »Nachdem Disney schon seit einem Jahr erfolgreich an dieser Figur gearbeitet hatte, gab es eine Änderung in der Honorarpolitik der Produktionsfirma. Plötzlich wollte Winkler Pictures für jeden Kurzfilm nur noch eine einmalige Vorschusszahlung leisten.«

»Wieso das denn? Disney hatte die Figur doch selbst entwickelt.«

»Allerdings, deshalb hat er das ja auch abgelehnt. Aber Winkler hatte die Rechte an Universal verkauft, womit die Figur Disney nicht mehr gehörte.«

»Wie kann so etwas denn passieren? Das ist ja schrecklich, wie ungerecht!«, ereiferte sich Sophie.

»Charles Mintz, der Besitzer von Winkler Pictures, hat damals ein eigenes Trickfilmstudio eingerichtet, um von diesem Zeitpunkt an die Oswald-Filme zu produzieren. Aber damit nicht genug. Außerdem hat er auch noch die meisten Animatoren der Disney Studios mitgenommen. Nur ein paar der treuesten sind bei Walt geblieben.«

Dies lenkte Sophie endlich von ihrem nagenden Misserfolg ab, und sie lauschte atemlos den Worten des jungen Mannes. »Haben Sie damals schon für Disney gearbeitet?«

»Nein, ich habe erst vor zwei Jahren dort angefangen, 1930.«

»Was für ein Glück!«, murmelte Sophie mit befangenem und ein wenig traurigem Lächeln.

»Jedenfalls ist die Truppe rund um Disney wieder auf die Beine gekommen, dank ...«

»... dank Micky?«

»Ja, dank Micky. Glauben Sie mir, Sophie, das Studio war am Ende. Nicht einmal die Zeichner konnten bezahlt werden, weil kein Geld hereinkam. Aber Disney hat sich nicht unterkriegen lassen und sich auf die Entwicklung von Filmen mit Micky konzentriert, wenn auch zunächst ohne großen Erfolg.«

Jules nahm einen Schluck aus seiner Tasse und verzog das Gesicht. Der Kaffee war inzwischen kalt.

»Bis Ende 1928 *Steamboat Willie* herauskam.«

Ein Lächeln erhellte Sophies Blick. »Den hab ich gesehen. Er ist einfach wunderbar!«

»Ja, und damit ging alles los! *Steamboat Willie* war der erste Zeichentrickfilm mit Ton und wurde ein voller Erfolg. Deshalb betrachtet Disney ihn auch als die wahre Geburtsstunde von Micky und nicht die beiden vorherigen Filme. Dieser große Schritt nach vorn ermöglichte die Einstellung weiterer Zeichner, von denen die meisten keine Erfahrung hatten. Und dazu habe auch ich gehört.«

Gedankenversunken saß Jules da und verlor sich in seinen Erinnerungen.

Sophie fand, dass in seinem Blick etwas lag, was schwer zu erfassen war.

Dann riss Jules sich zusammen und fügte hinzu: »Im Moment arbeite ich an einem neuen Film mit Micky: *Entscheidung im Schnee.*«

Er legte eine Pause ein und sonnte sich in dem bewundernden Blick des jungen Mädchens.

»Die Aussichten für das Studio sind gut. Noch sind die Gewinne zwar niedrig, aber wir arbeiten unter Hochdruck. Und was an Geld hereinkommt, wird in neue Produktionen gesteckt, um Mickys Beliebtheit zu nutzen. Roy Disney kümmert sich um die Finanzen und hält seinen Bruder an der kurzen Leine, weil er auf keinen Fall wieder so harte Zeiten durchmachen will. Deshalb wird im Moment auch kein weiteres Personal eingestellt. Dass man Sie nicht genommen hat, liegt also an den ganz eigenen Regeln dieser Branche, und nicht etwa daran, dass Sie für die Arbeit nicht geeignet wären.«

Sophie lehnte sich zurück und ließ die Schultern sinken, die sie während Jules' Erklärungen angespannt hochgezogen hatte. Resigniert legte sie die Hände in den Schoß, und in ihren grauen Augen stand große Enttäuschung »Das verstehe ich, aber ...«

Am Ende biss sie sich lieber auf die Zunge. Da kümmerte sich dieser junge Mann so freundlich um sie, obwohl sie gar nicht recht verstand, warum eigentlich. Es war ihr peinlich, wie sie hier hockte und mit den Tränen kämpfte.

»Sie haben doch das Stipendium. Konzentrieren Sie sich auf Ihre Ausbildung, und danach ...«

»Ich kann mir Los Angeles aber nicht leisten, wenn ich nicht arbeite!«, entfuhr es Sophie, deren Wangen zu brennen begannen. Sie war pikiert und wollte auf dieses Thema wirklich nicht weiter eingehen. Denn dieser Mann war ja ein Wildfremder, dem sie auf keinen Fall von den Problemen ihrer Familie und den Entbehrungen der letzten Jahre erzählen wollte.

»Vielleicht hätte ich in New York bleiben und mir dort Arbeit suchen sollen. Das wäre in den heutigen Zeiten wohl das Vernünftigste gewesen, aber …« Als sie Jules anschaute, standen ihr Tränen in den Augen, zugleich jedoch all die Hoffnungen, die sie einfach nicht aufgeben wollte.

»… aber ich will mich eben weiterbilden. Ich will mir den Traum erfüllen, Trickzeichnerin zu werden. Und die Entscheidung darüber hat nicht meine Familie zu treffen, können Sie das verstehen?«

»Natürlich!«, antwortete Jules, und seine Stimme wurde ernster, während er Sophies graue Augen betrachtete.

Sophie schaute durch das Fenster nach draußen.

Jules' Worte lenkten ihren Blick aber wieder zu ihm zurück. »Es gibt in Los Angeles durchaus noch andere Studios, wenn auch nicht viele. Aber nicht alle befinden sich in derselben Situation wie das von Disney.«

Jules zog einen Bleistift aus der Innentasche seines Jacketts und schaute sich suchend um, bis er auf dem Nebentisch eine Zeitung entdeckte. Er riss eine Seite heraus und notierte für Sophie darauf einen Namen und eine Adresse.

»Dick Davis?«

»Ja, Dick Davis, ein guter Freund von mir. Jetzt arbeitet er bei den Graphics Studios, aber er war bei Disney, als ich dort angefangen habe, und wir haben uns auf Anhieb gut verstanden. Schauen Sie bei ihm vorbei, Sophie. Zeigen Sie ihm Ihre Zeichnungen und sagen Sie ihm, dass ich Sie schicke.«

Ein glückliches Lächeln vertrieb die Blässe und Verletzlichkeit von Sophies Gesicht, während sie die brennenden Tränen wegzuzwinkern versuchte.

»Warum helfen Sie mir eigentlich?«

Jules war bereits aufgestanden, und sein Gesichtsausdruck wurde ernst, als er antwortete: »Wir haben alle mal klein angefangen.«

Dann zog er den Stuhl für Sophie zurück und berührte sie sanft am Ellbogen, als sie sich den Hut aufsetzte.

»Ich muss zurück zur Arbeit. Wo soll ich Sie absetzen?«

Sie traten auf die Straße und stiegen in seinen Wagen. Wieder brauchte Sophie einen Moment, um sich an das Gefühl des Autofahrens zu gewöhnen. Schon bald ließ sie aber den Blick über den Broadway Boulevard schweifen. Sie stellte fest, dass er voll von eleganten Gebäuden und Hotels mit gepflegten Grünanlagen war, von Restaurants und Luxusboutiquen. Vielleicht hatte Los Angeles ja doch seinen Reiz.

Nachdem sie zuvor nichts anderes im Kopf gehabt hatte als ihre Enttäuschung, hatte sich Sophie inzwischen weit genug beruhigt, um sich ihren Retter mal in Ruhe anzusehen.

Sie betrachtete Jules, der sich am Steuer schweigend auf den Verkehr konzentrierte. Obwohl er die fünfundzwanzig bereits überschritten haben musste, wirkte sein attraktives Gesicht beinahe jugendlich. Er hatte dunkle Augen, einen kleinen schwarzen Schnurrbart, der ihm etwas Weltmännisches verlieh, verführerische Lippen und einen geschmeidigen, eleganten Körper.

Und Jules hatte noch etwas anderes an sich, was ihm eine ausgesprochene Attraktivität verlieh, was Sophie aber nicht so recht benennen konnte. Außerdem war ihr immer noch nicht klar, wieso er ihr eigentlich gefolgt war oder warum er ihr half. Sie wusste rein gar nichts über ihn.

Wer war dieser Jules Beck nur?

Jules war 1906 in Laredo in Texas zur Welt gekommen.

Sein Vater, Elias Beck, war ein brutaler Mann, der seiner Mutter, Wilma, das Leben zur Hölle gemacht hatte, genau wie auch Jules und seinem kleinen Bruder Tyler. Wie viele Kilometer Entfernung auch zwischen ihnen liegen mochten – Jules würde sein Lebtag die groben Hände nicht vergessen, mit denen Elias oft seine Wut an seinen Söhnen ausgelassen hatte. Schon beim Gedanken daran stellten sich Jules die Nackenhaare auf.

Elias Beck war ein riesiger Kerl ohne Beruf oder festes Einkommen, der sich mit kleinen Gaunereien durchschlug. Als Wilma und er sich kennenlernten, war er ein braun gebrannter, energiegeladener junger Bursche, ein selten attraktiver Kerl mit streitlustigem Kinn und eindringlichen schwarzen Augen. Derart makellose Gesichtszüge fand man bei einem Mann nur selten, daher waren auch alle Mädchen hinter ihm her.

Jahrelang hatte Wilma sich gefragt, weshalb das Schicksal ihr nur so böse mitgespielt hatte. Warum hatte Elias ausgerechnet sie unter all den jungen Frauen für die zweifelhafte Ehre auserkoren, das Leben mit ihm zu teilen?

Sie waren nur so kurze Zeit zusammen glücklich gewesen, dass Wilma sich nicht einmal mehr daran erinnerte.

Schon bald fing Elias nämlich an zu trinken, um sein elendes Dasein voller Entbehrungen zu vergessen, für das er alle außer sich selbst verantwortlich machte.

Die Schuld dafür, dass er es im Leben zu nichts brachte, suchte er bei seinen beiden Söhnen, Jules und Tyler.

Wilma erschauderte, wenn Elias sie mit unerbittlichem Blick fixierte und von ihm immer das gleiche Lied kam: »Zu viele hungrige Mäuler, das ist das Problem. Zu viele hungrige Mäuler …«

Und während sich die arme Wilma bei ihrer Arbeit als Putzfrau aufrieb, damit ihre Kinder zur Schule gehen konnten, verlor sich Elias in den Nebeln des Alkohols und kam tage-, manchmal wochenlang nicht nach Hause.

Diese Zeiten ohne ihn waren für Wilma und ihre beiden Jungen glückliche Verschnaufpausen. Obwohl sie meist spät und erschöpft von der Arbeit zurückkehrte, legte Wilma großen Wert auf liebevolle gemeinsame Momente mit Jules und Tyler. Wenn sie zusammen aßen, redeten und lachten, schien ihr Elend dadurch ein wenig gemindert.

Und wie sie zusammen lachten, wenn Elias nicht da war! Die beiden Jungen zeigten die Bilder, die sie gemalt hatten, und ihrer Mutter schwoll vor Stolz das Herz in der Brust.

Nachdem alle ins Bett gegangen waren, lag die arme Wilma dann nachts im Bett, faltete die Hände und betete. Sie flehte, dass ihr Mann nie mehr zurückkehren würde, und dankte Gott für das große Talent ihrer Söhne, durch das sie diesem finsteren Leben vielleicht irgendwann entfliehen würden. Denn Wilma war davon überzeugt, dass die beiden Jungen geborene Künstler waren, dass sie eine Gabe hatten.

Leider kehrte Elias doch immer wieder zurück, und mit ihm hielten auch Schläge, Tränen und Angst wieder Einzug. Irgendwann gingen die Jungen nicht mehr zur Schule, weil ihr Vater sie frühmorgens Zeitungen verkaufen ließ. Ihre Zeichnungen versteckten sie lieber gut vor ihm, weil sie sich Elias' Reaktion auf solche »Kritzeleien« seiner Söhne nicht einmal ausmalen wollten.

Wilma starb im Winter 1928 an einer Lungenentzündung, als Jules zweiundzwanzig Jahre alt war.

Tyler und er waren inzwischen so attraktiv wie einst ihr Vater, groß und sehnig, mit schwarzen Augen, die wie Kohle zu glühen schienen. Der neunzehnjährige Tyler war größer und dünner als sein Bruder. Aber Jules hatte eine natürliche Eleganz, die durch seine einfache Kleidung nicht gemindert wurde.

Nachdem sie ihre Mutter beerdigt hatten, nahm Jules seinen Bruder beiseite. »Hier hält uns jetzt nichts mehr, Tyler, darum lass uns bloß verschwinden.«

Ein wenig erschrocken blickte Tyler ihn aus seinen großen schwarzen Augen an. »Nein, warten wir besser noch ein bisschen.«

»Du sorgst dich doch wohl nicht ...«

»... um Vater? Nein, nein. Aber ich habe etwas Geld gespart und könnte damit endlich Zeichenunterricht nehmen.«

»Einen Zeichenlehrer findest du auch anderswo.«

»Und was ist mit Viola?«

Ungehalten verzog Jules das Gesicht. »Du kannst alle

Frauen haben, die du willst. Was findest du nur an dieser Viola?«

Aber Tyler war eben sehr jung und furchtbar verliebt. Und Jules wollte ihn nicht mit ihrem Vater allein lassen. Daher übte er sich in Geduld und nahm in der Zwischenzeit jede sich bietende Gelegenheitsarbeit an. So, wie er es immer getan hatte.

Er sparte.

Und wartete.

Bis zu jenem Abend.

Wer war dieser Jules Beck, und warum konnte sie ihren Blick nicht von ihm abwenden?, fragte sich Sophie im Auto, während sie zu ihm hinüberschielte. Vielleicht lag es daran, wie er sprach und sich bewegte? Oder an den Dingen, die er sagte? An der Selbstsicherheit, von der jede seiner Gesten zeugte? Oder hatte es vielmehr mit den schwarzen Haaren zu tun, die ihm etwas Verwegenes verliehen, als der Wind sie ihm zerzauste?

Sophie zwang sich dazu, endlich den Blick von Jules abzuwenden, und schaute auf ihre Hände, die in ihrem Schoß ruhten. Dabei merkte sie, wie fest sie das Stückchen Papier umklammert hielt, das er ihr gegeben hatte. Es standen nur ein paar Buchstaben darauf: ein Name und eine Adresse. Aber sie gaben Sophie neue Hoffnung.

KAPITEL 3

DAS CHOUINARD

Das Art-déco-Gebäude des Chouinard Art Institute war im Jahr 1921 erbaut worden und stand im Stadtviertel Westlake im Zentrum von Los Angeles, an der Grand View Street Nummer 743.

In dieser Gegend mit eleganten Villen und erlesenen Geschäften gab es gleich drei der wichtigsten Kunstschulen der Stadt, neben dem Chouinard noch das Otis Art Institute und die Art Center School of Design.

Im Vergleich zur Konkurrenz war das Chouinard allerdings weitaus enger mit der Bildungs- und Kulturszene von Los Angeles verknüpft.

Das Otis hatte erst vor Kurzem eröffnet, und das Art Center war viel grauer als das dynamische Chouinard, wo sich die meisten jungen Leute einschrieben, die die schönen Künste studieren oder sich zu Werbezeichnern ausbilden lassen wollten. Schwerpunkt war bei beiden das Zeichnen.

Sophie betrat die Kunstschule zum ersten Mal an einem Mittag Anfang Juli, an dem der Himmel draußen in intensivem Blau leuchtete.

Obwohl das Schuljahr vorbei war, waren in den Innenhöfen noch immer viele Studierende anzutreffen: Einige von ihnen malten unter freiem Himmel, andere plauderten und lachten, offensichtlich froh darüber, dass nun der Sommer anbrach.

Mit leuchtenden Augen schaute Sophie sich um. Sie musste sich zusammenreißen, um die Begeisterung ein wenig zu zügeln, die in ihr brodelte.

Da sie es kaum erwarten konnte, auch endlich Studentin des Chouinard zu werden, erschien ihr der September unendlich weit weg!

Nun machte sie sich als Erstes auf den Weg zum Sekretariat, um dort alle Formalitäten zu erledigen. Das dauerte seine Zeit; nach erfolgter Einschreibung verließ Sophie aber schließlich mit dem Stundenplan für ihr erstes Semester wieder das Büro. Sie konnte den Blick nicht von dem Blatt Papier in ihrer Hand abwenden, auf dem die Details ihrer baldigen Zukunft vermerkt waren. Ein ums andere Mal las sie die Fächer, die sie ab September belegen würde: Zeichnen, Malerei, Design, Farbenlehre, Komposition … Sophie musste an sich halten, um vor Wonne weder zu hopsen noch zu singen. Nur ungern wollte sie für eine Verrückte gehalten werden, obwohl sich hier niemand groß darum zu scheren schien, was die anderen so trieben.

Als sie auf die Straße hinaustrat, blickte Sophie zum Himmel hinauf. Nicht eine einzige Wolke störte das leuchtende Blau, so wie in diesem Moment auch nichts ihre Freude trübte. Noch vor ein paar Tagen war eine Welt für sie zusammengebrochen, als sie in den Walt Disney Studios die Absage erhalten hatte. Aber inzwischen hatte sich alles wieder eingerenkt.

Sophie kam Jules in den Sinn, der attraktive junge Mann, der ihr mit dem Auto zur Hilfe geeilt war wie ein Märchenprinz auf seinem Pferd. Beim Gedanken an ihn fingen ihre Wangen zu brennen an.

Während sie mit gemächlichen Schritten ohne klares Ziel die Straße entlangschlenderte, merkte sie, wie sehr sie sich wünschte, ihn wiederzusehen.

Sophie hatte am Abend zuvor lange wach gelegen, weil sich dieser Gedanke auch da schon nicht zum Schweigen bringen ließ. Stundenlang hatte sie Vor- und Nachteile abgewogen, einen Entschluss gefasst und ihn sofort wieder verworfen. Sie war erst eingeschlafen, als sie schließlich doch zu einer Entscheidung gekommen war: Sie würde die Disney Studios noch einmal aufsuchen, um Jules Bescheid zu sagen, dass sie jetzt Arbeit in den Graphics Studios hatte. Sich bei ihm für die Empfehlung zu bedanken war für einen anständigen Menschen doch das Mindeste, oder?

Frustriert stieß Sophie die Luft aus und zog die Schultern hoch. Warum bloß diese unendlichen Zweifel?, fragte sie sich. Es war doch sonst nicht ihre Art, sich alles tausendmal durch den Kopf gehen zu lassen.

Unentschlossen schlendernd entfernte sie sich vom Chouinard und blieb dabei vor jedem Schaufenster stehen. Einerseits klopfte ihr Herz bei dem Gedanken an ein Wiedersehen mit Jules heftig, andererseits verlangsamte die Vorstellung ihre Schritte. Am Ende beschloss Sophie, sich mit einem Mittagessen etwas Aufschub zu gewähren.

Daher war es bereits Nachmittag, als Sophie den Eingang des Zeichentrickstudios von einer versteckten Ecke der Tankstelle aus beobachtete, wo sie sich gut verborgen wähnte.

Sophie verstand selbst nicht so genau, warum sie sich hier herumdrückte, statt direkt ins Studio zu gehen oder vor der Tür auf Jules zu warten.

Und das war nicht das Einzige, wofür sie keine logische Erklärung fand: Wie sollte man auch den Sturm erklären, der in ihrem Inneren zu toben schien? Sie wusste es nicht. Und sie konnte genauso wenig sagen, warum jede Faser ihres Körpers gespannt war wie die Saiten einer Geige. Oder wieso ihr die Knie ganz weich wurden, als sie sah, wie Jules Beck aus dem Studio kam und angeregt mit Carol und ihren Korallenlippen plauderte. Und da sie schon mal dabei war, konnte sie erst recht nicht das plötzliche Aufblitzen stechender Eifersucht begreifen.

Am klügsten erschien es ihr nun, den Rückzug anzutreten, bevor sich hier noch eine unangenehme Situation ergab. Sophie wollte wirklich gehen, und einen Moment erschien es auch so, als würden ihre Füße gehorchen und sich in Bewegung setzen.

In diesem Moment bemerkte Jules sie allerdings, hob zum Gruß lächelnd die Finger an die Hutkrempe, verabschiedete sich von der Blondine und kam zu Sophie herüber.

Unwillkürlich presste sie sich eine Hand gegen die Brust. Ihr Herz drohte zu zerspringen.

Sein Lächeln brachte die Herzen der Mädchen zum Rasen, das wusste Jules natürlich, und er machte es sich zunutze. Er war nicht wie Tyler, den die Liebe zu dieser Viola daran hinderte, die Flügel auszubreiten und davonzufliegen.

Verlieben wollte sich Jules nicht, weil ihm vor dem Gedanken graute, sich zu binden. Stattdessen zog er es vor, sich das Leben nicht zu verkomplizieren und sich einfach treiben zu lassen wie ein Schmetterling, der von Blüte zu Blüte flatterte.

So hatte er weiter Pläne für die Zukunft geschmiedet, während er resigniert darauf wartete, dass Tyler endlich für den Aufbruch bereit war. Für die gemeinsamen Projekte würden sie ein Startkapital brauchen, das Jules anzusparen begann. Wegen der großen Wirtschaftskrise gab es immer weniger Arbeit, er hatte jedoch das Glück gehabt, etwas als Kellner in einem Restaurant zu finden. Seine Schichten dort dauerten bis tief in die Nacht, aber es kam wenigstens einiges ans Trinkgeld herein, und er lernte neue Leute kennen. Die Arbeit gefiel Jules, allerdings wollte er sich auch, was das anging, nicht festlegen. Diese Stelle war nur vorübergehend, eine Zwischenstation, bevor er fortgehen und weit weg noch einmal neu anfangen würde.

Bei Jules' Rückkehr nach Hause am frühen Morgen saß Tyler meistens über seine Zeichnungen gebeugt. dann konnte er trotz der großen Erschöpfung oft nicht anders, als sein eigenes Material zu holen und sich zu seinem Bruder zu setzen.

Und wenn Tyler ihm dann neue Techniken zeigte, die er in der Kunstschule gelernt hatte, war die Müdigkeit plötzlich wie weggeblasen.

Die beiden zeichneten gemeinsam, plauderten, auch über Viola, und gingen erst ins Bett, wenn die Morgendämmerung die Sterne am Himmel verjagte.

Elias war nie zu Hause.

Nur dieses eine Mal. In jener Nacht, in der Tyler Blut übers Gesicht lief und seine Zeichnungen im Wohnzimmer des Elternhauses zerrissen und zerfetzt auf dem Fußboden lagen. In jener Nacht, in der Jules' Faust im Gesicht des Mannes landete, den er nie wieder Vater nennen würde.

Wenn er daran zurückdachte, sah Jules jedes Mal rot, und sein Herz machte vor lauter Wut und Hass einen Satz.

Sie brachen noch in derselben Nacht auf, einer wolkenverhangenen Sommernacht ohne einen einzigen Stern. Am nächsten Morgen nahmen die beiden Brüder den ersten Zug nach Los Angeles. Beiden schien das Herz zu Eis erstarrt zu sein.

Als sie in der Stadt ankamen, konnte Jules mit dem angesparten Geld für sie zwar ein Zimmer mieten, allerdings nur ein übles Loch mit einem Fensterchen auf einen Innenhof voller Leinen mit Unterwäsche.

Tyler konnte den Vorfall nicht verwinden und war nicht mehr er selbst. Tagelang sprach er kein einziges Wort und verließ das schmierige Zimmer nicht.

Jules dachte, dass sein Bruder eben Zeit brauchte und schon alles wieder in Ordnung kommen würde. Schließlich war er ja da und kümmerte sich um ihn.

Kurz nach seiner Ankunft las Jules in der Zeitung, dass in den Walt Disney Studios Zeichner gesucht wurden. Darin sah er für Tyler und sich eine große Chance.

Die Dinge standen im Jahr 1930 nicht gut, und es war fast unmöglich, in der Krise eine Stelle zu finden. Menschen irrten durch die Straßen und wussten nicht, wo sie hin sollten, standen vor den Armenküchen für eine warme Mahlzeit am Tag an. Dass in solch einer Zeit ein Zeichentrickstudio Arbeit anbot, war geradezu ein Wunder.

Deshalb war Jules fest entschlossen, sich diese Chance nicht entgehen zu lassen, und hegte große Hoffnungen. Er wollte so schnell wie möglich mit Tyler darüber sprechen. Jules glaubte, oder wollte gern glauben, dass man sie auf jeden Fall nehmen würde, zumindest Tyler. Der war schließlich ein großer Künstler, der bessere von ihnen beiden. Außerdem würde sich sein Bruder durch die Aussicht auf eine mögliche Arbeit dazu gezwungen sehen, das Bett zu verlassen, sich anzuziehen, seine Bilder zusammenzusuchen und sich bei der in der Anzeige angegebenen Adresse vorzustellen.

Was Jules bei der Rückkehr in ihre Wohnung vorfand, ließ ihm allerdings das Blut in den Adern gefrieren: Tyler lag auf dem Strohsack, schlief und hielt dabei eine Flasche Gin im Arm.

Das war zu viel für Jules, der nicht einmal wusste, wie er darauf reagieren sollte. Wie konnte Tyler nur in die gleiche Hölle abgleiten, die seine Kindheit und Jugend zerstört hatte? Ihn zu beschützen brachte gar nichts, dachte Jules. Weder konnte noch wollte er ein solches Drama erneut durchmachen.

Deshalb legte Jules ein paar Geldscheine auf den Strohsack, packte seinen Koffer, griff nach seinen Zeichnungen und verschwand. Von diesem Moment an würde sich sein Bruder im Leben allein durchschlagen müssen, so wie er auch. Vielleicht würde ihn das ja wach rütteln.

Da Micky Maus allmählich auf der ganzen Welt berühmt wurde, erhöhte man bei Disney die Produktion und brauchte mehr Mitarbeiter.

Jules hatte zwar keinerlei künstlerische Ausbildung, aber eine natürliche Gabe und große Motivation. Als er sich im Studio mit seinen Zeichnungen vorstellte, bekam er daher eine Stelle als Inbetweener in der Animationsabteilung.

Seine Aufgabe dort, das Erstellen von Zwischenframes, war ein langweiliges Unterfangen. Jules nahm es jedoch mit Begeisterung in Angriff und beherrschte die Inbetweening-Technik daher schnell.

Deshalb wurde er sechs Monate später befördert und kam in Disneys Ausbildungsprogramm, in dem ein erfahrener Animator eine Gruppe Anfänger unter seine Fittiche nahm. Jules hatte das Glück, dass ihm mit dem Zeichenveteranen Ben Sharpsteen ein zwar strenger, aber gerechter Lehrmeister zugeteilt wurde. Bei ihm blieben keine Fragen unbeantwortet, und er war immer bereit zu helfen, wenn es bei seinen Schülern mal hakte. Sharpsteen legte großen Wert auf eine aufmerksame Analyse von Bewegungen, eine gute Inszenierung und sorgfältige Ausführung der Zeichnungen. Für Erfolg in diesem Beruf hatte er ein einfaches Rezept: »Es gibt keine Abkürzungen. Ihr müsst schlicht und ergreifend lernen, eure Aufgabe gut zu machen, euer Handwerk zu beherrschen!«

Die Monate der Ausbildung wurden nicht bezahlt und ließen den Teilnehmern keine Zeit, um nebenher noch einer anderen Arbeit innerhalb oder außerhalb des Studios nachzugehen.

Deshalb musste Jules irgendwie mit dem Geld über die Runden kommen, das er während seiner Zeit als Inbetweener gespart hatte. Infolgedessen aß er nur einmal am Tag, manchmal sogar überhaupt nicht, und saß eines Morgens ganz kraftlos und benommen an seinem Zeichentisch.

Das entging Ben nicht. »Was ist denn los, mein Junge?«

»Nichts, keine Sorge. Ich gehe nur eben und spritze mir ein bisschen Wasser ins Gesicht.«

Sein Ausbilder kaufte ihm die Ausreden aber nicht ab und sprach mit seinem Chef: »Walt, diese jungen Burschen geben zum Teil einfach alles. Im Gegenzug müssten wir ihnen schon eine Kleinigkeit zahlen, damit sie ihren Lebensunterhalt bestreiten können. Unsere Leute dürfen doch keinen Hunger leiden!«

Als Walt Disney höchstpersönlich Jules in sein Büro kommen ließ und ihn darüber informierte, dass er während der restlichen Ausbildung zwölf Dollar pro Woche verdienen würde, wäre Jules beinahe in Tränen ausgebrochen.

Er stürzte sich mit aller Kraft in die Arbeit und war 1935 bereits Trickfilmassistent. Für ihn war das Personal der Disney Studios seine einzige Familie, und Ben wurde für ihn immer mehr zu der Vaterfigur, die in seinem

Leben gefehlt hatte. Auch Walt persönlich fühlte er sich zu ewiger Dankbarkeit und Loyalität verpflichtet.

Jules und Sophie gingen zusammen wieder ins Henry's auf dem Hollywood Boulevard.

Dieses Mal bestritt Sophie mit der ihr eigenen Ungezwungenheit den Großteil der Unterhaltung, während sie hungrig ein Stück Himbeerkuchen vertilgte. »Wissen Sie, Mr Davis war wirklich unglaublich nett zu mir.«

»Hatte ich es Ihnen nicht gesagt?«

Sophie redete ohne Punkt und Komma, als hätte sie Angst, Jules nicht alles erzählen zu können, worüber sie gerne mit ihm sprechen wollte. Jeder Einfall, jede Empfindung wurde mit lebhaften Gesten unterstrichen, und auf ihrem strahlenden Gesicht verschwanden die Grübchen gar nicht mehr.

Jules betrachtete das junge Mädchen verblüfft. Diese Sophie hatte so gar nichts mehr mit der niedergeschlagenen und antriebslosen Miss Simmons zu tun, die er vor einer Woche kennengelernt hatte.

»Am Montag fange ich an und werde vorläufig jeden Tag dort arbeiten, bis im September der Unterricht an der Kunstakademie losgeht. Ich wurde fürs Kolorieren eingeteilt. Tja, mein Traum ist es nicht gerade, so viele Stunden lang etwas auszumalen. Also, wenn ich ehrlich bin, hatte ich … Ich hatte eher auf etwas … im Bereich Animation gehofft. Statt Farbe auf Bilder aufzubringen, würde ich sie lieber zum Leben erwecken … oder es zumindest lernen«, meinte sie lachend. Sie war so glücklich. »Aber es ist immerhin ein Anfang, meinen Sie nicht?«

Zur Stärkung nahm sie erst einmal einen großen Schluck Kaffee.

»Mr Davis hat mir eine erfahrene Kollegin zur Seite gestellt, Marion Altwell, die mir ein bisschen auf die Finger gucken wird. Sie ist im Kolorieren sehr bewandert, daher kann ich sicher viel von ihr lernen.«

Mit einem Seufzen schob sich Sophie das letzte Stückchen Kuchen in den Mund, während Jules sie amüsiert betrachtete. Er hatte sich längst damit abgefunden, gar nicht zu Wort zu kommen.

»Im Ernst, sie ist wirklich eine außergewöhnliche Frau. Wissen Sie, wir haben eine Weile geplaudert, und dabei hat sie mir erklärt, dass die Arbeit mit Tinte und Farben eigentlich immer von Frauen übernommen wird. Das ist schon besorgniserregend, finden Sie nicht? Meiner Meinung nach haben sie ihre Stelle ja nicht nur bekommen, weil sie Frauen sind, schließlich gibt es auch Männer in diesem Bereich. Es kommt doch ganz auf die Fähigkeiten des Einzelnen an, oder? Wenn man Talent hat, sollte man mit Zeit und Anstrengung jedes Ziel erreichen können, egal, ob Mann oder Frau. Und ich will eben Animatorin werden. Was halten Sie denn davon?«

Jules lächelte ein wenig herablassend und erklärte dann ernst: »Es gibt unter den Trickzeichnern keine Frauen, Sophie.«

»Was soll das heißen? Dass die Welt der Animation Frauen verwehrt ist?«

»Nein, das habe ich nicht gesagt. Natürlich gibt es in unserer Branche Frauen und sogar große Künstlerinnen. Aber eben keine Trickzeichnerinnen.«

Sophies Lächeln war wie weggewischt. »Und darf man vielleicht wissen, warum?«

»Walt sagt immer, dass die Bewegungen nicht fließend genug sind, wenn Frauen etwas animieren.«

»Und das glauben Sie?«

Jules antwortete nicht, weil er plötzlich abgelenkt war. Ein Strahl der untergehenden Abendsonne fiel nämlich durch die Fensterscheibe herein und ließ das braune Haar des jungen Mädchens erglühen.

Da Jules Sophie unablässig fixierte, begannen deren Wangen zu brennen. Eine rebellische Locke fiel ihr in die Augen.

Am liebsten hätte Jules sie ihr aus der Stirn gestrichen und presste daher angestrengt die Hände zusammen, um es nicht zu tun.

Als nun beide ein wenig unruhig auf ihren Stühlen herumrutschten, hüstelte Jules. Rasch suchte er nach einem neuen Gesprächsthema. »Woher kommt eigentlich Ihre Begeisterung für den Zeichentrickfilm?«

Sophie wandte den Kopf und blickte durchs Fenster hinaus auf den geschäftigen Hollywood Boulevard. Nach den wärmsten Stunden des Tages schien er nun wie ein schlafendes Tier aus seiner Lethargie aufzuwachen und füllte sich mit Fußgängern und lärmenden Autos.

»Das Thema hat mich von klein auf fasziniert. Zu Hause in New York hat sich mein Vater früher einen Nachmittag in der Woche freigehalten, um mit meiner Schwester Elionor und mir einen Spaziergang zu machen.«

Die Erinnerungen daran ließen Sophie seufzen.

»Elionor hatte davon irgendwann die Nase voll, weil sie sich für andere Sachen interessiert hat: Sie hatte Klavier- und Tanzunterricht. Durch die Stadt zu laufen war ihr hingegen zu langweilig. Aber ich fand es toll, New York an der Hand meines Vaters zu erkunden. Manchmal sind wir in eine der elektrischen Straßenbahnen gestiegen und …«

Sie schaute auf und fixierte ihr Gegenüber mit ihrem Blick aus den schönen grauen Augen.

»Eines Abends ist Vater mit mir ins Kino gegangen, ich meine, es wäre irgendwo in der 110th Street gewesen, in der Nähe der Fifth Avenue. Vor dem eigentlichen Film wurden ein Vorfilm und einer mit Zeichentrickfiguren gezeigt. Wir haben oben in einer Loge in der ersten Reihe gesessen, und ich habe mich so weit vorgelehnt, dass ich nur durch ein Wunder nicht über das Geländer gekippt bin. Viel gefehlt hat da nicht, aber ich konnte einfach nicht fassen, was ich da gesehen hatte. Da waren Zeichnungen zum Leben erwacht!« Sophie schob sich die rebellischen Locken aus dem Gesicht.

»Von diesem Moment an war Trickfilmzeichnen mein Traum. Ich habe mich auf den Kunstunterricht konzentriert und irgendwann nichts anderes mehr gemacht, als immer nur zu zeichnen. Nur habe ich mir dabei die ganze Zeit gewünscht, dass meine Figuren sich bewegen würden. Ich wollte sehen, wie sie zum Leben erwachen, über einen Bildschirm tanzen!« Schüchtern legte sie sich dann die Hand vor den Mund. »Oh, Jules, es tut mir leid, dass ich Sie hier so lange aufhalte. Dazu habe ich nun wirklich kein Recht.«

Sophie fuhr hoch und griff nach Hut und Tasche.

Jules hingegen rührte sich nicht. »Ich habe mir da etwas überlegt, was Sie vielleicht interessiert.«

Neugierig ließ sich Sophie wieder auf den Stuhl sinken.

»Als wir uns kennengelernt haben, habe ich Sie doch an diesem Hotel abgesetzt …« Er legte eine Pause ein, während er sich eine Zigarette anzündete. »Sagen Sie mal, Sie wollen hoffentlich nicht auf Dauer in dieser Absteige bleiben, oder, Sophie?«

»Nein, aber bei meinem niedrigen Gehalt bleibt mir vorläufig nichts anderes übrig. Und wenn ich nur noch halbtags arbeiten kann, werde ich noch weniger verdienen, worüber ich lieber gar nicht nachdenken möchte. Ich habe zwar etwas Erspartes, kann mir eine eigene Wohnung zurzeit aber nicht leisten. Wie Sie gesehen haben, ist mein Hotel ganz einfach, eigentlich eher ein Gästehaus. Daher ist es billiger als etwas Eigenes, und ich muss eben sparen.«

Jules stieß eine Rauchwolke aus, während seine Augen verschmitzt blitzten. »Genau darum geht es auch, ums Sparen.«

»Was meinen Sie damit?«

»Eine Bekannte von mir sucht eine Mitbewohnerin, mit der sie sich die Nebenkosten teilen kann. Es handelt sich um eine möblierte Wohnung, nichts Besonderes, das will ich gleich klarstellen.«

»Das klingt ja wirklich interessant.«

»Soll ich Ihnen Namen und Anschrift notieren?«

»Auf einem Blatt Zeitungspapier?«

Belustigt schauten sie einander an und brachen in Gelächter aus.

Die Adresse, die Jules ihr gegeben hatte, führte Sophie in die Nähe einer Schule, des Beverly Hills Institute, in einem Viertel mit vielen möblierten Wohnungen. Denn Los Angeles war eine Durchgangsstation, eine Stadt, in der ständig neue Menschen auf der Suche nach Arbeit und ihrem Glück eintrafen und andere wieder gingen, um in ihre Heimatorte zurückzukehren. Oft waren sie mit ihren Träumen gescheitert.

Erfreulicherweise handelte es sich um eine angenehme Gegend, in der am Morgen viele Menschen unterwegs waren, hauptsächlich Schüler. Sophie nahm verblüfft zur Kenntnis, dass sie alle mit einem eigenen Auto zu kommen schienen, aber sie wirkten generell wie Söhne und Töchter aus gutem Hause.

Offensichtlich hatten sie es auf dem Weg zum Unterricht auch nicht eilig, denn sie machten die Straße zu ihrem Treffpunkt, wo sie plauderten, rauchten und wohl auch heimlich Alkohol tranken.

Als Sophie schließlich ihr Ziel erreichte, war die Enttäuschung groß. Sie überzeugte sich noch zwei-, dreimal davon, dass es sich wirklich um das richtige Gebäude handelte. Tatsächlich, die heruntergekommene Autowerkstatt, über der sich noch eine obere Etage befand, entsprach der Adresse auf ihrem Zettel.

Sophie betrat das Haus durch einen Eingang links von der Werkstatt und stieg missmutig die enge Treppe mit ausgetretenen Stufen hinauf, die zur einzigen Tür im ersten Stock führte. Während sie auf die Klingel drückte, dachte Sophie insgeheim, dass sie Jules Beck dieses Mal nicht ganz so dankbar für seine Hilfe sein würde.

Als die Tür aufging, strahlten Sophie zwei grüne Mandelaugen an, die wie die einer Katze leuchteten.

Sie gehörten Lissette.

»Bist du Sophie? Na los, komm rein.«

Lissette war eine jener jungen Frauen, die überall für Aufsehen sorgen, groß und schlank mit langen Locken in einem leuchtenden Mahagoniton. Dazu kamen diese riesigen grünen Augen. Durch den seidenen Morgenmantel mit orientalischem Muster, den sie trug, wirkte sie wie eine exotische Schönheit.

Sophie schaute sie mit offenem Mund an.

»Ich bin Lissette Lefevre! Tyler hat mir schon von dir erzählt.«

»Tyler?«

»Ja, mein Exfreund. Ah, Moment! Ich glaube, er hat erwähnt, dass du mit seinem Bruder Jules befreundet bist, oder?«

Lissette redete schnell, und überhaupt hatte alles an ihr etwas Schwungvolles an sich: ihre Art, zu sprechen, ihre Schritte, ihre Gesten.

»Na, komm, ich zeige dir erst mal alles. Über die beiden können wir uns später noch in Ruhe unterhalten.«

Sophie durch die Wohnung zu führen dauerte nicht lange, da das Apartment winzig war.

Wenn man es betrat, stand man direkt im größten Raum, der zugleich als Küche, Ess- und Wohnzimmer diente. Darin gab es einen recht großen Tisch, drei Stühle und ein Sofa. In einer Ecke befanden sich zwei Schränke, ein Spülbecken und ein billiger Herd. Ein schmaler Flur führte zu einem Zimmer, in dem nur Platz für ein Doppelbett, einen Spiegelschrank und einen Nachttisch war. Daneben lag ein kleines Badezimmer.

»Aber es gibt hier ja nur ein Bett!«, rief Sophie aus, nachdem sie den kurzen Rundgang beendet hatten.

»Keine Sorge, das Sofa kann man ausziehen, und ich versichere dir, dass es riesig und wesentlich bequemer ist als das im Schlafzimmer.«

Als Lissette daraufhin ein fröhliches Lachen ausstieß, betrachtete Sophie sie mit großen Augen. Sie war einfach sprachlos, aber Lissette schien das gar nicht zu bemerken und pries weiter die Vorzüge der Unterkunft an.

»Hier, diesen Schrank hab ich leer geräumt, damit du deine Sachen darin unterbringen kannst«, sagte sie und öffnete ein winziges Möbelstück, das unauffällig in einer Ecke stand.

Dann deutete sie auf den Tisch, der den größten Teil des Wohnbereiches einnahm. Seine Platte glänzte sauber und poliert, und in der Mitte stand auf einem fröhlichen kleinen Tuch mit buntem Muster eine Obstschale.

»Dieser Tisch ist sonst immer voll mit meinem Kram. Weißt du, ich bin nämlich Schneiderin, und das hier ist mein Arbeitsplatz.« Sie senkte die Stimme. »Heute habe ich ihn mal leer geräumt, weil ich ja wusste, dass du kommen würdest …«

»Ah!«

»Tyler hat mir gesagt, dass du Zeichnerin bist. Weißt du,

er auch.« Lissette machte eine Pause und setzte eine Miene auf, die Sophie nicht zu interpretieren wusste. »Falls du zu Hause arbeiten musst, würde hier vielleicht ein Tischchen zwischen den Küchenbereich und den Verteilerkasten passen. Oder Regalbretter, was du eben so brauchst. Das kann man alles irgendwie einrichten, meinst du nicht?«

Als Lissette nun mit erwartungsvollem Blick verstummte, schaute Sophie sich erst einmal in Ruhe um.

Die Wohnung war wirklich klein, der reinste Schuhkarton. Aber sie wirkte so gemütlich, dass Sophie sich hier mit Sicherheit wohler fühlen würde als im Hotel. Und Lissette war offenbar sehr sauber und ordentlich, denn hier lag nichts einfach so herum, und der wenige Platz wurde perfekt ausgenutzt.

Die Fenster des Wohnraums waren mit hübschen selbst genähten Blümchenvorhängen versehen, und auf dem Tischchen im Schlafzimmer war Sophie eine Vase mit Blumen aufgefallen. Lissette selbst schien eine äußerst warmherzige junge Frau zu sein, die bestimmt eine gute Mitbewohnerin abgeben würde.

Diese potenzielle Mitbewohnerin musterte Sophie weiterhin eindringlich. »Also … was meinst du?«

Bevor Sophie den Mund aufmachte, blitzten hinter ihrer Stirn Bilder von ihrem Elternhaus auf, von ihrem eigenen Zimmer und dem Erkerzimmer, von der großen Küche, die Platz für ein gemeinsames Frühstück mit der ganzen Familie bot.

Lächelnd dachte sie daran, was für ein Gesicht ihre Mutter angesichts einer solchen Behausung für ihre Jüngste wohl machen würde.

»Ja, ich ziehe ein«, sagte Sophie schließlich, und Lissette fiel ihr begeistert um den Hals.

Lissette Lefevre war zwanzig Jahre alt und in San Francisco zur Welt gekommen. Sie verdiente sich ihren Lebensunterhalt damit, Kleidung zu flicken oder für ihre wenigen Kundinnen Modelle aus Luxusboutiquen zu kopieren. Dabei träumte sie allerdings davon, als Designerin für die Filmindustrie zu arbeiten und die großen Leinwandstars einzukleiden.

Genau wie Sophie war auch sie mit einem Koffer voller Träume in Los Angeles angekommen. Aber diese Träume waren eben nicht leicht zu verwirklichen.

Seit dem Börsenkrach war das Leben im ganzen Land von Entbehrungen geprägt, daher war es für eine Schneiderin schwierig, beruflich weiterzukommen. Im vorherigen Jahrzehnt hatten Freiheit und Modernität in den Kleiderschränken der Frauen Einzug gehalten, aber jetzt war es nicht mehr so einfach, glamouröse Mode zu erschaffen.

Zumindest wusste Lissette ganz genau, dass sie die bei ihren Kreationen angestrebte Raffinesse nicht mehr in Europa zu suchen brauchte, sondern in Hollywood, das mit seinen Stars bald in eigenem Glanz erstrahlen würde.

Hollywoods in Silbersatin gehüllte Leinwandgöttinnen dienten Lissette als Inspiration. In der momentanen Krise waren nämlich Frauen aller sozialen Schichten empfänglich für die ergreifenden Dramen und extravaganten Musicals in den Kinosälen. Sie brauchten diese kleinen Fluchten aus dem Alltag, durch die sie für ein paar Stunden in die glitzernde Welt der Stars entfliehen konnten. Und die junge Schneiderin bot ihren Kundinnen die erwünschte Verwandlung durch die Mode, die sie schuf, sich von den Leinwandstars abguckte oder den Modellen jener unerreichbaren Paradiese, der teuren Luxusgeschäfte, nachempfand.

Das Schönheitsideal hatte sich inzwischen von den androgynen Flappern der 1920er Jahre entfernt und war fraulicher geworden; es verlangte nach einer schlanken Figur, aber mit weiblichen Rundungen. Man trug wadenlange, elegante Kleider und dazu nicht zu lange platinblonde Locken wie Carole Lombard.

Abgesehen davon, dass sie in Bezug auf Mode klare Vorstellungen und große Träume hatte, war Lissette bei der Arbeit unermüdlich und verfügte über ein natürliches Talent, wenn es ums Entwerfen und Anfertigen von Kleidung ging. Auf dem Tisch der kleinen Wohnung, die sie sich bald mit Sophie Simmons teilen würde, stapelten sich stets halb fertige Projekte: Jacken mit breiten Schulterpolstern, Blusen mit Puff- oder Trompetenärmeln, Kleider mit Abnähern, Strickmodelle nach der Art, wie sie vor einigen Jahren durch Coco Chanel in Mode gekommen waren, oder Abendkleider mit Glitzersteinen rund um den Ausschnitt. Einige dieser Kleidungsstücke nähte Lissette im Auftrag von Kundinnen, andere fertigte sie aus eigenem Antrieb an und hoffte darauf, sie später verkaufen zu können. In jedem Fall war Lissette stets gut beschäftigt.

Und eine sowohl kreative als auch günstige Schneiderin wie sie war die Rettung für viele Frauen, die in diesen Zeiten mit finanziellen Schwierigkeiten zu kämpfen hatten, darunter sogar manche frühere Käuferin von Haute Couture. Ähnlich verhielt es sich bei angehenden Schauspielerinnen, für die ein gut gefüllter Kleiderschrank ein wichtiges Kapital war.

Und so gewann Lissette Lefevre nach und nach immer mehr Kundinnen.

Da sie beide aufgeschlossene, fröhliche und kontaktfreudige junge Frauen waren, verstanden sich Sophie und Lissette auf Anhieb gut. Wobei diese Eigenschaften bei dem Wirbelwind Lissette mit ihrer ansteckenden, enthusiastischen Art besonders ausgeprägt waren.

Inzwischen wohnten die beiden seit einer Woche zusammen, und Sophie erfuhr nach und nach so einiges über ihre neue Mitbewohnerin. Zum Beispiel, dass sie in Wirklichkeit gar nicht Lissette hieß.

»In meinem Beruf«, erklärte die junge Schneiderin, »ist ein französischer Name einfach von Vorteil. Außerdem finde ich ›Lissette‹ wunderschön, das hat so etwas Liebliches.«

»Und wie heißt du wirklich?«

Die junge Frau wurde ernst und runzelte die Stirn. »Margaret Larson. Kannst du das fassen? Margaret Larson! So ein Name würde wohl jede Karriere ruinieren.«

»Jetzt übertreib mal nicht, der klingt doch sehr hübsch.«

»Das sagst du nur, weil du nicht weißt, wie in der Filmindustrie der Hase läuft. Eine Margaret Larson würde wohl kaum bei einem großen Studio Arbeit als Kostümdesignerin bekommen. Lissette Lefevre hingegen … findest du nicht, dass dieser Name Erwartungen weckt?«

Sophie wollte auf die Frage antworten, kam aber nicht dazu, weil ihre Mitbewohnerin ihr bereits mit dem Finger drohte: »Du musst mir versprechen, dass du mein Geheimnis niemals verraten wirst. Das würde meine Karriere ruinieren!«

Ja, so war Lissette: strahlend, schön und nicht dazu in der Lage, mal eine Minute den Mund zu halten. Ein loderndes Feuer.

Sophie fand die Sache mit dem Namen zwar nicht so dramatisch, wollte diesbezüglich aber keine Diskussion anfangen und versprach absolute Diskretion.

Überrascht war Sophie auch, als sie eines Tages beim gemeinsamen Abendessen herausfand, dass Lissette fast ein Jahr lang zusammen mit Tyler Beck in dieser Wohnung gelebt hatte.

»Als wir uns getrennt haben, habe ich mir natürlich wegen der Miete Sorgen gemacht. Aber Tyler ist ein Schatz und hat mir versprochen, sich nach einer möglichen Mitbewohnerin für mich umzusehen. Er hat mit seinem Bruder gesprochen, damit er sich ein bisschen umhört, und jetzt bist du hier bei mir!« Lissette zwinkerte ihr zu. »So sind die Beck-Brüder nun mal. Einfach unwiderstehlich, wie du bei Jules wohl schon festgestellt haben dürftest.«

Hastig versuchte Sophie, das Gespräch in eine andere Richtung zu lenken: »Warum habt ihr euch denn getrennt, Tyler und du?«

Lissette ließ den Apfel, den sie gerade schälte, auf ihren Teller sinken, und seufzte dramatisch. Ihre Miene wurde finster, und sie setzte den typischen matten Blick der Leinwandheldinnen auf, die sie so bewunderte. Alles an ihr war pathetisch, theatralisch. Oder sollte man vielmehr sagen, filmreif?

»Als der Zauber der ersten Verliebtheit verflogen war, wurde Tyler immer rücksichtsloser.« Lissette betrachtete Sophie, um zu sehen, welchen Eindruck diese scheinbar einstudierten Worte auf ihre neue Mitbewohnerin machten. Dann nahm sie sich wieder des Apfels an, während sie fortfuhr: »Außerdem mag ich nach außen hin ziemlich emanzipiert wirken, aber ich habe immer an eine Beziehung zwischen zwei Personen geglaubt, nicht drei oder vier!«

»Soll das etwa heißen, dass Tyler dich betrogen hat?«

»Ständig, meine Liebe.«

Verblüfft, geradezu fassungslos, saß Sophie da und wusste nicht, was sie sagen sollte.

Während Lissette aufstand, um den Tisch abzuräumen, kehrte das übliche Funkeln in ihre Augen zurück. Sie gehörte nicht zu den Menschen, die sich gerne in unangenehmen Erinnerungen suhlten.

Nach erledigter Arbeit setzte sie sich wieder, schob die Hand in die Tasche ihres Morgenmantels, holte ein Päckchen Zigaretten hervor und bot ihrer Mitbewohnerin eine an. Als Sophie ablehnte, steckte sich Lissette selbst eine an und zog daran.

»Aber keine Sorge. Wenn unsere Beziehung nicht funktioniert hat, dann sollte es eben nicht sein. Vermutlich waren wir einfach nicht füreinander gemacht. Ich will nun wirklich nicht, dass du schlecht von Tyler denkst.«

Während Sophie sie fasziniert betrachtete, stieß Lissette eine große Spirale aus Rauch aus und fügte mit melancholischem Blick hinzu: »Er ist nämlich ein guter Kerl.«

KAPITEL 4

GEWERKSCHAFTEN

Weihnachten rückte mit großen Schritten näher, und Sophie würde das Fest zum ersten Mal weit weg von ihrer Familie allein in Los Angeles begehen. Daher sah sie den Feiertagen mit ebenso finsterer Miene entgegen wie all die Gestalten, die sich durch die Straßen der Stadt schleppten. Nur wenige konnten sich auf Weihnachten freuen, weil das Land die bisher schwersten Jahre der Weltwirtschaftskrise durchmachte. Die wichtigen Industriezweige, der Handel, die ganze Wirtschaft befand sich immer noch im Schockzustand, was Arbeitslosigkeit und Hunger mit sich brachte. Jene Zeiten, in denen junge, fröhliche Flapper zu Jazzmusik getanzt und sich nicht um das Morgen geschert hatten, schienen inzwischen ganz weit weg.

Bei Sophie kam außerdem noch die Müdigkeit der letzten Wochen hinzu. Seit das Schuljahr an der Kunstakademie begonnen hatte, durchquerte sie auf dem Weg zum Unterricht am Morgen einmal die ganze Stadt und arbeitete am Nachmittag im Studio. Zusätzlich absolvierte sie am Samstag einen kompletten Arbeitstag, der manchmal bis Mitternacht dauerte. Wenn sie abends nach Hause kam, war Sophie völlig erschöpft, weil sie durch ihren Perfektionismus ständig bis an ihre Grenzen ging.

Vormittags brachte sie sich mit voller Kraft ins Studium ein. Sie nahm an so vielen Lehrveranstaltungen teil, wie sie nur konnte, und konzentrierte sich auf die Zeichenstunden mit Modell, auf Druck, Plakatkunst oder Design.

Nachmittags versuchte sie dann, das Gelernte bei der Arbeit anzuwenden. Durch Marions Hilfe, vor allem aber auch durch ihr angeborenes Talent, wurde sie allmählich zu einer hervorragenden Koloristin. Das reichte Sophie jedoch längst nicht, und sie sah für sich auch keine Aufstiegschancen mehr in diesem Studio. Hier konnte sie keine Tür aufstoßen, um den Traum zu verfolgen, der sie nach Los Angeles gebracht hatte.

Die Sorge darüber ballte sich in ihrem Inneren seit Wochen, vielleicht sogar Monaten, zu einer schweren Wolke zusammen. Ihre Besorgnis wurde zur Gewissheit, als sie sich eines Abends im Studio die Beine vertreten hatte und durch Zufall ein Gespräch zwischen dem Firmenbesitzer und Dick Davis mithörte, dem Mann, der sie eingestellt hatte.

Die Tür des kleinen chaotischen Büros stand offen, weil die beiden wohl davon ausgingen, dass sich um diese Uhrzeit sonst niemand mehr im Studio befand.

Sophie hatte es jedoch nicht geschafft, ein paar Cels fertigzustellen, die ganz zum Schluss noch hereingekommen waren, und war deshalb etwas länger geblieben. Überstunden waren in den Graphics Studios üblich und wurden natürlich nicht bezahlt.

»Wir schaffen das nicht, wenn wir keine neuen Leute einstellen. Es leisten doch jetzt schon alle mehr als ihre eigentlichen Stunden, und trotzdem haben wir Schwierigkeiten, die Fristen der Produktionsfirma einzuhalten. Und bei der Knappheit an Projekten heutzutage könnte es das Unternehmen in echte Gefahr bringen, wenn wir unsere wenigen Aufträge nicht vernünftig erledigen.«

Dick Davis verstummte. Sophie blieb still auf dem Flur stehen und wagte es aus Angst vor Entdeckung nicht, an der offenen Tür vorbeizugehen.

»In dieser schrecklichen Krise müssen kleine Firmen wie unsere die Suppe auslöffeln. Das Problem liegt darin, dass wir kaum über Barschaften verfügen. Deshalb müssten wir eigentlich die Gehälter kürzen, die sowieso schon viel zu niedrig sind. Und wer will schon für so einen Hungerlohn schuften?«

Mit seiner rauen Stimme durchbrach der Direktor die Stille: »Frauen.«

»Was sagst du da?«

»Dass du Frauen einstellen sollst. Jetzt, da die Männer alle arbeitslos sind, werden Frauen für jeden Lohn arbeiten, den wir ihnen bieten. Und du weißt ja, dass Frauen bereit sind, jegliche Arbeit zu übernehmen, selbst die unangenehmsten Aufgaben. Sie beschweren sich nicht und arbeiten besser als Männer. Und wenn sie Kinder haben oder studieren, lassen sie sich auf eine Halbtagsstelle ein. Überzeugt dich das etwa immer noch nicht?«

Wie vom Donner gerührt, taumelte Sophie nach hinten und lehnte sich erst einmal an die Wand, um sich von dem Schock zu erholen. Sobald sie die Gelegenheit dazu sah, huschte sie wie ein Schatten an dem Büro vorbei und rannte den Gang entlang, bis sie ihren Arbeitstisch erreicht hatte. Dort angekommen, ließ sie den Kopf auf die Folien sinken, die sie an diesem Abend noch fertigstellen sollte, und vergoss Tränen der Empörung.

Am nächsten Tag erzählte sie Marion Altwell, was sie gehört hatte.

»Was du da sagst, überrascht mich nicht im Geringsten. Solche Ansichten gibt es überall in der Branche, nur hat der Direktor sie jetzt laut ausgesprochen.«

»Jeden Tag wächst mein Hass auf dieses heruntergekommene Studio, in dem die Möbel aussehen wie vom Trödler und es nirgendwo richtiges Licht gibt. Und dann dieser Teppich, einfach widerlich!«, brach es aus Sophie heraus, die mit empörtem, angeekeltem Blick den Raum musterte, in dem sie ihre langen Arbeitsstunden verbrachte. Kaum unterdrückter Zorn hatte ihre Miene verfinstert. »Ich werde nun wirklich nicht Tag und Nacht für einen Hungerlohn schuften!«

Marion konzentrierte sich weiter auf ihre Arbeit und schien nicht weiter auf Sophies Wutausbruch zu achten. Tatsächlich wartete sie aber nur ab, bis sich ihre Kollegin ein wenig beruhigt hatte. Dann hob sie nach ein paar Minuten den Blick von der Cel, schielte aus den Augenwinkeln zu Sophie hinüber und sagte: »Einfach das Handtuch zu werfen ist doch der leichteste Weg. Stattdessen müssen wir kämpfen.«

»Kämpfen? Wie denn?«

Marion rückte etwas näher an sie heran und senkte

die Stimme. Unwillkürlich schaute Sophie sich um. Sie hatte den Eindruck, dass sie nun ein großes gefährliches Geheimnis erfahren würde, von dem niemand etwas mitbekommen durfte.

»Durch Gewerkschaften!«

Marion Altwell war vierundzwanzig Jahre alt, groß und schlank mit einer dichten Lockenmähne in leuchtendem Braun, das gut zu ihren großen veilchenblauen Augen passte. Und in diesen Augen konnte man deutlich die Zielstrebigkeit dieser Frau lesen, die einen eisernen Willen hatte. Obgleich sie auf den ersten Blick streng wirken mochte, war sie durchaus großzügig. Gerne betonte sie, dass sie nicht durch äußere Umstände, sondern durch eine bewusste Entscheidung ledig war.

Als Sophie sie in den Graphics Studios kennenlernte, hatte Marion bereits mehrere Jahre Erfahrung in unterschiedlichen Trickfilmstudios auf dem Buckel. Neben der Arbeit studierte sie Sozialgeschichte des Theaters und arbeitete mit dem Contemporary Theatre von Los Angeles zusammen.

Aus all diesen Gründen empfand Sophie großen Respekt und Bewunderung für Marion und verstand sich mit ihr von allen Arbeitskollegen am besten. Zu Marion hatte sie als Einziger einer gewisse Beziehung aufgebaut, die bislang jedoch nicht über das rein Berufliche hinausgegangen war.

An diesem Morgen hörte Marion sich also aufmerksam Sophies Klagen an, rückte dann an sie heran und raunte ihr ins Ohr: »Durch Gewerkschaften!«

»Wie bitte?«, fragte Sophie verblüfft und neugierig.

»Ohne Gewerkschaften passiert genau so etwas«, versicherte Marion und fügte hinzu: »Ich gehe rüber zur Toilette, komm doch in fünf Minuten hinterher!«

Dort erklärte Marion hinter verschlossener Tür dann der ahnungslosen und erschrockenen Sophie die momentane Situation der Angestellten in Hollywoods Trickfilmstudios.

»Du scheinst ja bereits erkannt zu haben, wie es aussieht, auch hier in diesem Studio. Weißt du, durch die Krise hat sich alles geändert, nicht nur in der Filmindustrie, und viele Amerikaner fühlen sich betrogen.«

»Betrogen?«

»Ja, betrogen. Bis jetzt hat man uns glauben lassen, harte Arbeit sei der Schlüssel zum persönlichen und finanziellen Erfolg. Die momentane schwere Krise zeigt aber, dass diese Idee kein Fundament hat und bloß eine Täuschung, reine Augenwischerei war.«

Sophie musste an ihre Eltern denken und an all das, was sie in den letzten Jahren durchgemacht hatten. Marion hatte nicht unrecht mit dem, was sie da sagte.

Marions Worte rissen sie gleich wieder aus ihren Gedanken: »... hat die Wirtschaftskrise große Teile der Gesellschaft gleichgemacht, weil sie von simplen Arbeitern bis hin zu Schriftstellern einfach alle betrifft. Und jetzt weiß jeder, dass uns die an der Macht in den Ruin getrieben haben. Viele Amerikaner setzen daher zum ersten Mal ihre Hoffnung auf radikale Lösungen.«

Marion verstummte einen Moment und öffnete die Tür zum Gang einen Spalt weit. Draußen war nichts zu hören, aber ihre Abwesenheit würde sicher bald auffallen. Vorsichtig schloss sie die Tür wieder.

Sophie beobachtete ihre Kollegin und verstand ihr Verhalten nicht so recht. Wieso mussten sie sich denn verstecken?

»Lass mich zum Punkt kommen. Wie du selbst gesehen hast, versuchen die Firmenleitungen von Trickfilmstudios sowohl hier in Hollywood als auch in New York, die Krise auf ihre Angestellten abzuwälzen. Das führt zu fürchterlichen Arbeitsbedingungen: Wir schuften sechsundvierzig Stunden in der Woche und müssen oft noch länger bleiben, wenn die Studiobosse es so wollen.«

»Und die Überstunden werden nicht vergütet!«

»Außerdem haben wir weder Krankenversicherung noch Urlaub«, zählte Marion an den Fingern ab, »und eine Rente ist ebenso wenig vorgesehen.« Sie lächelte bitter. »Aber die ist vielleicht auch nicht nötig, schließlich wird in einem Trickfilmstudio keiner alt.«

Ehrfürchtig und mit großen Augen hörte Sophie ihrer Kollegin zu.

»Und wie man uns Frauen hier behandelt, hast du ja mitbekommen. Ich arbeite bereits seit Jahren im Animationsbereich und hatte es vor Los Angeles schon in New York probiert. Ja, ich hatte große Träume und habe an mich selbst geglaubt, dazu kamen aber auch Talent und eine gute Ausbildung. Weißt du, was man mich in den Fleischer Studios gefragt hat, als ich mich um eine Stelle als Animatorin beworben habe?«

Sophie schüttelte den Kopf.

»Ob ich Kaffee kochen kann.«

Die beiden Frauen schwiegen einen Moment. Die eine dachte an die Vergangenheit. Die andere an die Zukunft.

Marion drehte einen Hahn auf und ließ ihre Worte vom Geräusch des fließenden Wassers dämpfen. »Die IATSE, die International Alliance of Theatrical Stage Employees, ist 1914 hinter den Kulissen von Hollywood entstanden. Im Moment handelt es sich dabei um die einzige Gewerkschaft für Leute aus dem Showgeschäft. Aber wir brauchen Gewerkschaften speziell für den Trickfilmsektor, die unsere wahren, konkreten Interessen vertreten. Wie gesagt, jetzt ist die Zeit für radikale Lösungen gekommen.« Sie machte eine Pause und spitzte die Ohren.

Stille.

Marion fuhr fort: »In einer Bar an der Western Avenue in Hollywood kommen ein paar ziemlich wichtige Zeichner regelmäßig zusammen, um diesbezüglich etwas zu organisieren. Sie heißen Ub Iwerks, Grim Natwick, Shamus Culhane und Al Eugster. Ich verpasse keins dieser Treffen.« Als Marion auflachte, legte sich ein Leuchten über ihr ganzes Gesicht.

Sophie ging durch den Kopf, dass sie Marion noch nie so hatte strahlen sehen. In diesem Moment fand sie sie wirklich bezaubernd!

»Shamus sagt immer, dass der Sherry unsere Empörung anfacht und dass wir dank des Sherrys eine solide Trickfilmgewerkschaft auf die Beine stellen werden.«

Marion sah Sophie auffordernd an. »Beim nächsten Mal sage ich dir Bescheid, in Ordnung?«

Marion machte die Tür auf, um den Toilettenraum zu

verlassen. Auf der Schwelle drehte sie sich aber noch einmal um: »Wir müssen kämpfen. Das verstehst du doch, oder?«

Ihre junge Kollegin nickte.

Als Sophie an diesem Abend aus dem Studio trat, hatten die Wolken, die den ganzen Tag die Sonne verborgen hatten, die Farbe von geschmolzenem Blei. Kurz darauf prasselte von Donner untermalter Regen auf die Stadt nieder. Sophies Laune, die bereits den ganzen Tag eher düster gewesen war, verfinsterte sich endgültig. Ständig musste sie daran denken, dass es für sie keinerlei Gründe gab, glücklich zu sein.

An diesem Tag schleppte sie sich daher unter großer Anstrengung die enge ausgetretene Treppe zur Wohnung hinauf. Als sie durch die Tür trat, war die Unterkunft in ihren Augen kleiner und trister denn je. Seufzend zog Sophie den Mantel aus, nahm den Hut ab und warf die Sachen achtlos aufs Sofa.

Dann löste sie die Schnürsenkel ihrer durchweichten Schuhe und ließ sich selbst kraftlos in die Kissen sinken.

Als sie Lissette in ihrem Zimmer singen hörte, fiel ihr wieder ein, dass ihre Mitbewohnerin ja am nächsten Tag nach San Francisco fahren würde. Vermutlich packte sie gerade ihren Koffer. Die Schneiderin kehrte nur einmal im Jahr nach Hause zurück, um mit ihrer verwitweten Mutter Weihnachten zu feiern, und sparte für diese Reise jeden Cent, den sie erübrigen konnte.

Sophie dachte daran, wie gerne auch sie nach New York fahren würde, um dort die Festtage mit ihrer Familie zu verbringen. In diesem Moment spürte sie wieder die Angst, mit der sie ihr Elternhaus und ihre ganze bekannte Welt hinter sich gelassen hatte.

Sophie schloss einen Moment die Lider und sah sich selbst in einem Zug sitzen, der an denselben Feldern und Flüssen vorbeizuckelte wie auf ihrem Weg nach Los Angeles, nur in entgegengesetzter Richtung. Als sie die Augen wieder öffnete, kam es ihr vor, als würde sie aus einem wunderbaren Traum erwachen. Er schien ihre Sorgen in Seifenblasen verwandelt zu haben, die zur Decke aufgestiegen, dort zerplatzt und verschwunden waren.

Und warum mache ich das nicht einfach?, überlegte sie, während sie sich auf dem Sofa zusammenrollte. Ja, wieso sollte sie nicht nach New York zurückkehren? Nicht, um dort Weihnachten zu verbringen, sondern um zu bleiben, ihr altes Leben wieder aufzunehmen und ein für alle Mal ihren unmöglichen Traum zu begraben. Unwillkürlich schüttelte sie den Kopf.

Nein, das ging doch nicht! Da mochte sie sich so weit weg von zu Hause auch noch so sehr quälen, sich verloren fühlen und den Eindruck haben, dass ihr Leben aus den Fugen geraten war – sie durfte jetzt nicht einfach aufgeben! Das flüsterte eine strenge, fest entschlossene Stimme in ihrem Inneren immer wieder. Schließlich baute sie sich gerade eine Zukunft auf, die irgendwann der momentanen Einsamkeit und Sehnsucht, all den Entsagungen, einen Sinn verleihen würde.

Sophie lächelte traurig. Wem wollte sie hier etwas vormachen? Dass sie nicht zurückkehrte, lag ja nicht nur an ihrem Stolz und Dickkopf, sondern auch daran, dass sie sich eine Fahrkarte nach New York in diesem Moment einfach nicht leisten konnte.

Sophie musste daran denken, wie schnell sie trotz ihres geradezu spartanischen Lebensstils das von ihrem Vater mitgegebene Startkapital aufgebraucht hatte. Als ihr klar geworden war, dass sie nur mit ihrem Gehalt aus dem Studio nicht über die Runden kommen würde, hatte sie ihre Unkosten noch weiter zu reduzieren versucht. Es war ihr nicht peinlich, zuzugeben, dass sie ohne Lissettes Hilfe mehr als einmal das Abendessen hätte ausfallen lassen müssen.

Aber auf dem Höhepunkt ihrer Verzweiflung hatte ihr Vater plötzlich angefangen, ihr zu Anfang jeden Monats per Western Union einen Scheck zu schicken. Es war nicht viel Geld, hatte ihr jedoch das Leben gerettet.

Sophie hatte diese Unterstützung angenommen, ohne Fragen zu stellen, und freute sich darüber, dass es zu Hause offensichtlich wieder besser lief. Ihren Vater um zusätzliches Geld für eine Fahrkarte zu bitten wagte sie aber nicht. Deshalb blieb eine Reise nach New York ein Ding der Unmöglichkeit, so sehr Sophie sich auch danach sehnte.

Jetzt hielt sie die Tränen nicht länger zurück, die in ihren Augen brannten. Sophie hatte gelernt, vor der Melancholie zu fliehen, die sie von Zeit zu Zeit zu übermannen drohte. An diesem Abend fiel es ihr allerdings besonders schwer. Wenn sie wenigstens mit ihrem Vater hätte sprechen können, um ihm zu erzählen, wie sie sich fühlte, und ihn um Rat zu bitten! Aber zwischen New York und der Westküste gab es leider keine Telefonverbindung.

Und in ihren langen wöchentlichen Briefen nach Hause hütete sich Sophie davor, sich zu beklagen. Darin schrieb sie vielmehr, wie wunderbar das Leben in Los Angeles doch war und wie viel Spaß sie beim Unterricht am Chouinard und bei der Arbeit im Studio hatte.

Sophie versank immer tiefer in den Sofakissen und in ihrem persönlichen Gefühlssturm. Große Sehnsucht stieg in ihr auf, als sie sich in all den Erinnerungen verlor, die sie sonst nicht zuließ.

In diesem Moment kam Lissette ins Wohnzimmer, mit so glänzendem, leuchtendem Haar, als hätte sie an diesem grauen Tag der Sonne ihr Licht gestohlen. Ihr verschmitztes Lächeln ließ ihre Katzenaugen strahlen.

Plötzlich war der ganze Raum von ihr erfüllt, und Sophie seufzte, weil sie sich dadurch ein wenig getröstet fühlte.

Lissette begann, mit den geschmeidigen Bewegungen eines Mannequins vor Sophie auf und ab zu spazieren. Sie trug einen gerade geschnittenen zauberhaften Mantel aus eierschalenfarbenem Gemsleder, der auf Höhe des Halses mit einer Schleife geschlossen wurde.

»Na, was hältst du davon?«

»Der ist wirklich schön.«

»Bloß schön? Der ist doch traumhaft! Das Modell hab ich in der besten Boutique am Hollywood Boulevard entdeckt, und meine Kopie ist einfach perfekt.«

Vorsichtig zog Lissette den Mantel aus. Darunter hatte sie einen der asiatischen Morgenmäntel an, die sie zu Hause gerne trug.

»Der ist für meine Mutter. Wir haben die gleichen Maße. Zu Weihnachten nähe ich ihr immer ein ganz besonderes Kleidungsstück: ein Kleid, einen Mantel oder eine Jacke. Die Materialien kosten ein Heidengeld, aber was soll's, es ist schließlich mein Weihnachtsgeschenk!«

Während Lissette in ihr Zimmer zurückkehrte und dabei den Mantel ehrfürchtig wie einen Schatz in den Händen hielt, ging Sophie durch den Kopf, was für eine unglaublich talentierte Schneiderin ihre Mitbewohnerin doch war. Sie konnte mit beneidenswerter Präzision von einfach jedem Kleidungsstück eine geschmackvolle Kopie anfertigen. Und darüber hinaus war sie ein wunderbarer Mensch. Sophie hatte ja selbst gesehen, wie lange sie an dem prächtigen Mantel für ihre Mutter gearbeitet und welch große Entbehrungen sie dafür auf sich genommen hatte.

Und Sophie war auch klar, dass sich nach Lissettes Abreise ihre Abwesenheit wie trüber Nebel über die Wohnung legen würde. Noch war Lissette aber da und riss Sophie aus ihren Gedanken: »Hast du eigentlich was von Jules gehört?«

Von Jules?

Als dieser Name erklang, schloss Sophie lieber wieder die Lider, und sonnte sich in ihren Erinnerungen. Während sie Lissette in ihrem Zimmer vor sich hin summen hörte, saß Sophie mit geschlossenen Augen auf dem Sofa und beschwor jenen Sommerabend wieder herauf.

Es war ein unfassbar heißer Julitag, an dem selbst die Pflastersteine dahinzuschmelzen schienen, was bei den

Menschen nicht gerade für gute Laune sorgte. Als die Sonne endlich tiefer am Himmel stand, erglühte die Welt jenseits des kleinen Fensters der Wohnung in Orange und Violett.

Sophie wusch im Spülbecken das Geschirr vom Abendessen. Dabei glitt ihr irgendwann ein Teller aus den Händen und zersprang am Boden in tausend Stücke.

»Oh, ich bin ja so ein Tollpatsch!«

Lissette kam herüber und fing an, die Scherben aufzusammeln.

Als Sophie sich zu ihr umdrehte, um zu helfen, verteilte sie dabei auch noch Wassertropfen über den Fußboden.

»Irgendwas ist heute Abend doch mit dir los«, versetzte Lissette mit ihrem betörenden Lächeln und den listig funkelnden Augen, während sie die Scherben in den Spülstein legte.

Sophie trocknete sich die Hände ab. Tatsächlich war sie aufgeregt, trotzdem behauptete sie: »Ich weiß gar nicht, was du meinst.«

»Willst du es mir nicht erzählen? Ich fände es besser, wenn wir darüber reden, bevor noch der ganze Hausrat zu Bruch geht.«

»Na ja …«, begann Sophie und wandte sich ab, um Lissettes Blick auszuweichen. »Es … es geht um Jules. Er möchte morgen Abend mit mir ausgehen.«

»Er hat dich um eine Verabredung gebeten! Ich wusste es! Jules gehört zu denen, die keine Zeit verlieren.«

Sophie errötete heftig, ihre Augen leuchteten, und ihre Lippen zitterten.

»Was ist denn los? Freust du dich etwa nicht darauf? Bei deinem Anblick könnte man ja denken, dass du statt einer Verabredung mit einem attraktiven Mann den Gang nach Canossa vor dir hast. Dabei wird er dir sicher das Nachtleben von Los Angeles zeigen! Es ist wirklich an der Zeit, dass du dich mal ein bisschen amüsierst.«

Sophie gab ihr Bestes, um ihre Stimme so natürlich wie möglich klingen zu lassen. Denn sie wollte nicht, dass ihre Mitbewohnerin merkte, wie sehr der Gedanke an die Verabredung sie aufwühlte.

»Doch, natürlich freue ich mich. Aber, Lissette, ich hab ja gar nichts zum Anziehen. Ich meine, zum Ausgehen. Sicher werde ich aussehen wie eine ...«

Lissette ließ sie nicht einmal zu Ende sprechen. »Ah, darum geht es also!«, rief sie aus, drehte sich um und verschwand in ihrem Zimmer. Ein paar Minuten später kam sie mit einer ihrer Kreationen wieder heraus. Es war ein wunderbares Abendkleid. »Probier das mal an. Es ist die Kopie eines Modells, das ich bei der Suche nach Inspiration in einer Luxusboutique im Foyer des Ambassador gesehen habe.«

Behutsam legte sie das gute Stück auf den sauberen Tisch und betrachtete es. »Das war eine Auftragsarbeit, die von der Kundin nicht abgeholt wurde, dabei habe ich so einiges für den Stoff ausgegeben. Wahrscheinlich ist sie eins von diesen ruinierten Möchtegern-Filmsternchen. Auf jeden Fall ist sie größer als du, deshalb werde ich da was kürzen müssen.«

Sophie atmete tief durch und konnte den Blick kaum von dem Kleidungsstück abwenden. Mit zittrigen Händen griff sie danach und zog sich vor dem Spiegelschrank in Lissettes Zimmer um.

Es handelte sich um ein hochgeschlossenes Abendkleid aus nachtblauem Crèpe Georgette mit einem Brustteil aus zwei breiten Stoffstreifen, die am Rücken überkreuzt wurden. Von der figurbetonten Taille aus legte sich der Rock in breite Falten.

Lissette machte sich sofort ans Werk. Mit Stecknadeln im Mund kniete sie sich vor ihre Mitbewohnerin und maß den Saum neu ab.

»Und an der Taille muss ich die Nähte ein wenig auslassen«, erklärte sie, nachdem sie die letzte Nadel aus dem Mund genommen hatte. Dann richtete sie sich auf und betrachtete das Kleid mit konzentriertem Blick von allen Seiten.

Sophie war gleichzeitig begeistert und aufgeregt. Da sie sich im Spiegel kaum wiedererkannte, war sie allerdings nicht sicher, ob sie das Angebot überhaupt annehmen sollte. In ihren Augen schien ein derartiges Kleid gar nicht zu ihr zu passen.

»Aber so etwas hab ich noch nie getragen. Das ist ja …«

»… wunderschön, nicht wahr? Na ja, ihr New Yorkerinnen kleidet euch eben viel strenger. Das ist in Los Angeles anders; die Frauen hier wollen sich gerne wie eine Prinzessin fühlen, wenn sie ausgehen.«

Lissette legte ihr Nähzeug weg, das sie für die Anprobe herausgeholt hatte. »Fertig! Ich würde ja zu gerne Jules' Gesicht sehen, wenn du in diesem Kleid auftauchst.«

Sophie errötete, aber Lissette tat so, als würde sie es

gar nicht bemerken. Mit zufriedenem Lächeln half sie ihrer Mitbewohnerin, sich wieder umzuziehen.

Durch das prächtige Kleid von Lissette fühlte sich Sophie an diesem Abend wie das schönste Mädchen der Welt.

Und tatsächlich konnte der faszinierte Jules den Blick kaum mehr von ihr abwenden.

Zum Abendessen gingen sie am Sunset Strip in den Trocadero mit seiner atemberaubenden Aussicht und danach zum Tanzen ins Coconut Grove im Hotel Ambassador.

Das luxuriöse Hotel beeindruckte Sophie, die mit zögerlichen Schritten den Garten voller bunter Blumen durchquerte, während sie den Prunk des vierstöckigen Gebäudes auf sich wirken ließ.

Im Foyer angekommen, spazierten sie zwischen den teuren Läden umher, denen Lissette gern die Kreationen abguckte. Dort gab es einfach alles: Modeboutiquen, edle Hutläden, Luxusschuhgeschäfte, Juweliere … All das war eine ganz neue Erfahrung für Sophie, die sich vorkam, als schwebte sie durch diese glamouröse Welt.

Sophie tanzte den kompletten Abend mit Jules eng umschlungen, Wange an Wange. Später erinnerte sie sich vor allem an den Moment, in dem Jules ihr eine Locke aus den Augen gestrichen und ihren Hals geküsst hatte. Ganz sanft, ohne Eile.

Auf dem Sofa öffnete Sophie wieder die Augen, und die Wolke aus Erinnerungen verschwand. Mit aller Kraft wünschte sich Sophie, zu diesen Momenten, diesen Küssen, zurückzukehren.

Nach der ersten Verabredung waren Jules und sie noch mehrmals miteinander ausgegangen. Für Sophie war vor allem jener Tag etwas Besonderes gewesen, an dem Jules und sie mit seinem Cabrio zum Strand in Santa Monica gefahren waren. Er hatte sie gebeten, ihr Malzeug mitzubringen, und sie hatten dort den ganzen Nachmittag zusammen gezeichnet, geredet und gelacht. Jules hatte sie auch wieder geküsst, und sie war selig vor Glück gewesen.

Aber dann hatte er sich immer seltener gemeldet, und mit der Zeit waren die schönen Erinnerungen verblasst.

Warum verhielt sich Jules bloß so?

Sophie hatte keinen Zweifel daran, dass sie in ihn verliebt war. Beinahe schmerzhaft sehnte sie sich nach seinem Blick und diesem Gefühl, dass der Boden unter ihren Füßen ins Wanken geriet, wenn sie in seiner Nähe war. Deshalb konnte sie sein Schweigen und die wochenlangen Trennungen nur schwer ertragen. Es kam ihr vor, als stünde sie am Rand eines Abgrunds, von dem sie unwiderstehlich angezogen wurde.

Die jungen Kerle in ihrem eigenen Alter, die Sophie kennenlernte, erschienen ihr unreif, die reinsten Kinder. Jules hingegen war ein Mann. Aber mussten sich Männer denn so verhalten? Und konnte Sophie von Jules überhaupt irgendetwas erwarten? Empfand er etwas für sie? Nun gut, er hatte sie geküsst. Allerdings war sie da sicher nicht die Erste. Und er hatte auch von ganz besonderen Gefühlen für sie gesprochen. Aber das alles, so bläute

Lissette ihr immer wieder ein, hatte rein gar nichts zu bedeuten. All dies konnte sich schnell ändern.

Sophie wusste einfach nicht, wie sie sich verhalten sollte. Seit ihrer ersten Begegnung mit Jules hatte sie ihre Gefühle nicht mehr unter Kontrolle. Und da sie darüber nur mit Lissette sprechen konnte, lag sie ihrer Mitbewohnerin allzu oft mit ihren Fragen und Sorgen in den Ohren.

Lissette antwortete stets, dass man von den Beck-Brüdern eben nicht viel erwarten konnte und erst recht nicht Verbindlichkeit oder Treue. Tja, was sollte Lissette denn auch sagen? Obwohl sie es Sophie gegenüber nie zugeben würde, hatte sie den Schmerz über ihre Trennung von Tyler noch längst nicht verwunden.

Sophie stieß ein langes, tiefes Seufzen aus. Sie überlegte, wie schön es wäre, sich seine Erinnerungen selbst aussuchen zu können. Aber sie blieben leider unkontrollierbar, und die schmerzhaften unter ihnen ließen sich einfach nicht ausradieren.

Sie erhob sich vom Sofa und ging zum Fensterbrett hinüber, um sich darauf abzustützen. Sie kämpfte gegen die Tränen, denn ihre Mutter sagte immer, dass Weinen bloß Zeitverschwendung war, und vielleicht hatte sie damit nicht so unrecht. Sophie musste jetzt über zu viele Dinge nachdenken und wollte keine Zeit vergeuden.

In diesem Moment kam Lissette aus ihrem Zimmer und betrachtete Sophie, während sie ihre Frage wiederholte: »Jetzt sag schon, hast du was von Jules gehört?«

Sophie schloss die Augen und antwortete: »Nein.«

Am Weihnachtstag deckte Sophie den Tisch mit den Servietten, die Lissette für besondere Anlässe genäht hatte und die sie bisher noch nie benutzt hatten. Sie zündete die roten Kerzen an, die sie im ganzen Zimmer verteilt hatte, und trug das selbst gekochte Abendessen auf. Aber noch bevor sie den ersten Bissen probiert hatte, sprang sie mit solcher Wut wieder auf, dass ihr Stuhl umfiel.

Sophie rannte in Lissettes Zimmer und warf sich schluchzend aufs Bett. In diesem Moment klingelte es.

Sie taumelten durch das Zimmer mit den wenigen Möbeln, getrieben von einem Durst, den nur die Lippen des anderen löschen konnten. Dabei hinterließen sie eine Spur aus Kleidungsstücken, die ihrem heftigen Verlangen weichen mussten.

Mit dem Erreichen des Schlafzimmers öffnete Jules den letzten Knopf von Sophies Bluse, und die junge Frau war für die Dunkelheit dankbar, die sie in ihrer Nacktheit schützte. Aber als sie dann Jules' warme Hände auf ihrer Haut spürte, war jeglicher Widerstand gebrochen, und sie sank in seine Arme. Weder konnte noch wollte sie standhaft bleiben.

Hitze stieg in Sophie auf, und ihr wurde klar, dass sie sich im Leben nichts mehr wünschte, als in diese tiefdunklen, geheimnisvollen Augen einzutauchen. Sie schenkte Jules alles, was sie hatte: ihre Liebe, ihre Unschuld und ihre Zukunft.

Nachdem sie sich geliebt hatten, lagen sie eng umschlungen im Bett und erkundeten nach und nach die Haut des anderen. Jetzt wusste Sophie, was es bedeutete, sich in den Armen eines anderen Menschen zu verlieren, sich mit einem fremden Körper zu vereinen. Erschrocken wurde ihr bewusst, dass sie sich hier so gezeigt hatte, wie sie es noch nie zuvor getan hatte. Sie hatte sich mit Herz und Seele hingegeben, und zwar einem Mann, der doch praktisch ein Fremder war.

Die quälende Einsamkeit, die in den letzten Monaten Sophies ständiger Begleiter gewesen war, begann zu schwinden wie die bleiche Sonne, die ohne große Begeisterung diesen Weihnachtstag erhellt hatte.

KAPITEL 5

LIPPENSTIFT

Jetzt waren sie schon drei Monate zusammen, und trotzdem musste Sophie sich eingestehen, dass sie fast nichts über Jules wusste.

Er sprach mit ihr nie über seine Familie oder seine Kindheit, noch nicht einmal über Tyler, dem Sophie bislang nicht begegnet war.

Die Beck-Brüder waren geheimnisvoll, und sie sah nur eine Möglichkeit, ihr Geheimnis zu lüften.

»Wo wohnt Tyler inzwischen eigentlich?«, fragte sie Lissette eines Abends, als diese nähend am Fenster saß, um das letzte Tageslicht zu nutzen.

»Oh, Tyler? Der bleibt nie lange am selben Ort.«

»Aber verstehen sich Tyler und Jules denn gut?«

Lissette schaute von ihrer Handarbeit auf und betrachtete Sophie mit schelmischem Lächeln. »Jules redet wohl nicht viel, was?«

»Nein, nicht besonders.«

»Tja, da kann ich dir leider nicht helfen, meine Liebe. Tyler hat auch nie viel von seiner Vergangenheit erzählt.« Lissette biss den Faden ab, mit dem sie einen Saum genäht hatte. »Vermutlich weißt du bereits, dass die beiden in Texas geboren wurden, in Laredo.«

»Ja, das schon, aber hast du noch andere Informationen über ihre Familie? Über ihre Eltern? Weißt du, aus welchem Grund die beiden hierhergekommen sind? Und warum sprechen sie nie über das, was sie zurückgelassen haben?«

»Das darfst du mich nicht fragen. Ich weiß es nicht. Allerdings gab es da einen Tag, an dem Tyler getrunken hatte und …«

»Tyler hat getrunken?«

»Er hat getrunken und trinkt immer noch«, antwortete Lissette jetzt mit rauer Stimme und starrte auf das Kleidungsstück.

»Das war auch der Grund für eure Trennung, oder?«, fragte Sophie sanft, um ihre Freundin nicht zu verletzen.

Die Antwort kam Lissette nicht über die Lippen, und am Ende fing sie zu weinen an.

Sophie stand auf und kochte erst einmal Kaffee für beide. Den tranken sie zusammen vor dem Fenster, ganz nah beieinander, während draußen der Abend zur Nacht wurde.

»Ich hab dir damals diese dramatische Geschichte erzählt, weil ich dich noch nicht so gut kannte. Aber ehrlich gesagt hab ich für Tyler alles getan, was ich konnte. Nur gehört er einfach nicht zu den Menschen, die sich helfen lassen«, fuhr Lissette schluchzend mit ihrer Erklärung fort.

»Es stimmt also gar nicht, dass er mit anderen Frauen zusammen war?«

Lissette wischte sich über die feuchten Augen und setzte ein Lächeln auf, das auch den letzten Rest Traurigkeit von ihren Zügen verjagte.

»Oh, doch, das auch! Die Becks sind von Natur aus untreu, meine Liebe, sie sind eben so unbeständig wie attraktiv. Tyler kann einer Frau nicht einmal fünf Minuten die Treue halten. Und bei seinem guten Aussehen wird er von ihnen geradezu belagert!«, sagte sie lachend.

Sophie hingegen nagte an ihrer Unterlippe, da die Worte ihrer Freundin sie aufwühlten. »Wie kannst du solche Sachen nur sagen und dabei ruhig bleiben?«

»Jetzt komm schon, Sophie! Die Liebe ist ein Spiel ohne Regeln.« Lissette verstummte einen Moment. Inzwischen ruhten Nadel und Näharbeit vergessen auf ihrem Schoß.

»Außerdem verstehst du die Situation auch nicht. Auseinandergebracht hat uns nicht Tylers Untreue, die längst nicht das Schlimmste war. Ich wusste genau, dass er nur mich geliebt hat, daher hätte ich seine Affären noch verkraften können. Aber das andere …« Sie fixierte das Fenster und verengte die Augen.

Sophie ahnte, dass Lissette ihr nun etwas anvertrauen würde, was sie noch nie jemandem erzählt hatte.

»Tyler trägt eine schwere Last mit sich herum, große Traurigkeit, die er mit Alkohol zu betäuben versucht. Nüchtern ist er ein sanfter und liebebedürftiger Mensch. Aber wenn er getrunken hat, kommt stiller, bitterer Schmerz zum Vorschein. Dann zieht sich Tyler in sich selbst zurück, seine Gefühle werden zu einem grauen Nebel, und es dringt niemand mehr zu ihm durch.« Vergeblich bemühte Lissette sich um Gelassenheit. »Nicht einmal ich.«

Sie holte Luft und änderte ihren Tonfall. Ganz offensichtlich wollte sie den Schmerz abschütteln, den diese

Erinnerungen in ihr wachriefen. »Über das Leben der Becks in Texas weiß ich kaum etwas, eigentlich gar nichts. Ich kann dir nur sagen, dass Jules nach ihrer Ankunft in Los Angeles schnell eine Stelle bei Disney gefunden hat. Tyler ist unglaublich talentiert und könnte auch gut dort arbeiten. Frag mich nicht, warum er es nicht tut. Stattdessen hat er als Ghostzeichner bei der Presseagentur King Feature Syndicate angefangen.«

»Was ist das denn?«

»Eine Agentur, die Zeitungen auf der ganzen Welt mit Comicstrips und Material für den Unterhaltungsteil beliefert. Es ist in der Branche üblich, dass anonyme Illustratoren Bildergeschichten erstellen, die dann von berühmten Künstlern signiert werden. Aber so eine Arbeit ist eigentlich unter der Würde von jemandem mit Tylers Begabung. Er hätte etwas viel Besseres verdient. Ich glaube, das hat ihm endgültig den Rest gegeben.«

Inzwischen war der Raum in angenehmer Dunkelheit versunken, die den Austausch von Vertraulichkeiten noch begünstigte.

»Ich weiß, dass die beiden zusammen nach Los Angeles gekommen sind. Aber dann hat sich Jules schnell eine eigene Wohnung genommen, und ihre Wege haben sich getrennt. Tyler hat sich irgendwie durchgeschlagen, bis wir uns kennengelernt und verliebt haben. Dann haben wir hier zusammengelebt, in diesen vier Wänden.«

Das versteckte Leid, das Lissette ihr schonungslos enthüllte, rührte Sophie tief. Sie griff nach den Händen ihrer Mitbewohnerin. »Es tut mir ja so leid! Meinetwegen kommen all diese schmerzhaften Erinnerungen wieder hoch.«

Lissette machte eine elegante Bewegung mit den Fingern, die an den Flügelschlag eines Vogels erinnerte. Damit schien sie die Traurigkeit vertreiben zu können.

»Und auch all die schönen Dinge. Ich hab Tyler so sehr geliebt ... Deshalb danke ich dem Leben immer dafür, dass ich ihn kennenlernen durfte.«

Sophies Zweifel waren durch das Gespräch mit Lissette alles andere als zerstreut worden. Und über die Seiten von Jules' Leben, die sie so neugierig machten, wusste sie danach auch nicht mehr. Er war ihr weiterhin ein Rätsel.

Aber wenn sie es sich recht überlegte, hatte doch jeder so seine Geheimnisse, oder? Auch sie, denn sie hatte Jules zum Beispiel nichts von den Treffen erzählt, zu denen sie mit Marion ging und auf denen bei Wein und Bier über die Zukunft der Branche diskutiert wurde.

Sophie hatte die Nacht bei Jules verbracht. Das machte sie oft, trotz der wachsamen Augen der Hausverwalterin, die strenge Moralvorstellungen hatte. Zum Glück war Mrs Carter stocktaub und schlummerte einen Großteil des Tages und natürlich die ganze Nacht vor sich hin.

Jules wohnte in einer ruhigen Sackgasse mit Palisanderholzbäumen südlich vom Hollywood Boulevard. Sein kleines Apartment hatte nur ein einziges Schlafzimmer, war aber mit seiner ganz persönlichen Note geschmackvoll eingerichtet. Die separate Küche war hell, und es gab eine Terrasse mit einer schönen Aussicht auf den Garten. Diese Wohnung hatte nun wirklich nichts mit dem Loch über der schmierigen Werkstatt zu tun, in dem Sophie hauste.

Die Sonne, die durch die Vorhänge schien, weckte Sophie. Während sie aufstand und ins Wohnzimmer hinüberging, vermisste sie bereits Jules' warme Brust, das Kitzeln seiner Haare an ihrer Wange und vor allem seine wohlige Umarmung.

An diesem frühlingshaften Märzmorgen strahlte die Sonne am Himmel. Die Bäume im Garten waren voller Knospen, die neues Leben ankündigten. Sophie schloss die Augen, sog den Duft des Frühjahrs ein und erlaubte sich einen Moment absoluten Glücks.

Plötzlich kam ihr das Datum in den Sinn: Heute war der vierte März, und der neue Präsident, Franklin D. Roosevelt, würde sich mit seiner Antrittsrede an die Nation wenden. Als Sophie, barfuß und in einen Morgenmantel von Jules gehüllt, im Wohnzimmer das Radio anstellte, stiegen so vertraute wie ersehnte Bilder vor ihren Augen auf. Denn bei ihr zu Hause in New York spielte sich das ganze Leben rund um das Rundfunkgerät ab. Während ihrer Kindheit schien es nicht einen einzigen Nachmittag gegeben zu haben, an dem die Stimmen aus dem Äther nicht wie weitere Mitglieder der Familie im Erkerzimmer zugegen gewesen waren.

Sophie drehte den Apparat lauter und ging in die Küche hinüber, um Frühstück zu machen. Plötzlich hatte sie das Gefühl, dass ihr die Luft zum Atmen fehlte und ihr gleich das Herz aus der Brust springen würde. Wie sehr sie diese kleinen Augenblicke des Glücks vermisste!

»Dieser Tempel kann jetzt wieder uralten Weisheiten gewidmet werden. Und diese neue Weihe wird in dem Umfang möglich sein, in dem wir soziale Werte als Maßstab anlegen, die kostbarer sind als jeder finanzielle Gewinn. Glück entsteht nicht durch Geld allein, sondern durch Zufriedenheit über erbrachte Leistungen, durch das Wohlgefühl bei einem Schaffensprozess. Die Freude und moralische Erbauung durch Arbeit darf nicht länger bei einer wilden Jagd nach flüchtigem Profit in Vergessenheit geraten.«

Als die Stimme plötzlich mit einem Klicken verstummte, verließ Sophie überrascht die Küche.

Jules hatte das Radio ausgeschaltet. Er war barfuß wie sie, ungekämmt und hatte dunkle Ringe unter den Augen, die von einer Nacht mit nur wenig Schlaf zeugten.

Sophie huschte mit kurzen Schritten zu ihm hinüber, sank in seine Arme und ließ sich von ihm mit besitzergreifender Geste heranziehen.

»Also, du hast mich in deinen Bann geschlagen. Bist du jetzt endlich zufrieden?« Jules liebkoste eine weiche Locke, die Sophie in die Stirn fiel, bevor er sie ihr hinters Ohr steckte.

Das Lächeln veränderte Sophies Züge völlig und ließ ihre müden Augen aufleuchten. Sie wollte noch näher an Jules heranrücken, mit ihm zu einem einzigen Körper verschmelzen.

»Ja, aber versprich mir, dass du nie wieder einfach so verschwindest, in Ordnung?« Ihre Stimme wurde zu einem Flüstern: »Du hast mir nämlich so sehr gefehlt, dass es mir beinahe das Herz zerrissen hat.«

Jules küsste sie auf den Mund. Es war ein zarter Kuss, kurz und flüchtig. Sanft. Ein ewiger Kuss.

»Das hab ich dir doch schon erklärt. Ich hatte Angst davor, dass genau so etwas passieren würde.«

»Was denn?«, fragte Sophie und schaute ihm treuherzig in die Augen.

»Als ob du das nicht wüsstest! Du willst es bloß noch einmal hören, du verwöhntes kleines Mädchen!«

»Allerdings!«

»Ich hab befürchtet, dass du mich verzaubern und die Macht über meinen Willen erlangen würdest.«

Sophie lächelte genüsslich. Sie schloss die Augen und spürte die Liebkosung von Jules' warmem Atem auf ihrer Haut.

Irgendwann löste sich Jules aus der Umarmung, gab Sophie einen Kuss auf die Nasenspitze und kratzte sich am Kopf, während er zur Küche hinüberging. »Ich sterbe vor Hunger.«

»Gut, ich hab uns nämlich Frühstück gemacht.«

Im Handumdrehen hatte Sophie den Tisch gedeckt und servierte Kaffee, Toast und Rührei. Dann deutete sie mit einer Kopfbewegung auf das Radio, das immer noch still in der Ecke stand.

»Gibt dir das denn keine Hoffnung?«, fragte sie, während sie nach einer Scheibe Toast griff und sie mit Butter bestrich.

»Was meinst du?«

»Roosevelts Worte, wie er spricht und welche Botschaft er vermittelt. Es ist genau das, was das Land jetzt braucht. Weißt du, mich überzeugt er.«

Jules Beck zuckte mit den Achseln, während er sich ohne Gnade auf sein Rührei stürzte. »Ich weiß nur eins, dass ich nämlich zu spät kommen werde«, sagte er mit vollem Mund.

Mit einem Mal war Sophies Lächeln wie weggewischt, während sie die Zukunft wie finstere Wolken am Horizont aufziehen sah. Wenn sie an Jules' Arbeit in den Disney Studios dachte, legten sich dunkle Schatten des Neides über ihre Seele. Dann bekam sie ein schlechtes Gewissen, und ihr Herz zog sich zusammen, weil sie sich so schäbig fühlte. Gerne hätte sie ganz offen mit Jules gesprochen, um diese Schuldgefühle loszuwerden. Aber es machte ihr Angst, die Wahrheit zu sagen, weil sie nicht wie eine Neiderin oder eine Verrückte dastehen wollte.

Eines war allerdings offensichtlich: Sie vergeudete ihre Zeit mit dem Kolorieren von Cels in einem kleinen Studio, das inmitten des Sturms darum kämpfte, nicht unterzugehen. Und während sie dabei nach und nach ihre Träume verlor, entwickelte sich zusammen mit den Visionen von Walt auch Jules als Animator weiter.

Das hatte Sophie selbst festgestellt, als sie ihn vor ein, zwei Wochen das letzte Mal im Studio abgeholt hatte. In der Hyperion Avenue 2719 hatte sich so einiges verändert, weil zu dem kleinen weißen Gebäude neben der Tankstelle viel Neues hinzugekommen war.

Inzwischen arbeitete im Originalgebäude eine große Anzahl von Koloristinnen, während die Animatoren in einen neuen zweistöckigen Anbau umgezogen waren.

Von einem blau-roten Schild auf dem Dach herab hieß Micky Maus Besucher willkommen, und Jules hatte erzählt, dass Walt im neuen Gebäude ein großes Büro für die Animatoren eingerichtet hatte. Das Studio wuchs.

Mittlerweile waren dort mehr als hundert Personen angestellt, und Sophie fragte sich immer wieder, warum sie nicht eine davon sein konnte.

Tatsächlich waren die Walt Disney Studios ein lebendiges und ständig wachsendes Gebilde.

Micky war inzwischen sogar erfolgreicher als so berühmte Filmfiguren wie Felix, der Kater, und konnte damit in der schweren Wirtschaftskrise so einige Firmen vor dem Ruin retten.

Aber für das, was dem Studio widerfuhr, war nicht nur Micky Maus verantwortlich, sondern ohne jeden Zweifel auch Walt Disneys Genialität. Ihm reichte es nicht, dass sich seine Bilder bewegten – er wollte damit auch Geschichten voll menschlicher Emotionen erzählen. Aus diesem Grund hatte er eine Drehbuchabteilung eingerichtet und Szenenbuch-Experten eingestellt, die die Handlungen neuer Kurzgeschichten entwickelten. Ein Beispiel dafür war das momentane Projekt, an dem Jules als Animator mitarbeitete: *Die drei kleinen Schweinchen*.

Walts Frau Lillian hatte vorgeschlagen, aus diesem Märchen einen Kurzfilm zu machen. Walt war davon sofort begeistert gewesen, hatte aber sechs Monate gebraucht, um auch sein Team von dem Vorschlag zu überzeugen. Nicht wenige fanden nämlich, dass eine Geschichte mit nur vier Figuren nicht funktionieren würde.

Walt glaubte aber an das Konzept und stürzte sich in

die Arbeit an dem Film, der als erster in Farbe gestaltet werden würde. Das war eine große Neuerung.

Offensichtlich war in der Welt des Trickfilms vieles im Fluss, und Walt Disney hatte überall die Finger mit im Spiel.

Sophie hatte geistesabwesend den Ellbogen auf dem Tisch abgestützt und das Kinn auf der Faust abgelegt.

»Ich weiß wirklich nicht, was der sich einbildet …«

Bei Jules' Worten schaute sie zu ihm auf, und all die Gedanken hinter ihrer Stirn zerplatzten wie Seifenblasen. Natürlich hatte sie nichts von dem mitbekommen, was er gerade gesagt hatte.

»Wer denn?«, murmelte sie, als erwachte sie aus einem Traum.

»Hörst du mir überhaupt zu?«, fragte Jules, stand vom Stuhl auf und blickte sie vorwurfsvoll an.

»Ja, natürlich, mein Schatz!«, rief Sophie aus und füllte sich noch einmal die Kaffeetasse, während sie den Gesprächsfaden wieder aufzunehmen versuchte.

»Eins sage ich dir, dieser Besserwisser Art Babbitt hält sich für ach so schlau und will immer alle belehren. Er tapeziert die Wände mit Vorschlägen zu Figuren und Ideen für Gags, die er zum Schreien findet, und lässt sich kein Treffen der Storyboardleute entgehen. Offensichtlich hält er seine Anwesenheit während des ganzen Produktionsprozesses für unumgänglich.« Jules fuhr sich mit der Hand durchs Haar und marschierte im Raum auf und ab. Während er weitersprach, suchte er hektisch nach seinen Zigaretten.

»Die Zusammenarbeit mit ihm wird mir mit jedem Tag unerträglicher.«

»Art Babbitt?«, wiederholte Sophie und kramte in ihrer Erinnerung, aber dieser Name sagte ihr gar nichts. Sie hörte ihn gerade zum ersten Mal und wunderte sich über die Ablehnung, die er auszulösen schien.

Endlich fand Jules zwischen den Sofakissen eins der Zigarettenpäckchen, die er immer überall herumliegen ließ. Er steckte sich eine Zigarette an, zog daran und atmete hastig aus. Dann durchquerte er mit halb geschlossenen Augen die Rauchwolke und ging ins Schlafzimmer hinüber, um sich anzuziehen.

Sophie blieb sitzen und nippte abwesend an ihrem Kaffee. Sie hätte alles dafür gegeben, die Arbeit von diesem Babbitt erledigen zu dürfen, den Jules so zu hassen schien.

»Denk daran, dass wir uns heute Abend nicht sehen, weil ich zum Essen verabredet bin«, sagte Jules, als er angezogen und frisiert wieder auftauchte. Er streifte ihre Wange mit einem Kuss, setzte sich den Hut auf und verließ eilig die Wohnung.

»In Ordnung«, antwortete Sophie immer noch in Gedanken versunken.

Jules Beck mochte den allgegenwärtigen Art Babbitt nicht, für alle anderen war er jedoch eine faszinierende Persönlichkeit. Babbitt lebte allein in Tuxedo Terrace in einem großen Haus mit drei Schlafzimmern und Kamin, aber erstaunlich wenig Möbeln. Offensichtlich waren sie durch auf dem Fußboden verteilte Kissen ersetzt worden.

Das Thema Innenausstattung interessierte den Junggesellen scheinbar nicht.

An diesem Abend schaute sich Art Aufnahmen von einem Baseballspiel an, zusammen mit dem Animator Martin Locke, der wie er selbst aus New York stammte. Locke hatte vor weniger als einem Jahr im Studio angefangen.

Bierflaschen standen auf dem Fußboden und leisteten dort einigen Tellern mit Essensresten Gesellschaft, während Art und Martin, mit Zeichenblock und Bleistift bewaffnet, aufmerksam die Bilder betrachteten.

»Achte auf den Werfer«, sagte Art und deutete mit dem Bleistift auf das Bild, während er mit der anderen Hand auf den Zeitlupenknopf des Projektors drückte. »Auf die vorbereitende Anspannung vor der eigentlichen Bewegung.«

Mit entschlossenen, exakten Strichen versuchte Martin schweigend und konzentriert, die erwähnte Veränderung zu Papier zu bringen.

»In diesem Moment setzt die Bewegung aller Gelenke ein, siehst du?«, fuhr Art fort.

»Ja.«

»Und jetzt guck mal! Er beugt die Hüfte, hebt das Bein und winkelt das Knie an.«

Art fertigte eine schnelle Skizze von der Haltung des Spielers an.

»In dieser Phase ist die Muskelspannung nicht sehr groß«, bemerkte Martin, legte Block und Bleistift zur Seite, griff nach der nächstbesten Bierflasche und nahm einen langen Zug.

Auch Art entspannte sich und stellte den Projektor aus.

»Ich finde es wirklich interessant, Zeichnungen nach solchen Aufnahmen anzufertigen.«

»So sollten alle arbeiten, Martin. Ich filme schon seit Langem, wie die Leute auf der Straße gehen, wie sie laufen und springen.«

Auch Art nahm einen tiefen Schluck Bier. Dann stand er auf und ging zur Küche hinüber, aus der er mit einer neuen Flasche in jeder Hand zurückkehrte. Er bot Martin eine an und ließ sich wieder auf eins der bequemen Kissen sinken. »Aber ich finde, dass wir noch weiter gehen sollten.«

»Wie denn?«, fragte Martin interessiert.

»Ich hab mir überlegt, dass für die Künstler im Studio Weiterbildung wichtig wäre. Sie sollten unterrichtet werden.«

»In was denn?«

»Im Zeichnen nach der Natur, wie bei der höheren Kunst, verstehst du?«

»Aber wie denn? Wo?«

Art Babbitt lächelte auf seine typische verschmitzte Art. »Mit einem Modell natürlich. Und hier, bei mir zu Hause. Ich bin schon dabei, da etwas zu organisieren.«

Sophie griff nach dem Päckchen, das Jules auf dem Tisch liegen gelassen hatte, und steckte sich zum ersten Mal in ihrem Leben eine Zigarette an.

Obwohl der Tabak fürchterlich schmeckte und heftiges Husten auslöste, zwang sich Sophie dazu, bis zum Ende zu rauchen.

Sie hatte heute frei. Für die Graphics Studios lief es nicht gut, da ihnen nicht nur die Wirtschaftskrise, sondern auch Disneys wachsender Erfolg zu schaffen machte. An manchen Tagen gab es keine Arbeit, wie an diesem Samstag, der für die Nation doch so voller Hoffnung war. Für Sophie hingegen, die ihren düsteren Gedanken nachhing, war der Tag so bitter geworden wie der wieder aufgewärmte Kaffee in ihrer Tasse.

Sie hatte sich mit Marion verabredet, um zu einer der Trickfilmzeichner-Versammlungen in der Bar an der Western Avenue zu gehen. Sophie hatte dort interessante Leute kennengelernt, und die Treffen heiterten sie immer auf, obwohl sie eher die Rolle einer passiven Zuschauerin einnahm. Aber sie hörte gerne zu. Sowohl den alten Hasen der Branche mit ihrer jahrelangen Erfahrung als auch den Kollegen, die sich wie sie selbst mit schlecht bezahlten und wenig angesehenen Jobs zufriedengeben mussten.

Diese Zusammenkünfte brachten Sophie zum Nachdenken und sorgten für einen kleinen Hoffnungsschimmer. Marion hatte recht, wenn sie versicherte, dass man nicht resignieren durfte und kämpfen musste.

Außerdem erzählte Sophie niemandem von diesen Sitzungen und wurde immer von aufgeregtem Kribbeln erfüllt, wenn ihr wieder in den Sinn kam, dass sie ja ein Geheimnis hatte.

So munterte der Gedanke an das Treffen sie auch heute etwas auf. Sie schaute auf die Uhr. Ihr blieb noch jede Menge Zeit, deshalb schaffte sie in der Wohnung ein bisschen Ordnung, während sie leise *Some of These Days* von Bing Crosby vor sich hin trällerte, das so oft im Radio gespielt wurde. Als Sophie den Tisch abgedeckt hatte, räumte sie in der Küche auf und machte das Bett. Dann zog sie sich an und ging ins Bad. In der Handtasche hatte sie das Wichtigste dabei – Zahnbürste, Zahnpasta und Handcreme. Jetzt entdeckte sie allerdings, dass sie ihre Haarbürste zu Hause vergessen hatte. Sophie dachte daran, wie umständlich es war, zwischen den beiden Wohnungen hin und her zu pendeln. Aber als sie in den Schubladen in Jules' Badezimmer nach einer Bürste suchte, um ihre rebellischen Locken zu bändigen, entdeckte sie etwas ganz anderes: einen korallenroten Lippenstift. Sofort blitzte das Bild von Carols leuchtenden vollen Lippen vor ihr auf und traf sie wie ein Schlag.

Schweigend grübelte Sophie vor sich hin und suchte nach einer Erklärung, während ihre grauen Augen den Lippenstift in ihrer Hand fixierten, dessen Rotton so schändlich war wie die Sünde.

Sophie legte ihn wieder dorthin zurück, wo sie ihn gefunden hatte, und verließ das Bad. Mit finsterem Blick setzte sie sich ins Wohnzimmer und presste sich gegen die Rückenlehne des Stuhls. Lissettes Worte dröhnten ihr in den Ohren: *Die Becks sind von Natur aus untreu, meine Liebe.*

Mit einem Mal wurde Sophie so eiskalt, dass sie nur noch die Flucht ergreifen wollte. Sie holte ihre Sachen, durchquerte mit eiligen Schritten den Raum und knallte die Wohnungstür hinter sich zu. Als sie ging, nahm sie die Beklemmung in der Brust mit, die sich draußen auf der Straße in Tränen auflöste.

Der frühlingshafte Märzmorgen war zu einem kühlen Nachmittag geworden, als Sophie nach Hause zurückkehrte.

Sie stieg die schäbige Treppe zur Wohnung hinauf, öffnete die Tür und ließ sich aufs Sofa sinken, wo sie die Knie an die Brust zog und fest umarmte.

Durch die dünne Wand von Lissettes Zimmer war Lachen und Murmeln zu hören. Die Stimme eines Mannes und weibliches Flüstern, das in verspieltem Glucksen endete. Nach ein paar Minuten zeigten sich dann auch die zu den Stimmen gehörenden Personen.

Eine strahlende Lissette betrachtete Sophie neugierig mit wirrem Haar und einem verschleierten Blick aus blitzenden grünen Augen.

Hinter Lissette erschien ein unfassbar attraktiver junger Mann mit nacktem Oberkörper.

Er musterte sie mit einem tiefen Blick aus seinen schwarzen Augen, die denen von Jules glichen, aber irgendwie undurchsichtig wirkten.

»Sophie, das ist …«

»Hallo, Tyler«, sagte Sophie, die sich denken konnte, wen sie da vor sich hatte.

Da keiner so recht wusste, was er sagen sollte, brachte der junge Mann irgendwann eine Ausrede vor, zog sich an und verschwand.

Daraufhin kochte Lissette erst einmal Kaffee und stellte eine Schachtel mit Buttertörtchen auf den Tisch.

Dann schüttete Sophie ihrer Freundin ihr Herz aus.

»Dass du zwischen den Sachen von Jules diesen Lippenstift gefunden hast, hat doch nicht unbedingt etwas zu bedeuten«, sagte Lissette, nachdem sie sich alles angehört hatte.

»Ach, nicht?«

»Nein. Ich glaube, du machst da aus einer Mücke einen Elefanten. Denkst du etwa, dass du in Jules' Leben die erste Frau bist? Das Ding liegt vielleicht schon seit Monaten oder sogar Jahren in der Schublade.«

Auf diese Idee war Sophie noch gar nicht gekommen; sie dachte die ganze Zeit bloß an Carols korallenrote Lippen. Nun schüttelte sie den Kopf. »Ich bin sicher, dass er mich betrügt.«

Lissette füllte zwei Tassen mit Kaffee und biss gierig in eins von den Törtchen, nach denen sie ganz verrückt war.

»Es ist wahrscheinlich«, sagte sie.

»Aber …«

»Ich habe dich ja gewarnt und es dir gesagt: Die Beck-Brüder sind eben, wie sie sind, und keine Frau wird sie jemals ändern. Weder ich noch du, einfach niemand.«

»Ich werde mich von ihm trennen!«

Lissettes Stimme war bei den folgenden Worten so rau und bestimmt, dass sie in Sophies Ohren ganz fremd klang: »Tu das, wenn du es deiner Meinung nach tun musst. Verlass ihn, wenn du nicht in einer Mausefalle landen willst, aus der du scheinbar nie wieder entkommen kannst. Gib ihm die Wohnungsschlüssel zurück und mach ihm nicht auf, wenn er flehend vor der Tür steht. Geh diesen Schritt jetzt, wo es noch möglich ist. Tu es, wenn du meinst, dass du es schaffst. Wenn du dir sicher bist.«

Lissettes grüne Augen waren finster geworden. Tränen liefen ihr über die Wangen, bis sie die Lippen erreichten, die ihr ewiges Lächeln verloren hatten.

»Wenn du all das nicht kannst, mach es wie ich. Aber stell dich darauf ein, dass du dann allein gegen dieses monströse Raubtier – die Liebe – ankämpfen musst.«

Sophie stand auf und schloss Lissette in die Arme.

Gemeinsam weinten sie, während das ganze Land an diesem Samstag, dem vierten März 1933, mit wachsender Hoffnung seinen neuen Präsidenten feierte.

KAPITEL 6

DISNEYS VERRÜCKTE IDEE

In Hollywood war das Gewerkschaftsfieber ausgebrochen. Es war nur die logische Folge so einiger Faktoren, wie zum Beispiel der Proteste von Angestellten aus der Filmindustrie gegen dort übliche Praktiken: Knebelverträge, Entlassung an Weihnachten und Neueinstellung zu Neujahr, um die Weihnachtsferien nicht bezahlen zu müssen, Lohnkürzungen und eine lange Liste von Etceteras.

Einerseits waren mit der Erfindung des Tonfilms viele Künstler aus New York nach Los Angeles gekommen, die bereits Gewerkschaften angehörten. Sie brachten frischen Wind und neue Ideen in die Filmstudios der Westküste mit.

Und es wusste ja jeder, was Greta Garbo bei ihrer Ankunft in Hollywood gesagt hatte, nämlich dass die Arbeitsbedingungen dort an Sklaverei erinnerten.

Andererseits hatte Präsident Roosevelt durch die Aufhebung der Prohibition zwar an Beliebtheit gewonnen, zugleich musste aber eine ganze Generation von Kriminellen, deren Hauptgeschäft der Alkoholschmuggel gewesen war, nach neuen Wirkungsbereichen suchen.

Willie Bioff war ein Schmuggler und Zuhälter aus Chicago, der bis zu seiner Begegnung mit dem lokalen Leiter der IATSE in Chicago, George Brown, bloß ein kleiner Mafioso gewesen war.

Bei der IATSE handelte es sich um die wichtigste und älteste Gewerkschaft mit den meisten Mitgliedern im Showgeschäft. Die beiden Mafiosi nutzten Browns Stellung in der Organisation, um den Besitzern von Kinosälen mit einem gnadenlosen Streik der Filmvorführer zu drohen, wenn dies nicht mit der Zahlung einer gewissen Summe verhindert würde. Dabei war ihnen sonnenklar, dass die Besitzer lieber ihnen die Taschen füllten, als einen Streik zu riskieren. Der würde nämlich um einiges teurer werden.

Und damit hatten sie die Gans entdeckt, die goldene Eier legte. Die IATSE-Gewerkschaft war das perfekte Mittel, um die Unternehmer aus der Unterhaltungsbranche zu erpressen und zu schröpfen.

Als Al Capone von Bioffs und Browns Geschäft erfuhr, wollte er auch ein Stück vom Kuchen abhaben, genauer gesagt zwei Drittel davon. Im Gegenzug würde er Brown unter seinen Schutz stellen und ihn für den Posten des nationalen Leiters der Organisation vorschlagen. Bioff wurde ihr Vorsitzender an der Westküste.

Nun hielt also Al Capone den beiden Mafiosi den Rücken frei, während die das taten, was sie am besten konnten: Sie erpressten Kinobesitzer, inzwischen aber in viel größerem Stil.

In Hollywood erwarb sich Bioff daher den Ruf als Chef einer Gewerkschaft, die mit jedem Tag korrupter wurde. Dennoch funktionierte das Geschäftsmodell weiterhin ohne große Schwierigkeiten. Dadurch ermutigt, ging Bioff direkt auf Studiochefs zu und bot auch ihnen an, sie gegen die Zahlung von horrenden Summen gegen Streiks des Personals abzusichern.

Seine Worte fielen auf fruchtbaren Boden, weil die Unternehmer und selbst die Filmakademie angesichts der möglichen Entstehung von Gewerkschaften in der Branche in Alarmbereitschaft waren. Dies hatte bereits dazu geführt, dass Firmenleitungen mit Entlassungen drohten und schwarze Listen anlegten. Als all das nichts brachte, griff der Arbeitgeberverband auf Mafiosi wie Bioff zurück, damit sie die schmutzige Arbeit übernahmen. Wie sie das anstellten, schien niemanden zu scheren. Und so erlangten Bioff und Brown die absolute Macht über Tontechniker, Kameraleute, Bühnenbildner und Beleuchter und ließen sich bestechen, um die Studios vor Streiks zu schützen: Der Preis dafür betrug im Jahr 50000 Dollar pro Studio.

Tommy Malloy von der IATSE in Chicago bezahlte mit dem Leben dafür, dass er Al Capone und seine in der Gewerkschaft eingeschleusten Männer verriet.

Andere hatten mehr Glück und wurden wegen ihrer Proteste nur suspendiert und ausgeschlossen. Aber es war offensichtlich, dass die Führungskräfte der Filmindustrie von Hollywood lieber mit Kriminellen verhandelten als mit ihren eigenen Mitarbeitern.

Ende März 1933 kam der Kurzfilm *Die drei kleinen Schweinchen* in die Kinos, und eins der darin vorkommenden Lieder, *Wer hat Angst vor dem bösen Wolf?*, mauserte sich nach und nach zu einer Hymne der schweren Krise.

Jules und Sophie deckten den Tisch, um bei weit geöffneter Terrassentür mit Blick auf den Garten zu Abend zu essen. Trotz der späten Stunde brannte die Sonne noch immer vom Himmel. Die letzten Tage waren von einer schwülen Hitze geprägt gewesen, wie sie eher im Juli als gegen Frühlingsende üblich war.

Sophie hatte das unheilvolle leuchtende Rot des verfluchten Lippenstifts nie vergessen. Die Wunde, die es in ihrem Herzen aufgerissen hatte, verheilte einfach nicht, obwohl sie ihre Reaktion mit der Zeit selbst als übertrieben einschätzte. Trotzdem konnte sie den Argwohn nicht abschütteln. Um ihrer Beziehung willen versuchte sie aber, ihn in Jules' Nähe zu unterdrücken, denn sie wollte doch mehr als alles andere mit ihm zusammen sein.

Nur er war dazu in der Lage, ihren Körper vor Begierde zum Beben zu bringen. Wenn sie sich liebten und Sophie sich Jules hingab, verspürte sie eine solche Lust, dass es beinahe schmerzhaft war.

An diesem Abend zeigte sich Jules außerdem von seiner charmantesten Seite und schaute sie mit verschwörerisch funkelndem Blick an. Er hatte für dieses Essen wahre Köstlichkeiten besorgt und servierte dazu eine Flasche Cabernet de Rutherford, einen hervorragenden Wein aus dem Napatal an der Nordküste Kaliforniens. Ein solcher Rebensaft war zurzeit nur schwer zu finden, was ihn zu einem teuren Vergnügen machte. Das lag selbstverständlich daran, dass unter der gerade erst abgeschafften Prohibition auch die Weinherstellung gelitten hatte. Die nur etwa hundertvierzig Weingüter, die im ganzen Land noch in Betrieb waren, produzierten natürlich auch nur eine überschaubare Anzahl von Flaschen.

Der Wein wärmte Sophie das Herz und machte es für sie einfacher, den zauberhaften sommerlichen Abend zu genießen und böse Geister zu vertreiben.

Sie stießen auf den Erfolg von *Die drei kleinen Schweinchen* an.

»Im Studio wird gemunkelt, dass der Film den Verleihern in New York nicht gefällt«, erzählte Jules, ohne sich davon die gute Laune verderben zu lassen.

Jules schloss genießerisch die Augen, während er an seinem Glas nippte, und Sophie tat es ihm nach. Der Alkohol zauberte ein rosiges Leuchten auf ihre Wangen.

»Meiner Meinung nach wusste Walt ganz genau, wie schwierig es sein würde, einen Kurzfilm mit nur vier Figuren an den Mann zu bringen. Aber er ist sich seines Erfolgs so sicher, dass ihm derartige Einwände noch nie Kopfzerbrechen bereitet haben.«

Sophie lächelte. Da sie den Film vor ein paar Tagen selbst gesehen hatte, zog vor ihrem inneren Auge ein Reigen bunter Bilder vorbei. Sie wickelte sich eine Locke um den Finger.

»Ihr habt wirklich tolle Arbeit geleistet, Jules! Der Film hat Charakter, und jede einzelne Figur ist ein Meisterwerk. Die fetten, leichtfüßigen musizierenden Schweinchen genauso wie ihr praktisch veranlagter Bruder, der alle retten kann, weil er vorgeplant hat«, kommentierte sie lachend.

»Und dann der Wolf«, fügte Jules hinzu, »so hässlich und böse.«

Als sie einander anschauten, begannen sie unwillkürlich, die erste Strophe von *Wer hat Angst vor dem bösen Wolf?* zu trällern. Sie brachen in Gelächter aus. Jules griff auf der Tischplatte nach Sophies Hand, und wie immer schien der Boden unter ihren Füßen zu beben, wenn ihr Liebster ihr so nahe war. Es kam ihr vor, als hätten sich die intensiven Noten des Weins auf sie übertragen.

Eine Weile aßen sie schweigend, bis Sophie eins der Themen anschnitt, über die bei den Treffen mit Marion gesprochen wurde. Es handelte sich um eine der Forderungen der Trickzeichner.

»Ich verstehe einfach nicht, warum im Abspann eure Namen nicht genannt werden – weder deiner noch der von Art Babbitt oder dem restlichen Animationsteam, nicht einmal der vom Direktor, Burt Gillett.«

Jules' bisher so heitere Miene wurde finster, und er warf Sophie einen stechenden Blick zu.

Diese Reaktion beobachtete sie bei ihm nicht zum ersten Mal. Sie versuchte zu verstehen, womit sie ihn wohl beleidigt hatte. Vielleicht damit, dass sie seine vom Studio auferlegte Anonymität laut benannt hatte? Oder ging es vielmehr um die Erwähnung von Babbitt, für den ihr Freund keinerlei Sympathie hegte? Sie wusste es nicht, aber Jules hatte dichtgemacht, und der Raum füllte sich mit beißendem Schweigen.

Irgendwann sagte Jules rau: »Das ist doch nicht von Bedeutung. Der Film ist ein Werk der Disney Studios, oder etwa nicht? So steht es im Abspann, und das schließt uns alle mit ein.«

»Ich finde ja …«

Mit dem Weinglas in der Hand stand Jules auf und ging auf die Terrasse hinaus. Er hatte Sophie nicht ausreden lassen, und sie blieb mit einem Gefühl der Beklemmung in der Brust zurück, was sich noch oft wiederholen sollte. Am liebsten wäre sie im Boden versunken.

An diesem Morgen Anfang Juni herrschte klebrige Hitze. Aber Sophie schien das gar nicht zu bemerken. Sie war so auf ihre Aufgabe konzentriert, dass eine dichte Wolke sie vom Rest der Welt zu trennen schien. Und diese Wolke schwebte über der Vorlesung zur Anatomie von Pferden, die auf dem Außengelände des Chouinard stattfand. Die weitläufige Anlage wurde oft für Unterricht im Freien genutzt. Mit Zeichenmaterial und Staffeleien hatten die Studenten einen Kreis rund um das Pferd gebildet, ein prächtiges weißes Tier mit schwarzen Sprenkeln, das die Dozentin am Halfter hielt.

Sophie hörte interessiert zu, weil sie seit früher Kindheit eine Vorliebe für die Darstellung von Tieren hatte. Daher war sie so gern an der Hand ihres Vaters in den Zoo des New Yorker Central Park gegangen.

Der Unterricht neigte sich bereits dem Ende zu, als zwei Männer an die Gruppe herantraten und sich schweigend im Hintergrund hielten.

Einen von ihnen grüßte die Dozentin wie einen alten Bekannten. Bevor sie die Stunde zum Abschluss brachte, sagte sie zu den Anwesenden: »Heute ist einer unserer ehemaligen Studenten zu Besuch. Es ist mir ein Vergnügen, Ihnen Hardie Gramatky vorzustellen, einen angesehenen Aquarellmaler. Und natürlich seinen Begleiter, Mr Art Babbitt, Animator bei den Walt Disney Studios.«

Als Sophie diesen Namen hörte, hob sie ruckartig den Kopf, wobei ihr das Heft mit den Notizen vom Schoß rutschte und zu Boden fiel.

Sie wartete ab, bis die beiden Männer sich von der Dozentin verabschiedet hatten, bevor sie sich Art Babbitt näherte. »Mr Babbitt?«

Art drehte sich um und fixierte die junge Frau intensiv.

Sophie spürte, dass ihre Wangen heftig zu brennen begannen.

»Miss …?«

»Simmons. Sophie Simmons.«

Art reichte ihr die Hand, und brachte seinen vollen Charme zum Einsatz.

»Ich … also, wissen Sie, ich habe viel von Ihnen gehört.«

»Hoffentlich nur Gutes«, erwiderte Art und lachte.

Sophie starrte ihn an und wusste nicht so recht, was sie darauf erwidern sollte. Am Ende lächelte sie befangen.

Eine halbe Stunde später wusste Art Babbitt bereits, dass Sophie in der Upper West Side zur Welt gekommen war. Sie hatte ihm auch erzählt, dass sie auf der Jagd nach einem bislang nicht erfüllten Traum nach Los Angeles gekommen war, dass sie ein Stipendium fürs Chouinard hatte und eine wahre Expertin war, was die Anatomie von Tieren anging.

Sophie ihrerseits erfuhr, dass Babbitt seinen Freund Hardie Gramatky um Hilfe gebeten hatte. Gramatky hatte ihn als ehemaliger Student des Chouinard in der

Akademie vorgestellt, weil Babbitt auf der Suche nach einem Modell war. Er wollte für interessierte Kollegen aus dem Studio Unterricht im Zeichnen nach der Natur anbieten.

»Was für eine tolle Idee!«, rief Sophie aus.

»Ich glaube allerdings nicht, dass viele mitmachen werden. Die meisten haben nach der Arbeit anderes zu tun.«

»Und wo wird dieser Kurs stattfinden? Im Studio?«

»Nein, die Initiative geht von mir aus. Daher werde ich das Modell aus eigener Tasche bezahlen und den Unterricht bei mir zu Hause im Wohnzimmer anbieten.«

Aus der Tasche seines dünnen Leinenjacketts holte er Papier und einen Bleistift hervor.

»Das hier ist meine Adresse, Miss Simmons. Vielleicht haben Sie die Nase ja längst voll vom Zeichnen nach der Natur, aber Sie sind auf jeden Fall eingeladen. Der erste Termin ist schon heute Abend um sieben. Kommen Sie?«

Sophie griff nach dem angebotenen Zettel und nickte. »Mit großem Vergnügen, Mr Babbitt.«

»Art«, korrigierte er, während er zum Abschied zwei Finger an die Schläfe legte und Sophie zuzwinkerte.

Sophie hatte das Gefühl, zu schweben. Es stimmte schon, dass sie ausreichend Gelegenheit zum Modellzeichnen hatte. Aber es war doch etwas ganz anderes, mit Leuten aus den Disney Studios an einem solchen Unterricht teilzunehmen!

Außerdem hatte sie Art Babbitt einfach bezaubernd, wenn auch etwas einschüchternd, gefunden. Er gehört zu jenen Personen, dachte sie, neben denen man sich irgendwie klein fühlt. Jedenfalls verstand Sophie nun wirklich nicht, warum Jules so abschätzig über Babbitt redete. Vielleicht sollte sie ihn mal darauf ansprechen. Oder besser nicht.

An diesem Abend hatte Babbitt Martin und ein paar Kollegen aus seinem Team zum ersten Mal dazu eingeladen, bei ihm zu Hause nach der Natur zu zeichnen.

Babitt war überrascht und begeistert, als alle sieben Animatoren aus der Abteilung auch wirklich kamen.

Damit war Sophie nicht nur die einzige Frau, sondern auch die einzige, die nicht bei Disney arbeitete, aber Art stellte sie sofort allen vor. Er bat sie sogar um Hilfe bei der Organisation des Abends, weil er selbst kein Lehrer war und Sophie als Studentin des Chouinard die Abläufe einer solchen Sitzung viel besser kannte.

Für Sophie war dies eine sehr bereichernde Erfahrung. Zum ersten Mal seit ihrer Ankunft in Los Angeles fühlte sie sich unter lauter motivierten Fachleute wie eine von ihnen. Außerdem konnte sie so ihre Erfahrung als Kunststudentin mit anderen teilen.

Später würde sie sich auch deshalb so gut an das erste Treffen bei Art Babbitt zu Hause erinnern, weil sie bei dieser Gelegenheit Martin Locke kennenlernte, einen schlanken jungen Mann mit ewig zerzausten Haaren und einem fast kindlichen Schmollmund. Locke nahm für gewöhnlich die Rolle des Zuschauers ein, betrachtete das Leben mit seinen honigfarbenen Augen und brachte es dann zu Papier.

Die Sache mit der Sitzung sprach sich herum, und nach einem Monat kamen bei Art Babbitt bereits mehr als zwanzig Personen zusammen, um beim Modellzeichnen an ihren Fähigkeiten zu feilen.

Im September erfuhr auch Walt Disney, dass sich Angestellte aus seiner Firma in Babbitts Wohnzimmer verabredeten, um nackte Frauen zu zeichnen. Er fand es sicherer, diese Treffen ins Studio zu verlegen, damit niemand die Situation missdeutete. Aber er überließ Babbitt weiterhin die Organisation: Dieser suchte die Modelle aus und versicherte sie, außerdem wollte er von nun an zusätzlich einen Lehrer engagieren, um aus den Sitzungen das Meiste herauszuholen.

Zu Anfang des Herbstes war es dann so weit, dass die Walt Disney Studios für alle Künstler des Hauses, die gern teilnehmen wollten, Unterricht im Zeichnen nach der Natur anboten. Die Sitzungen fanden auf der Tonbühne statt, nachdem die Schauspieler und Musiker gegangen waren. Als Lehrer hatte man Don Graham ausgewählt.

Diese Änderungen brachten für Sophie das Ende eines äußerst glücklichen Abschnitts ihres Lebens mit sich.

Natürlich freute sie sich darüber, dass Babbitts Idee so begeistert aufgenommen worden war. Dies bedeutete jedoch, dass der Unterricht von nun an auf die Mitarbeiter des Studios beschränkt war, und der Zutritt zu dieser Welt blieb ihr weiterhin verwehrt.

Leider schlossen im September, kurz vor dem Unterrichtsbeginn am Chouinard, die Graphic Studios endgültig. Damit hatte Sophie ihre Arbeit verloren, was allerdings nicht überraschend kam.

Wäre sie nicht auf das winzige Gehalt angewiesen,

hätte sie ihrer Zeit dort keine Träne nachgeweint, da sie sich in den Graphics Studios überhaupt nicht wohlgefühlt hatte. Die künstlerische Qualität der Produktionen hatte immer mehr nachgelassen, sie wartete noch auf den Lohn von mehreren Wochen und hatte mit ständiger Anspannung und Beklemmung zu kämpfen gehabt.

Allerdings sah Sophie nun einer ungewissen Zukunft entgegen, in der ihre Träume langsam verblassen würden.

Wie immer stand in schweren Zeiten Lissette ihrer Mitbewohnerin zur Seite.

»Was soll ich denn nur tun, Lissette? Ich muss doch von irgendwas leben!«

»Zerbrich dir mal nicht im Voraus den Kopf, schließlich hast du doch dein Stipendium. Mach dir wegen deiner Ausbildung also keine Sorgen und konzentrier dich eben auf den Unterricht.«

Sophie spürte einen Kloß im Hals und zwang sich, tief durchzuatmen. »Ja, aber das Material ist teuer, und ich kann zu Hause nicht um Unterstützung dafür bitten. Nicht einmal die Miete werde ich bezahlen können.«

»Vergiss die Miete jetzt mal. Ich hab etwas Geld gespart, mit dem wir ein paar Monate über die Runden kommen können. Und hier wird immer ein Teller mit Essen für dich auf dem Tisch stehen.«

Sophie drängte die Tränen zurück, die ihr in den Augen brannten. »Du bist die beste Freundin aller Zeiten, der wunderbarste Mensch, den ich je kennengelernt habe. Aber du weißt doch selbst, dass wir nicht beide mit nur einem Einkommen überleben können. Und wie soll ich unter den gegebenen Umständen denn Arbeit finden?«

Als für ein paar Sekunden das Lächeln aus Lissettes Blick verschwand, hatte Sophie den Eindruck, als zöge eine dunkle Wolke vorüber.

Am Ende nahm Lissette ein Päckchen Zigaretten aus der Tasche ihres Morgenmantels, zog zwei daraus hervor und zündete sie an. Eine gab sie Sophie.

»Bevor wir eine drastische Entscheidung treffen müssen, haben wir durchaus ein, zwei Monate Luft. Die Hoffnung stirbt immer zuletzt.« Mit halb geschlossenen Lidern nahm Lissette einen tiefen Zug und blickte in den aufsteigenden Rauch. Ihre Hände zitterten leicht. »Bitte alle Leute um Hilfe, die du kennst, die Lehrer am Chouinard und Jules auch! Wenn die sich umhören, ergibt sich bestimmt irgendetwas.«

»Natürlich …«

»Und ich werde mal mit Tyler reden. Vielleicht brauchen sie ja bei ihm auf der Arbeit mehr Zeichner.«

Sophie schaute Lissette an, zog ein letztes Mal an ihrer Zigarette und stieß bedächtig den Rauch aus. Den Geschmack des Tabaks mochte sie zwar immer noch nicht, aber sie musste zugeben, dass Rauchen sie entspannte.

Lissette fing an zu nähen. Und so wie sie mit dem Stoff auf dem Schoß und der Nadel zwischen den Zähnen dasaß, strahlte sie Gelassenheit und Selbstbewusstsein aus.

Was für ein großes Glück es doch gewesen war, ihre Mitbewohnerin kennenzulernen, dachte Sophie.

Das bestätigte sich eine Woche später noch mal, als Lissette eine tolle Neuigkeit verkündete: »Heute Nachmittag war eine Kundin zur Anprobe hier und hat mir erzählt, dass sie ihre Arbeit als Verkäuferin in der Buchhandlung Fowler's aufgibt, weil sie aus Los Angeles wegzieht. Stell dich am besten gleich morgen dort vor. Vielleicht klappt es ja!«

Zwischen Westlake Park und der Hill Street gab es jede Menge Buchhandlungen, die auf bestimmte Themen spezialisiert waren. Neben Fowler's waren vor allem Dawson's, Zeitlin's und Parker's bekannt, und Sophie war in allen schon einmal gewesen.

Am nächsten Morgen sprach sie bei Fowler's vor und wurde tatsächlich genommen. Da das Geschäft im Moment nicht besonders gut lief, war man dort sogar bereit, Sophie nur halbtags einzustellen. Das war wirklich ein Glücksfall in diesen Zeiten, in denen so viele ohne Beschäftigung dastanden.

Als Sophie die Buchhandlung verließ, schien die alte Holztür eine hoffnungsvolle Melodie zu quietschen. Sophie wusste, dass ihre neue Arbeit auch nicht schlimmer sein konnte als die im Studio, und sie wurde sogar besser bezahlt.

Dadurch konnte sie weiter in Los Angeles bleiben und aufs Chouinard gehen.

Und mit Lissette zusammenwohnen.

Und weiterträumen.

Der Weg der Träume ist lang.

Und steil.

Manchmal zu sehr.

Ein Jahr war verstrichen. Sophie würde am Chouinard mit dem dritten und letzten Schuljahr beginnen und freute sich auf ihre Rückkehr zur Akademie. Allerdings mischte sich unter ihre Vorfreude auch eine gewisse Resignation.

Denn trotz ihrer Arbeit in der Buchhandlung würde Sophie auch in diesem Jahr wieder nicht genug Geld zusammenbekommen, um an Weihnachten ihre Familie in New York besuchen zu können. Deshalb war sie häufig traurig. Und ihre Ziele lagen immer noch in weiter Ferne.

Wie sehr ihr die Zeichensitzungen im Wohnzimmer von Art Babbitt fehlten! Dort hatte sie sich inmitten all der begeisterten und engagierten Künstler wie eine von ihnen gefühlt.

Auch mit den heimlichen Treffen an der Western Avenue war inzwischen Schluss. Für eine Weile hatte es so ausgesehen, als würde die Gruppe immer weiter wachsen und ihr Projekt Form annehmen, worüber Marion selig gewesen war. Aber all dies hatte ein Ende gefunden, als einige der Studiobosse von den Zusammenkünften Wind bekommen hatten. Laut Marion hatte es Spione unter den Anwesenden gegeben. Das hatte nicht nur zu Drohungen geführt, sondern den Angestellten waren auch jede Menge nächtliche Überstunden aufgebrummt worden, um der Sache einen Riegel vorzuschieben.

Nach der Schließung der Graphics Studios hatte Sophie Marion noch während des ein oder anderen Treffens gesehen, am Ende brach der Kontakt zu ihr und zu jener Gruppe von kampflustigen Animatoren aber ab. Und Sophie hatte immer mehr das Gefühl, dass sie sich von allem entfernte, was sie wirklich interessierte.

Auch ihre Beziehung zu Jules hatte sich im Laufe dieses

Jahres verändert. Dass Sophie nie mit ihm über ihre Zweifel an seiner Treue gesprochen hatte, führte bei ihr zu einem wachsenden Gefühl der Erniedrigung. Noch wollte sie es sich nicht eingestehen, aber sie war wirklich verbittert. Und allmählich litt ihre Beziehung unter all dem, was sie nicht aussprach und lieber herunterschluckte.

Wenn jemand Sophie gefragt hätte, was dieses unselige Jahr denn an Gutem mit sich gebracht hatte, so hätte sie zweifellos auf ihre Freundschaft mit Art Babbitt verwiesen. Der Kontakt zu ihm war nämlich nicht abgebrochen, als die Zeichenstunden von seinem Wohnzimmer ins Studio verlegt worden waren. Ganz im Gegenteil, sie hatten sich weiter regelmäßig gesehen, und man konnte sagen, dass sie einander wirklich schätzten.

Sophie hatte entdeckt, dass sich hinter Babbitts verschmitztem Blick und seinen zahllosen weiblichen Eroberungen, hinter seiner Maske aus vorgegebener Selbstsicherheit, ein sanfter, sensibler Mann mit ausgeprägtem Beschützerinstinkt verbarg.

Jedenfalls verkörperte Babitt für Sophie die Verbindung zu ihren Träumen. Er sprach mit ihr über Animation und hielt sie über die neuesten Entwicklungen in den Disney Studios auf dem Laufenden, anders als Jules, der sich bei beruflichen Fragen gern in argwöhnisches Schweigen hüllte.

Aus all diesen Gründen traf sich Sophie so oft wie möglich mit Art, hielt es aber vor Jules geheim. Ihr anfängliches schlechtes Gewissen darüber war schnell verflogen, schließlich brauchte auch sie ihre Freiräume, ihr eigenes Leben.

Von den Festen bei Babbitt zu Hause in Tuxedo Terrace hatte Sophie Jules ebenso wenig erzählt. Sie liebte diese Partys, bei denen nicht nur Modelle und Trickzeichner anzutreffen waren, sondern auch der ein oder andere berühmte Schauspieler.

Auf einer dieser Feiern sollte sie Martin Locke wiederbegegnen, an einem Abend, an dem sich Sophie besonders herausgeputzt hatte. Das Cocktailkleid aus blauer Shantungseide mit ellbogenlangen gebauschten Ärmeln hatte Lissette ihr geliehen. Es hatte einen wadenlangen schmalen Bleistiftrock und lag an der Taille, die noch mit einer Schleife betont wurde, eng an. Das Kleid stand Sophie ausgezeichnet, und Lissette hatte gesagt, dass die blaue Farbe ihren Blick sanfter werden ließ. Natürlich hatte die Schneiderin noch hinzugefügt, dass sie Sophie umbringen würde, wenn das Kleid einen Fleck oder Riss abbekommen würde.

Weil Sophie sich an diesem Abend wirklich schön fühlte, kam sie selbstsicher und stolz auf der Party an. Und tatsächlich richteten sich einige bewundernde Blicke auf sie, als sie wie eine Prinzessin zwischen den Gästen hindurchstolzierte.

Nach einer Weile verpuffte dieser Eindruck jedoch, und Sophies Begeisterung schwand. Sie kannte hier niemanden und sah auch Babbitt nirgendwo. Außerdem war es furchtbar warm, und da sich in der schwülen Hitze Schweißperlen auf ihrer Haut bildeten, fürchtete Sophie um das Kleid.

Sie überlegte gerade, wieder zu gehen, als hinter ihr eine Stimme erklang: »Hallo.«

Sophie drehte sich um, und ihre grauen Augen begannen zu leuchten, als sie Martin entdeckte. Er erinnerte sie an die Zeichenstunden, bei denen sie zusammen in genau diesem Raum gesessen hatten.

»Hallo«, erwiderte sie seinen Gruß lächelnd.

»Bist du schon länger hier? Ich hatte dich gar nicht bemerkt.«

»Ich bin gerade erst gekommen«, log Sophie.

»Du hast ja gar nichts zu trinken. Warte mal!«

Sophie gehorchte. Sie blieb reglos stehen, zupfte sich die hochgesteckten Haare zurecht und beobachtete, wie Martin sich zwischen den Gästen hindurchschlängelte, um Getränke zu besorgen. Sie erinnerte sich noch gut an seine honigfarbenen Augen mit dem melancholischen Blick. Ganz vergessen hatte sie hingegen diese vollen Lippen, die glühende Küsse verhießen. Bei diesem Gedanken klopfte ihr Herz, und sie setzte ein träumerisches Lächeln auf.

Obgleich sie Martin als stillen Zeitgenossen in Erinnerung hatte, entdeckte sie hinter seiner Fassade aus Schüchternheit an diesem Abend einen herzlichen und sensiblen jungen Mann.

Vielleicht schlummerte in ihm sogar ungeahnte Leidenschaft. In jedem Fall war er ein wunderbarer Tänzer.

Sophie hatte unglaublich viel Spaß.

»Wo hattest du dich denn versteckt?«, rief Babbitt, der plötzlich auftauchte und damit den Zauber durchbrach, der die beiden jungen Leute umfangen hatte.

»Und du, Martin, bist du bitte so nett und entführst mir das Fräulein nicht?«

Scherzend fasste Art Sophie am Arm und zog sie mit sich, um sie jemandem vorzustellen.

So wurden Martin und Sophie zwar voneinander getrennt, doch die vielsagenden Blicke, die sie wechselten, sprachen Bände.

Das neue Studienjahr am Chouinard hatte begonnen. Doch da sowohl Schülern als auch Lehrern die Hitze zu schaffen machte, waren die Klassenräume meistens leer und die Außenbereiche voll.

Sophie kam gerade aus dem Unterricht und setzte sich auf eine Bank, als plötzlich Art Babbitt mit strahlendem Lächeln und verheißungsvollem Blick vor ihr stand. »Sophie, hast du schon von Disneys neuester verrückter Idee gehört?«

Sophie konnte ein wehmütiges Lächeln nicht unterdrücken. Sie wusste durch Jules bereits von dem außergewöhnlichen Projekt. Walt Disney wollte aus *Schneewittchen*, dem Märchen der Brüder Grimm, einen Zeichentrick-Langfilm machen. Dies war eine Idee, die vollkommen verrückt schien, weil es so etwas noch nie gegeben hatte. Entsprechend waren auch die Reaktionen der Presse in Hollywood.

Disneys historische Schnapsidee!
Als gäbe es nichts Aktuelleres, soll ausgerechnet ein Märchen der Brüder Grimm zum Leben erweckt werden.
Hollywood lacht über Hollywood.
Aber wenigstens mit musikalischer Untermalung.

Empört hatte Sophie die Schlagzeilen der Journalisten gelesen, die offensichtlich keine Ahnung hatten. Sie verstand nicht, warum sie so voreilig etwas verurteilten, was sie nicht verstanden. Erkannte denn niemand, wie revolutionär Disneys Wagnis war?

Art und Sophie setzten sich zusammen in den Schatten. Versonnen betrachtete die junge Frau, wie das Licht der Sonne durch eine Baumkrone fiel, während Babbitt ihr begeistert von Disneys neuem Projekt erzählte.

»Glaub mir, Sophie, es ist der richtige Zeitpunkt für diesen Schritt. Wir müssen unsere Zeichentrickfilme auf das gleiche Niveau bringen wie Spielfilme. Wenn die Industrie wachsen soll, dürfen wir uns nicht immer nur auf Kurzfilme beschränken.«

Sophie schaute auf und blickte Art überrascht an.

»Wie du ja selbst weißt, waren Trickfilme bisher einfach nur Füllmaterial, das vor der Projektion von Langfilmen gezeigt wurde«, fuhr Art fort. »Aber jetzt ist der Moment gekommen, diese Situation zu ändern. Wir müssen lange Trickfilme erschaffen, die in den Kinosälen auch die Hauptrolle spielen können.«

»Die Idee ist wirklich bahnbrechend, so etwas hat bisher noch niemand gemacht.«

»Stimmt, wahrscheinlich wird das Projekt deshalb als völlig verrückt abgestempelt.« Art lachte. »Alle sagen, dass niemand einen so langen Film mit leuchtenden Farben ertragen wird, und auch keine anderthalb Stunden voller Gags.«

Man konnte sich Arts Begeisterung nur schwer entziehen, daher wurde Sophie schnell davon angesteckt.

Babbitt nahm den Hut ab, der ihm schräg auf dem Kopf gesessen hatte, und fächelte sich damit Luft zu. Es ging kein Windhauch, und bei dieser Hitze schienen selbst die Ideen in den Köpfen der Menschen zu schmelzen. Trotzdem verlor sein Blick das schelmische Glitzern nicht, als er fortfuhr: »Mit einem wird aber niemand rechnen: Wir werden nämlich einen Film machen, in dem es eben nicht nur Gags gibt, sondern auch Liebe, Bosheit, Abenteuer, Warmherzigkeit und Humor. Alles, was man braucht, um das Publikum zu fesseln.«

Arts Augen leuchteten hinter seinen Brillengläsern, als er in die Ferne blickte und verkündete: »Wir verfilmen nicht mehr und nicht weniger als *Schneewittchen*!« Nun legte sich ein Lächeln über seine Züge. Mit intensivem Blick fixierte er Sophie, die atemlos lauschte.

»Im Studio stellen sie jede Menge neue Leute ein, denn dieses Projekt hat immense Ausmaße, wie du dir vorstellen kannst. Und ich hab dir bisher zwar nichts gesagt, aber ich habe mit Hazel Sewell über dich gesprochen.«

»Mit wem?«, hauchte Sophie kaum vernehmbar.

»Mit Walts Schwägerin, die die Abteilung Tinte und Farbe leitet.«

Sophies Herz machte einen Satz, und in ihren Augen standen zwei ungeduldige Fragezeichen.

»Das Studio startet ein groß angelegtes Auswahlverfahren. Junge Frauen, die an einem Job im Bereich Tinte und Farbe interessiert sind, sollen bei Hazel Sewell ihre Mappe vorlegen. Wenn deren Qualität überzeugt und die Chefin darin Potenzial sieht, meldet sie sich bei den Kandidatinnen und schickt sie zu einer Fortbildung. Diese

Schritte habe ich allerdings übersprungen, wo kämen wir denn sonst hin!«

Sophie hielt es nicht länger aus, sie stand kurz vor dem Zusammenbruch. »Jetzt spann mich doch nicht länger auf die Folter, Art!«

»Zweifelst du etwa an mir und an meinem Einfluss im Studio?«, fragte er mit frechem Gesichtsausdruck.

»Willst du mir womöglich sagen, dass …?«

»Na ja, du weißt ja, wie in dieser Branche der Hase läuft. Deine Mappe musst du trotzdem mitbringen, und auch den Fortbildungskurs werde ich dir wohl nicht ersparen können. Aber deine Erfahrung als Koloristin wird dabei sicher von Vorteil sein. Außerdem bist du ja Chouinard-Studentin und eine wahre Künstlerin, Sophie! Deshalb habe ich nur ein bisschen nachgeholfen, als ich für dich ein Bewerbungsgespräch in den Walt Disney Studios vereinbart habe.«

Sophie kam es allerdings so vor, als hätte er für sie die Welt mit bunten Farben ausgemalt.

September 1934
Dezember 1940

DIE DAMEN VON TINTE UND FARBE

Kolorieren [...] erfordert Geduld, Organisations-
talent und beachtliches Können.

Frank Thomas und Ollie Johnston

KAPITEL 7

DIE DAMEN VON TINTE UND FARBE

Vor der Hochzeit ihrer Schwester Lillian mit Walt hatte Hazel Sewell bereits eine tiefe Freundschaft mit den Disney-Brüdern verbunden.

Hazel zog ihren zukünftigen Schwager in jener Zeit gerne mit der Bemerkung auf, dass er nie auf eigenen Füßen stehen würde, wenn er weiter seine Zeit mit dem Kritzeln von Karikaturen vergeude.

Glücklicherweise sollte Hazel mit ihrer Vorhersage nicht recht behalten, und gegen Ende der 1920er Jahre führte der Erfolg der Kurzfilme mit Micky Maus bei Disney zu unerwartetem Wachstum. Wegen steigender Nachfrage nach Filmen mit der sympathischen Hauptfigur musste die Produktion erhöht werden. Lillian hatte nach der Hochzeit mit Walt eigentlich zu arbeiten aufgehört, fing dann aber im Studio als Sekretärin ihres Mannes und Mädchen für alles wieder an.

An diesem Punkt bat Walt auch Hazel, in die Firma mit einzusteigen und die Abteilung Tinte und Farbe komplett umzugestalten.

Äußerlich war Hazel lieblich anzusehen, sie hatte aber einen unbeugsamen, kämpferischen Charakter. Die Menschen in ihrem Umfeld wussten, dass sie zu den wenigen gehörte, die Walt auch mal Paroli boten. Vielleicht vertraute er ihr deshalb blind. Und sie übernahm gern die schwierige Aufgabe, als erste Frau eine wichtige Abteilung in der Animationsbranche zu leiten.

Wie üblich in jenen Kindertagen der Filmindustrie waren die einzelnen Pflichten der Mitarbeiter und die Produktionsprozesse im brandneuen Studio an der Hyperion Avenue noch nicht klar definiert. Die Stimmung war ungezwungen, und von den Angestellten wurde erwartet, dass sie nötigenfalls überall mit anfassten. Einfach war es für niemanden, da es überall an Erfahrungswerten fehlte. Für Hazel stellte die Situation aber eine besondere Herausforderung dar, weil Walts Schwägerin keinerlei künstlerische Ausbildung hatte und die Welt des Trickfilms nicht kannte.

Um ihre Arbeit vernünftig zu erledigen, musste sie sich daher zunächst in die langen komplizierten Abläufe einarbeiten und sich mit allen Abteilungen und ihren jeweiligen Tätigkeiten vertraut machen. Dabei stellte sie fest, dass die Bilder bereits einen komplexen Prozess durchlaufen hatten, bevor in ihrem Team schließlich Tinte und Farbe zum Einsatz kamen.

Zunächst wurde in der Kreativabteilung der Grundstein für die Geschichte des Films gelegt. Mit einem Storyboard wurde das Drehbuch entwickelt, Dialoge und Musik wurden geschrieben, die Figuren ausgearbeitet, Farbschemata festgelegt und noch vieles mehr.

Die Kreativabteilung wies jedem Team von Animatoren eine Figur des Films zu, als handelte es sich um bei einem Casting ausgewählte Schauspieler.

Diese Arbeitsgruppe war dann dafür zuständig, mithilfe der Animationsassistenten die Szenen zum Leben zu erwecken, in denen ihre Figur vorkam.

Sie bekamen ein Exposure Sheet oder Übersichtsblatt, auf dem jeder Trickzeichner skizzierte, wie lange seine Animation dauern würde, und auf der im Laufe des Prozesses Änderungen vermerkt wurden.

Sobald die ersten Entwürfe von jeder Szene vorlagen, erfolgte der nächste Schritt, das Cleanup, bei dem die Zeichnungen mit Bleistift ins Reine gebracht wurden. Von dort aus gingen sie an die Inbetweener. Die erstellten die nötigen Zwischenstadien zwischen den Schlüsselzeichnungen und schickten dann alles zurück zum Cleanup, um eine komplette Szene als saubere Bleistiftversion zu erhalten.

Die daraus resultierenden Bilder wurden mit allen nötigen Korrekturen und Anmerkungen in einer Mappe zusammengefügt und an die Abteilung Tinte und Farbe weitergegeben. Unter der Aufsicht von speziell geschulten Kolleginnen, die die Arbeit am Ende absegnen mussten, konturierten und kolorierten dort Sewells Leute die Cels. Dabei lag ihnen eine Liste der Farben vor, die für jede Figur ausgewählt worden waren.

Zum Schluss wurden die fertigen Cels dann in den Kameraraum gebracht, wo der Prozess mit dem Aufnehmen der Szene vollendet wurde.

Und all das wurde so oft wiederholt, bis ein ganzer Film vorlag.

Hazel Sewell hatten einen wachen, klaren Verstand. Nachdem sie erst einmal das komplexe System im Studio durchschaut hatte, entwickelte sie für die ihr unterstehende Abteilung ganz neue Abläufe. Sie führte innovative Methoden ein, um die Cels zu vollenden, bevor sie vor die Kamera kamen, organisierte Fortbildungen für die nötigen Techniken und definierte die Aufgaben in ihrem Team neu. Im Laufe der Jahre gab sie alles, um die Arbeit mit Tinte und Farbe zu perfektionieren. Irgendwann trennte sie die beiden Tätigkeiten voneinander, was zu einer neuen Rollenverteilung führte. Tatsächlich handelte es sich ja um zwei ganz unterschiedliche Aufgaben, die auch verschiedene Anforderungen an die Zuständigen stellten.

Obwohl Hazel Sewell am Anfang sowohl mit Männern als auch mit Frauen zusammengearbeitet hatte, bildete sie mit der Zeit ein solides Frauenteam. Damit stand sie der ersten rein weiblichen Abteilung in der Trickfilmindustrie vor.

Als zu den Schwarz-Weiß-Schattierungen bunte Farben hinzukamen, ergaben sich fast unbegrenzte Möglichkeiten, die Filmfiguren damit zu bereichern. Bald würde Farbe in der damals noch jungen Trickfilmkunst eine zentrale, entscheidende Rolle spielen. Gleichzeitig wuchsen aber auch die Schwierigkeiten und Herausforderungen, denen sich Hazel bei jeder Produktion stellen musste.

Sie hatte sich jedoch leidenschaftlich in ihre Arbeit verliebt und war für den Erfolg ihrer Abteilung, die sie mit eiserner Hand und einem Lächeln auf den Lippen führte, zu allem bereit.

Nachdem Art Babbitt Sophie verraten hatte, dass ihr ein Bewerbungsgespräch bevorstand, bekam sie ein paar

Tage später tatsächlich einen Brief mit einem Termin für den kommenden Montag. Sie hätte kaum begeisterter und aufgeregter sein können und schwebte den Rest der Woche auf Wolken.

Am Sonntag ging Sophie mit Lissette aus, um diese große Chance zu feiern. Denn sollte sich daraus wirklich etwas ergeben, würde das für sie alles verändern.

Die beiden jungen Frauen plapperten und schwatzten, kamen aus dem Lachen gar nicht mehr heraus und stießen auf das Leben an. Zufrieden glucksend kehrten die Freundinnen schließlich nach Hause zurück, während am Horizont die Sonne unterging.

Als sie in ihre Straße einbogen, fiel ihnen auf, dass dort mehr Autos am Rand standen als üblich. Einige Leute hatten der Hitze wegen nur die Fenster heruntergekurbelt, andere waren ausgestiegen, um sich die Beine zu vertreten und zu rauchen. Aber alle hatten das Radio eingeschaltet und lauschten aufmerksam.

»Da läuft ein Kamingespräch von Präsident Roosevelt!«, rief Sophie und nahm Lissette bei der Hand, um ihre Freundin lachend nach Hause mitzuziehen.

In der Wohnung angekommen, schalteten sie schnell den Radioapparat ein und hörten sich zusammen das Programm an, das direkt aus dem Weißen Haus gesendet wurde.

Sophie hatte sich jede der bisher fünf Reden angehört, in denen Roosevelt den Amerikanern seine Politik zu erläutern versuchte. So blieb er seinem Ziel treu, in diesen unsicheren Zeiten voller Verzweiflung eine Vertrauensbasis zu schaffen.

Sophie gefielen die Ansprachen, weil der Präsident auf einfache, verständliche Art und Weise Konzepte wie die Rezession, das Emergency Banking Act oder die New Deal-Reformen erklärte. Er war ein eloquenter Redner und schuf gerne die Illusion, dass er sich, behaglich am Kamin sitzend, an einen kleinen Kreis von Zuhörern wandte. Daher waren diese Reden im Volksmund bald als »Kamingespräche« bekannt geworden und lockten eine immer größere Zuhörerschaft an.

Nach dem Ende der Ansprache kommentierten die beiden jungen Frauen, was sie gehört hatten. Gemeinsam ergingen sie sich in Spekulationen über die Zukunft ihres Landes, das sich heftig an die Hoffnung auf ein baldiges Ende dieser schrecklichen Krise klammerte. Ins Bett gingen sie an diesem Abend erst spät.

Am nächsten Tag huschte Sophie eilig auf die Straße. Das intensive Licht an diesem Montagmorgen Ende September zwang die noch verschlafene junge Frau, kurz die Augen zuzukneifen, bevor sie in den wolkenlosen blauen Himmel blickte und zufrieden lächelte. Mit leichten Schritten ging sie die Straße entlang, und die Müdigkeit verflog. Am Ende musste sie rennen, um eine der gelben Straßenbahnen zu erwischen, mit der sie bis in die Nähe der Hyperion Avenue fahren konnte.

Während sie im Waggon saß, zogen draußen die Straßen vorbei. Sophie dachte an die Rede des Präsidenten und an ihr Gespräch mit Lissette am Vorabend. Sie musste lächeln, denn nun hatte auch sie Anlass zur Hoffnung. Endlich war ihr Traum, in den Disney Studios zu arbeiten, in greifbare Nähe gerückt. Sophie wusste allerdings auch, dass dieser Traum ihr einiges abverlangen würde. Wenn sie die Arbeit bekommen sollte, so hatte Babbitt ihr erklärt, würde es sich in jedem Fall um eine volle Stelle handeln. Das bedeutete für Sophie einerseits mehr Geld und damit größere finanzielle Sicherheit, andererseits aber auch, dass sie ihr Studium und damit auch das Stipendium für das letzte Jahr am Chouinard aufgeben müsste.

Das Lächeln schwand von Sophies Lippen. Sie konnte entweder ihr Studium zu Ende führen oder bei Disney anfangen. Wie grausam ihr das Leben doch mitspielte!

Aber sosehr es ihr auch im Herzen wehtat, ihre Ausbildung möglicherweise nicht beenden zu können, konnte sie sich die Chance auf ihre Traumanstellung einfach nicht entgehen lassen. Selbst wenn es nur in der Abteilung Tinte und Farbe war, wo sie die gleichen Aufgaben übernehmen würde wie zuvor in den Graphics Studios.

Ihr war klar, dass sie damit immer noch weit von ihrem Ziel entfernt sein würde, als Animatorin zu arbeiten. Eine leise Stimme in ihrem Inneren versicherte ihr jedoch, dass dies der richtige Weg zum Erfolg war.

Sophie stieg aus der Yellow Car und lief die Hyperion Avenue entlang. Auf Höhe des Studios überquerte sie die Straße und wurde von der Menge der Mitarbeiter verschluckt, die auf dem mittlerweile riesigen Gelände zu den einzelnen Gebäuden strömten. Auf der Straße, die bei Sophies Ankunft in Los Angeles so leer gewesen war, herrschte inzwischen ständiges Kommen und Gehen. Autofahrer hatten sogar Schwierigkeiten, einen Parkplatz zu finden. Nachdem Sophie den Haupteingang unterhalb des Wachhäuschens durchquert hatte, erreichte sie einen weitläufigen Bereich voller Palmen und Oleander, wo größere und protzigere Autos parkten als draußen.

Unter Sophies Begeisterung mischte sich auch ein wenig Aufregung, zum Teil deshalb, weil sie eine zufällige Begegnung mit Jules fürchtete. Da sie ganz genau wusste, dass Jules Babitt nicht ausstehen konnte, hatte sie ihn nie erwähnt. Weder den Zeichenunterricht bei ihm zu Hause noch die Partys und erst recht nicht die zwischen ihnen entstandene Freundschaft. Sophie war sich sicher, dass Jules all dies gar nicht gut aufnehmen würde, vor allem Babbitts Fürsprache für Sophie bei Disney.

Sophie schüttelte den Kopf, als könnte sie damit ihre Ängste loswerden. Sie wollte nicht, dass irgendjemand oder irgendetwas ihre Freude störte, auch Jules nicht. Wenn das Vorstellungsgespräch gut laufen und man ihr eine Stelle hier im Studio anbieten würde, dann würde sie es ihrem Freund schon irgendwie schonend beibringen.

Nun machte sie sich erst einmal auf den Weg zur Abteilung Tinte und Farbe.

Als sie dort eintraf, fühlte sich Sophie durch den Geruch, die leise gemurmelten Gespräche und durch das kaum wahrnehmbare Rascheln der Pinsel gleich wie zu Hause. Sie erinnerte sich noch genau an den Tag, an dem sie diesen Raum schon einmal betreten hatte, damals, direkt nach ihrer Ankunft in Los Angeles. Aber jetzt musste sie sich erst einmal zurechtfinden, weil sich alles verändert hatte.

Wie von Jules bereits erwähnt, waren die Animatoren mit ihren Zigaretten, dem ganzen Rauch und dem Getöse in einen neuen Anbau verlegt worden. Nun arbeiteten in diesem Gebäude nur noch Frauen. Sophie runzelte die Stirn, als sie an einen Satz von Jules zurückdachte, der ihr gar nicht gefallen hatte: »Wir nennen die Abteilung Tinte und Farbe den ›Hühnerstall‹. Warum, brauche ich dir wohl nicht zu erklären.«

Während Sophie darauf wartete, dass jemand sie in Empfang nahm, ließ sie den Blick durch den Saal wandern. Er hatte wirklich nichts mit den engen, heruntergekommenen Räumlichkeiten der Graphics Studios zu tun, wo sie sich ihre Sporen verdient hatte. Hier gab es zueinander passendes neues Mobiliar, durch die Fenster fiel warmes Licht herein und …

»Zum Glück liegt hier kein Teppichboden.«

»Wie bitte, Miss?«

»Oh, Entschuldigung!«, stammelte Sophie. Sie lief rot an, weil ihr nicht klar gewesen war, dass sie den Gedanken laut ausgesprochen hatte. »Ich bin Sophie Simmons und soll mich heute hier vorstellen.«

Die Frau, die nun vor ihr stand, hatte einen strengen Gesichtsausdruck und eine schrille Stimme. Sie schüttelte Sophie die Hand und stellte sich vor: »Dorothy Marshall. Ich beaufsichtige den Bereich Koloration.«

Weil sich Mrs Marshall während des Sprechens in Bewegung setzte, musste Sophie eilig den Gang entlang hinter ihr herstolpern, wenn sie kein Wort verpassen wollte.

»Wie Sie sehen können, arbeiten in dieser Abteilung fast hundert Kolleginnen. Als ›die paar Frauen‹ kann uns inzwischen niemand mehr abtun, wenn Sie verstehen, was ich meine.«

»Und ob!«

»Glauben Sie mir, Miss Simmons, es geht nicht mehr bloß darum, Linien zu ziehen und auszumalen. Wir erreichen hier ein neues Niveau künstlerischen Ausdrucks. Für unsere Arbeit müssen wir Techniken beherrschen, die die Welt des Trickfilms so noch nie gesehen hat«, erklärte Mrs Marshall stolz.

»Darf ich Ihnen eine Frage stellen?«

Mrs Marshall fuhr herum, so als wäre ihr gerade erst bewusst geworden, dass Sophie ihr folgte. »Aber bitte.«

»Wieso arbeiten in dieser Abteilung eigentlich nur Frauen?«

Dorothy Marshall zog eine Augenbraue hoch und betrachtete Sophie. »Das ist doch offensichtlich, Miss. Für diese Arbeit ist eine Geduld nötig, über die das männliche Geschlecht einfach nicht verfügt. Sie verstehen schon, nicht wahr?«

Am liebsten hätte Sophie Nein gesagt, aber sie biss sich lieber auf die Zunge.

Mrs Marshall führte Sophie an einen der Arbeitsplätze und deutete auf den Stuhl.

Sophie schaute sich um. An jedem der in Reihen aufgestellten Tische waren zwei junge Frauen mit Kittel und Handschuhen beschäftigt.

Als sich Sophie schließlich setzte, schaute ihre Tischnachbarin kurz auf und schenkte ihr ein Lächeln. Schüchtern erwiderte Sophie es und beobachtete die junge Frau bei der Arbeit. In diesem Moment musste sie wieder an

Carol denken. Sophie kam es vor, als wären seit jener Begegnung tausend Jahre verstrichen.

Der Tisch war wie ein kleines persönliches Malatelier, mit allem, was an Handwerkszeug und Material für das Erfüllen der jeweiligen Aufgabe nötig war.

Natürlich fehlten hier die weiße und schwarze Farbe nicht, wie Sophie mit einem prüfenden Blick feststellte.

Die anderen Töpfchen waren zunächst nach den wichtigsten Farben sortiert, dann nach Schattierungen von der hellsten hin zur dunkelsten. Es gab unterschiedlich dicke und feine Pinsel, von denen einer ausschließlich für die Farbe Schwarz verwendet wurde, sowie Pipetten und Fläschchen mit Wasser zum Verdünnen der Farben. Durch Umrührstäbchen waren sie immer perfekt gemischt. Dazu kamen Papiertücher und weiche Lappen, um Fingerabdrücke wegzuwischen.

»Hier haben Sie eine Farbvorlage für diese Cel. Ziehen Sie die Handschuhe an, Sie können gleich loslegen.«

Schweigend gehorchte Sophie. Ihr war sofort klar, dass sie eine Übungsfolie erhalten hatte, die nicht für die Produktion verwendet werden würde. Außerdem blieb die Vorgesetzte neben ihr stehen; das war also ein Test.

Sophie schluckte und stürzte sich dann in die Arbeit, als hinge ihr Leben davon ab. Wie immer, wenn sie so in eine Aufgabe versunken war, blendete Sophie alles andere aus und hatte schnell jeden Bezug zu Ort und Zeit verloren.

Daher zuckte sie zusammen, als eine Stimme zu ihr sagte: »Sehr schön, Miss Simmons. Sie können aufhören.«

Sophie blickte auf. Wer da zu ihr gesprochen hatte, war nicht die dürre Mrs Marshall, sondern eine Frau mit in der Mitte gescheiteltem hellem Haar in Kastanienbraun. Sie hatte ein angenehmes rundes Gesicht und trug ein streng geschnittenes blaues Kleid.

Auch ihr Tonfall war streng gewesen, wurde aber sofort sanfter: »Es tut mir leid, wenn ich Sie erschreckt habe. Ich bin Hazel Sewell.«

Sophie schoss von ihrem Stuhl hoch und schüttelte die ihr angebotene Hand. Ihr ging durch den Kopf, was Art über Hazel Sewell gesagt hatte: Diese mächtige Frau entschied über alles, was in dieser Abteilung geschah. Außerdem war sie Walt Disneys Schwägerin.

»Wie ich sehe, hat Mr Babbitt nicht übertrieben, als er von Ihnen geschwärmt hat.«

Angesichts vom Hazel Sewells Lächeln fiel ein wenig Nervosität von Sophie ab, und ihr entfuhr ein Seufzen.

»Offensichtlich beherrschen Sie Ihr Handwerk.«

»Ich hab schon mal in der Branche gearbeitet, bei …«

»Ich weiß, ich weiß. Die Qualität der von Ihnen eingereichten Mappe hat mich wirklich überrascht. Man merkt Ihrer Arbeit an, dass Sie vom Chouinard kommen, Miss Simmons.«

»Oh, vielen Dank.«

»Sie sind eingestellt. Gearbeitet wird hier Montag bis Samstag von neun Uhr morgens bis sechs Uhr abends, und Ihr Gehalt beträgt fünfzehn Dollar in der Woche. Die Formalitäten klären Sie bitte mit Mrs Marshall. Sie können gleich morgen anfangen. Viel Glück und willkommen in den Walt Disney Studios!«

Hazel Sewells Lächeln vertrieb die Strenge auf ihren Zügen augenblicklich.

Als sie den Gang entlang davonging, schaute Sophie ihr hinterher und musste sich zusammenreißen, um nicht laut zu jubeln.

Der Tag hatte dumpf und grau begonnen, und der Wind ließ die Blätter der Bäume zittern. Schließlich fiel feiner unangenehmer Regen und zeichnete in der Abteilung Tinte und Farbe verworrene Pfade auf die Fensterscheiben. Inzwischen war Dezember, und der Duft der baldigen Weihnacht schien bereits in der Luft zu liegen. Als Sophie im Studio eintraf, war dort das Licht eingeschaltet, und sie seufzte schwer unter der Last der Melancholie, die der Regen mit sich brachte.

Sophie ging zu ihrem Tisch, grüßte ihre Kollegin Evelyn und zog ihren Kittel an. Dann machte sie sich auf den Weg zum Gang der Vorgesetzten, um sich die Arbeit für diesen Tag abzuholen.

Auf den Tischen der leitenden Kolleginnen stapelten sich große Mappen mit den in Gruppen zusammengefügten konturierten Cels. Dazu kamen Farbschemata und Übersichtsblätter mit all dem, was in den verschiedenen Abteilungen erledigt worden war.

Die Vorgesetzten hatten jede Änderung mit klaren Anmerkungen notiert. Außerdem war kalkuliert worden, wie viel Zeit für das Kolorieren jeder Szene nötig war.

Nach all diesen Vorbereitungen legten die Vorgesetzten die Mappen in Stapeln auf Tische. Noch bis vor Kurzem hatten die schwierigsten Szenen immer zuoberst gelegen, und die Frauen aus der Abteilung waren dazu angehalten gewesen, sich nach der Fertigstellung einer Szene eine neue Mappe von oben zu nehmen.

Das hatte aber dazu geführt, dass manche der jungen Frauen getrickst und in den Stapeln herumgewühlt hatten, um sich die einfachsten Szenen herauszusuchen. Weil das den Vorgesetzten nicht entgangen war, gaben sie die komplizierteren Szenen inzwischen qualifizierteren Mitarbeiterinnen wie Sophie. Für sie reservierte Mrs Marshall immer die schwierigsten Aufgaben.

Sophie kehrte mit der ihr zugewiesenen Mappe zu ihrem Tisch zurück und sah, dass sie eine Szene kolorieren sollte, in der Schneewittchen einen Besen in der Hand hielt.

Die dafür nötigen Schattierungen konnte sie dem Farbschema entnehmen. Sophie ging das Material auf ihrem Tisch durch und stellte fest, dass ihr noch ein paar Farbtöpfchen fehlten. Sie notierte deren Nummern, stand auf und machte sich auf den Weg zum Farblabor. Dort wurden die mehr als tausendfünfhundert Farben und Schattierungen hergestellt, die bei diesem Langfilm benutzt wurden. Sie mussten jedes Mal exakt gleich angemischt werden, damit auf der Leinwand keine Unterschiede ins Auge stachen.

Im Labor arbeitete Vivian Thompson, eine nette junge Frau, die viel redete und gern in alles ihre Nase steckte. Trotzdem mochte Sophie sie, weil Vivian ein gutes Herz hatte und es bei ihrem Geplapper immer etwas zu lachen gab.

»Guten Morgen, Vivian«, grüßte Sophie, als sie das

Labor betrat. Sie reichte der Kollegin die Liste der Farben, die sie für die ihr zugewiesene Szene brauchte.

Vivian, die bis dahin noch recht verschlafen gewirkt hatte, schien bei Sophies Anblick schlagartig munter zu werden. »Oh, dein Kleid ...«

Sophie hatte ihren Kittel noch nicht geschlossen, betrachtete jetzt ihr Kleid darunter und strich mit der Hand darüber.

»Was ist denn damit?«, fragte sie verwundert. Bei Vivian wusste man wirklich nie, was gleich kommen würde.

»Also, gestern Abend habe ich an einem neuen Blauton gearbeitet und weiß noch nicht, wie ich ihn nennen soll. Ich kann ihn mit Worten gar nicht richtig beschreiben, aber ... warte mal!«

Vivian verschwand und kehrte gleich darauf mit einem Farbtopf in der Hand zurück. »Siehst du? Die Farbe entspricht der von deinem Kleid.«

»Stimmt! Sie ist wirklich sehr ähnlich.«

»Nicht nur ähnlich, sondern identisch!« Die junge Frau runzelte die Stirn. »Wie würdest du so ein Blau denn nennen?«

Sophie überlegte einen Moment. »Na ja ... ich weiß auch nicht. Ehrlich gesagt war dieses Kleid so alt und ausgeblichen, dass ich es überfärbt habe.«

Vivians Augen begannen zu leuchten. »Und weißt du noch, wie die Textilfarbe hieß?«

»Kornblumenblau.«

»Da haben wir es doch! Hier wurde gerade ein neuer Blauton geboren: Kornblumenblau!«, verkündete Vivian lachend, während sie nach einer Karte griff, um den Namen darauf zu notieren.

Sophie kehrte zu ihrem Tisch mit dem befriedigenden Gefühl zurück, bei der Geburt einer neuen Farbe geholfen zu haben. Sie baute die Farbtöpfchen, die sie brauchen würde, vor sich auf. Dann drehte sie die Cel um, auf der Schneewittchen mit fröhlichem, unschuldigem Gesichtsausdruck die Hütte der sieben Zwerge fegte. Sophie begann, Schneewittchens Mieder mit einem goldenen Orangeton zu kolorieren. Es wurde immer unterhalb der Linien gemalt, damit die Pinselstriche nicht zu sehen sein und Details wie Wimpern oder Finger nicht verdeckt werden würden.

Sophie bekam eine Gänsehaut, wenn sie daran dachte, wie viele komplexe Arbeitsschritte diese Szene bereits durchlaufen hatte, um auf ihrem Arbeitstisch zu landen, und wie sie bald auf der Leinwand zum Leben erwachen würde.

Während des Bemalens kamen ihr ein paar Worte in den Sinn, die Babbitt oft sagte: »Animation ist wie Schauspielerei mit dem Bleistift.«

Da war Sophie völlig seiner Meinung. Trickzeichner waren die wahren Urheber jeder Bewegung, jedes Gesichtsausdrucks der Figuren. Ihnen oblag es, sie atmen, leben, sich bewegen zu lassen. Und diese Schauspielerei mit dem Bleistift war Sophies großer Traum. Nichts würde sie davon abbringen, nach genau diesem Ziel zu streben.

Lächelnd betrachtete sie das halbfertige Schneewittchen. Sie wechselte den Pinsel und griff nach einem neuen

Farbtöpfchen, dieses Mal mit der Schattierung 1046-2, die dem Grünton der Haarschleife entsprach. Da das Kolorieren hier noch schwieriger war als beim Mieder, versank Sophie völlig in ihrer Aufgabe. Deshalb hatte sie den Eindruck, dass erst wenige Minuten verstrichen waren, als ein Glöckchen die vormittägliche Teepause ankündigte.

In der Abteilung Tinte und Farbe ruhten zweimal am Tag, am Vormittag und am Nachmittag, Federhalter und Pinsel. Zu diesen Zeiten verloren sämtliche Vorgesetzte ihre Macht an die winzige Mrs Field.

Margaret Field war eine Frau unbestimmten Alters in Uniform, deren Aufgabe im Studio unter anderem darin bestand, den Tisch zu decken, Tee zu kochen und ihn zu servieren.

Unnötig zu sagen, dass Mrs Fields Besuche von den Konturiererinnen und Koloristinnen ungeduldig erwartet wurden. Sobald das Glöckchen ertönte, ließen alle die Cels ruhen und kamen eilig herbei, um ihren Tee in Empfang zu nehmen.

Da sich ihre Abteilung im Erdgeschoss befand, konnten die jungen Frauen mit ihrer Tasse in der Hand problemlos das Gebäude verlassen und sich auf den Rasen setzen oder ein paar Schritte gehen, um sich zu unterhalten oder einfach mal abzuschalten. Gegen Ende der Pause musste Mrs Field daher losziehen und draußen die jungen Frauen einsammeln, die träge an ihre Arbeit zurückkehrten.

»Regnet es immer noch?«, fragte Evelyn.

»Es nieselt bloß«, antwortete Lorna, eine Blondine mit leuchtend blauen Augen.

Und Ruth, die von allen die spitzeste Zunge hatte, fügte hinzu: »Hast du etwa Angst, dass du einläufst? Na los, lasst uns Mäntel und Jacken holen und ein bisschen frische Luft schnappen, die nicht nach Farbe riecht.«

Lorna schaute sich um. »Wo steckt denn Grace?«

»Die raucht auf der Toilette.«

»Und Sophie?«

»Hier bin ich, ich komm ja schon!«

Mit dem Tee in der Hand zogen die vier jungen Frauen los. Es regnete nicht mehr, war aber frisch, und der Himmel grau wie Blei. An diesem Tag konnten sie sich schlecht auf den Rasen setzen und schlenderten deshalb lieber auf und ab, wobei sie nah beieinander blieben, um sich gegenseitig zu wärmen.

»Ich kann Tee wirklich nicht ausstehen!«, rief Ruth aus und schüttete den Inhalt ihrer Tasse auf den Rasen. »Warum müssen die uns denn ausgerechnet Tee servieren? Wie wäre es stattdessen mit einem starken Kaffee?«

Evelyn, Sophies Tischnachbarin, hatte kleine Augen und eine Stupsnase. Die junge Frau mit dem langen ausdruckslosen Gesicht fiel weder durch Schönheit oder besondere Intelligenz noch durch herausragendes künstlerisches Talent auf. Allerdings hatte sie einen ganz eigenen Humor.

Auf Ruths Beschwerde hin antwortete sie: »Wenn wir Kaffee trinken würden, würden uns beim Konturieren die Hände zittern und die Linien ganz krumm und schief werden.«

Die anderen tauschten Blicke und waren nicht sicher, ob Evelyn das nun ernst meinte oder nicht. Als sie schließlich in Gelächter ausbrach, fiel der Rest mit ein.

»Mit dem Tee habe ich kein Problem. Aber es stört mich, dass wir nur auf der Toilette rauchen können. Die Animatoren paffen doch auch bei der Arbeit«, warf nun Lorna ein.

Evelyn riss die Augen auf, als wären Lornas Worte der reinste Frevel. »Natürlich, weil sie mit Papier arbeiten, und wir mit leicht entzündlichem Nitrofilm!«

Ruth führte den Gedanken zu Ende: »Und deshalb müssen wir eben entscheiden, ob wir in unserer Pause an die frische Luft gehen oder uns zum Rauchen auf der Toilette einschließen wollen.«

»Mir fehlen die Zigaretten überhaupt nicht. Wirklich geschmeckt haben sie mir sowieso nie, und am Ende hatte ich die Nase voll davon. Ich kann es nicht ertragen, die ganze Pause auf der Toilette im Flur eingeschlossen zu sein, dann hastig zum Tisch zurückzustolpern und auch noch zu stinken«, erklärte Evelyn.

»Hach, bist du proper und rein«, meinte Ruth lachend und zog dabei das letzte Wort in die Länge. Dann setzte sie statt der spöttischen Miene einen ernsten Gesichtsausdruck auf und fügte hinzu: »Also, mich stört ja etwas anderes viel mehr als der eklige Tee und das Rauchverbot. Wollt ihr wissen, was ich meine?« Sie ließ ein paar Sekunden verstreichen, bis ihr die volle Aufmerksamkeit ihrer Kolleginnen gewiss war. »Ich finde es furchtbar, dass uns die Sewell nicht einen Moment aus den Augen lässt.«

»Allerdings!«, stimmte Lorna mit Nachdruck zu.

»Gestern war ich zum Beispiel schon beim Aufräumen, da ist sie zu mir rübergekommen und hat gemeint: ›Heute haben Sie aber nicht viel geschafft, Miss Gibbs. Was war denn los?‹«

»Aber so etwas sagt sie doch nicht, um dich zu ärgern.« Sophie hatte bis jetzt geschwiegen, konnte bei der Erwähnung von Hazel Sewell aber nicht länger an sich halten, weil sie die Leiterin der Abteilung einfach bewunderte. In ihren Augen war Hazel Sewell nicht nur intelligent und ehrlich, sondern auch äußerst gerecht. Sie fügte noch hinzu: »Die Sewell redet nicht um den heißen Brei herum. Mir gibt das ein Gefühl von Sicherheit.«

»Dass du sie verteidigst, ist ja nicht verwunderlich«, protestierte Lorna mit offensichtlicher Empörung. »Du bist schließlich ihr Liebling und hast keine Probleme mit ihr. Dir sitzt sie nicht ständig im Nacken.«

»Manche Kolleginnen sind eben schneller als andere.«

»So wie du.«

»Ja, Ruth, vielleicht gehöre ich zu den schnelleren. Aber ich habe noch nie mitbekommen, dass Mrs Sewell eine von uns besser als die anderen behandelt.« Sophie wandte sich sich wieder an Lorna: »Ich bin mir sicher, dass sie alles in ihrer Macht Stehende tun wird, damit du deine Produktivität steigern kannst.«

Unbehagliches, angespanntes Schweigen legte sich über das Grüppchen.

Nach ein paar Sekunden fuhr Sophie fort: »Mich stört in Wirklichkeit viel mehr, dass wir hier zu typischen ›Frauentätigkeiten‹ degradiert werden. Dass wir unser natürliches Talent unterdrücken müssen.«

»Du legst die Messlatte aber hoch«, entgegnete Ruth spontan.

»Ich fühle mich eigentlich nicht diskriminiert, weil ich eine Frau bin«, versicherte Evelyn.

»Auf keinen Fall!«, stimmte auch Lorna zu, die immer noch ein wenig eingeschnappt war. »Wir können doch von Glück reden, dass wir überhaupt Arbeit gefunden haben. Hast du etwa vergessen, wie es draußen auf den Straßen aussieht? Mehr wage ich mir gar nicht zu erhoffen.«

»Aber Sophie vielleicht schon, immerhin hat sie als Einzige von uns Kunst studiert. Womöglich hat sie ja das Gefühl, in dieser Abteilung nicht voranzukommen.«

Die Diskussion fand ein Ende, weil in dem Moment das Glöckchen erklang und Mrs Fields die trödelnden Frauen zur Eile antrieb.

Sophie wollte unter ihren Arbeitskolleginnen wirklich keine Missstimmung verbreiten. Gut, sie konnte beileibe nicht verstehen, warum die sich mit dem Bemalen von Cels zufriedengaben, während die wirklich kreativen und besser bezahlten Aufgaben Männern vorbehalten waren. Aber die Mehrheit von ihnen schien ohnehin keine berufliche Zukunft zu planen. Wahrscheinlich würden sie sich später nur um Haushalt und Kinder kümmern.

Als die jungen Frauen schweigend umdrehten und auf das Gebäude zusteuerten, blieb Sophie ein paar Schritte zurück.

Evelyn wartete auf sie, und als Sophie sie erreichte, hakte die Kollegin sich bei ihr unter, lächelte sie an und ging mit ihr zusammen weiter.

Art Babbitt war in seiner Abteilung allein zurückgeblieben und hatte nicht einmal bemerkt, dass sich an diesem Dezembertag draußen vor den Fenstern bereits die dunkle Nacht über die schweren grauen Wolken legte.

Seine Kollegen waren nach und nach gegangen.

Selbst Martin, der es nie eilig hatte, nach Hause zu kommen, war bereits vor einer Weile aufgebrochen.

Babbitt war für die Figur der Königin vor ihrer Verwandlung in die Hexe zuständig, und dabei handelte es sich um keine leichte Aufgabe. Genau deshalb hatte man jemanden wie ihn damit betraut, da er zu den Alleskönnern unter den Trickfilmzeichnern gehörte und Walts absolutes Vertrauen genoss.

Die Entwicklung der bösen Königin bis hin zu der Figur, die er jetzt vor sich hatte, war nicht einfach gewesen. Zunächst hatte die Kreativabteilung Vorschläge gemacht, die sich eher im Bereich Comic oder Karikatur bewegt hatten. So eine Figur hätte den Animatoren die Arbeit zwar erleichtert, am Ende hatten sich Walt und sein Team aber für eine sterbliche und betörende Königin entschieden, was ihren Wunsch glaubwürdiger machte, »die Schönste im Land« zu sein. Für den letzten Schliff hatten sich die Zeichner bei ihren Gesichtszügen von der geheimnisvollen Joan Crawford inspirieren lassen.

Babbitt hatte den ganzen Tag an der Szene gearbeitet, in der ans Licht kommt, dass das vom Jäger überreichte Herz gar nicht von Schneewittchen stammt. Nun betrachtete Art seine Zeichnung von der Königin, die das Kistchen mit dem Herzen in der linken Hand hielt. Ihre rechte lag auf dem Tisch. Vom stillen Blatt Papier aus schien die Figur Babbitt mit grausamem Blick zu durchbohren. Er fühlte sich wie hypnotisiert, als wäre er dem Mysterium der grausamen Gebieterin anheimgefallen, deren Augen ihn zu verhexen drohten.

Aber ihr Blick … dieser Blick, so dachte Art, während er sie weiterhin betrachtete, spiegelte einfach noch nicht den Zorn wider, der durch die Entdeckung doch erwachen und aufflammen musste.

Noch einmal sprach Art mit lauter Stimme den Text der Szene, um zu ergründen, welche Aspekte der betrogenen Königin er nicht richtig erfasst hatte.

»Spieglein, Spieglein, an der Wand, wer ist nun die Schönste im ganzen Land?«
»Frau Königin, Ihr seid die Schönste hier, aber Schneewittchen über den Bergen, bei den sieben Zwergen, mitten im Waldrevier, ist tausendmal schöner als Ihr.«

Die Zeichentrickfigur machte sich über Babbitt lustig. Garstig enthielt sie ihm den Gesichtsausdruck vor, den der Animator doch mit dem Bleistift und seinem Können erschaffen, einfangen, zu Papier bringen sollte.

»Schneewittchen ist tot und liegt draußen im Wald. Der Jägersmann hat mir das hier zum Beweis gebracht. Sieh her, ihr Herz.«
»Schneewittchen lebt. Sie ist die Schönste im Land. Das Herz eines Schweines haltet Ihr in der Hand.«

Plötzlich war alles klar! Babbitt korrigierte die Zeichnung. Jetzt schaute die Königin nicht mehr direkt die Zuschauer an, sondern richtete den Blick ein wenig nach rechts, auf einen fernen Punkt am Boden, während sie hasserfüllt einen grausamen Racheplan schmiedete.

Art Babbitt stieß ein lautes Lachen aus, so boshaft, dass es selbst die böse Königin zum Erzittern gebracht hätte, wenn sie denn echt gewesen wäre.

KAPITEL 8

KONTUREN

Die jungen Frauen, die bei Tinte und Farbe zum Kolorieren eingestellt wurden, konnten sofort mit der Arbeit beginnen. Wer keine künstlerische Ausbildung hatte, musste lediglich ein paar Unterrichtsstunden belegen, um sich mit den nötigen Arbeitsschritten vertraut zu machen.

Ganz anders sah es mit denjenigen aus, die gerne konturieren wollten. Diese Arbeit durfte nur ausführen, wer dafür speziell geschult war.

Die meisten jungen Frauen übernahmen daher zunächst Aufgaben im Bereich Koloration und wechselten erst nach einer harten Ausbildung zum Konturieren.

Durch gewisse Aspekte waren die Techniken beim Konturieren komplex. Walts Vorliebe für Schattierungen machte es außerdem nötig, dass sich einige der Mitarbeiterinnen auf bestimmte Details spezialisierten.

Die Tätigkeit des Konturierens bestand ursprünglich darin, die Bleistiftstriche der Animatoren in Schwarz nachzuziehen. Mit der Einführung bunter Tinte und immer komplexeren Figuren und Schauplätzen wurde die zarte Linienführung dann oft in unterschiedlichen Farben ausgeführt.

Sophie kolorierte inzwischen seit fast fünf Monaten Cels in der Abteilung Tinte und Farbe und genoss sowohl das Vertrauen ihrer unmittelbaren Vorgesetzten als auch das von Hazel Sewell. Beide wussten ihre gute Arbeit zu schätzen und lobten sie bei jeder Gelegenheit öffentlich. Sophie machte nur wenige Fehler, weil sie sich voll und ganz auf die Arbeit konzentrierte und sich nicht ablenken ließ. So war sie äußerst produktiv. Mrs Marshall kommentierte oft, dass man Sophie ihre künstlerische Ausbildung eben anmerke.

Hazel Sewell war aber auch klar, dass ein Studium allein keine gute Koloristin ausmachte. Im Fall von Sophie kam der Ehrgeiz dazu, durch den die junge Frau vermutlich alles schaffen würde, was sie sich in den Kopf setzte.

Trotz des vielen Lobs und des großen Vertrauens, das in sie gesetzt wurde, verfolgte Sophie schon seit Wochen ein Gedanke, der sich nicht abschütteln ließ. Eines Morgens nahm sie ihren ganzen Mut zusammen und klopfte in einer Pause am Büro von Mrs Sewell an.

»Darf ich reinkommen?«

»Natürlich, Sophie. Was ist denn los?«

»Also … ich hab nachgedacht, und …« Sophie beschloss, den Stier bei den Hörnern zu packen. »Ich würde gerne zum Konturieren wechseln, Mrs Sewell.«

Die Chefin der Abteilung fixierte die junge Mitarbeiterin und lächelte. Das bekam Sophie aber gar nicht mit, weil sie auf die Spitzen ihrer Schuhe starrte.

»Setzen Sie sich doch.«

Sophie konnte ihre Aufregung nicht überspielen, als sie der Aufforderung folgte.

»Darf ich fragen, warum? Gefällt Ihnen das Kolorieren nicht?«

»Wissen Sie, ich glaube, dass ich auch andere Aspekte des ganzen Animationsprozesses kennenlernen sollte, wenn …«

»Wenn …?«

Sophie biss sich auf die Lippe. »… wenn ich in dieser Branche vorankommen will.«

Hazel Sewell griff nach der Brille mit den runden Gläsern, die auf ihrem Schreibtisch lag und die sie nur zum Lesen aufsetzte. Mit einem Taschentuch begann sie, die Gläser zu putzen.

»Wissen Sie, Miss Simmons, Konturieren bedeutet nicht nur, mit der Füllfeder den Bleistiftstrichen der Animatoren zu folgen. Man muss vielmehr sein ganzes Können einsetzen, um die vorgegebenen Linien so kunstvoll nachzuzeichnen, dass ihre Lebhaftigkeit und Spontaneität nicht verloren gehen.«

»Dessen bin ich mir bewusst.«

»Die Cels zu konturieren ist eine noch undankbarere Aufgabe als das Kolorieren und tausendmal schwieriger. Oft kommen von den Animatoren Beschwerden, weil dabei eine Haarsträhne oder ein anderes Detail verloren gegangen ist. Die Trickfilmzeichner befürchten immer, dass ihre Figuren bei den Konturiererinnen an Ausdruckskraft einbüßen. An Leben, wie sie sagen.«

»Na ja, meiner Meinung nach besteht die Kunst ja gerade darin, dass dies nicht passiert.«

Hazel Sewell legte ihre Brille wieder auf den Tisch und schaute Sophie direkt in die Augen.

»Fürs Konturieren sind ganz besondere Fähigkeiten nötig, über die Sie durchaus verfügen, davon bin ich überzeugt«, sagte sie schließlich.

Sophie setzte sich auf ihrem Stuhl etwas aufrechter hin.

»Einverstanden. Aber Ihnen ist vermutlich klar, dass Sie vor dem Wechsel zum Konturierer eine Fortbildung absolvieren müssen, oder? Sie findet nach der Arbeit statt, dreimal in der Woche drei Stunden. Wenn Ihre Ausbilderin der Meinung ist, dass Sie so weit sind, versetzen wir Sie. Im Prinzip wird diese Schulung aber während der ganzen Produktion dieses Films fortgesetzt. Wären Sie damit einverstanden?«

»Ja, Mrs Sewell.«

»Sprechen Sie heute Abend nach der Arbeit mit Mary Ann Baker, einer der Vorgesetzten. Sie wird Ihnen sagen, was zu tun ist.«

Die Weiterbildung war nicht nur schwierig, nein, sie war unfassbar schwierig. Und aufreibend.

»Vergessen Sie alles, was Sie bisher übers Schreiben gelernt haben«, wiederholte die Dozentin, Mrs Scott, gerne. »Das hier ist nämlich kein Schreiben.«

Lucy Scott war äußerst anspruchsvoll, und nach einem langen Arbeitstag fiel es Sophie schwer, sich selbst auf einfachste Kalligrafie-Übungen zu konzentrieren.

Sie fühlte sich wie eine Anfängerin, als sie das Resultat ihrer Anstrengungen sah: krumme Linien und verkratzte Cels. Erst nachdem sie wochenlang Kreis um Kreis gezeichnet hatte, wobei ihr etliche Füllfedern zu Bruch gegangen waren, entwickelte sie eine gewisse Routine bei diesen Techniken, die für sie ganz neu waren.

»Ihre Hand, meine Damen, dient bloß als Haltevorrichtung. Bewegen Sie bitte den Arm, anstatt die Finger zu benutzen.«

Sophie war immer neugierig auf neue künstlerische Ausdrucksformen und kam bei der Konturierungstechnik bald auf den Geschmack. Sie erkannte, dass gerade entschlossene Linien mit leichter Hand gezogen werden mussten. Mrs Scott verfolgte bei ihrer Ausbildung einen äußerst praktischen Ansatz: Sie ging lautlos zwischen ihren Schülerinnen hin und her und packte deren Federhalter, wenn sie am wenigsten damit rechneten.

»Meine Damen, Sie umklammern Ihre Schreibfedern ja so fest, dass ich sie Ihnen kaum wegnehmen kann. Aber nicht doch, Sie müssen sich entspannen! Der Füllhalter soll lediglich auf der Hand ruhen.«

Wenn Sophie erschöpft nach Hause zurückkehrte, ins Bett fiel und die Augen zumachte, sah sie immer noch schwarze Linien und Federhalter vor sich. Und Arme, die durch die Luft sausten, um einem Flügelschlag gleich auf dem Papier zu landen.

Nach zwei Monaten hatte Sophie längst gelernt, dass es beim Konturieren um viel mehr ging als nur darum, einen Federhalter übers Papier zu bewegen. Sie hatte das Vertrauen der Dozentin gewonnen und beherrschte die Technik ausreichend, um zu den Konturiererinnen versetzt zu werden.

Allerdings war das Leben für sie komplizierter geworden, weil sie immer so furchtbar müde war. Sie ging nämlich weiterhin dreimal in der Woche abends zum Unterricht, um dort ihre Übungen zu machen und sich an immer komplexeren Szenen zu versuchen.

Außerdem mussten die Frauen aus der Abteilung Tinte und Farbe wegen der Produktion von *Schneewittchen und die sieben Zwerge* oft Überstunden einlegen, und die wurden immer mehr. Manchmal fühlte sich Sophie deshalb am Ende ihrer Kräfte und zweifelte daran, ob sich die ganze Anstrengung überhaupt lohnte. Würde sie wohl je über die Abteilung Tinte und Farbe hinauskommen?, fragte sie sich ein ums andere Mal, während der Alltag ihre Träume verblassen ließ. Aber sie kämpfte mit aller Macht gegen diese Momente der Hoffnungslosigkeit an. Jedes Mal, wenn sie sich in einer Spirale aus Zweifeln zu verlieren drohte, rief sie sich wieder in Erinnerung, dass es sich bei all dem um notwendige Zwischenstationen handelte und sie den richtigen Weg eingeschlagen hatte. Den Weg zu ihren Träumen.

Raschen Schrittes ging Sophie nach Hause und betrachtete unterwegs mit müden Augen die Straßen. Auf die Schönheit des Mondes, dessen Licht strahlend durch die Wolken fiel, achtete sie gar nicht. Nach acht Stunden Arbeit und drei Stunden Unterricht fiel es ihr schwer, sich in Erinnerung zu rufen, mit welchem Enthusiasmus sie den Tag begonnen hatte. Eigentlich hatte sie mit Jules abgesprochen, dass sie die Nacht bei ihm verbringen würde. Kurz vor Feierabend war er jedoch zu ihrem Tisch gekommen und hatte eine Ausrede vorgebracht, die sie ihm wirklich nicht abkaufte. Nachdem sie sich den ganzen Tag auf die Verabredung gefreut hatte, würden sie sich jetzt wieder einmal nicht sehen.

Seit Sophie in den Disney Studios arbeitete, hatte sich ihre Beziehung zu Jules verschlechtert. Er hielt ihr oft vor, dass sie das Studium am Chouinard aufgegeben hatte, was er als großen Fehler erachtete.

Es ärgerte Sophie, wenn er so von oben herab mit ihr sprach. Aber es war noch schlimmer, wenn er gar nichts sagte. Dann machte er ihr nämlich keine Vorwürfe und zugleich doch alle Vorwürfe der Welt. Durch sein Schweigen. Durch seine Abwesenheit. Durch seine Blicke.

Jules war zum Sequence Director befördert worden und arbeitete in der Abteilung von Ham Luske, der neben Walt Disney als Mitschöpfer der Schneewittchenfigur galt. Im Studio trug Jules jetzt mehr Verantwortung, wurde längst als Veteran unter den Animatoren angesehen und genoss Disneys Vertrauen. Er ritt auf einer Welle des Erfolgs, daher schien Sophie neben ihm im anonymen Grau zu verschwinden, und immer weniger Dinge verbanden sie miteinander. Sie hatten keine gemeinsamen Freunde, und Sophie verheimlichte Jules immer noch ihre Bekanntschaft mit Babbitt und den Kollegen aus seiner Abteilung. Wie sie es auch drehte und wendete, sie konnte Jules' Abneigung gegen Babbitt einfach nicht verstehen. Am Anfang hatte sie noch geglaubt, dass Jules vielleicht einfach neidisch war. Diese Überlegung hatte sie aber schnell wieder verworfen. Es gab für Jules keinerlei Grund dafür, auf Art eifersüchtig zu sein. Und Eifersucht war auch etwas ganz anderes, nämlich so wie sie sich fühlte, wenn Jules vor ihren Augen mit Kolleginnen aus dem Studio flirtete. Mit Frauen, die aus ihrer Sicht immer schöner und intelligenter waren als sie selbst und eine bessere Position innehatten. In solchen Momenten stellte sie sich stets die gleichen Fragen, die an ihr nagten: Warum war Jules eigentlich mit ihr zusammen? Was fand er nur an ihr? Ob er sie wirklich liebte?

Bei diesen Gedanken füllten sich ihre Augen mit Tränen, und sie kam sich klein und unbedeutend vor, völlig verloren. Aber dieses Unwohlsein hielt immer nur bis zur nächsten Verabredung an. Wenn Jules sie umarmte und sie seinen nackten Körper auf ihrem spürte, zerflossen ihre Ängste, und alles kam wieder in Ordnung. Das wollte Sophie zumindest glauben. Niemals hätte sie sich eingestanden, dass sie immer heilloser in eine ungesunde Beziehung verstrickt war.

Sophie war todmüde, als sie am Abend die Wohnung betrat. Und da fand sie diese Szene vor: Auf dem Sofa saß in einem ihrer orientalischen Morgenmäntel Lissette, deren Schönheit zugleich wild und unschuldig wirkte. Und neben ihr hockte Tyler. Er war noch zerzauster als üblich und sah schlecht aus. Mit glasigem Blick starrte er in die Ferne, und die dunklen Ringe unter den Augen waren ausgeprägter als sonst.

Als Sophie eintrat, verstummten beide und schauten sie überrascht an. Als störe sie hier, als sei das nicht ihr Zuhause und das Sofa nicht ihr Bett.

»Guten Abend«, sagte Lissette und verzog die vollen, perfekten Lippen. Es gelang ihr einfach nicht, ein Lächeln aufzusetzen.

Die Blicke von Sophie und Tyler trafen sich, und die

Miene des jungen Mannes wurde noch finsterer, während er die Lippen zusammenpresste, bis sie nur noch eine schmale Linie bildeten.

Sophie wollte etwas sagen, die Worte blieben ihr jedoch im Hals stecken, während in ihrem Inneren eine Flut von Vorwürfen anschwoll.

Unangenehmes Schweigen legte sich über den Raum.

»Es ist noch ein bisschen was vom …«

»Ich hab keinen Hunger.«

»Möchtest du dann vielleicht Kaffee?«

Lissette stand auf und ging zur Kanne auf dem Herd hinüber. Sie füllte eine Tasse und reichte sie ihrer Mitbewohnerin, die auf einen Stuhl gesunken war. Ohne große Lust nahm Sophie das Getränk entgegen und nippte daran.

»Ich gehe ins Bett«, sagte Tyler.

Er erhob sich und schleppte sich mit schweren Schritten zum Schlafzimmer hinüber.

Als sie allein waren, nahm Sophie ihr letztes bisschen Geduld zusammen und stellte ihre Freundin zur Rede. »Warum machst du das nur? Siehst du denn nicht, in was für einem Zustand er ist? Warum holst du ihn dir bloß ins Haus?«, fragte sie, während sie die Luft ausstieß, die sie unbewusst angehalten hatte.

»Pscht … Nicht so laut, sonst hört er dich noch. Die Wände hier sind schließlich dünn wie Papier.«

»Ist mir doch egal, ob er mich hört oder nicht. Da erzählst du mir ständig, dass du nicht noch einmal in diese Falle tappen wirst, und trotzdem macht er mit dir, was er will.«

»Aber er steht ganz alleine da und hat nicht nur seine Arbeit verloren, sondern auch seine Wohnung.«

»Weil er trinkt, Lissette. Und weil er nicht dazu bereit ist, irgendetwas dagegen zu unternehmen. Und solange du ihm jedes Mal die Tür aufmachst wie einem hilflosen Kind, wird er sich seinem Problem auch nicht stellen.«

»Das mache ich nur, weil Jules sich nicht um ihn kümmert. Eigentlich wäre das nämlich die Aufgabe seines Bruders.«

Sophie lehnte sich auf ihrem Stuhl zurück und verschränkte die Arme vor der Brust.

»Ich werde ihn nicht allein lassen«, bekräftigte Lissette, deren Blick durchs Fenster nach draußen wanderte.

»Damit tust du ihm aber keinen Gefallen. In ein paar Tagen wird er wieder hier verschwinden, nur um irgendwann erneut betrunken und verloren auf der Schwelle zu stehen. Es ist immer das gleiche Lied. So kommt er doch nicht weiter.«

»Das ist mir schon klar.«

»Diese Geschichte dauert bereits viel zu lange!«, klagte Sophie bitter. Nach einer angespannten Pause durchbrachen plötzlich unerwartete Worte die Stille: »Ich will so nicht mehr leben, deshalb werde ich mir eine Wohnung für mich allein suchen.«

Ein verwirrter, finsterer Blick huschte über Lissettes Gesicht. Sie betrachtete ihre Mitbewohnerin, schloss dann kurz die Lider und nickte schließlich. »Wie du meinst.« In ihren Augen glitzerten Tränen. »Aber kündige mir bitte nicht die Freundschaft.«

»Das könnte ich doch niemals!«

Sophie konnte die ganze Nacht nicht richtig schlafen. Ihre Augen durchwanderten das kleine Zimmer, das von einem grauen, trägen Mond erhellt wurde. Jeder Gegenstand, jeder Kratzer auf dem abgenutzten Fußboden, jeder Fleck an der Wand schien für sie plötzlich eine ganz neue Bedeutung anzunehmen.

Der Schlaf übermannte sie erst, als das erste Morgenlicht in die kleine Wohnung fiel, die bald nicht mehr ihr Zuhause sein würde.

KAPITEL 9

SEMPER GLUTEUS MAXIMUS

An diesem leuchtenden Junimorgen wurde Sophie wieder einmal von durch eine Ritze hereinfallenden Sonnenstrahlen geweckt. Da die Jalousie nicht komplett geschlossen werden konnte und Vorhänge fehlten, war das Licht des neuen Tages Sophies täglicher Wecker. Trotzdem fühlte sie sich hier wohl.

Ihr neues Domizil lag in Hollywood, in einer Wohnanlage mit dem etwas pompösen Namen Lido. Hier schlief Sophie nun nicht mehr auf einem Sofa, sondern auf einem nervigen widerspenstigen Klappbett, das gerne mal klemmte. Ihr kleines Reich bestand nur aus einem Wohnraum mit offenem Küchenbereich und einem Badezimmer. Alles war winzig und wirkte provisorisch. Sophie fühlte sich jedoch wohl. Lissette fehlte ihr oft, aber es gefiel ihr, allein zu leben und von niemandem abhängig zu sein.

Sophie aalte sich im Bett, das bei jeder Drehung wie verrückt knarzte. So richtig wach werden wollte sie nicht, denn ihre Lider waren noch schwer. Als Sophie endlich beschloss, langsam mal aufzustehen, hatten die Sonnenstrahlen bereits die Bodenkacheln erreicht.

An diesem Tag warteten die Tiere im Zoo auf sie, und dieser Gedanke machte sie schnell munter. Sie eilte ins

Bad und hoffte, unter der Dusche ein wenig warmes Wasser abzubekommen.

Die Trickfilmkünstler, die an Don Grahams Zeichenunterricht teilnahmen, waren einhellig der Meinung, dass sie unter der Leitung dieses Meisters unglaublich viel gelernt hatten. Graham hatte im Bereich der Animation einige bislang starre Grundsätze infrage gestellt. Bis zu diesem Zeitpunkt waren Zeichentrickfilme nicht viel mehr als bewegte Comicstrips gewesen, das galt sogar für Micky Maus. Die Figuren hatten wie aus Gummi gewirkt, ihre Bewegungen waren grob gewesen und die Gags nur alberne Hampeleien. Doch seit Don Graham im Studio als Zeichenlehrer eingestellt worden war, hatte er für den Trickfilm eine neue Philosophie entwickelt, wie sie dem großen aktuellen Projekt gebührte. Sie beruhte vor allem auf einem ganz eigenen Humor und der dreidimensionalen Darstellung der Umgebung.

Don war ein eleganter junger Mann, der schon in jungen Jahren eine Glatze bekommen hatte. Zum Unterricht erschien er immer mit einer dicken Zigarre in der Hand, setzte sich auf der Bühne neben das Modell und dozierte darüber, wie man das Zeichnen nach der Natur in der Welt der Trickfilms anwenden konnte. Graham wollte auf den Bildern keine Schatten, nur reine Linien.

Manchmal ließ er die Modelle durchs Studio laufen und schickte sie dann weg, damit die Zeichner das Gesehene aus dem Gedächtnis zu Papier brachten.

Bei anderer Gelegenheit studierten sie Filme mit Schauspielern. Don analysierte die Aufnahmen Szene für

Szene und hielt seine Schüler dazu an, genau auf die Veränderungen bei Gewichtsverteilung, Form und Silhouette zu achten, wenn sich Menschen oder Gegenstände bewegten. In der Dunkelheit des Projektionssaals deutete Graham auf die Leinwand und ließ seine Stimme über das ewig laute Rattern des Projektors hinweg ertönen, während ihm blauer Zigarrenrauch das Gesicht einnebelte.

»Die Animation einer gehenden Person kann schnell schiefgehen, wenn man sie zu naturgetreu darstellen will. Dann verschwimmen einige Details, und die Formen wirken verfremdet. Einen realistischen Eindruck können Zeichnungen dann vermitteln, wenn sie zwar auf echten Handlungen beruhen, aber vor allem das Konzept von Bewegung vermitteln.«

Don zeigte seinen Schülern, wie sie ihre Skizzen vereinfachen konnten und was beachtet werden musste, damit ihre Arbeit überzeugte. Er wies die Zeichner auf Spannungspunkte wie ein gebeugtes Knie hin und lenkte ihr Augenmerk auf Bewegungen wie zum Beispiel ein hochrutschendes Hosenbein. Um Umrisse darzustellen, waren ihm Falten wichtig.

Als Walt Disney mit der Entwicklung seines bahnbrechenden neuen Schneewittchen-Projektes begann, gewann Don Grahams Rolle im Studio noch an Gewicht. Disney war ein Genie und vorausschauend genug, um ein weiteres Genie an seine Seite zu holen. Inzwischen fanden die Unterrichtsstunden an mehreren Tagen in der Woche statt, und Disney schlug Don oft Aktivitäten oder Arbeitsweisen vor, mit denen schneller bessere Ergebnisse erreicht werden konnten. Wie zum Beispiel den Ausflug in den Zoo, der an diesem Tag anstand.

In Griffith Park war an diesem Sonntagmorgen viel los. Vielleicht lag es an dem guten Wetter, vermutlich aber eher daran, dass der Eintritt ausnahmsweise frei war.

Die alte Anlage war erst vor Kurzem renoviert worden, ermöglicht durch Roosevelts New Deal und eine seiner ehrgeizigsten Initiativen, die Works Progress Administration. Man konnte durchaus sagen, dass durch diese Behörde in praktisch allen Städten der Vereinigten Staaten ein neuer Park, eine neue Brücke oder Schule entstanden war. Für diese öffentlichen Bauvorhaben wurden Millionen von erwerbslosen Menschen eingestellt, zumeist ungelernte Arbeiter.

Sophie kam mit ihren Zeichensachen und dicken Mappen am Tierpark an und mischte sich unter die Familien, die an diesem Morgen hineinströmten. Nachdem sie den Eingang durchschritten hatte, erfasste sie ein wehmütiges Gefühl. Zwar hatte der Zoo von Los Angeles nicht viel mit dem im New Yorker Central Park gemein, die Gerüche waren aber die gleichen. Begleitet von Kinderlachen mischten sich die Ausdünstungen der Tiere mit den Düften von Zuckerwatte und Erdnüssen. Sophie meinte, selbst die Musik riechen zu können, und dachte an ihre ersten ungelenken Zeichnungen auf einem neu gekauften Block.

Der Zoo, alle Zoos, waren mit dem Echo menschlichen Lebens vermischte Tierreiche, und diese Kombination erfüllte Sophie mit einem ebenso warmen wie melancholischen Gefühl. Sophie war vom Leben der Tiere fasziniert, bedauerte jedoch zugleich, sie ihrer Freiheit beraubt zu sehen.

Entschlossen machte sie sich gleich auf den Weg zu ihrer liebsten Ecke des Parks, zu der mit den Affenkäfigen. Dort stützte sie ihre Zeichensachen auf dem niedrigen Gitter ab, das die Zuschauer von einem der Käfige trennte. Sophie betrachtete die Schimpansen, die darin hin und her sprangen. Wie sie diese Tiere liebte! Ihre Gesichter waren für sie immer eine Quelle der Inspiration.

Für Sophie stellte es eine große Herausforderung dar, die Unschuld ihrer beinahe menschlichen Mienen einzufangen. Gleichzeitig setzte sie alles daran, ihre ständigen flinken und geschmeidigen Bewegungen festzuhalten.

Sophie konzentrierte sich auf ihre Aufgabe und achtete dabei nicht weiter auf die Kinder, die sie umringten und ihr beim Zeichnen zusahen. Auch Martin Locke bemerkte sie erst, als sie seine Stimme hörte: »Du hast offenbar ein Händchen für das Zeichnen von Tieren.«

Sophie schaute vom Papier auf und lächelte überrascht. »Martin! Was machst du denn hier?«

»Ich nehme an einer Zeichenstunde mit Graham teil.«

»Was für ein Zufall! Ich komme am Sonntagmorgen oft her, weil Tiere meine Lieblingsmotive sind. Und du?«

»Ja, das mache ich auch regelmäßig«, antwortete Martin, der den Blick kaum von ihrer Zeichnung abwenden konnte.

»Weißt du, angefangen hat alles im Zoo des New Yorker Central Park, wohin mich mein Vater früher mitgenommen hat. Als ich älter war, bin ich dort oft allein hingegangen und hab stundenlang gezeichnet. Zu Hause, also in meinem Elternhaus in New York, bewahre ich immer noch jede Menge Hefte mit Tierbildern auf.«

Das auf diese Erinnerungen folgende lange Schweigen nutzten beide, um sich ihrer Aufgabe zu widmen.

Fast unbewusst schaute Sophie hier und da von ihrem Blatt auf und schielte aus den Augenwinkeln zu Martin hinüber.

Durch die große Konzentration schien sein Blick an Tiefe gewonnen zu haben, Martin hatte den Kiefer angespannt, und zwischen seinen Brauen hatte sich eine kleine Falte gebildet.

Sophie selbst war nun allerdings viel zu abgelenkt.

Seit der Feier vor fast einem Jahr bei Babbitt zu Hause waren Martin und sie sich nur selten über den Weg gelaufen. Von Zeit zu Zeit hatte sie ihn im Studio gesehen, aber das war alles. Natürlich hatte sie die Party nicht vergessen, bei der ihr aufgefallen war, wie attraktiv er war. Und das war er wirklich. Nun ging ihr durch den Kopf, dass er sicher viel Erfolg bei den Frauen haben würde, wenn er auch nur halb so viel Zielstrebigkeit und Wagemut an den Tag legen würde wie Art.

Aber Babbitt war umwerfend und mitreißend, der reinste Vulkan und ein Verführer, wie er im Buche stand.

Martin hingegen war ein schüchterner junger Mann, der oft der Wirklichkeit entfloh und den Kontakt zu anderen mied. Vor allem, wenn »die anderen« dem weiblichen Geschlecht angehörten.

Als Sophie zum nächsten Mal aufschaute, bemerkte sie, dass er sie mit intensivem Blick musterte. Am Ende brachte er sie völlig aus dem Konzept, was er auch zu merken schien.

Daher zwinkerte er, räusperte sich und fragte: »Bist du schon fertig?«

»Ja, fast.«

»Dann lass mal sehen.«

Sophie zeigte Martin ihr Bild. Ein freundlicher Schimpanse schaute ihn vom Blatt her an und lachte mit zwei Äuglein wie Goldknöpfe.

»Toll!«

»Und jetzt du, na los!«

Auch Martin drehte sein Blatt, und Sophie entfuhr ein überraschter Ausruf. Er hatte gar keinen Schimpansen gezeichnet, sondern sie. Eine mit untergeschlagenen Beinen dasitzende Sophie sah die Betrachter des Bildes lächelnd an, sodass sich die Grübchen auf ihren Wangen zeigten. Auch die Locke, die ihr immer übers linke Auge fiel, fehlte nicht. Bekleidet hatte Martin Sophie mit einer duftigen Tunika, die ihre weiblichen Formen andeutete. Die Frau auf dem Bild sah aus wie eine kleine Sirene.

Verblüfft schlug Sophie den Blick nieder, während ihre Wangen zu brennen begannen. »Das bin ja ich!«

»Gefällt es dir nicht?«

»Doch, natürlich. Aber ich dachte eben ... dass du da einen Schimpansen zeichnest, und ...« Sie verstummte.

In dem Moment näherten sich einige ihrer Arbeitskollegen, die ins Gespräch mit Graham vertieft waren.

»Möchtest du es gern haben?«

Sie griff nach dem Bild, das Martin ihr hinhielt, und schob es so hastig in ihre Mappe, als würde sie es eher verstecken als wegpacken. Sophie wusste nicht, was sie von der Sache halten sollte. Am Ende kam sie zu dem Schluss, dass es sich einfach um eine zauberhafte Zeichnung handelte, die sie sich in ihrem Apartment an die leere Wohnzimmerwand hängen würde.

Art Babbitt lud weiterhin oft Leute zu sich nach Hause ein, weil er das Alleinsein offenbar nicht ertrug. Dabei hatte er inzwischen einen Mitbewohner: Der Animator Bill Tytla, der ebenfalls aus New York stammte, war in das große Haus in Tuxedo Terrace mit eingezogen. Er gehörte zu den brillanten Neuverpflichtungen im Studio.

Die beiden Trickzeichner hatten sich einst in New York kennengelernt, wo sie Ende der 1920er Jahre für Terrytoons gearbeitet hatten. Nachdem sie sich bei Disney erneut begegnet waren, hatte sich zwischen den beiden eine vielversprechende Freundschaft entwickelt.

Während der Treffen bei ihnen zu Hause wurde geschmaust, getrunken und vor allem viel über den Zeichentrickfilm und Kunst im Allgemeinen gesprochen. Das waren keine rauschenden Feste mehr wie das, bei dem Sophie vor einiger Zeit Martin getroffen hatte. Stattdessen waren meist nur wenige Auserwählte eingeladen.

Art nutzte gern die Gelegenheit, um sich mit seinen neuesten Eroberungen zu schmücken, zu denen oft Modelle aus den Zeichenstunden gehörten.

Sophie zählte nicht zu den regelmäßigen Anwesenden bei diesen Feiern, weil ihr die Arbeit und ihre Weiterbildung nur wenig Zeit ließen. Eines Sommerabends quälte sie jedoch die Einsamkeit, weil sich Jules seit Tagen nicht blicken ließ. Daher beschloss sie, Babbitts Einladung zum Abendessen anzunehmen.

Das letzte Licht des Tages verschwand gerade, als Sophie in Tuxedo Terrace eintraf. Das anwesende Grüppchen war klein: Babbitt, Tytla, Martin und die junge Frau, die als Modell für die Figur des Schneewittchens engagiert worden war. Marge hieß sie, wenn sich Sophie recht erinnerte. Vivian aus dem Labor hatte bereits überall herumerzählt, dass Marge Babbitts neueste Eroberung war. Allerdings hatte Sophie es nicht so recht glauben wollen, da das Mädchen erst sechzehn war. Doch tatsächlich, das Modell war gekommen und himmelte Art mit ihrem Rehblick an, was Sophie ein wenig unangenehm war.

Als improvisiertes Abendessen servierte Art Gorgonzola und ein köstliches Brot, das er bei einem syrischen Bäcker gekauft hatte, wie er erzählte. Dazu gab es einen exzellenten Rotwein.

An diesem ruhigen Abend drehte sich das Gespräch um die Arbeit und den neuesten Tratsch im Studio. Ein Thema führte zum anderen, und am Ende erzählte Art Babbitt von seiner ersten Zeit in den Walt Disney Studios: »1932 hab ich bei Disney zunächst als Assistent eines Trickfilmzeichners angefangen, wie das so oft ist.«

Babbitts klangvolle, eindringliche Stimme machte ihn zu einem guten Erzähler. Nachdem er schon so einiges getrunken hatte, war seine Nase gerötet, genau wie seine glänzenden Augen. Er legte eine Pause ein, während er sich die Zigarette zwischen die Lippen schob und ein Auge schloss.

»Im Klartext: Ich hab bei Disney als Inbetweener angefangen.«

»Als Inbetweener?«, rief Tytla aus. »Ich fasse es nicht! Dabei hattest du doch so viel Erfahrung, viel mehr als einige der Kurzfilmanimatoren, die damals für Disney gearbeitet haben.«

Belustigt schaute Art ihn an und zog seine Brille bis zur Nasenspitze hinunter. »Mit meiner Erfahrung konnte ich bei Burt Gillett aber nicht groß punkten. Er war der Regisseur des Kurzfilms *König Neptun*, an dem ich als Inbetweener mitgewirkt habe. Ihr könnt euch ja vorstellen, was für eine langweilige Tätigkeit das war. Damals lief es noch nicht so wie heute. Die Arbeitsabläufe waren noch nicht festgelegt, und man musste sich durch Kompetenz und vor allem Schnelligkeit bewähren.«

Er drückte die Zigarette aus, die zwischen seinen Fingern verglüht war, und goss sich Wein nach.

»Mir wurde eine kurze Szene zugewiesen, in der eine Piratenbande auf den Mast einer Galeone zuläuft. Ein Zeichner ohne meine Routine hätte für die entsprechenden Zwischenframes eine ganze Woche gebraucht, aber ich hatte schließlich schon drei Jahre lang als Hauptanimator bei Terrytoons gearbeitet. Deshalb wusste ich, was zu tun war, und war nach zwei Tagen mit meiner Aufgabe fertig.«

Er nahm einen tiefen Schluck.

»Als ich dem Chefanimator meine Arbeit vorgelegt habe, konnte er nicht glauben, dass ich sie so schnell erledigt hatte. Er hat mir jede Menge alberne und sinnlose Fragen gestellt, mich quasi einer Prüfung unterzogen.

Ich hab ihm versichert, dass ich keinerlei Zweifel am reibungslosen Ablauf der Szene hatte. Da er aber immer noch nicht sicher war, hat er sie sich mit der Moviola angesehen. Ihr hättet mal seinen Gesichtsausdruck sehen sollen, als ihm klar wurde, dass alles wunderbar zusammenpasste.«

»Wer war denn dieses Genie?«

»Wen schert das? Wahrscheinlich lag es einfach daran, dass er noch so jung war. Und da dachte er nach gut zwei Jahren im Studio eben, er wüsste längst alles.«

Martin ließ nicht locker. »Aber kennen wir ihn?«

Art fixierte Sophie einen Moment und schaute dann ein wenig verlegen zur Seite. Schließlich antwortete er: »Es war Jules Beck.«

Sophie spürte, dass sich plötzlich alle Blicke auf sie richteten, oder vielleicht bildete sie sich das auch nur ein. Sie machte den Mund auf, doch die Worte erstarben auf dem Weg zu ihren Lippen. Sie hatte keine Ahnung, was für einen Gesichtsausdruck sie jetzt aufsetzen sollte, sodass am Ende eine merkwürdige Grimasse daraus wurde.

Nach kurzem Schweigen wechselten die anderen lieber das Thema.

Da lag also das Problem! Sophie sprach den Satz nicht laut aus, Babbitt verstand ihren Blick aber ganz genau und nickte.

Ein paar Tage später gab es im Studio eine große Einweihung. Walt Disney hatte auf der anderen Straßenseite ein neues Gebäude gekauft, in dem von nun an die Zeichenstunden stattfinden sollten.

Es war ein fröhlicher, glücklicher Tag, und Graham posierte vor dem Eingang zu den neuen Räumlichkeiten wie ein echter Hollywoodstar für die Fotoapparate seiner Schüler. Dabei deutete er auf das große Schild, dessen Aufschrift vom typischen Humor der Animatoren zeugte:

Don Graham Memorial Institute

Darunter stand mit kleineren Buchstaben das Motto:

Semper Gluteus Maximus

Art Babbitt hielt diesen Moment mit der 16-mm-Kamera fest, die seine ständige treue Begleiterin war.

KAPITEL 10

DIE SCHÖNE MARGE

Es war ein viel zu strahlender Sommertag, um allein zu Hause zu hocken, daher überredete Babbitt Sophie zu einem Ausflug an den Strand mit ein paar Freunden. Etwas widerwillig schloss sie sich der fröhlichen Karawane an.

Sie durchquerten Los Angeles, parkten ihre Autos und liefen dann den großen Wellenbrecher entlang, der sich zwischen dem Strand von Santa Monica und dem von Venice erstreckte. Irgendwann fanden sie ein ruhiges Plätzchen und schlugen dort ihr kleines Lager auf.

Auch Marge war dabei. »Von dieser Kamera trennst du dich wohl nie, was?«, fragte sie nun Art.

Babbitt gab keine Antwort, weil er viel zu sehr damit beschäftigt war, jede einzelne Bewegung der jungen Frau zu verfolgen. Wie ihre Füße und die verspielten Wellen einander neckten, erinnerte an einen sinnlichen Tanz. Dabei blähte sich das Tuch in Marges Händen wie ein Segel, und der Wind zerzauste ihr das spektakuläre blonde Haar.

Blutjung, wie sie war, lachte Marge mit der für ihr Alter so typischen glücklichen Unbeschwertheit, während der indiskrete Blick von Arts Kamera ihre Schönheit einfing: das weiche blonde Haar, den gertenschlanken Körper im blauen Badeanzug, auf dem die Wassertropfen wie Kristalle glitzerten und durch den ihre Augen so blau leuchteten wie das Meer.

Marge Belcher war Schneewittchen, das Schneewittchen aus Fleisch und Blut. Die Tochter von Tanzlehrer Ernest Belcher war erst fünfzehn Jahre alt gewesen, als sie die Disney Studios zum ersten Mal betreten hatte.

An jenem Tag hatte man ihr ein Schneewittchenkleid gegeben und sie die Szene mit dem Wunschbrunnen vom Anfang des Films spielen lassen. Die Animatoren filmten sie dabei und achteten auf jede einzelne ihrer Bewegungen.

Im Studio bewegte sich Marge ganz ungezwungen zwischen ernsten Künstlern, zwanghaften Trinkern, Musikern, Intellektuellen und Träumern. Alle liebten und beschützten ihr Schneewittchen. Wer sie dabei am meisten liebte und beschützte und sie mit seiner Kamera unsterblich machen wollte, war eindeutig Art Babbitt.

Und sie ließ sich gerne von ihm filmen, lieben und beschützen, da seine Persönlichkeit genau wie der Blick seiner Kamera etwas Hypnotisches hatte.

Unter seinem Strohhut leuchteten die Augen von Art, als er neben Sophie in den Sand sank.

Sie hatte sich erst vor zwei Wochen von Jules getrennt.

»Wie geht's dir denn?«, fragte Art sie nun, während er sich mit einem Taschentuch Wasserspritzer von der Brille putzte.

»Wunderbar.«

»Na, komm, du weißt schon, was ich meine.«

Sie richtete sich ein wenig auf und wandte sich Art zu, der in diesem Moment zwei Zigaretten anzündete. Er bot ihr eine davon an.

Sophie griff danach und schickte eine große Spirale aus Rauch in die Luft. Ernst und mit zitternder Stimme antwortete sie: »Ich habe keine Lust, darüber zu sprechen.«

»Aber es tut bei solchen Sachen doch ganz gut, sich mal alles von der Seele zu reden.«

Mit hochgezogenen Augenbrauen betrachtete Sophie Art und sah ihn inmitten der Rauchwolke lächeln. Wenn er so strahlte, konnte er damit beinahe alles erreichen. Aber nicht einmal Babbitts unwiderstehliches Lächeln konnte in Worte verwandeln, was Sophie empfand. Ihre gemeinsame Zeit mit Jules, was sie zusammen erlebt und erlitten hatten, gehörte nur ihr allein.

Außerdem würde sie Art kaum verständlich machen können, wie und warum ihre Beziehung zu Ende gegangen war. Ganz plötzlich war einfach alles vorbei gewesen, ohne Erklärungen oder Entschuldigungen. Dabei hatte es so einiges nicht gegeben, noch nicht einmal einen Streit.

Sophie hätte nicht behaupten können, dass sie Jules wegen ihrer ständigen Eifersucht und der Angst davor, betrogen zu werden, verlassen hatte.

Die beiden hatten einfach nur die Zeit ihrer Liebe aufgebraucht, mit dem dazugehörigen Glücklich- und auch Unglücklichsein. Aber das würde Art wohl nicht verstehen. Deshalb wechselte Sophie lieber das Thema: »Marge ist erst sechzehn, das ist dir hoffentlich bewusst, oder?«

»Was soll das denn jetzt? Braucht man etwa ein Mindestalter, um einen Tag am Strand zu genießen?«

Sophie mochte den scharfen Verstand ihres Freundes, er konnte ihr allerdings nichts vormachen. »Komm schon, Art, ich sehe doch, wie du sie anschaust.«

Merkwürdigerweise kam darauf keine Antwort.

»Das tut mir in der Seele weh«, seufzte Sophie.

Babbitts beharrliches Schweigen zeigte ihr, dass sie mit ihrer Ahnung nicht falschlag.

»Darf ich dich mal was fragen?«, sagte sie dann.

»Ja, natürlich.«

»Warum flirtest du eigentlich nicht mit mir? Ich hab den Eindruck, dass du im Studio schon mit allen Kolleginnen und Modellen geschäkert hast, selbst mit den Minderjährigen. Nur mit mir nicht. Findest du mich so hässlich?«

Sophie hatte das alles in einem Atemzug gesagt, das Lächeln auf ihren Lippen zeigte jedoch, dass sie es nicht so ernst meinte.

Über Arts Miene hatte sich ein grimmiger Schatten gelegt. Plötzlich schienen sich die Rollen vertauscht zu haben. »Für wen hältst du mich denn, Sophie? Es würde mir niemals in den Sinn kommen, meine beste Freundin zu verführen.«

In diesem Moment lief Marge lachend herbei und zog Art spielerisch hoch. »Na, los, die anderen bereiten Sandwiches und Getränke vor. Ich sterbe vor Hunger!«

Während Art und Marge über den Strand davonliefen, hielt Sophie mit einer Hand ihren Hut fest, damit die Meeresbrise ihn nicht davontrug. Mit der anderen schob sie sich eine einzelne Strähne aus dem Gesicht und hinters Ohr. Während sie noch eine Weile sitzen blieb, wärmten Arts Worte ihr das Herz. Sie erschienen Sophie als das Schönste, was je ein Mensch zu ihr gesagt hatte.

Stille Tränen stiegen ihr in die Augen.

Nachdem sie sich über einen Monat nicht gesehen hatten, kam Lissette zu Besuch und wurde an der Wohnungstür so stürmisch von Sophie umarmt, dass ihr schöner Blumenstrauß dabei in Mitleidenschaft gezogen wurde.

»Du zerdrückst mir ja die Blumen!«, beschwerte sich Lissette.

»Was? Die sehen doch perfekt aus.«

Die beiden betrachteten den geköpften Strauß und brachen in schallendes Gelächter aus.

Sophie hatte sich inzwischen notgedrungen zu einer ganz passablen Köchin entwickelt und hatte ihrer Freundin zu Ehren etwas ganz Besonderes zubereitet.

Sie löffelten den ersten Gang, eine durchaus gelungene Krabbensuppe, und sprachen dabei über Lissettes äußerliche Veränderung.

»Toll siehst du aus, meine Liebe!«

»Gefällt's dir?«, fragte Lissette, fuhr sich mit einer Hand durchs Haar und fixierte Sophie mit ihren Katzenaugen.

Sie hatte viel von ihren langen Locken abgeschnitten und sie in einem beeindruckenden Platinblond gefärbt. Dazu trug sie Make-up in den Farben der aktuellen Mode: natürlichen elfenbeinfarbenen Puder, sanft nuanciert mit einem teerosenfarbenen Rouge, das im Gegensatz zu dem schreienden, orangestichigen Rot der Lippen stand.

»Wirklich fantastisch! Und das, was du anhast? Woher stammt denn die Inspiration? Auch aus einem Schaufenster im Ambassador?«, fragte Sophie, während sie aufstand, um neue Teller zu holen.

»Gehst du etwa nicht ins Kino? ›Das‹, wie du sagst, ist in Hollywood der letzte Schrei.« Lissette trug einen rotweiß gestreiften Pullover mit kurzen Ärmeln und einem Kragen, der in einen Schal überging, dazu einen roten, leicht ausgestellten Rock.

»Ein wenig gewagt für meinen Geschmack, aber du kannst es tragen, weil dir ja alles steht.«

Nun servierte Sophie ein traditionelles Brathähnchen und griff selbst herzhaft zu, ohne dabei mit dem Plaudern aufzuhören. Lissette hingegen rührte den zweiten Gang nicht an und fixierte ihre Freundin mit ungewöhnlicher Intensität.

»Was ist denn los? Hast du gar keinen Hunger?«

Lissette sagte kein Wort, ihre leuchtenden und blitzenden Augen zeigten jedoch, dass sie offensichtlich etwas zu verkünden hatte.

Neugierig hielt Sophie inne. Ihre Gabel verharrte auf dem Weg zum Mund in der Luft.

»Verschweigst du mir etwa irgendwas?«

Das Geheimnis war schnell gelüftet: »Ich hab Arbeit gefunden.«

»Was willst du damit sagen?«

»Dass sich mein Traum erfüllt hat und ich eine Stelle bei Paramount habe!«

»Aber … aber das ist ja …«

»Ich gehöre jetzt zum Team des leitenden Schneiders Howard Greer. Ist das nicht wundervoll? Dort werde ich unter der Leitung von Edith Head arbeiten, einer Kostümbildnerin, die … einfach nur genial ist! Die allerbeste!«

»Aber wann hat sich das alles denn ergeben? Und wieso hast du es mir so lange vorenthalten? Das verzeihe ich dir nie!«

»Ich weiß es ja auch erst seit Kurzem. Und ich habe mich so darauf gefreut, hierherzukommen, um es dir zu erzählen! Wir werden an den Kostümen für ein Musical mit Frances Farmer arbeiten.«

Sophie schlug sich die Hand vor den Mund, und ihre Augen leuchteten genauso begeistert wie die von Lissette. »Das ist ja wunderbar! Wie ich mich für dich freue!«

»Der Film heißt *Rhythm on the Range*. Natürlich spiele ich in so einem vielköpfigen Team nur eine unbedeutende Rolle, aber ich will an der Seite der ganz Großen möglichst viel lernen. Und wenn ich meine Aufgabe gut mache, geben sie mir vielleicht noch mehr Arbeit.«

»Da bin ich mir sicher«, sagte Sophie, griff auf dem Tisch nach Lissettes Hand und drückte sie liebevoll.

Am Ende mussten sie das Hähnchen, das auf den Tellern kalt geworden war, noch einmal aufwärmen. Nach dem Essen setzten sie sich mit ihren Kaffeetassen aufs Sofa. Damit war der Moment für Vertraulichkeiten gekommen, für Geheimnisse, die sie sonst tief im Herzen verbargen.

»Meiner Meinung nach hast du das Richtige getan, als du Jules verlassen hast. Du siehst jetzt viel besser aus als während der Zeit mit ihm.«

»Ich bin mir nicht so sicher, ob wirklich ich diejenige bin, die sich getrennt hat. Ehrlich gesagt hat mich Jules mit seiner ständigen Abwesenheit, seinem Schweigen und seiner Untreue doch dazu getrieben. In der letzten Zeit hat er all das ja nicht einmal mehr versteckt. Die jungen Frauen aus dem Studio liegen ihm zu Füßen, und er lässt sich nur zu gerne anhimmeln.« Sophie biss sich auf die Lippe und seufzte. »Ich glaube, ich hab ihm damit sogar einen Gefallen getan.«

Lissette machte den Mund auf, um etwas zu sagen, Sophie kam ihr aber zuvor.

»Und, wie geht es Tyler?«

»Du hattest recht, langsam muss ich wohl eine Entscheidung treffen. Die Situation wird leider immer schlimmer, und ich kann so einfach nicht leben.« Auf einen Schlag war alle Freude aus Lissettes Augen gewichen.

Auch Sophie war ernst geworden. »Lass uns bitte kein Trübsal blasen. Du wirst sehen, am Ende findet sich eine Lösung.«

»Ja, bestimmt. Es scheint ja alles in Ordnung zu kommen, immerhin arbeitest du inzwischen bei Disney und ich bei Paramount. Da wir jetzt beide den Pfad zu unseren Träumen eingeschlagen haben, kann doch gar nichts mehr schiefgehen.«

Sophie seufzte. Wie gerne hätte sie diese Worte geglaubt, die sie sich ja selbst oft sagte. Aber manchmal fiel ihr das wirklich schwer.

Das meiste Kopfzerbrechen bereiteten Disney im Moment die sieben Zwerge und damit auch den Animatoren, die deren Aussehen und Persönlichkeit entwickelten: Bill Tytla und Martin Locke.

Die beiden ergänzten einander perfekt. Während Martin immer interessantere Vorschläge für das Äußere der kleinen Kerle vorlegte, verlieh Bill Tytla ihnen emotionale Tiefe.

Trotzdem sorgten Schneewittchens Weggefährten im Jahr 1935 gegen Ende des Winters noch immer für Zweifel und Diskussionen, während andere Szenen bereits viel weiter fortgeschritten waren. Bislang hatten die Zwerge noch nicht einmal Namen. Die Kreativabteilung hatte Dutzende von Entwürfen ausgearbeitet, um die Sieben zum Leben zu erwecken, aber noch war man zu keiner Einigung gekommen.

Nach und nach wurde das Aussehen der Figuren immer weiter verfeinert, und die leitenden Animatoren arbeiteten mit äußerster Sorgfalt an den Gesichtszügen. Da die Zeit drängte, würden an jeder Figur etliche Zeichner arbeiten. Deshalb musste mit absoluter Akribie vorgegangen werden, um Einheitlichkeit zu gewährleisten. Das galt vor allem für Details wie Wimpern, Augen und Schatten.

Trotz all der Unsicherheit war man sich in einer Hinsicht einig: Die sieben Zwerge würden mit Schneewittchen zusammen ein perfektes Gespann bilden und daher ein wichtiger Bestandteil des Films sein.

Ham Luske, der Hauptanimator der Schneewittchenfigur, experimentierte zurzeit mit den Szenen, in denen das junge Mädchen die Hütte im Wald erreichte.

Martin und Bill konzentrierten sich hingegen auf die Entdeckung von Schneewittchen im Schlafzimmer bei der Rückkehr der Zwerge. Sie waren davon überzeugt, dass dieser Moment entscheidend war, um die Persönlichkeit jedes einzelnen Zwergs zu zeigen. Damit würden sie den Grundstein für die Arbeit der anderen Animatoren legen.

Ende November schauten sich die beiden zusammen mit den Mitgliedern ihres Teams die Entwürfe für die Szene im Schlafzimmer der Hütte an. Auch Babbitt hatten sie in den Vorführraum des Studios eingeladen. Der war als »die Sauna« bekannt, nicht nur wegen der hohen Temperaturen darin, sondern auch, weil die Animatoren dort über jeder Szene »schwitzten«.

»Wir sind uns darin einig, dass die Zwerge sich vom Aussehen her ähneln und ungefähr gleich groß sind. Gerade deshalb muss in dieser Szene der Charakter jedes Zwerges klar definiert werden. Versteht ihr, worauf ich hinauswill?«

»Ja, die Zuschauer sollen sie auf den ersten Blick unterscheiden können, vom ersten Fotogramm an.«

Martin und Bill verstummten, während jetzt Art das Wort ergriff, dem bei Zeichentrickfiguren vor allem die psychologischen Aspekte am Herzen lagen. Das hatte sich schon bei früheren Kurzfilmen gezeigt, besonders bei seiner Arbeit an der Persönlichkeit von Duffy. Und nun unterstrich er es noch einmal mit seinen kategorischen Worten: »Wisst ihr, unsere Akteure müssen berühren und die Zuschauer Anteil nehmen lassen. Aber das gelingt nur, wenn die Figuren als Individuen akzeptiert werden.«

»Genau darum geht es!«, bestätigte Martin und führte nun den animierten Entwurf vor. Er erklärte: »Hier haben wir also die sieben vor uns, als sie Schneewittchen auf ihren Betten ausgestreckt vorfinden. Jeder von ihnen reagiert anders auf diesen Eindringling.«

Bill hielt die Aufnahme an und deutete auf einen der Zwerge. »Dieser hier ist der unangenehmste von allen, er ist immer schlecht gelaunt, ein echter Choleriker. Das wird doch deutlich, findet ihr nicht?«

»Schon, man könnte es aber noch verstärken. Guckt mich mal an.«

Nun waren alle Blicke auf Art gerichtet, der zu gestikulieren begann und die Miene verzog, als wäre er furchtbar wütend.

»Seht ihr? Er muss das Gesicht noch viel mehr in Falten legen. Die Augen sollten beinahe geschlossen sein, das würde seine miese Laune deutlicher zeigen und ihn geradezu unausstehlich machen.«

Martin nickte und brachte die Moviola wieder in Gang, nur um die Aufnahme nach ein paar Sekunden erneut zu stoppen: »Dieser hier wird bei Schneewittchens Anblick ganz verlegen.«

»Warum?«, fragte Babbitt.

»Na ja, weil er furchtbar schüchtern ist.«

»Sein Gesichtsausdruck ähnelt aber dem dieses anderen«, bemerkte Art Babbitt und wies auf einen dritten Zwerg.

»Nein, der da ist glücklich und zufrieden. Er hat immer gute Laune.«

Babbitt zeigte mehrmals die Ausschnitte, in denen die

beiden erwähnten Zwerge vorkamen, und schüttelte dabei den Kopf.

Martin starrte fast atemlos auf die Leinwand und rief am Ende aus: »Ihr habt recht! Der verlegene und der glückliche Zwerg sehen sich wirklich zu ähnlich. Weil Verzagtheit so schwer darzustellen ist, haben wir sie noch nicht deutlich genug herausgearbeitet.«

Erwartungsvolle Stille trat ein, die Art nach ein paar Sekunden durchbrach: »Ja, dass er wegen seiner Schüchternheit nicht weiß, wie er auf Schneewittchen reagieren soll, muss sich noch klarer in seinen Gesichtszügen spiegeln.«

»Und wie erreichen wir das?«

»Ich denke da an kleine Kinder. Wenn die sich jemandem gegenüber schüchtern zeigen, dann gucken sie nach unten. Sie vermeiden Blickkontakt oder linsen nur verschämt nach oben, und sie wissen nicht, was sie mit den Händen machen sollen. Deshalb verschränken sie sie manchmal hinter dem Rücken. Und wenn jemand sie anspricht, setzen sie nur ein ganz kleines Lächeln auf, direkt unter der Nase, ohne den Mund aufzumachen.«

Martin hatte sich ein Blatt geschnappt und versuchte zu Papier zu bringen, was Art mit Worten beschrieb.

»Ich weiß nicht, ob ich mich deutlich genug ausgedrückt habe. Ihr wisst schon, wir müssen uns beim Zeichnen jedes Detail genau durch den Kopf gehen lassen. Ich würde den schüchternen Zwerg auftreten lassen wie ein Kind, das sich am liebsten hinter dem Rock seiner Mutter verstecken würde.«

Aus den Augenwinkeln blickte Art zu seinen Kollegen hinüber, die, in Gedanken versunken, schwiegen. Dann stand er auf und reckte sich träge. »So, gehen wir jetzt erst mal mittagessen?«

Während Babbitt und Tytla sich sofort auf den Weg machten, verließ Martin als Letzter den Raum. Er schritt ganz langsam voran und dachte immer noch an Arts Worte: gesenkter Blick, nach vorn gebeugter Körper, Hände hinter dem Rücken, nur ein ganz kleines Lächeln … Oh, das bin ja ich.

Sophie hatte eisern gespart, um Weihnachten in New York verbringen zu können. Sie hatte ihre Familie schon seit über drei Jahren nicht mehr gesehen und hörte nur von ihr, weil ihr Vater und sie sich regelmäßig schrieben.

Zu den Briefen, mit denen Joseph und Sophie gegen die Sehnsucht ankämpften, fügte auch Vera gelegentlich ein paar Zeilen hinzu, meist mit Ratschlägen.

Elionor schrieb ihrer Schwester nie.

Ihrer Heimkehr sah Sophie zugleich ungeduldig und auch ein wenig ängstlich entgegen. Und auf die lange Zugfahrt freute sie sich nun wirklich nicht. Am liebsten hätte sie einfach die Augen geschlossen und sie im Wohnzimmer ihrer Eltern wieder aufgemacht. Sophie stellte sich vor, wie sie dort mit dem Rücken zum Erker auf dem Sofa saß, während sich die Beistelltischchen unter Tee und Weihnachtsplätzchen bogen. Unter einem leuchtenden Christbaum lagen geheimnisvolle Päckchen, und sie stritt sich mit Elionor darum, wer als Erste eines davon aufmachen durfte.

Natürlich gehörten diese Bilder der Vergangenheit an, und Sophie würde in ihrem Elternhaus eine ganz andere Realität vorfinden, die weniger glänzend und bunt war. Aber trotz allem wartete in New York ihr Vater auf sie, genau wie die Mutter und Elionor. Und Sophie sehnte sich so sehr danach, sie zu sehen und in die Arme zu schließen. Daher schob sie den melancholisch stimmenden Erinnerungen einen Riegel vor und begann lieber mit den konkreten Vorbereitungen der Reise.

Eines Tages kam Art zu ihr und machte ihr einen überraschenden Vorschlag. »Kehrst du an Weihnachten eigentlich heim, nach New York?«

»Ja!«, rief Sophie strahlend aus.

»Martin und ich verbringen die Feiertage auch dort und fahren mit meinem Auto hin. Wir hätten noch Platz für eine weitere Person.«

Sophies Augen begannen zu leuchten.

»Ich würde mich wirklich freuen, wenn du mitfährst. Die Reise ist lang und wird sicher weniger anstrengend, wenn wir zu dritt sind. Du weißt ja selbst, dass Martin nicht gerade eine Plaudertasche ist, daher wäre deine Gesellschaft auf jeden Fall eine Bereicherung.«

Obwohl Sophie es ihm immer wieder anbot, wollte Art nichts davon hören, dass sie sich die Benzinkosten teilten. Und die Ersparnis erlaubte es ihr, kleine Geschenke für ihre Familie zu besorgen.

Lissette hatte für Sophie ein paar Änderungen an einem Mantel vorgenommen, den sie selbst nicht mehr trug, und ihr für das kalte Wetter in New York eine dazu passende Hose genäht.

Am Tag der Abreise erschien Sophie bei Art zu Hause daher so elegant zurechtgemacht, als würde sie auf ein Fest gehen.

»Du siehst ja fantastisch aus!«, rief er mit seinem natürlichen Charme, der noch jede Frau davon überzeugt hatte, dass seine Komplimente von Herzen kamen.

Martin sagte nichts, konnte seinen stillen Blick aber kaum von Sophie lösen.

Sie fuhren mit Art Babbitts brandneuem dunkelgrünem Buick 40, einem großen Wagen mit 80 PS. So ein Viertürer, der Platz für fünf Personen bot, kostete etwa tausenddreihundert Dollar und zeugte davon, wie hoch die Löhne zurzeit bei Disney waren.

Die drei traten eine viertausend Kilometer lange Fahrt über die Route 66 an. Pro Tag legten sie ungefähr fünfhundert Kilometer zurück, die Nacht verbrachten sie jedes Mal im erstbesten Motel, in dem sie zwei Zimmer nahmen. Art und Martin ließen Sophie nicht ein einziges Mal bezahlen und führten als Grund dafür an, dass das Gehalt der jungen Frau im Vergleich zu ihrem absolut lächerlich war.

Am nächsten Morgen standen sie um sechs Uhr auf, frühstückten und machten sich wieder auf den Weg. Die beiden Männer wechselten sich am Steuer ab, während Sophie aus dem Fenster blickte und große Städte, kleine Dörfer und öde Landschaften vorbeisausen sah.

Unterwegs durchquerten sie das eine oder andere Unwetter, fuhren durch die Wüste und zum Teil über unbefestigte Straßen. Ihr Weg führte sie auch durch die Black Mountains, das gefährlichste Gebirge von Amerika. Und dann kam endlich der Tag, an dem die drei Reisenden dabei zusehen konnten, wie die Sonne hinter der Brooklyn Bridge unterging und das Wasser des East River flammend rot leuchten ließ.

Art und Martin hatten darauf bestanden, Sophie vor ihrem Elternhaus abzusetzen. Bevor sie voneinander Abschied nahmen, verabredeten sie sich noch für den Tag der Rückfahrt.

Als der Wagen im dichten Verkehr der Stadt verschwand, umfasste die junge Frau fest den Griff ihres Koffers und betrachtete aufmerksam das Haus, in dem sie geboren war. Sie versuchte, die Zeiten heraufzubeschwören, in denen es noch das Heim einer Familie gewesen war, und nicht bloß irgendein dreistöckiges Gebäude, das allmählich etwas heruntergekommen wirkte.

Dabei stieg in ihrem Inneren eine schmerzliche Sehnsucht auf.

KAPITEL 11

WEIHNACHTEN IN NEW YORK

Das Gebäude an der 74th Street war nicht mehr das Elternhaus aus Sophies Erinnerungen. In den dreieinhalb Jahren ihrer Abwesenheit war es Armut und Aussichtslosigkeit anheimgefallen, während bei Familie Simmons die Hoffnung auf bessere Zeiten geschwunden war. Vera hatte angesichts des Offensichtlichen jeglichen Widerstand aufgegeben und war dadurch in ein tiefes dunkles Loch gefallen. Und je mehr ihr Kampfgeist nachließ, desto welker waren die Blumen im Erker und desto glanzloser die Teppiche mit den einst so prächtigen Farben und das Mobiliar.

Die Möbel, die noch nicht verkauft waren, schienen zwischen den Erinnerungen an bessere Zeiten langsam zu verwittern.

Beim Wiedersehen mit ihrer Mutter stellte Sophie entsetzt fest, dass deren Haut gelblich geworden war und sich in ihren Augenwinkeln Fächer aus feinen Falten zeigten, die sie älter aussehen ließen.

Was Elionor anging, so war sie noch missmutiger und ihre Zunge noch spitzer. Sie verbrachte den ganzen Tag im Krankenhaus und verbreitete bei ihrer Heimkehr in all den traurigen Ecken des Hauses ihre schlechte Laune.

Nur Joseph wirkte als Einziger so wie immer. Zwar hatte er weniger Haare als in Sophies Erinnerung an den Tag ihres Abschieds, aber auf seinen Lippen lag das gleiche gütige Lächeln. Und wie früher verlieh seine scharf hervorstechende Nase seinem Gesicht etwas Verwegenes, auch wenn seine Wangen ein wenig blass waren.

Als Arzt versorgte er weiterhin einige Nachbarn des Viertels und übernahm auch ein paar Aufgaben im Krankenhaus, in dem Elionor arbeitete. Nie verschwendete er Zeit an den Gedanken, dass jetzt ein ruhiges und bequemes Leben als Rentner auf ihn warten würde, wenn sich die Dinge anders entwickelt hätten. Er war vielmehr dankbar, dass er trotz der schwierigen Lage noch seinen Beruf ausüben konnte und es durch die Vermittlung guter alter Freunde hier und da ein paar Verdienstmöglichkeiten für ihn gab.

Weder Vera noch Elionor teilten seinen Optimismus.

Sophie fiel zu Hause bald die Decke auf den Kopf, vor allem, wenn Joseph nicht da war. Sie fühlte sich in diesen vier Wänden eingesperrt und betrachtete die nackten grauen Äste der winterlichen Bäume jenseits des Erkerfensters. Die Kälte, die sie bei diesem Anblick verspürte, hatte nichts mit den niedrigen Temperaturen zu tun und schien ihr in den Knochen zu stecken. Weil sie diesem erdrückenden Ambiente entfliehen wollte, nutzte Sophie jeden Vorwand, um loszuziehen und so viel Zeit wie möglich außer Haus zu verbringen.

Sie traf sich mit den wenigen noch in der Stadt verbliebenen alten Freunden, besuchte Kunstgalerien und ging zu ein paar abendlichen Konzerten.

Sophie suchte auch die Grand Central Station auf, wo sie sich im Gedränge der hin und her eilenden Menschen verlor. Mit dem Zeichenblock in der Hand blickte sie zu den leuchtenden Sternbildern an der blauen Kuppel hinauf, während durch die riesigen deckenhohen Fenster die Dezemberkälte hereinkroch. Begeistert beobachtete Sophie danach rührende Wiedersehensszenen neben den Informationsschaltern und folgte mit dem Blick den langsamen schnaufenden Zügen.

Aber das Schönste an ihrer Rückkehr nach New York war natürlich, dass ihr Vater und sie zu ihren gemeinsamen Spaziergängen zurückkehrten.

Sophie fiel es gar nicht so leicht, sich wieder an den schmutzigen Himmel von New York zu gewöhnen. Genauso verhielt es sich mit der Sonne, die so weiß war wie der Schnee auf den Straßen. Wenn das Wetter gut genug war, zog Sophie an einigen Tagen trotzdem nach dem Mittagessen mit Joseph zusammen los. Oft liefen sie bis zum Central Park und setzten sich dort auf eine Bank, von der aus sie das Plaza Hotel an der 59th Street sehen konnten.

»Weißt du noch, wie gerne du früher hierhergekommen bist? Der Anblick des Hotels hat dich sehr beeindruckt.«

Sophie nickte. Sie erinnerte sich gut daran, wie sie von dieser Stelle aus zum ersten Mal versucht hatte, das Hotel zu zeichnen. Besonders gut gelungen war es ihr damals natürlich nicht. Ihr Vater hatte ihr aber versichert, dass »ihr« Hotel viel schöner war als das echte.

Bald erkannte Sophie, dass Joseph die gemeinsamen Spaziergänge zwar nutzte, um in der Vergangenheit zu schwelgen, dabei Gespräche über die Gegenwart aber vermied. Er erzählte nur sehr wenig darüber, wie es der Familie seit Sophies Umzug ergangen war. Trotzdem ließ sich die Wirklichkeit nicht verleugnen, weil man auf den Straßen regelrecht darüber stolperte.

Die Folgen des Börsenkrachs zeigten sich in New York viel deutlicher als in Los Angeles. Auf der Fifth Avenue verkauften bitterarme Menschen Äpfel, und in den U-Bahn-Eingängen drängten sich Obdachlose, die sich vor der Kälte schützten und, mit Zeitungen zugedeckt, nachts auch dort schliefen.

Die ganze Stadt war voll von Bettlern, von Gestalten, die ohne einen Funken Hoffnung im Blick verloren durch die Straßen wandelten. Was es in Los Angeles nur in bestimmten Stadtvierteln gab, zeigte sich hier an jeder Ecke.

Sophie war entsetzt, als sie zum ersten Mal eine der Obdachlosensiedlungen am Ufer des Flusses sah. Die meisten Bewohner schliefen in großen Kartons, die sie mit Zeitungen gefüllt hatten. Die Glücklicheren unter ihnen hatten sich eine kleine Hütte mit Holzwänden und Blechdach zurechtzimmern können. Es handelte sich um richtige Elendsviertel, in denen ganze Familien inklusive Kindern und Großeltern hausten.

Joseph erklärte seiner Tochter, dass man in diesen Vierteln zusammenhielt. Wer Arbeit fand, übergab seinen Lohn an die Gruppe, und so kam genug Geld zusammen, um beim Großhandel einzukaufen. Gekocht wurde dann auch für alle: Eine kräftige Suppe aus der Gemeinschaftsküche wärmte jeden Abend die Bäuche der Verzweifelten. Um zu überleben, suchten sie außerdem im Müll der Restaurants nach Obst und Gemüse.

»Vor ein paar Jahren noch waren diese Leute ganz normale Menschen wie du und ich«, erklärte Joseph seiner Tochter. »Sie haben ihre Arbeit, ihr Zuhause verloren, einfach alles. Aber es sind ehrliche Leute.«

Betroffen bemerkte Sophie die Tränen, die in den Augen ihres Vaters glänzten.

»Es beeindruckt mich, wie sie sich den Schwierigkeiten stellen. Ich gehe oft ins Lager, um dort Kranke zu behandeln und ihnen Medikamente zu bringen.« Er schaute seine Tochter an. »Ich tue, was ich kann.«

Sophie begleitete ihren Vater ein paarmal bei diesen Besuchen und wollte auch gern helfen. Da sie kein Geld entbehren konnte, machte sie sich auf andere Art und Weise nützlich. Mit einer Gruppe von Freiwilligen holte sie übrig gebliebene oder unverkäufliche Weihnachtsbäume ab und sammelte außerdem Spielzeug für das Lager. Dass dort schließlich in jeder Hütte ein Christbaum stand und für jedes Kind ein Geschenk darunter lag, erfüllte sie mit großer Freude.

In Sophies Elternhaus nutzte die Familie inzwischen nur noch einen sehr kleinen Teil des Gebäudes. Deshalb hatte sich ihr einst so strahlendes Heim in ein Labyrinth aus dunklen, kalten Fluren verwandelt. In guten Zeiten hatte in jedem Raum ein Ofen Wärme verbreitet. Da inzwischen gespart werden musste, brannte nun nur noch der

Kamin im Erkerzimmer und sorgte dort für eine angenehm wohlige Temperatur, während die Zimmer im zweiten Stock die reinsten Kühlkammern waren. Aus diesem Grund hatten die Simmons diese Räume ganz geschlossen und sich auf den unteren beiden Etagen eingerichtet.

Darum blieb Sophie keine andere Wahl, als auf einer Matratze in dem Zimmer zu schlafen, das jetzt das ihrer Schwester war. Es handelte sich um ein Kämmerchen zum Innenhof hinaus, das einst als Bügelzimmer gedient hatte. Wenn sie abends das Licht ausgemacht hatten, fühlte sich Sophie darin, als müsste sie ersticken. Niemals hätte sie gedacht, dass sie sich je nach ihrer Wohnung in Los Angeles zurücksehnen würde.

Während ihrer ersten Abende in New York stiegen Sophie Tränen in die Augen, sobald sie sich hingelegt hatte. Sie fand es schrecklich, wie still es in dem Haus war, in dem sie während ihrer Kindheit vom Wiegenlied tickender Uhren in den Schlaf gelullt worden war. Die waren inzwischen alle verstummt.

Die kleine Kammer war kalt und ungemütlich, und Sophie vermisste ihr Kinderzimmer im zweiten Stock mit all ihren Sachen von damals. Diese Weggefährten ihrer Kindheit verstaubten jetzt vermutlich in irgendwelchen Schubladen oder waren für immer verschwunden.

Gedanken und Erinnerungen, die Sehnsucht nach alten Zeiten, das alles ließ sie nicht zur Ruhe kommen. Sie lag stundenlang wach und starrte in die Dunkelheit.

Wenn Elionor ins Zimmer kam, vergrub Sophie das Gesicht im Kissen und stellte sich schlafend. Erst wenn die Atmung ihrer erschöpften Schwester ruhiger wurde, fand auch sie endlich Schlaf.

Am nächsten Morgen wachte sie jedes Mal wie gerädert auf und hatte den Eindruck, etwas Schlimmes geträumt zu haben. Sie konnte sich aber nie daran erinnern.

So verstrichen die Tage.

An Heiligabend ging die Familie zusammen zur Messe in der Riverside Church und deckte danach zu Hause den Tisch im Erkerzimmer. Dort legte Sophie auch ihre mitgebrachten Geschenke unter den kleinen Weihnachtsbaum.

Ein wenig später kamen noch drei weitere Päckchen mit den Namen Vera, Elionor und Sophie hinzu. Sie waren von Joseph.

Zum Abendessen gab es einen zähen Braten, der durch Himbeersoße und Kartoffelpüree ein wenig genießbarer wurde. Joseph hatte Weihnachtsgebäck mitgebracht und machte Scherze darüber, wie Sophie und Elionor sich als Kinder immer um das schönste Plätzchen gestritten hatten, das mit den leuchtendsten Zuckerperlen oder dem freundlichsten Lächeln.

Nach dem Abendessen gingen sie direkt schlafen.

Die beiden Schwestern betraten das gemeinsame Zimmer, zogen sich schweigend aus und legten sich ohne ein weiteres Wort hin.

Aber nach einer Weile im Dunkeln wurde die Nachttischlampe plötzlich wieder eingeschaltet, und Elionor stand auf. Als sie sich auf die Bettkante setzte und ihren hochmütigen, bohrenden Blick auf Sophie richtete, zitterte sie – vielleicht vor Kälte, vielleicht jedoch auch vor Empörung. »Denkst du tatsächlich, dass du mit ein paar lächerlichen Geschenken dein Soll erfüllt hast?«

Sophie setzte sich auf und wusste nicht, was sie sagen sollte, woher diese Wut kam, die in den Augen ihrer Schwester loderte. Ihre eigenen begannen zu brennen, und sie versuchte angestrengt, die Tränen zu unterdrücken. »Elionor, ich …«

»Nein, komm mir jetzt nicht mit irgendwelchen Ausreden. Du hast ja keine Ahnung, wie die letzten Jahre für uns verlaufen sind! Während du dich nur um dich selbst gekümmert und dir in Los Angeles mit Vaters Geld ein schönes Leben gemacht hast?«

»Sag doch so was nicht. Ich hab gedacht …«

»Gedacht? Du hast doch überhaupt nicht nachgedacht. Stattdessen hast du einfach die Hand aufgehalten, und das war's. Ach, und natürlich hast du herzallerliebste Briefe geschickt, damit auch allen klar ist, wie gut es dir doch geht. Hast du wirklich geglaubt, dass ich auf einen einzigen davon antworten würde?«

Vergeblich versuchte Sophie, sich die Worte nicht zu sehr zu Herzen zu nehmen. Die jüngere Schwester wünschte sich inständig, dass die ältere sie verstehen und erkennen würde, wie die Dinge wirklich lagen.

»Es stimmt, dass Vater mir geholfen hat, für mich war es aber auch nicht leicht. Meine Arbeit wird schlecht bezahlt, deshalb lebe ich in ganz einfachen Verhältnissen.«

»Oh, du Arme, das tut mir aber leid!«, versetzte Elionor abschätzig.

Sophie hatte mit gesenktem Kopf dagesessen, hob nun jedoch das Kinn und schaute ihre Schwester an.

Deren Gesichtsausdruck war finster, bitter, ihr ganzer Körper vor Wut angespannt. Als Elionor weitersprach, klang ihre Stimme weinerlich: »Nachdem du einfach ohne Abschied verschwunden warst, habe ich mich mit zusätzlichen Schichten fast totgeschuftet, weil wir eine Zeit lang zu dritt nur von meinem Gehalt gelebt haben. Vater hat fast alle Patienten verloren und die wenigen verbliebenen oft umsonst behandelt, wenn sie nicht zahlen konnten. Und wie du ja selbst siehst, ist Mutter nur noch ein Schatten ihrer selbst.«

Sophie suchte nach einer passenden Antwort, sagte letztlich aber nichts, und ihre Schwester fuhr mit ihrer Schilderung fort: »Am Ende habe ich dann im Krankenhaus meine Beziehungen spielen lassen und ein paar alte Freunde von Vater angesprochen, die einen gewissen Einfluss haben. Einstellen konnten sie zwar niemanden, aber sie melden sich jetzt regelmäßig, wenn jemand für ein paar Stunden gebraucht wird. Gelegentlich schicken sie Vater zu einem Kranken nach Hause, wenn eine Spritze gesetzt werden muss, was auch immer. Trotz seines Alters ist er sich nämlich für nichts zu schade. Auf diese Weise kommt etwas zusätzliches Geld herein, aber so furchtbar wenig! Am Anfang hat mich das bald wahnsinnig gemacht, weil ich es einfach nicht begreifen konnte. Bis es mir irgendwann klar wurde: Er hat von seinem verdienten Geld immer automatisch die Hälfte an dich geschickt. Während wir hier Schwierigkeiten hatten, unsere Rechnungen zu bezahlen, war dir dein Teil sicher.«

Inzwischen war ihre Miene zu einer ausdruckslosen Maske geworden. Elionor schien Sophies Anwesenheit gar nicht mehr zu bemerken, sondern vielmehr mit sich selbst zu reden.

»Vater hat sich um alle gesorgt: um dich, um die Armen am Fluss und die Kranken. Um alle außer Mutter und mich.«

Sophie bohrte die geballten Fäuste in die Matratze, um den Schmerz angesichts dieser Vorwürfe zu ertragen. Sie wurde von Schuldgefühlen gequält, weil sie die wahre Situation der Familie verkannt hatte.

Wut macht furchtbar müde, daher legte sich Elionor irgendwann erschöpft wieder ins Bett und kehrte Sophie den Rücken zu. Bevor sie das Licht endgültig ausschaltete, fügte sie noch hinzu: »Du lebst dein Leben. Ich nicht, ich habe nämlich keins.«

Sophie schob sich wieder unter die kalte Decke und rollte sich zusammen. Aber so still es in dem düsteren Raum auch sein mochte, sie konnte einfach nicht einschlafen.

Elionor ebenso wenig, daher lagen beide wach und hingen voller Beklemmung ihren Gedanken nach.

Am Ende stand Sophie auf und tastete sich im Dunkeln voran, um sich zu ihrer Schwester ins Bett zu legen. Als Elionor sich in die Umarmung von Sophies warmen Körper sinken ließ, fiel die Anspannung von ihr ab, und sie begann zu schluchzen.

»Es tut mir so leid, Schwesterherz. Ich hab dich lieb«, flüsterte Sophie.

Am Ende schliefen sie fest umschlungen ein, während

die Stille, die sie so lange voneinander entfernt hatte, langsam zerbröckelte.

Als sich das Jahr 1935 und damit die Weihnachtsferien dem Ende zuneigten, versuchte Sophie, sich darüber klar zu werden, was dieser Besuch zu Hause für sie bedeutete.

Einerseits war ihr Herz von wiedergefundenem Glück erfüllt: dem Glück, das sie als Kind bei den Streifzügen durch New York an der Seite ihres Vaters verspürt hatte. Andererseits wühlte es sie auf, wie leidvoll sich das Leben für ihre Mutter und Elionor gestaltete, und ließ sie an ihren Plänen für die nähere Zukunft zweifeln.

Zwei Tage vor ihrer geplanten Abreise führte sie daher ein Gespräch mit ihrem Vater. »Ich überlege, vielleicht in New York zu bleiben, Vater. Hier, zu Hause.«

Schweigend blickte Joseph seine Tochter an.

»Ich würde mir vor Ort Arbeit suchen.« Sophie versuchte, ein unbekümmertes Lächeln aufzusetzen. »Weißt du, die wichtigsten Zeichentrickstudios befinden sich doch in New York, zum Beispiel die Fleischer Studios.«

»Aber nicht das von Disney.«

»Nein, das nicht«, antwortete Sophie, während sie daran dachte, dass es in New York auch Art Babbitt und Lissette nicht geben würde. Und auch nicht Martin Locke mit seinen sieben Zwergen, ebenso wenig wie Schneewittchen und Bill Tytla und dieses verdammtes Klappbett, das auf und zu ging, wann es ihm beliebte.

»Also soll alles umsonst gewesen sein?«

Sophie blickte Joseph an. Ihr war klar, dass sie ihm nichts vormachen konnte. Deshalb beschloss sie, die

Karten auf den Tisch zu legen. »Meiner Meinung nach könnte ich euch hier in New York einfach besser helfen. Ich könnte Mutter mehr Gesellschaft leisten, finanziell etwas beisteuern und so Elionor entlasten.«

»Lass uns die Situation doch mal vom praktischen Standpunkt her betrachten …«

»Vater …«

Joseph schenkte ihr einen ernsten Blick. »Hast du hier in New York etwa Arbeit gefunden, Sophie?«

»Nein, und das ist dir doch klar, Vater.«

»Also, wenn du in New York keine Stelle hast, dann weiß ich gar nicht, warum wir diese Unterhaltung überhaupt führen. Schließlich ist es für die meisten Menschen im Moment schlicht unmöglich, eine Beschäftigung zu finden. Und so, wie ich es verstanden habe, hast du doch Arbeit in einem der großen Studios von Los Angeles, und …«

»Ja, aber …«

Joseph griff nach der Hand seiner Tochter, deren angsterfüllter Blick auf das Erkerfenster fiel.

»Deine Träume nehmen Gestalt an, das ist eine Tatsache. Dafür hast du hart gearbeitet, dich weitergebildet und bist jetzt da, wo du sein wolltest.«

»Aber mein Gehalt … Und die Aufgaben, die ich dort erledige …«

»… sind schon mal ein Anfang. Willst du das alles etwa verlieren?«

Sophie schüttelte zaghaft den Kopf.

»Wenn du weiter deinen Weg gehst, wirst du irgendwann das sein, was du immer werden wolltest. Und an diesem Punkt angekommen, wirst du uns dann wirklich helfen können. Es bringt doch nichts, deine Träume aufzugeben. Damit würdest du alles kaputtmachen und doch nichts erreichen.«

Sophie musterte ihren Vater aufmerksam. In ihren Augen stand noch immer Sorge geschrieben, der Blick ihres Vaters war hingegen voller Zuversicht und Zärtlichkeit.

»Gut, ich werde auf dich hören. Aber du musst mir im Gegenzug versprechen, dass du mir kein Geld mehr schickst. Ich arbeite jetzt nämlich Vollzeit und komme damit besser über die Runden. Außerdem habe ich Freunde, die sich gut um mich kümmern.«

»Dann sind wir uns also einig?«

»In Ordnung!«

Vater und Tochter besiegelten ihren Pakt mit einer liebevollen Umarmung.

Der Buick legte in beachtlichem Tempo Kilometer um Kilometer zurück. Da sie schneller vorankamen als erwartet, schlug Art vor, die letzte Nacht etwa fünfhundert Kilometer von Los Angeles entfernt in Kingman zu verbringen, um am nächsten Morgen die nur etwa dreißig Kilomenter entfernte kleine Goldgräberstadt Oatman zu besuchen.

»Das wäre doch ein schöner Abschluss unserer Ferien, bevor wir zur Arbeit zurückkehren«, meinte er fröhlich und gut gelaunt. Anders als Martin schien ihm nicht aufgefallen zu sein, dass Sophie sich während der ganzen Rückfahrt in tiefes Schweigen gehüllt hatte. Ihr Blick war abwesend, und den Grübchen auf ihren Wangen schien jegliche Freude abhanden gekommen zu sein.

Kingman war eine recht große Stadt in Mohave County in Arizona. Dort fanden die drei ohne Probleme ein gutes Hotel, in dem sie sich ein Bad gönnten und entspannt das Abendessen genossen. Es war eine größere und bequemere Unterkunft als die Motels am Straßenrand der vergangenen Nächte. Außerdem teilten sich Art und Martin hier nicht wie sonst ein Zimmer, sondern gönnten sich für die letzten beiden Übernachtungen jeder ein eigenes.

Nach dem Essen zogen sie sich früh zurück, um sich von der Reise zu erholen und am nächsten Morgen mit ihrem Besuch in Oatman einen echten Ferientag einzuläuten.

Sophie legte sich mit einem Buch ins Bett. Sie wusste, dass ihr das Einschlafen schwerfallen würde, wenn sie nicht zuerst ein paar Seiten las. Sie war die ganze Reise über aufgewühlt gewesen, in Gedanken zugleich in New York und Los Angeles, in Vergangenheit und Gegenwart, verloren zwischen den bitteren Worten Elionors und den hoffnungsvollen Ratschlägen ihres Vaters.

Plötzlich klopfte jemand bei ihr an. Das Pochen erklang mehrmals hintereinander, schüchtern und leise.

Sophie stand auf und ging zur Tür, um aufzumachen.

Als Martin sie aus seinen bernsteinfarbenen Augen ansah, waren keine Worte nötig.

Gemeinsam stolperten sie zum Bett hinüber, während nun mit ganzer Wucht lange unterdrücktes und verstecktes Verlangen an die Oberfläche drängte.

Sie streichelten einander und neckten sich mit den Zähnen, während sie sich eilig die Kleider vom Leib rissen.

Martin stellte sich als aufmerksamer Liebhaber heraus, dessen Schüchternheit in Sophies Armen zu Zärtlichkeit wurde.

Er wusste zu warten und trieb Sophie damit beinahe in den Wahnsinn. Während sie sich liebten, hatte Sophie das Gefühl, dass Martins Geruch alle anderen Gerüche für immer auslöschte.

Als sie sich später mit geröteten Wangen an die Brust des jungen Mannes schmiegte, kehrte jedoch ein bitterer Geschmack in Sophies Mund zurück, der von der Erinnerung an Jules' Berührungen kam. Mit diesem Kapitel hatte sie offensichtlich noch nicht abgeschlossen. Ihr wurde das Herz ganz schwer, als sie daran dachte, wie sehr sie Martin damit wehtun würde. Aber sie brauchte eindeutig Zeit, um sich über ihre Gefühle klar zu werden. Daher bat sie Martin schließlich, sie allein zu lassen.

Am nächsten Morgen erschien Sophie zum Frühstück mit gepacktem Koffer. Sie hatte sich jede Menge Ausreden überlegt, warum sie so schnell wie möglich nach Los Angeles zurückkehren wollte. Allerdings erschien ihr keine davon wirklich überzeugend.

Angesichts von Arts fragendem Blick und Martins traurigen Augen sagte sie am Ende bloß: »Ich glaube, wir fahren am besten sofort nach Los Angeles zurück.«

Genauso machten sie es auch. Dabei schienen ihnen die schweigend zurückgelegten fünfhundert Kilometer unendlich lang.

Lang und traurig.

KAPITEL 12

BACKGROUND

Walt Disney und sein Bruder Roy taten, was sie konnten, um Geldgeber für die Vollendung von *Schneewittchen* zu finden. Die von Walt eher willkürlich veranschlagten Kosten waren nämlich längst weit überschritten.

In der Zwischenzeit arbeiteten die Teams der Kreativ- und Animationsabteilung genau wie die restlichen Kollegen weiter auf Hochtouren. Hunderte von Künstlern und Technikern gaben jeden Tag alles, damit sich Disneys verrückter Traum in Realität verwandeln würde. Der Umfang und die Komplexität des Projektes führten zur ständigen Vergrößerung des Studios. Für das Team Tinte und Farbe wurden neue Räumlichkeiten gebaut, und der Unterricht für die jungen Frauen aus dieser Abteilung fand nun in einem Gebäude auf der gegenüberliegenden Seite der Hyperion Avenue statt. Auch neue Büros und Labore kamen hinzu.

Und die Zahl der Angestellten wuchs immer weiter. In diesen schweren Zeiten, in denen die Wirtschaftskrise doch alle Branchen traf, bot Micky Maus auf Plakaten an Straßenlaternen und Geschäften in ganz Los Angeles lächelnd Arbeit im Studio an.

Es war fast wie ein Wunder, dass Künstler bei Walt

Disney eine Anstellung fanden und weitergebildet wurden, während ein riesiger Teil der Bevölkerung arbeitslos war.

Aufgrund des Börsenkrachs stand ihm ein großer Teil des landesweiten Talents zur Verfügung. In diesem Zeitraum stießen durch *Schneewittchen* einige der berühmtesten Zeichner zu Disneys Team dazu, Animatoren, die Geschichte schreiben sollten.

Disney gab nicht nur Anfängern eine Chance, sondern verpflichtete auch wahre Schwergewichte der Branche. Einer der bekanntesten Neuzugänge war der legendäre Grim Natwick, ein echter Fachmann im Erschaffen von weiblichen Figuren. Er war damit bekannt geworden, dass er für die Fleischer Studios in New York Betty Boop entwickelt hatte.

Natwick wurde von Disney eingestellt, um mit Ham Luske zusammenzuarbeiten, dessen Team auch Jules Beck angehörte. Die Abteilung konnte sich vor Arbeit kaum retten, daher hatte Disney nach jemandem gesucht, der sich mit ihrem Leiter gut ergänzen würde.

Luske war perfekt für Momente, die Schneewittchens Persönlichkeit zum Ausdruck brachten, und wusste Figuren wie kein anderer aus kurzer Entfernung in Szene zu setzen. Natwick hingegen war unübertrefflich, wenn es um die Mechanik der Bewegungen ging.

Wieder einmal hatte Disney hervorragenden Instinkt bewiesen und die Stärke von zwei Ausnahmeanimatoren zu nutzen gewusst. Seine Firma an der Hyperion Avenue hatte sich mittlerweile zu einem blühenden Studiogelände voller Leben entwickelt, auf das Walt zu Recht stolz war. Er hatte sich höchstpersönlich um jedes Detail gekümmert und auf eine angenehme Gestaltung sowohl innerhalb als auch außerhalb der Gebäude Wert gelegt. Drinnen gab es neue, praktische Möbel und draußen hübsche Grünanlagen.

Als großer Bewunderer von Henry Ford hatte sich Disney in den Kopf gesetzt, dass das Studio ähnlich aufgebaut sein sollte wie die Montagestraßen großer Fabriken.

Daher engagierte er oft Experten für Effizienz, damit sie die Entwicklung der Firma beurteilten. Doch eines entging Walt Disney in dieser Zeit, was dazu führte, dass er für die Steigerung der Produktivität und das exponentielle Wachstum schon bald einen hohen Preis zahlen musste.

Der Kontakt zwischen den unterschiedlichen Teams des Studios ging immer weiter zurück, da sie sich um verschiedene Aspekte der Produktion kümmerten. Durch die Spezialisierung verlor das Unternehmen Tag für Tag mehr von der familiären Atmosphäre, in der man zusammenarbeitete und um des Projektes willen jeder überall mit anpackte.

Trotz aller Widerstände gab es weitere Bestrebungen, eine Trickzeichnergewerkschaft zu gründen. Seit Anfang 1936 fanden regelmäßig geheime Treffen in dem mexikanischen Restaurant El Coyote an der Melrose Avenue statt. Wortführer war dort der Animator Art Goble von Looney Tunes, wo nach der Schließung der Graphics Studios auch Marion Altwell Arbeit gefunden hatte.

Marion fehlte bei keinem dieser Treffen. Idealistisch wie immer brachte sie sich in den Kampf gegen die Willkür und die Ungerechtigkeiten ein, denen sich die Männer und Frauen der Trickfilmbranche schutzlos ausgesetzt sahen.

Die Situation gestaltete sich zweifellos schwierig, und Angst hatten in diesem Moment alle, weil sie sich durch ihr Engagement möglichen Repressalien aussetzten. Doch sie waren davon überzeugt, dass ihr Weg der richtige war.

Als Sophie in ihren Alltag zurückkehrte, rückten die Bilder aus New York und das Echo ihrer Unterhaltungen mit ihrem Vater und Elionor in immer weitere Ferne.

Aber Sophie wusste jetzt, was zu tun war: Sie würde von Los Angeles aus weiter für das Erreichen ihrer Ziele kämpfen. Das war ihr guter Vorsatz zu Beginn des Jahres, und sie machte sich voller Entschlossenheit an die Arbeit.

Allerdings gab es eine Angelegenheit, die nicht so einfach zu klären war. Diese Angelegenheit war groß und schlank, mit hellbraunem Haar und Augen, die in ihr ein unerklärbares Gefühl von Zärtlichkeit wachriefen. Diese Angelegenheit hieß Martin.

Sophie war mit dem festen Entschluss nach Los Angeles zurückgekehrt, mit Martin zu sprechen. Sie wollte sich von ihm etwas Zeit erbitten, um ihre Gedanken zu ordnen. Danach wollte sie ihm dann erklären, dass es nicht an ihm lag, dass vielmehr *sie* emotional einfach noch nicht bereit war. Am Ende hatte sie es aber nicht getan.

Sie wusste, dass das feige war und wie sehr sie ihm damit wehtat, dass sie ihm dieses wichtige Gespräch verweigerte.

Aber wie sollte sie ihm diesen Gefühlswirrwarr erläutern, den sie ja selbst nicht verstand?

Einerseits wollte Sophie Martin nicht verlieren, weder als Freund noch als Liebhaber. Andererseits wollte sie sich aber nicht an ihn binden, weil sie sich in gewisser Weise immer noch zu Jules zugehörig fühlte.

So verwandelte sich das ausstehende Gespräch mit Martin im Laufe der Zeit in eine ungelöste Angelegenheit, die Sophie in den hintersten Winkel ihrer Seele verdrängte.

Um Martin aus dem Weg zu gehen, beschloss Sophie schweren Herzens, nicht mehr so oft bei Babbitt zu Hause vorbeizuschauen. Daher begegneten sich die beiden inzwischen nur noch von Zeit zu Zeit im Studio. Martin behandelte Sophie dabei weiter mit stiller Höflichkeit, schien die von ihr auferlegten ungeschriebenen Regeln also zu akzeptieren. Aber sein Blick enthüllte die unterdrückte Sehnsucht, die seine Schüchternheit nicht zu kaschieren vermochte.

In jener Zeit lernte Sophie Ginni kennen.

Ginni war neu in der Abteilung Tinte und Farbe. Sie war eine feurige junge Frau mit rotem Haar, das sie immer zu einem hohen Zopf zusammenband. Die stets lachenden Augen in ihrem sympathischen sommersprossigen Gesicht wirkten mal grün, mal blau, und die feinen Lippen ihres Mundes schienen nie stillzustehen.

Es brauchte nicht viel, damit Ginni ihr ansteckendes Lachen ertönen ließ, und ihre Hände flatterten unruhig wie zwei Schmetterlinge. Da sie so jung wirkte, überraschte es Sophie zu erfahren, dass Ginni vor ein paar Monaten geheiratet hatte.

»Eigentlich wollten wir das schon viel früher tun, aber wir haben gewartet, bis wir genug für Flitterwochen in Europa angespart hatten. So konnten wir unser gemeinsames Leben unter dem Himmel von Paris beginnen. Wir reisen eben unglaublich gerne!«

Sophie starrte ihre Kollegin voller Neid an. »Ihr wart in Paris?«

Ginni war gerade damit fertig, die Pinsel zu säubern und zu ordnen, mit denen sie den ganzen Morgen gearbeitet hatte. Sie reckte und streckte sich und ließ ein fröhliches Lachen ertönen. Dann nahm sie wieder Haltung an und betrachtete verzückt den goldenen Ring an der linken Hand. »Glaub mir, es war einfach wunderbar!«

Anschließend stützte sie den rechten Ellbogen auf dem Arbeitstisch ab und legte das Kinn in die Hand, ohne Sophie aus den Augen zu lassen. »Hast du eigentlich einen Freund? Bist du in festen Händen?«

»Nein, im Moment nicht.«

»Wie schade! Für mich ist das Zusammenleben mit einem geliebten Menschen das Schönste, was man sich vorstellen kann. Wenn man denn den Richtigen gefunden hat …«

»Ja, natürlich«, unterbrach Sophie sie rasch, während sie sich den Nacken rieb, der durch die gebeugte Haltung schmerzte.

Dieses Gespräch drohte auf gefährliches Terrain abzugleiten, und Sophie hatte keine Lust auf Vertraulichkeiten, obwohl Ginni ein echter Schatz war.

»Claude und ich sind wirklich wie füreinander gemacht. Wir teilen einfach alles miteinander, wie zum Beispiel das Fernweh. Am liebsten würden wir unser ganzes Leben auf Reisen verbringen. Das mit Paris war nur der Anfang, wir möchten auch noch nach Mexiko, nach Ägypten, was weiß ich … nach China! Wir wollen die ganze Welt malen!«

Neugierig schaute Sophie wieder zu ihr auf und fragte: »Die Welt malen?«

»Ja, wir malen gern mit Aquarellfarben und nutzen jeden Ausflug dazu. Gut, ich fange damit gerade erst an, Claude ist aber ein wahrer Meister. Und seine Arbeit hier im Studio hat ja auch damit zu tun.«

»Wie meinst du das?«

»Claude gehört zur Backgroundabteilung.«

»Wie interessant!«

»Du würdest ihn sicher mögen. Ich wollte ihn gerade zum Mittagessen abholen. Komm doch mit, dann stelle ich ihn dir gleich vor.«

Sophie antwortete mit einem Lächeln. »Sehr gerne.«

Anfang 1936 wurde an dem geplanten Langfilm bereits seit zwei Jahren gearbeitet, und das nicht nur an der Animation. Ein weiterer wichtiger Aspekt des Films waren die Orte, an denen die Geschichte sich abspielte, Landschaften und Schauplätze. Dabei ging es darum, den Stil traditioneller Märchenbücher nachzuempfinden. Die Arbeit der Background-Künstler entsprach also der von Bühnenbildnern bei Spielfilmen und war ganz entscheidend für den Wiedererkennungswert des Filmes. *Schnee-*

wittchen sollte etwas Volkstümliches an sich haben, eben wie ein Märchen.

Nach monatelanger Arbeit wurde auch immer noch an der Szene in der Hütte der sieben Zwerge getüftelt. Es ging darum, ein warmes, gemütliches Ambiente zu erschaffen, das die Geschichte aufwertete und das Häuschen zu unterschiedlichen Tageszeiten zu einem passenden und glaubwürdigen Schauplatz machte.

Dabei war sowohl das Äußere als auch das Innere der Hütte wichtig, die man mit zauberhaften Möbeln und Einrichtungsgegenständen füllen würde, obwohl die Zwerge ja auch ein wenig unordentlich waren.

Einer der Künstler, der mit Feuereifer daran arbeitete, aus dem Häuschen ein wahres Märchenszenario zu machen, war Claude Coats.

»Das ist ja wundervoll!«, rief Sophie aus und bewunderte eins der Aquarelle, das Claude gerade fertigstellte. Sein Motiv war ein großer Holztisch mit einer Vase voller Blumen in einer Ecke der Zwergenküche. Durch ein offenes Fenster fiel die Morgensonne herein und tauchte alles in goldenes Licht.

»Ich bin fast fertig. Jetzt müsst ihr euch nur noch Vögel vorstellen, die durchs Fenster hereinkommen und um den Tisch herumflattern. Sie zum Fliegen zu bringen gehört aber nicht in meinen Aufgabenbereich.«

Lächeln erhob sich Claude, ein junger Mann mit attraktiven, freundlichen Gesichtszügen und einer geraden feinen Nase unter leuchtend blauen Augen, um Sophie zur Begrüßung die Hand zu reichen. »Claude Coats.«

»Sophie Simmons.«

»Weißt du, irgendwie kommst du mir bekannt vor«, sagte Claude, während er eine Pfeife vom Tisch nahm und sie sich in den Mund schob, ohne sie anzuzünden.

Sophie war es ähnlich ergangen, und jetzt fiel bei ihr der Groschen. »Du hast mal am Chouinard studiert!«

»Genau!«, rief Claude lächelnd aus. »Natürlich, und du auch!«

»Ich bin mir sicher, dass wir uns dort über den Weg gelaufen sind. Die Pfeife kommt mir nämlich bekannt vor.«

»Ja, das ist tatsächlich eines seiner Erkennungsmerkmale«, versicherte Ginni lachend.

»Bestimmt waren wir zusammen bei Paul Sample im Kurs für Aquarellmalerei. Das war eins meiner Lieblingsfächer, und ich hab mich ja dann auch auf diese Technik spezialisiert. Mittlerweile bin ich ein aktives Mitglied der Aquarellistenvereinigung von Kalifornien.«

»Ah, spannend!«

»Und, wann hast du deinen Abschluss gemacht?«

»Also, ich … ich musste das Studium aufgeben, als ich hier bei Disney angefangen habe«, sagte Sophie bedauernd. Sie trauerte dem Chouinard immer noch hinterher.

»Oh, wie schade!«, meinte Claude. »Ich bin letztes Jahr fertig geworden. Danach haben wir dann geheiratet, und Paul Sample hat mir zu einem Vorstellungsgespräch hier im Studio verholfen. Wir hatten das große Glück, dass sie nicht nur mich, sondern auch Ginni genommen haben.«

Strahlend und mit leuchtenden Augen nahm seine Frau den Kuss entgegen, den Claude ihr nun auf die Wange drückte.

Sophie ging durch den Kopf, dass sie hier wohl wahre Liebe vor sich hatte. Aber was bedeutete das eigentlich? Woher sollte man wissen, dass Liebe echt war und nicht nur vorgetäuscht oder eine vorübergehende Schwärmerei? Was war bei Claude und Ginni anders als bei Jules und ihr? Lag das Geheimnis vielleicht in der Unbeschwertheit, mit der sie einander anschauten? Oder in einer tiefen Überzeugung, die man zwar nicht sehen konnte, ihnen aber anmerkte?

Ginni holte Sophie aus ihren Gedanken zurück: »Also, meine Lieben, gehen wir zum Essen?«

Da Sophie sich in der Gesellschaft des jungen Ehepaares sehr wohlfühlte und die Sympathie auf Gegenseitigkeit beruhte, war dies nur die erste von vielen Zusammenkünften, die darauf folgen sollten. Schon bald luden die Coats Sophie zum Abendessen bei sich ein.

Bei ihnen zu Hause zeigte Claude ihr seine Aquarelle aus Paris.

Sophie setzte sich auf einen Hocker vor seinem Schreibtisch, auf dem seine Arbeiten lagen, und nahm davon eine nach der anderen in die Hand. Zunächst bewunderte sie sie schweigend.

»Wie zauberhaft!«, rief sie schließlich aus. »Obwohl ich die Stadt gar nicht kenne, fühle ich mich durch deine Bilder nach Paris versetzt und habe das Gefühl, mein ganzes Leben dort verbracht zu haben.«

Sie richtete den Blick auf Claude und wurde sogar ein

bisschen rot, weil sie hier so unverblümt schwärmte. »Die sind ja voller Leben!«

Verzückt ließ sie noch einmal den Blick über die Malereien wandern, betrachtete hier einen so sauberen Himmel, dass er wie frisch gewaschen wirkte, dort nächtliche Straßen, die von einem zwischen Gebäuden versteckten Mond beschienen wurden. Andere Bilder zeigten die Stadt nach dem Regen, wenn sich zwischen dünnen Wolken wieder schwaches Licht zeigte.

»Ich kann geradezu spüren, wie Kälte und Feuchtigkeit in mich hineinkriechen, während mir der Geruch von Paris in die Nase steigt.«

Claude strahlte. »Und du, malst du keine Aquarelle?«

Sophie legte Claudes Bilder zurück auf den Tisch und lächelte schüchtern. »Oh, doch, natürlich! Ich hab ja auch an einigen Unterrichtsstunden von Sample teilgenommen. Aber glaub bloß nicht, dass ich sie dir zeigen würde, nachdem ich deine gesehen habe.«

Ginni kicherte glücklich. Sie freute sich über Sophies Lob für die Werke ihres Mannes, dessen größte Bewunderin sie war. »Deine sind bestimmt besser als meine, Sophie, schließlich bin ich nicht ausgebildet wie ihr und fange gerade erst an. Claude versucht, mich zu unterrichten. Allerdings habe ich den Eindruck, dass man manche Dinge nicht lernen kann.«

Einen Moment schwiegen die drei.

»Ehrlich gesagt war die Aquarellmalerei nicht gerade eine von meinen Lieblingstechniken. Vielleicht, weil ich sie nicht gut genug beherrsche«, sagte Sophie am Ende.

»Für mich stellt sie eine Möglichkeit dar, mit der Landschaft eins zu werden und die Schönheit meiner Umgebung einzufangen.«

Ginni fügte den Worten ihres Mannes noch hinzu: »Ich habe es dir ja schon gesagt, Claude und ich wollen die ganze Welt malen.«

»Komm doch mit!«, sagte Claude zu Sophie.

»Wohin denn?«, fragte sie überrascht.

Das junge Ehepaar schaute sich an und lachte: »Na, zu unseren Malausflügen!«

Das ließ sich Sophie nicht zweimal sagen. An der Seite von Claude Coats loszuziehen und zu malen war eine unbezahlbare Gelegenheit, um eine Technik zu verbessern, die sie längst noch nicht beherrschte. Und an Neugier und Lust aufs Lernen fehlte es Sophie ja nie.

Deshalb begleitete sie die Coats von nun an oft am Sonntag bei ihren Streifzügen. Sie suchten unterschiedliche Orte auf, wobei Sophie jedoch die Vormittage in einem kleinen Wäldchen in Westwood, direkt neben der Universität und einem neu entstehenden Wohngebiet, besonders in Erinnerung blieben.

Zwischen luxuriösen Häusern, Villen und ersten neuen Wohnblocks hatte sich ein natürliches Paradies erhalten, das nur wenige Menschen kannten.

Dort blieb das Trio beim Malen oft stundenlang allein und wurde höchstens einmal von einem Fuchs, einem Waschbären oder sogar von einem scheuen Reh gestört, das sich zwischen Eichen verbarg.

Wildblumen wucherten hier üppig und tauchten diese Ecke der Welt in bunte Farben, was sie für die Pinsel der drei motivierten Maler unwiderstehlich machte.

Claude malte ohne Staffelei im Sitzen oder Knien und legte die Pinsel oder Farben dabei einfach neben sich. Er hatte auch die seltsame Angewohnheit, die Farben direkt auf dem Papier zu mischen anstatt auf einer Palette.

Sophie gewöhnte sich an, es auch so zu machen, und verbesserte an Claudes Seite nach und nach ihre Technik.

Auf eins ihrer ersten Aquarelle aus dem Wäldchen von Westwood war sie besonders stolz. Daher rahmte sie es ein und hängte es sich im Wohnzimmer an die Wand. Es bekam einen Ehrenplatz neben Martins Zeichnung von ihr aus dem Zoo, auf dem sie wie eine Sirene aussah.

An einem Sonntag Ende Mai schloss sich Sophie den Coats ausnahmsweise nicht an, angeblich weil sie in der Wohnung Ordnung schaffen musste. Allerdings war das nur ein Vorwand, da sie in ihrer kleinen Unterkunft in fünf Minuten damit fertig war.

Als im Laufe des Vormittags dunkle Wolken am Himmel aufzogen und gegen Mittag dicke Tropfen gegen das Wohnzimmerfenster prasselten, freute sich Sophie erst recht darüber, aus Faulheit zu Hause geblieben zu sein. Dies war ein perfekter Tag, um einfach mal nichts zu tun, oder vielmehr das, wozu sie sonst nie Gelegenheit hatte: sich Zeit für sich selbst zu nehmen. Deshalb wollte Sophie etwas Besonderes kochen, beim Essen ein Buch lesen und dazu einen Wein trinken, den sie schon länger für einen solchen Moment aufbewahrte.

Als sie bereits zwei Gläser Rotwein getrunken und dazu genüsslich ein paar Zigaretten geraucht hatte, beschloss sie, ein wenig Zeit auf ihr Äußeres zu verwenden.

Sie ging in ihr kleines Badezimmer und stellte bei einem Blick in den Spiegel missmutig fest, dass ihre Haare ziemlich trocken und matt wirkten. Dabei kam ihr Veras Rezept für eine traumhaft glänzende Mähne in den Sinn: die Haare mit Ei waschen und mit Essig spülen. Sophie lächelte melancholisch, als sie daran denken musste, wie lange sie diese Zauberformel schon nicht mehr angewendet hatte. Sie machte sich an die Arbeit, und nach kurzer Zeit war das Wunder wieder einmal vollbracht: Ihre Mutter wäre stolz darauf gewesen, wie beeindruckend ihre Haare glänzten! Immer noch fasziniert betrachtete Sophie sich im Spiegel, als jemand an der Tür klingelte.

Bei Art Babbitt wurde an diesem Tag der Geburtstag von Bill Tytla gefeiert. Sophie war zwar eingeladen, hatte im Laufe der Woche aber immer wieder dankend abgelehnt. Sie hatte bis zum Überdruss beteuert, dass sie endlich mal ein ruhiges Wochenende allein zu Hause brauchte, ohne Lärmen und Gesellschaft.

Aber Art war ein schlauer Fuchs. Er wusste, dass er seine Freundin überzeugen würde, wenn er die Burg überfiel und die Prinzessin entführte.

Als er sie überraschend zu Hause aufsuchte, leistete Sophie immer noch Widerstand. Sie kannte ihren Freund jedoch gut genug, um zu wissen, dass er kein Nein als Antwort akzeptieren würde.

»Bill hat doch Geburtstag. Willst du ihn wirklich mit deiner Ablehnung vor den Kopf stoßen? Das wird er dir nie verzeihen!«

Irgendwann überlegte sich Sophie, am besten einfach mitzugehen und das Fest dann so schnell wie möglich unter einem Vorwand wieder zu verlassen. Anders würde sie Art ja doch nicht abwimmeln können.

Lustlos nahm sie aus dem Schrank einen Rock, der schon bessere Zeiten gesehen hatte, und kombinierte ihn mit einer an der Taille schmal geschnittenen apfelgrünen Bluse, die Lissette für sie genäht hatte. Wie immer hatte ihre Freundin ein wahres Kunstwerk erschaffen, und Sophie bewunderte das perfekt sitzende Oberteil. Dazu zog sie noch Schuhe mit Absatz an, die eine tolle Figur zauberten, und nahm eine dünne Strickjacke mit, falls es später kühl werden sollte. Als sie Art mit beleidigtem Gesichtsausdruck zum Auto begleitete, verbarg kein Hut ihr rötlich glänzendes Haar.

Die beiden durchquerten in dichtem Regen die Stadt und trafen in Tuxedo Terrace ein, als die Feier bereits in vollem Gange war.

»Was hat dieser Kerl denn hier zu suchen?«, fragte Art Bill und blickte vielsagend zu einem Mann hinüber, der sich zwischen Schwaden aus Rauch und im Glas klimperndem Eis einen Weg durch die Menge bahnte und jemanden zu suchen schien.

Art musste die Frage noch einmal wiederholen, weil der Lärm im Raum ohrenbetäubend war. Draußen prasselte der Regen heftig, deshalb waren Fenster und Türen geschlossen. Dadurch wurden Gelächter, Rufe und Musik allerdings von den Wänden zurückgeworfen und machten eine Unterhaltung praktisch unmöglich.

»Ah, den hab ich eingeladen. Oder er hat sich vielmehr selbst eingeladen, als er von der Party erfahren hat. Ist das etwa ein Problem für dich?«

Art schüttelte den Kopf, während er Jules Beck argwöhnisch betrachtete.

Auch Sophie hatte Jules bemerkt und musste jetzt feststellen, dass er entschlossen auf sie zukam. Plötzlich hatte sie das Gefühl, als würde die Zeit stillstehen. Die Stimmen und der Lärm schienen zu verklingen und bildeten nur noch ein dumpfes Hintergrundrauschen.

Sophies Herz machte einen Satz, als Jules sich näherte und schließlich direkt neben ihr stand. Mit angehaltenem Atem sah Sophie ihm in die Augen, bevor ihr Blick von seinen Lippen angezogen wurde. Er machte zwar den Mund auf und sagte etwas, sie konnte ihn aber nicht verstehen.

Plötzlich drehte sich alles um Sophie, und ohne sich dessen bewusst zu sein, umklammerte sie mit der Hand ganz fest ihr Glas. Auf diese Begegnung war sie nun wirklich nicht vorbereitet gewesen, und ihr schlug das Herz bis zum Hals.

Von einer kompakten Menschenmasse umgeben, suchte sie nach einer Fluchtmöglichkeit. Am ehesten war wohl die Terrassentür zu erreichen. Sophie stellte ihr Glas ab, hielt auf die Tür zu, öffnete sie und stürzte nach draußen. Inmitten des Wolkenbruchs liefen ihr stille Tränen über die Wangen.

Jules war ihr gefolgt und sah sie durch den prasselnden Regen hindurch an. »Was soll das, was ist denn los? Können wir etwa nicht wie Freunde miteinander reden?

Ich bin gekommen, weil ich dir etwas sagen will, etwas Wichtiges. Hör mich nur an, das ist alles, worum ich dich bitte. Und wenn du willst, verschwinde ich danach wieder.«

Sophie schaute Jules in die unwiderstehlichen dunklen Augen. Dann ließ sie den Kopf hängen, zitterte, und ihr Haar hing tropfnass herunter.

Jules zog sich das Jackett aus und legte es ihr um die Schultern, bevor er nach ihrer Hand griff.

Gemeinsam liefen sie zu seinem Auto hinüber und retteten sich hinein, wo sie einander zunächst nicht anschauten, sondern beide starr auf die Windschutzscheibe blickten. Heftig atmend und zitternd saßen sie ein paar Minuten da, ohne etwas zu sagen, während der Regen so heftig auf das Wagendach trommelte, als wollte er es durchbohren.

Irgendwann beschloss Sophie, den Mund aufzumachen, stolperte dann allerdings über ihre eigenen Worte: »Tut mir leid, ich weiß wirklich nicht, was da in mich gefahren ist. Mit dir hatte ich auf dieser Feier wirklich nicht gerechnet, und das mit uns tut mir eben immer noch weh.«

Jules fixierte mit seltsam intensivem Blick die Tropfen, die an der Scheibe herunterliefen. »Sophie, jede einzelne Stunde der sechs Monate …«

»Neun. Neun Monate.«

»… der neun Monate seit unserer Trennung war für mich eine Qual. Ich hatte in einsamen Momenten so oft den Eindruck, dein Lachen zu hören … Du hast ja keine Ahnung, wie sehr du mir fehlst!«

Sophie strich sich eine nasse Strähne aus dem Gesicht. Dann ließ sie die Hände in angespannter Geste auf den Knien ruhen, aber ihr Gesichtsausdruck hatte sich verändert.

»Weißt du, als du mich verlassen hast …«

»Ich würde jetzt nicht sagen …«

»Doch, du hast dich zum Gehen entschlossen und hattest dazu jedes Recht. Schließlich habe auch ich Fehler gemacht und war nicht genug für dich da. Damals war mir alles zu viel. Aber vielleicht musste ich dich ja erst verlieren, um zu erkennen, was es bedeutet, ohne dich leben zu müssen.« Jules rückte etwas näher an sie heran.

Sophie schloss die Lider und träumte davon, in seinen Armen zu liegen. Aber als Jules dann weitersprach, traute sie ihren Ohren nicht.

»Lass uns heiraten, Sophie, ich will dich nämlich nie wieder verlieren«, sagte er flehentlich, griff nach ihrer Hand und führte sie sich zärtlich an die Lippen.

Sophie hielt die Augen immer noch geschlossen. Sie spürte, wie die Anspannung in ihrer Brust langsam nachließ. Ganz kurz blitzten vor ihren Augen Bilder von der gemeinsamen Nacht mit Martin auf, aber die verdrängte sie schnell wieder. Was mit Martin passiert war, hatte mit Einsamkeit und Sehnsucht zu tun gehabt. Als Sophie schließlich die Augen wieder aufmachte und Jules ansah, wurde sie von einer Welle verzweifelter Sehnsucht überrollt.

Jules umarmte sie und drückte sie heftig an sich.

»Heirate mich, jetzt sofort. Lass uns ein neues Leben anfangen.«

Jules steuerte den Wagen mit nur einer Hand und hielt mit der anderen die von Sophie. Von Zeit zu Zeit schaute er zu ihr hinüber, so als wolle er sich vergewissern, dass sie immer noch an seiner Seite war.

Als er das Auto vor dem Gebäude parkte, in dem er wohnte, blieb Sophie keine Zeit, um wehmütig an die alten Zeiten zu denken. Im immer noch herabrauschenden Regen draußen war nämlich das Blaulicht eines Polizeiwagens zu sehen.

Sophie und Jules schauten sich an, stiegen aus dem Auto und fassten einander bei der Hand.

In Hausschuhen und Morgenmantel stand Mrs Carter, die Hausverwalterin, zitternd unter einem großen Regenschirm und sprach mit zwei Polizisten. Sie wirkte verärgert, weil sie offensichtlich aus dem Bett geklingelt worden war. Als sie Jules sah, trat sie auf ihn zu und deutete auf ihn. »Da ist er ja«, sagte sie mit einem Anflug von Wut in der Stimme.

»Jules Beck?«, fragte einer der Polizisten.

»Ja, das bin ich.«

»Es tut mir leid, aber es gab einen Unfall.«

»Wie bitte? Was ist denn passiert?«

»Ist Tyler Beck Ihr Bruder?«

Als Jules erbleichte, schmiegte sich Sophie noch fester an ihn und drückte ihm die Hand.

»Mr Tyler Beck hatte einen Autounfall.«

»Und geht es ihm …?«

»Er ist tot.«

Sophie umarmte Jules, presste ihn an sich, als wollte sie ein Stück des Schmerzes auf sich nehmen, der ihn gerade überwältigte. Sie schloss die Augen und dachte an Tyler.

Groß, dünn und verführerisch.

Betrunken und verschmitzt.

Tot.

Jules' Worte hallten in ihrem Verstand wider: *Lass uns ein neues Leben anfangen,* hatte er gesagt.

Aber das war nun wirklich kein guter Anfang für etwas Neues.

KAPITEL 13

PREMIERE

In den Walt Disney Studios war der Teufel los. Die Erstaufführung von *Schneewittchen und die sieben Zwerge* war für Dezember 1937 geplant, und nach dieser Ankündigung war sofort noch mehr Personal angeheuert worden.

In der Abteilung Tinte und Farbe fingen fünfunddreißig neue junge Frauen an, und es wurden auch Leute für Background, Kamera und sogar für das Reinigen der Cels eingestellt.

Außerdem wurde der Arbeitstag immer mehr verlängert. Zunächst legte das Studio nur am Dienstag und Donnerstag neue Zeiten von sieben Uhr morgens bis zehn Uhr abends fest. Schon bald wurde dies aber auf die ganze Woche ausgeweitet.

Gegen Ende der Produktionsphase wechselte sich das Personal bei Tinte und Farbe in einer Tages- und einer Nachtschicht ab. Es gab noch so viel zu tun, dass selbst einige Animationsassistenten oder Inbetweener beim Bemalen der Cels mithalfen. Die allgemeine Angst, dass der Film nicht rechtzeitig fertig werden würde, trieb alle zu Überstunden an.

Am 27. November 1937, drei Wochen vor der Erstaufführung, wurde bei Tinte und Farbe die letzte Cel fertiggestellt. Von diesem Moment an arbeiteten die Kameramänner die ganze Nacht durch, während für die jungen Frauen jetzt nicht mehr viel zu tun war. Von Zeit zu Zeit musste eine Cel wiederhergestellt werden, ansonsten saßen Konturiererinnen und Koloristinnen während ihrer Schicht mit einem guten Buch in der Hand da, unterhielten sich oder ruhten sich einfach aus.

Allgemeine Anspannung lag über dem Studio, als Art Babbitt an einem Morgen im November in seinem Büro Besuch von seinem Freund Bill Tytla bekam. Bill hatte eine Ausgabe der *Los Angeles Times* in der Hand.

»Das musst du dir unbedingt ansehen, Art.«

Babbitt ließ von seiner Arbeit ab und griff nach der Zeitschrift, um einen Blick auf den Artikel zu werfen, den Bill ihm zeigte. Darin ging es um den Mafioso Willie Bioff und seinen korrupten Einfluss durch die IATSE.

»Die Vertreter der IATSE machen offensichtlich in Zeichentrickstudios die Runde, um neue Mitglieder zu werben!«, rief Bill Tytla empört aus und fügte noch hinzu: »Und uns wird das auch betreffen.«

»Nicht, wenn ich es verhindern kann, Bill«, versicherte Art mit grimmiger Miene.

Obwohl ihm die Szenen von *Schneewittchen* dafür nur wenig Zeit ließen, machte sich Babbitt ans Werk. Als Sohn von Einwanderern hatte er immer an harte Arbeit und bürgerliche Freiheit geglaubt. Und er würde nicht tatenlos dabei zusehen, wie eine Bande von Verbrechern diese Freiheit in Gefahr brachte.

Fest entschlossen, keine Kollegen aus dem Studio in die Hände von Bioff und seinen Männern fallen zu lassen, suchte Babbitt Bill Garity, den Verantwortlichen für die Produktionskontrolle, auf. Den schickte er vor, damit er mit Roy Disney über das Thema sprach.

Roy fand, dass man als Ratgeber am besten die höchste juristische Autorität des Studios hinzuziehen sollte. Daher legte Art seine Sorgen Gunther Lessing dar, dem Anwalt der Disneys, in dessen Aufgabenbereich die Arbeitsverhältnisse in der Firma fielen.

Lessing hörte Babbitt mit Interesse zu. Nach ein paar Treffen schlug er ihm vor, eine informelle, zur Firma gehörende Arbeitervertretung ins Leben zu rufen, um die von Babbitt erahnten Gefahren abzuwenden und die Interessen der Angestellten vor Einmischung von außen zu schützen.

So entstand die erste Version der Federation of Screen Cartoonists, die im Studio bald nur noch als »der Verband« bekannt war. Der mächtige Anwalt animierte den begeisterten Babbitt dazu, so viele seiner Kollegen wie möglich für die Organisation zu gewinnen, und wie bei jeder neuen Aufgabe ging Babbitt mit Feuereifer ans Werk. Leider war er sich nicht bewusst, in welche Falle er damit tappte.

Lessing bot der entstehende Verband nämlich eine Gelegenheit, nicht nur den Bemühungen von Bioff, sondern auch jeglicher Aktivität unabhängiger Gewerkschaften im Studio zuvorzukommen. Babbitt hingegen sah darin die Chance, eine Organisation zu gründen, die die Interessen der Arbeiter von Disney vertrat.

Und damit war der Streit vorprogrammiert.

Während im Studio gnadenlos geschuftet wurde, um *Schneewittchen* zu vollenden, schlugen draußen Neugier und Vorfreude hohe Wellen.

Die Marketingleute von Disney arbeiteten auf Hochtouren, um an Weihnachten 1937 die Erstaufführung des ersten Zeichentrick-Langfilms zu einem einzigartigen Spektakel zu machen.

Um die Reaktionen zu testen, lud Disney eine Woche vor der Premiere einige der jungen Frauen aus der Abteilung Tinte und Farbe dazu ein, sich eine Probeversion von *Schneewittchen* mit Ton anzuschauen.

Auch Sophie war dabei, hockte zusammen mit Ginni auf dem Fußboden der Tonbühne und sah nun zum ersten Mal den Film, wenn auch noch in Schwarz-Weiß.

Nach dem Ende der Aufführung war der Raum von tiefem Schweigen erfüllt. Während sich einige der jungen Frauen Tränen aus den Augen wischten und andere gerührt Blicke tauschten, hatte Sophie keinerlei Zweifel mehr daran, dass alle Anstrengungen es wert gewesen waren.

Nun erschienen auch zahlreiche Artikel in der Presse, die erläuterten, wie die Premiere von *Schneewittchen* geplant war, welche Stars teilnehmen würden und was für die erstaunlich rasch ausverkauften Eintrittskarten bezahlt worden war. Natürlich sorgten die hohen Erwartungen, die dadurch geschürt wurden, auch für Nervosität.

Am für die Premiere gewählten Datum, dem 21. Dezember, war es nicht besonders kalt. Den ganzen Tag über hatte die Sonne geschienen, und der süße, ruhige Abend wurde von einem Sonnenuntergang in sanftem Rosa gekrönt.

Das Wetter hatte sich offensichtlich mit Schneewittchen verbündet und lud alle dazu ein, in Los Angeles zum Carthay Circle Theatre zu kommen und Zeugen des Premierenabends zu werden.

Den Film würden allerdings nur die wenigen Glücklichen sehen können, die Eintrittskarten ergattert hatten. Die anderen mussten sich mit den vor der Aufführung organisierten Aktivitäten zufriedengeben.

Vor den Türen des Kinopalastes war eine beeindruckende Menschenmenge zusammengekommen, angelockt vor allem von den angekündigten Prominenten.

Disneyfiguren – Micky und Minnie Maus, Donald Duck und natürlich die sieben Zwerge – wurden wie echte Hollywoodstars begrüßt und unterhielten das geduldig wartende Publikum.

Die größte Überraschung des Abends konnten sowohl die Anwesenden mit Eintrittskarte als auch die ohne nutzen: An der Verkehrsachse Wilshire Boulevard war direkt vor dem Eingang des Kinos Dwarfland errichtet worden, eine lebensgroße Nachbildung des Zwergenwaldes. Die sieben Einwohner dieses beeindruckenden Märchenreichs nahmen die Besucher in Empfang, während ein Orchester die Melodien des Filmes spielte.

Dwarfland war eine originelle, herzerwärmende Überraschung, ein echtes Weihnachtsgeschenk. An diesem Ort konnte man schon erahnen, dass in Walt Disneys Verstand wohl noch viele bislang ungeahnte Ideen und Projekte brodelten.

Der Sender NBC Blue Network übertrug die Premiere live und interviewte die prominenten Gäste, die nach und nach am Kinopalast eintrafen.

Dabei war das am ungeduldigsten erwartete Gespräch natürlich das mit Walt Disney persönlich. Der Firmengründer zeigte sich zufrieden und begeistert, obwohl er in der Aufregung die Namen der sieben Zwerge vergaß.

Sophie Beck hatte ganz weiche Knie, als sie aus dem Auto stieg, einen Fuß auf den roten Teppich setzte und dann, bei Jules untergehakt, auf den Eingang des Carthay Circle Theatre zuschritt. Dabei schmiegte sie sich ganz eng an ihren Ehemann und verschwand beinahe hinter ihrer großen Pelzstola, weil ihr das von Lissette genähte auffällige Kleid nun doch ein wenig unangenehm war.

Falls auch Jules aufgeregt sein sollte, merkte man es ihm nicht an. Tatsächlich war er ja ein Experte darin, seine wahren Gefühle hinter jenem frechen Lächeln zu verstecken, das immer auf seinen Lippen lag. Und an diesem Abend sah er mit seinem schwarzen Frack und der schneeweißen Krawatte noch attraktiver aus als sonst.

Bevor sie den Kinopalast betraten, entdeckte Sophie Art Babbitt in Begleitung von Martin, Tytla und anderen Animatoren. Alle schauten auf dem roten Teppich aufgeregt nach links und rechts, irgendwann wurden ihre nervösen Blicke aber von der Menschenmenge verdeckt, die mit lauten Rufen ihre Idole auf sich aufmerksam machen wollte.

Die Trickzeichner kamen nicht näher, um Hallo zu sagen. Verlegen wandte Sophie den Blick ab und versuchte, das dadurch ausgelöste unangenehme Gefühl abzuschütteln.

Es fiel ihr nicht schwer, weil sie staunend den Auflauf an Stars bewunderte, die vor dem Kino eintrafen und in die Kameras lächelten: Marlene Dietrich, Katharine Hepburn und die kleine Shirley Temple, die mit einer Micky Maus in ihrer Größe für etliche Fotos posierte. Auch Cary Grant, Douglas Fairbanks Jr. sowie Claudette Colbert waren gekommen und sogar Charles Chaplin!

»Mein Gott, das ist ja unglaublich!«, raunte Sophie Jules ins Ohr und konnte nicht fassen, was ihre Augen da sahen.

Jules antwortete nicht, sie konnte aber sein triumphierendes Lächeln erahnen, während unablässig die Kameras der Fotografen blitzten und die Nacht den Abend verdrängte.

In meinen neunzehn Jahren als Kritiker hat mir bislang keine Leinwandfigur so das Herz geraubt wie Schneewittchen und ihre sieben Zwerge. Kinder, Jugendliche, Männer und Frauen: Setzt diesen Film auf eure Wunschliste.

Sophie schaute von ihrer Ausgabe der *Los Angeles Times* auf und richtete den Blick auf Jules, der vor ihr saß und beim Frühstück die *Los Angeles Daily News* vor der Nase hatte.

»Signiert von Jimmy Fidler. Ist das nicht toll?«, fügte sie hinzu, und ihre Stimme wurde ein wenig schriller, um die Mauer aus Papier zwischen Jules und ihr zu durchdringen.

Das schien ihr Mann gemerkt zu haben, denn er faltete seine Zeitung zusammen, griff nach seiner Kaffeetasse und nahm einen Schluck daraus, während er seine Frau mit leuchtenden Augen betrachtete. Er strahlte absolute Genugtuung aus.

»Walt hat es geschafft! Alle Kritiker sind begeistert, und *Schneewittchen* ist jetzt bereits ein voller Erfolg.«

»Dabei hatte Disney gestern selbst noch Zweifel daran.«

Jules' Blick verlor etwas von seinem Glanz. »Ich weiß wirklich nicht, warum du das sagst.«

»Na, komm schon, Jules, das hast du doch auch gemerkt, wie wir alle. Als Disney gestern Abend ins Carthay Circle Theatre gekommen ist, standen ihm Angst und Zweifel deutlich ins Gesicht geschrieben. Er hat mir fast ein bisschen leidgetan.«

»Leidgetan? Walt ist doch ein Siegertyp. Er hat immer an dieses Projekt geglaubt, hat dafür gekämpft und damit am Ende triumphiert, wie es anders nicht sein konnte.« Jules stand auf und ging ins Schlafzimmer hinüber. Sophie folgte ihm. Diese Angewohnheit ihres Mannes, einfach mitten im Gespräch zu verschwinden, war ihr zuwider. Alle Meinungsverschiedenheiten endeten mit seiner Flucht, geknallten Türen oder beidem.

»Jules, ich bestreite den Erfolg ja auch nicht und gönne ihn Disney von ganzem Herzen, schließlich war ich an dem Projekt ja auch beteiligt. Aber bei all den Risiken, die Walt mit seiner ›verrückten Idee‹ eingegangen ist, waren seine Zweifel doch verständlich, oder? Nur ein wirklich Verrückter würde bei der Premiere nicht an die eineinhalb Millionen Dollar Kosten dieses Projekts denken. *Schneewittchen* hätte auch das Ende der Disney Studios bedeuten können, das ist dir doch so klar wie mir und Walt auch.«

»Erinnerst du dich denn nicht mehr an den tosenden Beifall nach der Vorführung? Die Leute sind aufgesprungen und haben begeistert geklatscht. Einige haben sogar geweint.«

Während Jules sich ins Bad verzog, löste Sophie den Gürtel ihres Morgenmantels und ging zum Kleiderschrank hinüber.

Sie sprach lauter, und ihre Stimme klang jetzt auch ungeduldig: »Ja, am Ende haben wir alle aufgeatmet. Aber es geht doch um den Zeitpunkt *vor* der Vorführung. Warum willst du mich einfach nicht verstehen, Jules? Um Punkt acht Uhr gestern Abend wussten weder du noch ich noch Disney oder sonst irgendjemand mit völliger Sicherheit, ob ein Zeichentrickfilm ohne Slapstick und grelle Farben dem Publikum gefallen würde. Ein Film, der von seinen Figuren lebt. Ein Märchen für Kinder, das ...«

In diesem Moment unterbrach das Geräusch der Dusche Sophies Worte. Es war offensichtlich, dass ihre Überlegungen Jules nicht im Geringsten interessierten. Die junge Frau setzte sich aufs Bett. »Na ja ...« Sie lächelte. Vielleicht war all das ja wirklich nicht mehr wichtig, nachdem *Schneewittchen* den Weg zum Erfolg eingeschlagen hatte. Als die Zuschauer in dem von Jules beschriebenen Moment aufgesprungen waren und applaudiert hatten, waren doch schließlich alle Ängste und Sorgen verflogen und brauchten jetzt nicht wieder heraufbeschworen zu werden.

Sophie ließ den Blick durch ihr Schlafzimmer wandern. Auf dem Nachttisch lag noch immer einer der Handzettel mit dem Bildnis der sieben Zwerge, die am Eingang des Carthay verteilt worden waren. Sophie fand den Spruch darauf äußerst passend:

Drei Jahre, um ihn zu erschaffen,
eineinhalb Stunden, um ihn zu genießen,
und ein ganzes Leben, um daran zurückzudenken.

Sie seufzte und musterte ihr Abendkleid von der Premiere, das über dem Sessel lag. Sophie hatte sich von Lissette etwas Schlichtes gewünscht, aber die Schneiderin hatte auf einem prachtvollen Modell bestanden, wie sie es in einem Film mit Claudette Colbert gesehen hatte. Das Oberteil war aus schwarzem Samt und der Rock aus bedruckter Seide in Rosa und Schwarz. Es hatte ein Vermögen gekostet, war aber wirklich spektakulär.

Während Sophie das Kleid betrachtete, dachte sie, dass Lissette eben immer ihren Kopf durchsetzte. Es gab auf der ganzen Welt niemanden, der sie umstimmen konnte.

Seit sie sich damals eine Wohnung geteilt hatten, hatte sich im Leben von Sophie und Lissette viel verändert.

Nach einigen Monaten der Trauer um Tyler hatten Jules und Sophie am 3. September 1936 geheiratet.

Die Eheschließung war kurz und einfach gewesen, eine reine Formalität. Auf Sophies Seite hatte Lissette als Trauzeugin fungiert, während Jules Ben Sharpsteen mitgebracht hatte. Danach hatten sie sich an der Tür des Standesamtes voneinander verabschiedet, und das junge Paar hatte ohne weitere Umstände sofort mit dem neuen Leben als Mann und Frau begonnen. Ohne zu feiern. Ohne Festessen, ohne auch nur auf ihr zukünftiges Glück anzustoßen, ohne Gabentisch. Sophies einziges Hochzeitsgeschenk war das eierschalenfarbene Brautkleid aus Chiffon gewesen, das Lissette für sie von Hand genäht hatte, und das reichte ihr eigentlich auch.

Jules hatte sich eine ganz schlichte Trauung gewünscht, weil Tylers Tod allen noch immer schwer auf der Seele lag. Und Sophie war das durchaus recht, denn damit ersparte sie sich so einige Probleme. Schließlich wusste sie genau, dass es keine gute Idee gewesen wäre, ihre Freunde aus dem Studio an dem frohen Ereignis teilhaben zu lassen.

Auf keinen Fall wollte sie Jules die Anwesenheit von Babbitt aufzwingen, und natürlich wäre es ihr niemals in den Sinn gekommen, Martin zu ihrer Hochzeit einzuladen.

Ja, so war es wirklich am besten, dachte Sophie im Nachhinein. Sie hatte eine Entscheidung getroffen und würde von nun an konsequent danach handeln. Jetzt war sie Mrs Beck, und für sie als verheiratete Frau würden sich so einige Dinge ändern.

Flitterwochen hatte es für sie auch nicht gegeben, dafür hatten die beiden in der Endphase der *Schneewittchen-*

Produktion einfach zu viel zu tun gehabt. Sophie fand auch das nicht schlimm, weil Jules ihr nach der Premiere des Films eine gemeinsame Reise nach New York versprochen hatte, um ihre Familie kennenzulernen. Nichts schien ihr neues Glück trüben zu können.

Sophie war sofort nach Jules' Antrag bei ihm eingezogen, um ihm in den schweren Tagen nach dem Tod seines Bruders beizustehen.

Tyler sollte in Texas beigesetzt werden, und Jules machte sich auf den Weg dorthin, um seinen Bruder zu Grabe zu tragen. In der Zwischenzeit ließ er Sophie freie Hand bei der Umgestaltung seiner Wohnung.

Da Lissette in jenen Tagen zu mitgenommen war, bat Sophie Ginni Coats um Hilfe dabei, Jules' Junggesellenbude in ein echtes Zuhause zu verwandeln.

Die beiden jungen Frauen machten sich begeistert an die Arbeit und konzentrierten sich vor allem auf das Schlafzimmer. Durch Ginni und ihren guten Geschmack unterstützt renovierte Sophie es von oben bis unten. Sie strich die Wände in einem dunklen Grün, das durch helle Elemente wieder ausgeglichen wurde, zum Beispiel durch den beigefarbenen Teppichboden und den Sesselbezug, die gelben Akzente der Gardinen, die runden Wandlampen über den Nachttischen und Dekoratives wie Tagesdecke und Läufer. Das Ergebnis war ein Raum mit warmem Ambiente, für den Sophie noch eine neue Frisierkommode aus Mahagoni kaufte. Wenn man den Mittelteil öffnete, kamen ein Spiegel und kleine Fächer zum Vorschein.

Sophie ließ die besten ihrer Aquarelle rahmen, die von

ihr heiß geliebten Bilder, die sie zusammen mit den Coats gemalt hatte.

Dabei überlegte sie, was sie eigentlich mit Martins Sirenen-Zeichnung machen sollte. Am Ende schob sie sie zusammen mit anderen Gegenständen aus ihrer Vergangenheit ganz hinten in eine Schublade.

Dann gab sie den Räumlichkeiten mit dem ein oder anderen dekorativen Gegenstand den letzten Schliff und hatte damit Jules' Junggesellenbude in eine gemeinsame Wohnung verwandelt. In ein Heim für sie beide.

Als alles fertig war, verspürte Sophie seit langer Zeit zum ersten Mal wieder ein fast vergessenes Gefühl – das der Zugehörigkeit, des Daheimseins. Ihr wurde bewusst, dass sie seit Jahren beinahe auf Zehenspitzen durchs Leben geschlichen war, und zwar bereits vor ihrem Weggang aus New York. Sophie war in all dieser Zeit niemals klar gewesen, was es bedeutete, wirklich zu leben. Vielleicht war sie auch nur zu jung gewesen und hatte einfach nicht gewusst, was sie wollte. Aber jetzt hatte sie ihren Heimathafen erreicht. Während der ersten Tage in ihrem neuen Zuhause betrachtete sie immer wieder jede Ecke, die Möbel, jedes Bild an der Wand, schweigend und still, ohne zu blinzeln. Nichts sollte dieses Gleichgewicht stören, das so schwer zu erreichen gewesen war.

Nun war sie endlich glücklich.

Das Leben von Lissette war hingegen auf viel verschlungeneren Pfaden verlaufen als das ihrer Freundin.

Trotz all der Schwierigkeiten und Probleme, die Tyler und seine Süchte ihr eingebracht hatten, hatte ihr der plötzliche Tod des jungen Mannes das Herz gebrochen und ihr jegliche Lebensfreude genommen.

Diese düstere Wolke aus Schmerz, Erinnerungen und Vorwürfen konnte nicht einmal Sophie durchdringen.

Wenn sie Lissette besuchte, warf diese sich ihr in die Arme, gab sich völlig ihrem Leid hin und wiederholte ein ums andere Mal die gleiche Litanei über ihre vorgebliche Schuld: »Ich hab ihm gesagt, dass ich ihn nicht mehr sehen will, Sophie. Ich hab ihn allein gelassen.«

»Und das musstest du auch. Du hättest ihn auf keinen Fall wieder bei dir aufnehmen dürfen, nachdem er nicht wie versprochen Alkohol und Drogen aufgegeben hatte. Damit hättest du ihm wirklich keinen Gefallen getan.«

»Aber ich bin schuld an seinem Tod«, beteuerte Lissette, der eine zentnerschwere Last die Luft abzuschnüren schien.

»Das stimmt ja gar nicht. Er hat sich totgefahren, weil er sich betrunken ans Steuer gesetzt hat. Du hattest damit doch nichts zu tun.«

In Lissettes Hölle aus Schuldgefühlen und Erinnerungen drangen all diese Worte von Sophie nicht vor.

Sie gab jedoch nicht auf und stand Tag für Tag wieder vor der Tür. Sophie trocknete Lissettes Tränen, hörte sich geduldig deren Wehklagen an und stellte immer wieder klar, wie sich die Dinge wirklich ereignet hatten. Zwei Wochen lang war sie für die Trauernde Freundin, Beistand und Aufpasserin zugleich.

Während Sophie alles dafür tat, dass Lissette aß und sich etwas zurechtmachte, während sie Essen kochte und dafür sorgte, dass die Wohnung durch Lissettes Teilnahmslosigkeit nicht völlig verwahrloste, hockte die Schneiderin selbst reglos vor dem kleinen Fenster im Wohnzimmer und starrte die geisterhaft im Wind flatternden Vorhänge an.

Nach zwei Wochen bekam Lissette allerdings eine Abmahnung von ihren Vorgesetzten bei Paramount: Man verlangte von ihr mehr Pünktlichkeit und betonte, dass sich ihre Leistungen während der letzten vierzehn Tage besorgniserregend verschlechtert hatten. Falls sich die Situation nicht ändern würde, drohte man ihr mit Vertragsauflösung.

»Damit ist jetzt Schluss, Sophie. Lieber kündige ich selbst, bevor die mich noch rauswerfen. Ich kann einfach nicht mehr!«, jammerte Lissette, die von absoluter Panik erfüllt zu sein schien.

Sophie hingegen sah Licht am Ende des Tunnels. »Und ob du kannst! Oder willst du deine Arbeit im Studio wirklich verlieren? Und ohne Einkünfte dastehen? Überleg mal, wie es wäre, noch mal neu anfangen und um jede schlecht zahlende Kundin buhlen zu müssen!«

»Aber ich kann einfach nicht! Du siehst doch, in was für einem Zustand ich bin!«

»Und ob ich das sehe! Aber unter dieser jungen Frau, die ich gar nicht wiedererkenne, steckt irgendwo die alte Lissette. Und weil ich die erahnen kann, schwöre ich es dir beim Allerheiligsten: Ich werde nicht zulassen, dass du noch tiefer in Trauer versinkst oder dein Leben wegen eines Menschen ruinierst, der dich nie verdient hatte.«

»Sag doch so was nicht!«

»Es ist aber die Wahrheit. Und jetzt ab unter die Dusche!«

Lissette schluckte, um die Angst in den Griff zu bekommen, und versuchte sich an einem Lächeln, das sich in ihren Augen aber nicht widerspiegelte. Ob sie nun überzeugt war oder ihr einfach keine Kraft mehr zum Protestieren blieb – auf jeden Fall gehorchte sie. Und an jenem Tag begannen ihre Wunden langsam zu verheilen.

KAPITEL 14

DIE SCREEN CARTOONIST'S GUILD

Fast ein Jahr nach der Erstaufführung von *Schneewittchen* konnte niemand den großen Erfolg des Films bestreiten. Er hatte alle Zuschauerrekorde geschlagen und mehr als fünf Millionen Dollar Gewinn eingespielt. Tatsächlich hatte Disney bereits sechs Monate nach der Premiere des Films alle Schulden abbezahlt, und es blieben ihm immer noch gut zwei Millionen auf der Bank, mit denen ein ganz neues Studio finanziert werden sollte.

Walt Disney hatte damit gezeigt, dass man verrückte Ideen manchmal eben doch in die Tat umsetzen konnte.

Schneewittchen hatte neue Möglichkeiten eröffnet, und Disney hatte offensichtlich jede Menge Ideen, um den Weg des Erfolgs weiter zu beschreiten.

Der zweite Langfilm seiner Firma nach *Schneewittchen* sollte *Bambi* werden. Nachdem Disney bereits 1937 die Rechte dafür erworben hatte, sollten die Trickzeichner 1938 mit der Arbeit daran beginnen. Der Animationsabteilung fiel es allerdings schwer, die Hirsche realistisch darzustellen, daher legte man die Sache erst einmal auf Eis, während gleichzeitig zwei neue Projekte gestartet wurden: *Fantasia* und *Pinocchio*.

Die Produktion von *Fantasia* begann schon kurz nach

der Premiere von *Schneewittchen*. Es handelte sich um einen experimentellen Film ohne Dialoge, in dem die Trickzeichnungen klassische Musik illustrierten.

Der dritte Film, der Premiere feierte, war *Pinocchio*.

Im September 1937, noch während der Arbeit an *Schneewittchen*, hatte Norman Ferguson Walt eine vereinfachte Version der Geschichte des Italieners Carlo Collodi gezeigt. Disney war begeistert gewesen und zögerte nicht, mit dem Projekt parallel zu *Fantasia* zu beginnen und den besten Animatoren des Studios bei beiden Filmen leitende Aufgaben zu übertragen.

So war Art Babbitt zusammen mit Martin Locke verantwortlich für die Szene mit der *Pastorale* in *Fantasia*, fungierte als Hauptanimator für die mit dem *Nussknacker* und war gleichzeitig als Animationsregisseur an *Pinocchio* beteiligt.

Martin und Tytla übernahmen ähnliche Tätigkeiten bei beiden Filmen.

Art Babbitt befand sich auf dem Höhepunkt seiner Karriere. Er war einer der Starzeichner von Disney und einer der am besten bezahlten. Zugleich war er aber auch ein integerer Mann mit großer Anteilnahme für Menschen in schwierigen Situationen. Deshalb war er überhaupt nicht einverstanden mit der Lohnpolitik der Walt Disney Studios und auch nicht damit, dass nicht alle Trickzeichner unter den gleichen Bedingungen und mit den gleichen Privilegien arbeiteten.

Noch wusste er nicht, dass sich seit Jahren einige Trickzeichner heimlich in irgendwelchen Lokalen trafen und versuchten, eine Gewerkschaft zu gründen.

Sie nahmen sich bereits bestehende unabhängige Gewerkschaften der Ostküste zum Vorbild und schafften es schließlich, ihr Ziel umzusetzen. So erblickte die Screen Cartoonist's Guild, bekannt als SCG, das Licht der Welt.

Dem Vorsitzenden Bill Littlejohn gelang es durch sorgfältige Aufbauarbeit und die wertvolle Hilfe seiner Schriftführerin Marion Altwell, Mitglieder bei den Walter Lantz Studios und MGM zu werben. In den Disney Studios mit seinen zu jener Zeit mehr als achthundert Mitarbeitern war die Gewerkschaft vorerst nicht präsent. Dort hatte sie noch einen harten Kampf vor sich.

Es war kein Geheimnis, dass sich die Freundschaft zwischen Sophie und Art Babbitt sowie seiner vertrauten Gruppe von Trickzeichnern deutlich abgekühlt hatte. Diesen Preis hatte sie für ihre Ehe mit Jules Beck zahlen müssen.

Jules und Art hatten eben unvereinbare Persönlichkeiten und gehörten verschiedenen Kreisen an, völlig unterschiedlichen Welten.

Nachdem Sophie nun ihre Entscheidung getroffen hatte, musste sie auch konsequent sein, so viel war ihr klar. Daher wollte sie auf keinen Fall für Misstöne sorgen, die ihr Zusammenleben mit Jules verkomplizieren würden.

Allerdings war Sophies Heirat nicht das einzige Motiv für die Entfremdung zwischen ihr und Babbitt gewesen. Es gab nämlich noch eine weitere Hochzeit, die viel damit zu tun hatte, nämlich die von Art selbst.

Ein paar Monate nach Sophie hatte auch Art geheiratet, und zwar die junge Marge, das Mensch gewordene Schneewittchen. Zusammen waren sie in eine komfortable Villa am Hill Oak Drive 5700 gezogen.

Mit den Partys, wie sie zuvor in Tuxedo Terrace stattgefunden hatten, war es damit vorbei. Es gab bei Babbitt keine Treffen mehr wie die, an denen Sophie, Martin und andere Trickzeichner teilgenommen hatten, keine gemeinsamen Mittagessen oder Picknicks am Strand. Dadurch fehlten natürlich auch die oft erbitterten Diskussionen über Kunst und Trickfilm.

Und das gemeinsame Lachen.

Die Freundschaft.

Ja, eine äußerst glückliche Zeit war vorbei. Und sie war still und leise zu Ende gegangen, weil keine Erklärungen nötig gewesen waren. Alle hatten begriffen, dass sich die Zeiten eben geändert hatten. Was gab es da noch zu bereden?

Deshalb wusste Sophie auch nicht so recht, wie sie reagieren sollte, als beim Verlassen der Abteilung Tinte und Farbe eines Mittags Art auf sie wartete.

»Hallo, Sophie.«

Sie hielt überrascht inne und blickte Babbitt an wie einen Geist. Plötzlich bedrängten sie all das Schweigen, all die nicht gegebenen Erklärungen, alle nicht geführten Unterhaltungen. Sie konnte ihre Verlegenheit nicht verbergen.

»Hallo, Art«, brachte sie endlich hervor.

Sophies Schritte wirkten kraftlos, als sich die beiden Seite an Seite in Bewegung setzten, ohne einander anzusehen.

»Du wunderst dich vielleicht …«, begann Babbitt.

»Ja«, antwortete sie, ohne ihn ausreden zu lassen.

In diesem Moment schauten sie einander aus den Augenwinkeln an und brachen in Gelächter aus, so als würde die unsichtbare Mauer zwischen ihnen plötzlich durch die gegenseitige Sympathie eingerissen, die sie noch füreinander empfanden.

»Ich wollte schon lange mal mit dir reden, Sophie. Deshalb hab ich mir gedacht, dass wir vielleicht zusammen zu Mittag essen könnten.«

Sie lächelte verwirrt.

»Also, falls du nicht schon eine andere Verpflichtung hast. Vielleicht isst du ja mit Jules zusammen.«

»Nein, der hat heute zu tun.«

Art und Sophie reihten sich in den Strom der Mitarbeiter auf dem Weg zum Essen ein. Einige von ihnen strebten auf die Kantine zu.

Art schien aber etwas anderes vorzuhaben, da er mit entschlossenen Schritten zum Parkplatz hinüberging, auf dem in diesem Augenblick viel los war.

Als Sophie Babbitts Buick 40 sah, verspürte sie ein aufgeregtes Kitzeln in der Magengrube. Jede Menge Erinnerungen und Gefühle stiegen in ihr auf.

»Ich hab mir überlegt, dass ich dich an einen ganz besonderen Ort ausführe. Zur Feier des Tages.«

»Viel Zeit haben wir aber nicht, schließlich muss ich zurück zur Arbeit und …«

Babbitt blickte Sophie mit seinem scharfsinnigen Blick an und öffnete für sie mit einem Lächeln auf den Lippen die Beifahrertür.

Er setzte sich ans Steuer, der Motor heulte auf und die Räder quietschten, während sie die Ausfahrt des Studios ansteuerten.

Art fuhr bis zum Sunset Boulevard 9039, wo gerade das Café La Maze eröffnet hatte. Es handelte sich um ein kleines Lokal wie so viele auf den Straßen von Los Angeles, einstöckig und mit einer mit Sternen bedruckten Markise über dem Eingang.

Für Art schien es jedoch etwas Besonderes zu sein. »Kennst du das wirklich noch nicht?«

Sophie schüttelte den Kopf. Wenn sie ausgingen, bevorzugte Jules klassischere Restaurants wie den Musso & Frank Grill mit seinen unschlagbaren Kalbsschnitzeln in Marsala-Soße.

»Zum Mittagessen war ich ehrlich gesagt noch nie hier«, erklärte Art nun. »Abends ist die Stimmung allerdings unschlagbar, und man trifft auf die bekanntesten und meist fotografierten Leute Hollywoods.«

Der Oberkellner nahm sie beflissen in Empfang.

»Ich habe für zwei Personen auf den Namen Art Babbitt reserviert«, sagte der Trickzeichner zu ihm.

Während sie zu ihrem Tisch geführt wurden, musste Sophie lächeln. Art strahlte immer noch das Selbstbewusstsein eines Mannes aus, dem man nichts abschlagen konnte.

Ihr wurde klar, wie sehr ihr Babbitts schwungvolle und direkte Art gefehlt hatte.

Im fröhlichen Ambiente des Lokals verspeisten sie den ersten Gang und plapperten sofort wieder los, falls sich unbehagliches Schweigen breitzumachen drohte. Sie sprachen über dies und das, brachten sich gegenseitig auf den neuesten Stand und erwähnten die Funkstille der letzten Zeit nicht, als hätte es sie nie gegeben.

»Wir haben wirklich ein schönes Haus, das Marge ganz nach ihrem Geschmack eingerichtet hat. Mit der Möbelwüste in Tuxedo Terrace hat es so gar nichts gemein. Nur in meinem Trickfilmstudio hat sie mir freie Hand gelassen, da darf außer mir nämlich niemand rein.«

Lächelnd zeigte Sophie ihre beiden Grübchen und lehnte dankend ab, als Art ihr eine Zigarette anbot. Er selbst zündete sich eine an, während sie auf den zweiten Gang warteten.

»Marge hat sich inzwischen zu einer tollen Hausfrau gemausert, und weil sie so gern Feste und Veranstaltungen organisiert, ist das Haus bei uns immer voll.«

»Das ist für dich ja nichts Neues.« Sophie nippte an ihrem Weinglas und dachte an Marge, wie sie sie während ihrer ersten Tage im Studio kennengelernt hatte, ein fünfzehnjähriges Mädchen mit Sommersprossen. Inzwischen musste Marge neunzehn sein, überschlug sie rasch im Kopf. So ein junges Ding an der Seite von Art, einem reifen Mann. Sophie versuchte, diesen Gedanken zu verdrängen. Sie hatte zwar immer schon gefunden, dass Marge nicht zu Art passte, dass sie nicht alt genug und zu unreif für ihn war. Aber die beiden waren nun mal zusammen, waren Mann und Frau, genau wie sie und Jules. Vielleicht lag sie ja falsch, und das Alter spielte gar keine so große Rolle. Was wusste sie schon?

»Und ihr, wo wohnt ihr jetzt?«

»Immer noch in der alten Wohnung von Jules.«

»Der Tod seines Bruders war wirklich furchtbar.«

»Allerdings«, murmelte Sophie und stellte das Weinglas auf den Tisch.

»Und, bist du glücklich? Läuft alles gut?«

Sophie blickte Art in die Augen und machte eine Handbewegung, als wolle sie damit die Frage vertreiben, die im Raum stand. Sie brachte kein Wort hervor. Ob sie glücklich war? Natürlich war sie das, schließlich hatte sie den Mann geheiratet, den sie liebte. Sie lebte mit ihm in einer Wohnung, in der sie sich zu Hause fühlte, und hatte auch keine finanziellen Probleme mehr. Inzwischen konnte sie sogar ihrer Familie jeden Monat Geld schicken. Jules hatte dagegen nicht nur nicht protestiert, sondern Sophie dazu sogar ermuntert, obwohl der Betrag natürlich aus seiner Tasche stammte. Mehr konnte man sich wirklich nicht wünschen, oder?

»Entschuldige bitte, ich sollte nicht so mit der Tür ins Haus fallen. Aber so bin ich eben, ich kann gar nicht anders. Jetzt habe ich dich in Verlegenheit gebracht.«

»Nein, nein«, log Sophie.

»Ich mache mir einfach Sorgen um dich, das ist alles.«

»Natürlich, aber das brauchst du wirklich nicht, Art, ich bin nämlich sehr glücklich.« Nach diesen Worten wurde Sophies Blick wieder lebhafter.

Der Kellner brachte den zweiten Gang, und sie widmeten sich eine Weile schweigend dem Essen.

Aber sie hatten noch nicht aufgegessen, als Art schon zum nächsten Schlag ausholte: »Ich muss gestehen, dass ich schon lange vorhatte, dich mal einzuladen.«

Sophie schaute von ihrem Teller auf.

»Unsere Freundschaft sollte wirklich nicht in die Brüche gehen, nur weil wir beide jemanden geheiratet haben, den der andere …«

»… einfach nicht mag?«

»Du kannst offensichtlich meine Gedanken lesen.«

»Weil du wie ein offenes Buch bist.«

Sie schauten einander ein paar Sekunden lang an und brachen in Gelächter aus.

»Es gibt da noch etwas, worüber ich mit dir reden wollte.«

Die junge Frau tupfte sich die Lippen mit der Serviette und leerte ihr Glas. Dann schaute sie Babbitt erwartungsvoll an.

»Sophie, mir gefällt die Politik des Studios überhaupt nicht.«

Sie zog die Augenbrauen hoch. Das kam jetzt wirklich überraschend. »Ich glaube, ich kann dir nicht ganz folgen.«

Art rückte etwas näher an sie heran, so als wolle er damit jegliche Distanz zwischen ihnen überwinden.

»Du weißt doch genau, was *Schneewittchen* für das Studio bedeutet hat.«

»Natürlich.«

»Den großen Durchbruch. *Schneewittchen* hat viermal mehr Geld reingebracht als jeder andere Film, der dieses Jahr in Hollywood Premiere hatte. Das eingenommene Geld will Disney in ein neues Studio investieren und experimentiert dafür schon mit neuen Techniken im Bereich Animation und Ton.«

»Aber das ist doch nicht Schlechtes …«

Art gab dem Kellner ein Zeichen und deutete auf die leere Weinflasche. »Noch eine, bitte!«

Sie sprachen weiter, und Sophie hing genauso an Arts Lippen wie früher.

»Aber weißt du, wem der Erfolg des Studios eigentlich zugutekommt?«

»Na ja, ich denke …«

Art ließ sie nicht weitersprechen. »Nein, mich brauchst du nicht als Beispiel zu nehmen und deinen Ehemann auch nicht. Wir gehören nämlich zu den Privilegierten.« Ein wehmütiges Lächeln legte sich über seine Lippen. »Oder ich vielleicht gar nicht mehr so sehr.«

»Was meinst du damit?«

»Onkel Walt war von meiner Hochzeit mit Marge alles andere als begeistert. Du weißt ja, dass er zur alten Schule gehört, deshalb findet er sie natürlich zu jung für mich.«

»Art, ich verstehe wirklich nicht, worauf du mit all dem hinauswillst.«

Art Babbitt ignorierte ihren schwachen Protest und fuhr fort: »Vergiss jetzt mal die Animatoren, die dreihundert Dollar in der Woche bekommen, und konzentrier dich auf die Kollegen, bei denen es nur zwölf sind. Überleg doch, Sophie, in der Firma gibt es keine klare Finanzpolitik. Das Konzept ›Lohnskala‹ kennt man in den Walt Disney Studios nicht, und die meisten verdienen trotz des Erfolgs von *Schneewittchen* weiterhin wenig. Zuschläge und Gehaltserhöhungen werden nur unregelmäßig und je nach Laune der Firmenleitung genehmigt. Und diese Missstände sind natürlich für die Mitarbeiter der unteren Gehaltsstufen noch viel schlimmer, wo manche Kollegen mit ihrem Lohn kaum das Existenzminimum erreichen.«

»Also … Ich weiß nicht.«

»Und ob du das weißt. Steht das Gehalt von Jules etwa im Verhältnis zu deinem? Oder dem der Inbetweener oder Animationsassistenten? Hast du dir darüber noch nie Gedanken gemacht?«

Der Kellner kam mit der Flasche und füllte ihre Gläser erneut. Babbitt nahm einen großen Schluck. »Sieh doch nur dich selbst an«, sagte er, »und deine Kolleginnen aus der Abteilung Tinte und Farbe. Trotz eurer harten Arbeit habt ihr jungen Frauen keinerlei Möglichkeit, befördert zu werden. Erinnerst du dich gar nicht mehr daran, dass du mal voller Träume bei Disney angefangen hast, Sophie? Du wolltest Trickzeichnerin werden! Du hattest ein Ziel! Sag jetzt nicht, dass du das vergessen hast.«

Sophie starrte auf ihren Teller mit den letzten Überresten des Essens, als suchte sie dort nach ihren Träumen.

Art sprach derweil weiter und tippte mit dem Finger immer wieder auf den Tisch. Das Thema lag ihm so sehr am Herzen, dass er sich mit Leib und Seele in seinen Diskurs einbrachte.

Sophie hingegen war ernst geworden und ganz still. In ihrer Brust stieg ein unerwünschtes Gefühl der Panik auf.

»Vielleicht kommt ja irgendwann der Tag, an dem alle im Studio die gleichen Rechte haben, auch die Frauen. Bis es so weit ist, sollten wir uns jedoch aktiv für dieses Ziel einsetzen.«

»Aber …«

»Ich weiß, ich weiß, wahrscheinlich ist das alles ganz neu für dich. Ich denke aber, dass du bei diesen Bestrebungen eine wichtige, geradezu entscheidende Rolle spielen könntest. Du kannst in deiner Abteilung die Stimmung ausloten.«

»Art, ich verstehe dich wirklich nicht. Worauf willst du nur hinaus?«

Der Trickfilmzeichner griff nach Sophies Hand, die auf dem Tisch ruhte. »Um es klar und deutlich zu sagen, Sophie: Ich bin Mitglied im Verband, der leider große Anlaufschwierigkeiten hat. Zum Teil liegt es daran, dass uns immer noch die Genehmigung vom Arbeitsministerium fehlt. Aber ich will wirklich nicht tatenlos dasitzen, während in den Disney Studios und den Büros der Regierung Formulare gewälzt werden. Deshalb bin ich so umtriebig wie möglich. Zurzeit bemühe ich mich um Kontaktpersonen in jeder Abteilung, um die berufliche Situation aller Angestellten der Firma so genau wie möglich kennenzulernen. Und dafür brauche ich dich an meiner Seite. Du weißt, wie der Hase läuft, deshalb könntest du meine Ansprechpartnerin in der Abteilung Tinte und Farbe sein. Wir brauchen Leute wie dich.«

Unbehaglich rutschte Sophie auf ihrem Stuhl herum. Ihr kamen die geheimen Treffen in den Sinn, an denen sie einst mit Marion teilgenommen hatte. Jules hatte davon nie erfahren, und das war jetzt wirklich kein guter Zeitpunkt für neue Geheimnisse. Voller Anspannung warf Sophie einen Blick auf ihre kleine Armbanduhr und hatte plötzlich das Gefühl, sich rechtfertigen zu müssen.

»Ich bin spät dran, Art«, sagte sie nur, sprang auf und bat den Kellner um Hut und Mantel.

Verständnislos blickte Art sie an und zahlte, bevor sie zusammen La Maze verließen.

Obwohl die Tage im Winter mit unbarmherziger Monotonie verstrichen, fragte sich Sophie, als sie aus der Straßenbahn stieg und nach Hause ging, wie Weihnachten schon wieder vorbei sein konnte. In drei Tagen war bereits Neujahr.

Sie fröstelte und wickelte sich fester in ihren Mantel. Auf den Bürgersteigen rückte langsam die Nacht heran, und die Straßen erschienen ihr dunkler und trauriger denn je. Eisiger, feuchter Wind peitschte ihr ins Gesicht. Es war ein anstrengender Tag gewesen. Vielleicht lag es ja an der Müdigkeit, die Sophie seit Tagen nicht abschütteln konnte, dass ihr alles so finster und schwierig vorkam. Sie hatte viel zu viel im Kopf.

Wie ein Windhauch huschte sie ins Gebäude, ohne den Gruß von Mrs Carter zu erwähnen, die mit zusammengebissenen Zähnen irgendetwas Unangenehmes murmelte.

Sophie öffnete die Wohnungstür, warf die Schlüssel auf die Kommode im Eingangsbereich und bemerkte, wie müde sie im Spiegel aussah. Bevor sie auch nur Mantel und Hut abgelegt hatte, ging sie erst einmal in die Küche, um sich einen starken Kaffee zu kochen.

Als die dampfende Tasse vor ihr stand, versuchte Sophie vergeblich, ihre Gedanken zurückzudrängen. Sie schloss die Augen, atmete tief durch und stieß vor

Erleichterung einen leisen Seufzer aus. Nachdem der Kaffee ausgetrunken war, steckte sich Sophie eine Zigarette an und ließ die Asche einfach in die Tasse fallen.

Während der letzten Wochen hatte sie sich unablässig mit Jules gestritten. Sie verlangte von ihm, sein Versprechen von der Hochzeit einzulösen und mit ihr zusammen ihre Familie in New York zu besuchen.

Im Laufe der letzten zwei Jahre hatte er sich immer davor gedrückt. Am Anfang war es wegen *Schneewittchen und die sieben Zwerge* gewesen, später hatte er andere Ausreden angeführt und den Zeitpunkt nie als passend erachtet. Jules Beck hatte es inzwischen bei den beiden laufenden Disneyproduktionen zum Regieassistenten gebracht, und mit seiner Karriere ging es weiter voran.

Sophie hatte sich an die Einsamkeit gewöhnen müssen, zu der Jules' berufliche Verpflichtungen sie verdammten. Das Ehepaar sah sich kaum und sprach noch viel weniger miteinander. Auf der einen Seite kümmerte sich Sophie ganz allein um den Haushalt und die Organisation des Alltags, auf der anderen Seite erschien ihr auch ihre Arbeit im Studio immer eintöniger. Ihre Hoffnung auf Veränderungen schwand, und ihre Träume verblassten.

Plötzlich riss die Klingel sie aus ihren Gedanken. Antriebslos erhob sich Sophie und ging zur Tür. Doch als sie sah, wer davorstand, strahlte sie. »Lissette!«

»Komme ich ungelegen? Tut mir leid, dass ich so unangemeldet hereinschneie, aber ich war gerade in der Gegend und …«

Sophie ließ ihre Freundin gar nicht ausreden, sondern zog sie bereits in die Wohnung, nahm ihr den Mantel ab, setzte sie auf einen Stuhl und kochte noch einmal Kaffee.

»Du weißt doch ganz genau, dass du nie störst. Ganz im Gegenteil, du bist das Beste, was mir heute passiert ist«, antwortete Sophie und huschte unter den aufmerksamen Blicken ihrer Freundin nervös in der Wohnung hin und her. Irgendwann setzte sich Sophie endlich zu Lissette. Auf dem Tisch stand ein Tablett mit der Kaffeekanne, zwei Tassen und einem Tellerchen mit Mallomars-Schaumküssen.

»Hey, willst du mich etwa mästen?«, klagte Lissette, während sie gierig die Süßigkeiten ins Auge fasste.

»Na, komm schon, zur Feier des Tages.«

Beide langten zu und spülten die Leckereien mit Kaffee hinunter.

Als sie satt waren, nahm Lissette ein Päckchen Zigaretten aus ihrer Tasche, und sie rauchten zusammen.

Gemeinsam mit dem Rauch stieß Lissette eine Frage aus: »Wie ist denn Weihnachten gelaufen, meine Liebe?«

»Gut.«

»Mir kannst du nichts vormachen. Irgendwas hast du doch, das spüre ich.«

Sophie schickte eine große Rauchwolke zur Decke hinauf. »Weißt du, ich wäre einfach gern nach New York gefahren, schließlich kennt Jules meine Familie bisher nicht. Meine Eltern finden es schon komisch, dass wir noch nie bei ihnen zu Besuch waren. Das grämt sie mit Sicherheit, aber …«

»Aber was?«

»Er hat mir gesagt, dass er es sich im Moment einfach nicht leisten kann, Urlaub zu nehmen.«

»Und glaubst du ihm das?«

»Ja, natürlich. Wir haben an Weihnachten beide nur ein paar Tage frei, und die Reise ist lang. Selbst wenn er gewollt hätte …« Mit ein wenig verlorenem Blick und leiser Stimme fügte Sophie hinzu: »Ich hab allerdings oft den Eindruck, dass Jules meine Eltern und meine Schwester gar nicht kennenlernen, dass er einfach zu keiner Familie dazugehören will.«

Angespanntes Schweigen legte sich über den Raum, bis Lissette schließlich das Thema wechselte und fragte: »Aber habt ihr denn gar nichts Besonderes gemacht? Also, ihr beide zusammen?«

Sophie setzte ein bitteres Lächeln auf. »Ich wollte Weihnachten gern zu Hause feiern wie früher in New York, hatte mir ein richtiges Familienfest ausgemalt. Es sollte einfach schön werden.«

Sie verstummte und schien ihrem Blick zufolge ganz in den Erinnerungen an ihre ferne Kindheit verloren.

»Mein Plan war, einen Truthahn mit Kartoffelpüree zuzubereiten und sogar Eierpunsch! Die ganze Wohnung hatte ich dekoriert.« Sie schaute sich um. »Weißt du? Ich hatte überall Kerzen aufgestellt und die Geschenke unter den Baum gelegt. Ehrlich gesagt habe ich mich schon ein bisschen gefreut.«

»Und was ist passiert?«

Sophie stützte die Ellbogen auf dem Tisch ab und vergrub das Gesicht in den Händen. »Ein paar Tage vorher kam das Thema zufällig zur Sprache, als ich erwähnt habe, dass für unser Weihnachtsessen noch ein paar letzte Einkäufe nötig waren. Da hat Jules verkündet, dass ich mir die Sache aus dem Kopf schlagen soll. Wenn er schon einmal frei hat, hat er erklärt, wolle er zum Essen ausgehen. Deshalb haben wir Weihnachten schließlich im Restaurant des Hollywood Hotels gefeiert, aber die Atmosphäre war kühl. Wir haben da ganz allein gehockt und schweigend gegessen, weil wir uns einfach nichts zu sagen hatten. So sehr hat mir meine Familie noch nie gefehlt!«

»Das tut mir ja so leid für dich!«

Sophie schluckte und sah ihre Freundin mit trübem Blick an. Dann lächelte sie plötzlich, als wäre sie aus einem Traum erwacht und in die Realität zurückgekehrt. Sie nutzte die sich ausbreitende Stille, um aufzustehen und die Tassen in die Küche zu bringen.

Lissette schaute in den Garten hinaus, der hinter dem Fenster zu schlafen schien. Sie dachte an das, was sie Sophie eigentlich hatte erzählen wollen. Aber sosehr die Neuigkeiten ihr Herz auch zum Flattern brachten, verkniff Lissette sie sich im Moment lieber. Denn wie sollte sie ihrer Freundin, die an ihrer unglücklichen Ehe zu verzweifeln schien, jetzt vom Mann ihres Lebens vorschwärmen? Wie sollte sie ihr von Gabriel Espinosa erzählen, dem mexikanischen Produzenten, den sie im Studio kennengelernt hatte? Durch ihn sah Lissette die Welt endlich wieder als wunderbaren Ort, an dem alles möglich war.

Sophies Stimme vermischte sich mit dem Klappern der Tassen, die sie in der Küche spülte. »Sag mal, meine

Liebe, schaust du eigentlich aus einem bestimmten Grund vorbei, oder ist das nur ein Höflichkeitsbesuch?«

Lissette schloss die Augen und ließ den Kopf gegen die Stuhllehne sinken. »Braucht man etwa einen besonderen Anlass, um seine Freundin zu besuchen? Ich wollte dich einfach sehen, das ist alles.«

Sophie lachte.

Als Jules an diesem Abend nach Hause kam, labte sich Sophie immer noch an dem warmen Gefühl, das Lissettes Besuch hinterlassen hatte. Es hielt aber nicht lange an.

Nach einem geistesabwesenden Wangenkuss verschwand Jules im Schlafzimmer, wo Sophie hörte, wie er die Badezimmertür auf- und zumachte. Als er wieder zum Vorschein kam, hatte er sich umgezogen.

»Machst du dich nicht fertig?«, fragte er lakonisch. »Wenn du dich nicht beeilst, kommen wir noch zu spät.«

»Zu spät? Wohin denn?«

Jules trat an seine Frau heran und stieß einen leisen Fluch aus. »Wie könntest du das nur vergessen?«

»Was meinst du?«

»Das hatte ich dir doch gesagt! Wir essen heute Abend mit Norman, Jack und ihren Frauen. Verdammt, Sophie, darüber haben wir an Weihnachten doch gesprochen! Das ist ein wichtiger Termin für mich, ein Arbeitsessen, für das wir einen Tisch im Musso & Frank Grill reserviert haben.« Jules war wirklich wütend und funkelte Sophie mit glühendem Blick und warnend angehobenem Kinn an.

Sophie errötete. Sie konnte sich überhaupt nicht daran erinnern, dass er dieses Essen erwähnt hatte. Aber vielleicht hatte sie auch einfach nicht zugehört.

»Ich weiß wirklich nicht, wovon du da redest!«, erwiderte sie mit verletztem Stolz und schenkte Jules einen überheblichen Blick, bevor sie mit vorgetäuschter Gemütsruhe ins Schlafzimmer hinüberging. Hinter ihrer ruhigen Fassade brodelte allerdings resignierte Wut.

Ihr Mann folgte ihr mit langen Schritten und ballte dabei die Hände zu Fäusten. »Warum tust du mir das an? Wahrscheinlich willst du, dass ich vor meinen Kollegen aus dem Studio schlecht dastehe, oder? Weil du meinen Erfolg nicht erträgst, so sieht es doch aus!«

»Ich? Was redest du denn da?«, entfuhr es Sophie, die ihre Verletzlichkeit nicht länger verbergen konnte. Wenn sie Angst verspürte, nervös oder zornig wurde, begann ihre Stimme jedes Mal zu zittern. Müde streckte sie sich auf dem Bett aus und unterdrückte die Tränen, die ihr in die Augen stiegen. Sie konnte ihr Herz klopfen hören und meinte zu spüren, wie das Blut durch ihre Adern ran.

»Stehst du jetzt gefälligst auf und machst dich fertig?«

»Nein, das werde ich nicht tun! Ich hab die Nase voll!«, rief Sophie. Jetzt hielt sie doch wieder herausfordernd Jules' Blick stand.

Ihr Mann packte sie und zog sie unsanft zu sich heran, bis sie mit keuchendem Atem voreinander standen. Die unbehagliche, bedrohliche Stille zwang sie dazu, einander endlos scheinende Sekunden lang in die Augen zu sehen.

Danach stieß Jules ein tiefes Seufzen aus, umfing oberhalb der Ellbogen ganz vorsichtig die Arme seiner Ehefrau, zog sie zu sich heran und umarmte sie.

»Bitte, Sophie«, sagte er mit zusammengebissenen Zähnen. Die Muskeln an seinem Hals waren angespannt.

Sophie wandte sich ab, damit er die Tränen in ihren Augen nicht sah. Sie war untröstlich, aber sie hatte keine Kraft mehr, um aufzubegehren. Oder vielleicht wusste sie auch einfach nicht mehr, wie das überhaupt ging. Deshalb löste sie sich aus Jules' Armen und begann sich mit so zitternden Händen und ungeschickten Fingern anzuziehen, dass die Knöpfe ihr Schwierigkeiten bereiteten.

Dann ging sie ins Bad hinüber, um sich das Gesicht zu waschen. Sie blickte in den Spiegel. Ihr Anblick verriet ihr, dass sich ihre sonst so geschickt verborgenen Gefühle mit beinahe unerträglicher Intensität zeigten, nachdem sie erst einmal an die Oberfläche gestiegen waren. Sophie beschloss, nichts zu unternehmen, um diese Emotionen zu verstecken. Deshalb sah sie grauenhaft aus, als sie zwar umgezogen, aber ohne Make-up und sogar ungekämmt zu Jules zurückkehrte, der aufgewühlt im Wohnzimmer auf sie wartete.

In diesem Moment wurde an die Tür geklopft, und Jules ging hinüber, um aufzumachen, während Sophie sich den Mantel anzog und den Hut aufsetzte. Sie hörte, wie er mit Mrs Carter sprach und die Tür wieder zumachte.

»Was wollte sie denn?«, fragte Sophie mit besorgtem Gesichtsausdruck, als ahnte sie bereits, dass etwas Schreckliches passiert sein musste.

»Da ist ein Telegramm für dich gekommen.«

Sophie öffnete den Umschlag, den Jules ihr gereicht hatte. Als sie die beiden schrecklichen Zeilen überflog, begannen ihre Hände wieder zu zittern, und das Papier segelte zu Boden. Ohne auf Jules' Fragen zu reagieren, rannte Sophie ins Schlafzimmer, um sich dort einzuschließen.

KAPITEL 15

ABSCHIED

Als auch die letzten Nachbarn endlich das Erkerzimmer verließen, stieß Sophie ein erleichtertes Seufzen aus.

Elionor, die von Kopf bis Fuß Trauer trug, begann die Tassen und Teller mit den Resten des Essens wegzuräumen, das sie den Beerdigungsgästen serviert hatten.

Sophie schmiegte sich derweil auf dem Dreisitzersofa, auf dem Vera nie wieder sitzen und stricken würde, an ihren Vater. Sie griff nach einer seiner faltigen, so schmerzlich vermissten Hände und war plötzlich nicht mehr dazu in der Lage, ihre Tränen zurückzuhalten.

Als Joseph sie umarmte, quälte sie der Gedanke, dass seit ihrer letzten Umarmung viel zu viel Zeit vergangen war.

»Wie geht es dir, Vater?«

Joseph lächelte gequält. Vera zu verlieren hatte seine Seele in tiefste Traurigkeit gehüllt. Derart am Boden zerstört hatte Sophie ihn noch nie gesehen.

Als nun Elionor aus der Küche zurückkehrte und sich in den Blümchensessel gegenüber setzte, ließ die Stehlampe neben dem Sofa ihr blondes Haar leuchten.

Sophie blickte auf und betrachtete ihre Schwester. Selbst in ihrer Trauerkleidung war sie wunderschön.

Sophie hatte immer ihr edles Antlitz bewundert, das blonde gewellte Haar, das sie zu einem diskreten Knoten hochsteckte, und die ein wenig lange, spitze Nase, die an die ihrer Mutter erinnerte. Elionor saß da und blickte ins Leere – auch diese wohlbekannte Angewohnheit hatte sie von Vera geerbt.

Sophie hing ebenfalls ihren Gedanken nach. Die letzten Tage waren einfach furchtbar gewesen. Das in Los Angeles eingetroffene Telegramm hatte sie darüber informiert, dass ihre Mutter einen Schlaganfall erlitten hatte und sich in einem kritischen Zustand befand.

Hastig hatte Sophie ihren Koffer gepackt, und Jules hatte sie mit dem Auto zum Bahnhof gebracht, wobei er die ganze Zeit ununterbrochen auf sie eingeredet hatte. Sophie hatte ihm kaum zugehört. Sie hatte zu viel anderes im Kopf gehabt, und ihr Herz war von so tiefem Schmerz ergriffen gewesen, dass sie ihn nicht in Worte hatte fassen können.

Im Nachhinein schien sie sich vage daran zu erinnern, dass sich ihr Mann unterwegs immer wieder entschuldigt hatte. Dafür, dass er so grob zu ihr gewesen war. Dafür, dass er sie in dieser schrecklichen Situation nicht nach New York begleiten konnte … Lauter leere Worte!

»Melde dich, wenn du angekommen bist«, hatte Jules, sichtlich aufgewühlt, gesagt.

Sophie hatte aber nur nach ihrem leichten Koffer gegriffen und ohne einen Blick zurück den Bahnhof betreten. Jules, seine Besorgnis und seine Entschuldigungen hatte sie Sekunden später bereits vergessen. In diesem Moment hatte sie sich voll und ganz auf die

Hoffnung konzentriert, noch rechtzeitig nach Hause zu kommen.

Noch rechtzeitig nach Hause zu kommen, hallten die Worte in ihrem Kopf wider, während sie weiterhin die leicht zitternde Hand ihres Vaters umklammert hielt.

Ja, sie hatte es geschafft. Sophie war zur rechten Zeit eingetroffen, um zu sehen, dass jegliche Hoffnung vergebens war, und sich für immer zu verabschieden. Zur rechten Zeit, um ihre Mutter sterben zu sehen, die sie in dem Körper einer alten, von Krankheit gezeichneten Frau kaum wiedererkannt hatte.

Mit den Händen auf dem Schoß saß Elionor kerzengerade da, in tiefes Schweigen gehüllt. Schließlich lehnte sie sich ein wenig vor und sprach Joseph an: »Vater, du hast ja gar nichts gegessen. Soll ich dir etwas Warmes fertig machen?«

Es wirkte so, als müsse Joseph übermenschliche Kräfte aufbringen, um zu ihr aufschauen. Ihre Frage schien er nicht einmal verstanden zu haben.

»Du solltest etwas essen und dich dann ausruhen, Vater«, fand auch seine jüngere Tochter.

Joseph wandte sich ein wenig zu ihr hin, sodass sich ihre Blicke trafen.

Was ist bloß mit diesen einst so leuchtenden Augen passiert?, fragte sich Sophie, dem Licht meiner Kindheit? Wohin ist dieser neugierige Blick verschwunden?

Als Joseph unter Anstrengung aufzustehen versuchte, sprangen beide Schwestern auf, um ihm zu helfen.

»Lasst nur, lasst es gut sein. Ich werde mich ein bisschen hinlegen.«

Mutlos schauten sie ihm hinterher. Der Tod hatte ihnen ihre Mutter genommen und womöglich einen Teil ihres Vaters.

»Ob er das je verwinden wird?«, fragte Sophie.

In Elionors Augen glitzerte eine Träne. Als sie mit den Schultern zuckte, zeugte dies von ihrer Hilflosigkeit. »Ich werde ihm ein bisschen Gesellschaft leisten.«

Sophie nickte. Nachdem sie allein im Zimmer zurückgeblieben war, ging sie zum Erker hinüber und zog die Vorhänge zurück. Die mondlose Nacht hatte sich über die Häuser gelegt. Im schwachen Licht der Laternen glänzten die Pflastersteine feucht. Sophie schloss die Augen und beschwor die Geräusche der Stadt, die niemals schlief, herauf: grummelnde Automotoren, quäkende Hupen, dröhnende Presslufthämmer und die donnernde Hochbahn.

Tatsächlich drang bis zu ihr nur ein leichtes fernes Murmeln vor, als wäre New York ein unwirklicher Traum.

Sophie merkte gar nicht, wie die Zeit verstrich, und stand immer noch am Fenster, als jemand ihre Schulter berührte. Sophie hielt Elionors Hand fest, damit ihre Schwester sie nicht sofort wieder zurückzog.

Im Schmerz vereint, standen die beiden lange schweigend vor dem Erker, bis im milchigen Abendnebel Vergangenheit und Gegenwart zu verschmelzen schienen.

Sophie hatte es mit ihrer Rückkehr nach Los Angeles nicht eilig. Deshalb schrieb sie Jules ein Telegramm, um ihm Bescheid zu geben, dass sie noch mindestens zwei

Wochen in New York bei ihrer Familie bleiben würde. In der Nachricht bat sie ihn auch darum, im Studio eine Freistellung für sie auszuhandeln. Ihr war klar, dass ihre Stelle wegen Jules' Einfluss nicht in Gefahr war, allerdings hatte sie im Moment ganz andere Dinge als ihre Arbeit im Kopf.

Jules hatte zu keinem Zeitpunkt die Möglichkeit erwähnt, nach New York zu reisen, um ihr und ihrer Familie beizustehen. Und Sophie hatte ihn auch nicht darum gebeten.

An einem kalten Januartag musste Elionor nicht zur Arbeit ins Krankenhaus und erzählte Vater und Schwester beim Essen, dass sie am Abend ausgehen würde. Sophie ermunterte sie dazu und versicherte beruhigend, dass sie selbst nicht von Josephs Seite weichen würde.

Aber als sich Elionor bereits umgezogen hatte, bestand ihr Vater, dem es inzwischen wieder etwas besser ging, darauf, dass Sophie sie begleitete. Die Schwestern brauchten ein wenig Ablenkung von diesen vier Wänden, zwischen denen immer noch der Hauch des Todes zu spüren war.

Von dieser Idee waren die beiden zunächst nicht sehr angetan. Schließlich zogen sie jedoch gemeinsam davon, und der anfängliche Widerwille schwand schnell.

Elionor schlug vor, die U-Bahn bis ins Greenwich Village zu nehmen. Zum ersten Mal seit langer Zeit entspann sich zwischen ihnen eine zwanglose Unterhaltung, als sie dort auf den Bürgersteigen zwischen schmutzigen Schneeresten hindurchmarschierten.

Auch die grünen Tische und Stühle vor dem Caffe Reggio waren von Schnee bedeckt. Im Inneren des kleinen Lokals, wo sich die beiden Schwestern an einen Tisch in der Nähe des Fensters setzten, herrschte jedoch eine warme, ruhige und gemütliche Atmosphäre. All das lud zum Austausch von Vertraulichkeiten ein.

Als der Kellner ihnen zwei Cappuccino und sizilianische Cannoli brachte, lief Sophie das Wasser im Munde zusammen. »Ins Reggio zu kommen war wirklich eine gute Idee! Es scheint eine Ewigkeit her zu sein, dass wir zum letzten Mal hier waren.«

»Sag mal, zwischen dir und deinem Mann läuft es im Moment also nicht so gut?«, fragte Elionor irgendwann.

»Ja, so könnte man es ausdrücken«, antwortete Sophie betrübt.

»Was genau ist denn bei euch los?«

Sophie schaute auf und blickte ihrer Schwester in die Augen. »Das kann ich gar nicht so genau sagen, Elionor. Ich weiß es ja selbst nicht einmal.«

»Aber in ihn verliebt bist du schon?«

Sophie hob ihren Cappuccino an die Lippen und nickte zerstreut, bevor sie sich mit geschlossenen Augen an dem warmen Genuss erfreute.

»Stört es dich, dass ich dich das frage?«

»Nein, du bist doch meine Schwester«, antwortete Sophie und lächelte Elionor an.

»Weißt du, wir fanden es schon etwas merkwürdig, dass du nicht mit ihm hier warst, um ihn uns vorzustellen.«

»Das kann ich verstehen.«

Elionor hüstelte verlegen. »Wolltest du nicht, dass wir ihn kennenlernen?«

»Ich hab mir damals den Kopf darüber zerbrochen, wie ich euch am besten sage, dass ich geheiratet habe. Im Nachhinein denke ich, es wäre viel besser gewesen, direkt mit meinem Mann zu Besuch zu kommen. Aber ich hatte solche Angst, dass Mutter meine Art, die Dinge zu tun, nicht verstehen würde. Dass ihr alle wütend sein würdet. Und dann konnte Jules sowieso nicht nach New York reisen, und ich …«

Ihre Stimme brach, und sie schaute ihre Schwester traurig an.

»Entschuldige bitte«, murmelte Elionor. »Das war wirklich nicht sehr feinfühlig von mir.«

Sophie zog eine Schachtel hervor und bot Elionor eine Zigarette an. Gemeinsam begannen sie zu rauchen.

»Im Ernst, du brauchst dir keine Sorgen zu machen. Aber ich bin wohl noch nicht dazu bereit, darüber zu reden, vielleicht weil ich die Situation selbst nicht durchschaue. Ich bin so durcheinander. Dabei kann Jules der bezauberndste Mann auf der ganzen Welt sein, solange alles nach seinem Willen geht.«

Da ihre Stimme zitterte, legte Sophie lieber eine kurze Pause ein, um nicht in Tränen auszubrechen. »Weißt du, das Zusammenleben mit ihm ist viel schwieriger, als ich erwartet habe.«

Elionor nickte und ließ die Zigarettenasche auf ihr Tellerchen fallen.

Der Rauch verdichtete sich zwischen den beiden Frauen zu einem dünnen Nebel.

Elionor wechselte rasch das Thema: »Ich muss dir etwas gestehen: Es war kein Zufall, dass ich dich hierher mitgenommen habe.«

»Was meinst du?«

»Na ja, ich war schon … mit jemandem verabredet.«

Sophie war überrascht und wusste ein paar Sekunden lang nicht, wie sie darauf reagieren sollte. Dann fiel der Groschen, und für eine Weile war ihre Traurigkeit wie weggeblasen. »Elionor! Gehst du etwa mit jemandem aus?«

Ihre Schwester errötete und nickte schüchtern, brachte aber kein Wort hervor.

»Das ist ja toll! Warum hast du denn nichts gesagt? Wenn ich von deinem Rendezvous gewusst hätte, wäre ich doch zu Hause geblieben, um nicht zu stören!«

Sophie war wirklich froh. Sie hatte mit Elionor nicht oft über dieses Thema gesprochen, um nicht zu sagen, überhaupt nicht. Trotzdem war sie sich sicher, dass ihre Schwester nicht viele Beziehungen gehabt hatte. Während ihres letzten Besuchs an Weihnachten war Sophie ja selbst Zeugin ihrer Einsamkeit gewesen.

Die zwei Schwestern tauschten einen innigen Blick, und dabei entdeckte Sophie in Elionors Augen ein neues Leuchten, das ihre Vermutungen bestätigte. Was für eine wunderbare Nachricht!

Sophie wollte das Lokal so schnell wie möglich verlassen, um nicht im Weg zu sein. In der Eile rutschten ihr allerdings Hut und Handschuhe vom Schoß. Eine Entschuldigung murmelnd bückte Sophie sich danach. »Dann lass ich dich mal allein. Ich will nun wirklich nicht …«

»Nein!«, rief Elionor und richtete sich ein wenig auf, um Sophie besser sehen zu können, die unter dem Tisch immer noch nach einem ihrer Handschuhe tastete. »Du bleibst hier, ich will ihn dir nämlich vorstellen. Außerdem ist es sowieso schon zu spät.«

Elionor setzte sich wieder bequem hin, während sie zum Eingang hinüberschaute. In ihren blitzenden Augen stand ein Lachen.

Als sich Sophie ruckartig aufrichtete, stieß sie sich dabei den Kopf am Tisch. Sie murmelte einen Fluch und schaute mit den wiedergefundenen Kleidungsstücken in der Hand und sowohl vor Anstrengung als auch vor Verlegenheit roten Wangen zur Tür hinüber.

Elionor runzelte zwar die Stirn und senkte den Blick, schien aber innerlich zu lachen. »Sophie, darf ich vorstellen? Dr. Damien Howard, ein … Freund.«

Ein etwa vierzigjähriger großer Mann in einem makellosen schwarzen Mantel trat an ihren Tisch.

Als er zum Gruß den Hut abnahm, fiel Sophies Blick zuerst auf sein blondes, ein wenig schütteres Haar, das er sorgfältig zurückgekämmt trug. Die Farbe seiner Augen war eine seltsame Mischung aus Grün und Braun, als bestünden sie aus Moos und Torf. Amüsiert blickte Dr. Howard sie an.

Sophies erster Eindruck war, dass sie einen seriösen und freundlichen Menschen vor sich hatte. Auch der feste Händedruck des Arztes gefiel ihr. Ohne sich dessen bewusst zu sein, stieß sie ein erleichtertes Seufzen aus. Sie bat Damien, sich zu ihnen zu setzen, und bestellte noch mehr Cappuccino und Cannoli.

Ein paar Sekunden lang musterten Sophie und Damien einander erwartungsvoll aus den Augenwinkeln. Aber schon bald entwickelte sich aus dem anfänglichen Schweigen eine lockere, angeregte Unterhaltung.

Elionor entspannte sich, lächelte und war glücklich.

Als sie später auf die Straße traten, küsste Damien Elionor auf den Mund und Sophie auf beide Wangen. »Es tut mir leid, dass ich nicht länger bleiben kann, aber es wird jetzt schon knapp für mich. Ich habe heute Nachtdienst im Krankenhaus.«

»Keine Sorge, für uns ist es auch spät. Vater ist schließlich allein zu Hause«, antwortete Elionor.

Nachdem sie sich verabschiedet und unterschiedliche Wege eingeschlagen hatten, hakten die beiden Schwester sich unter. Der eisige Wind, durch den sie sich ihren Weg bahnten, schien ihnen eine unverhoffte Energie zu verleihen, sodass sie auf ihrem Weg zur U-Bahn fast zu rennen anfingen.

Da Elionor ans zeitige Aufstehen gewöhnt war, ging sie abends immer früh ins Bett, während Sophie noch mit einem Buch in dem bequemen Ohrensessel ihres Vaters im Erkerzimmer sitzen blieb. Allerdings konnte sie sich dabei kaum auf ihre Lektüre konzentrieren, weil sie oft von ihren eigenen Gedanken und den nächtlichen Geräuschen abgelenkt wurde, die sie beunruhigten. Wehmütig dachte sie dann an alte Zeiten zurück, in denen Gemurmel aus den Zimmern des Hauses die Finsternis etwas freundlicher hatte erscheinen lassen.

Jeden Abend bemühte sie sich, wenigstens ein paar

Seiten zu lesen, während sie die Wehmut, die sie quälte, aus Kopf und Herz zu verdrängen suchte. Erst wenn ihr schließlich die Augen zufielen, erhob sie sich aus dem Sessel. Als Erstes ging sie dann zum Zimmer ihres Vaters, um sich zu vergewissern, dass er schlief und nichts brauchte. Danach seufzte sie beruhigt und schaltete alle Lichter aus. Nur das des Verteilers ließ sie an, um im Dunkeln nicht zu stolpern. Dann schlich Sophie auf Zehenspitzen durch den kalten Flur und betrat das Zimmer, das sie sich mit Elionor teilte.

Auch an diesem Abend wiederholte sie dieses Ritual, allerdings in der Hoffnung, dass ihre Schwester noch wach war. Sophie hatte große Lust, weiter mit Elionor zu plaudern, obwohl eigentlich nicht mehr viel zu sagen blieb. Schließlich hatten sie auf dem ganzen Heimweg über Damien gesprochen, und es kam Sophie so vor, als wüsste sie schon alles über ihn. Sie konnte sich nicht daran erinnern, je zuvor eine so lockere und vertrauliche Unterhaltung mit ihrer Schwester geführt zu haben. In diesem Momenten waren sie wie zwei aufgeregte Teenager gewesen, die sich gegenseitig Geheimnisse rund um die Liebe anvertrauten.

Als Sophie das Zimmerchen betrat, hatte sie jedoch kein Glück. Während sie sich leise auszog, konnte sie den Blick nicht von dem schönem, entspannten Gesicht ihrer Schwester abwenden. Sophie hatte Elionor immer für eine Eigenbrötlerin gehalten, die nicht leicht Freunde fand und allen misstrauisch gegenüberstand, selbst ihrer eigenen Schwester. Die Kommunikation zwischen ihnen war von jeher schwierig gewesen. Aber jetzt war etwas anders – das Leben und die Liebe hatten Elionor verändert.

Wegen der niedrigen Temperaturen beeilte sich Sophie mit dem Umziehen. Als sie rasch ins Bett schlüpfte, war ihr eiskalt, und sie zog die Decke bis zu den Schultern hoch. Wie sie es liebte, sich darunter so sicher und behütet zu fühlen! Allmählich wurde die Gänsehaut von wohliger Wärme vertrieben, und Sophie schlief sofort ein.

Im Morgengrauen wachte sie allerdings plötzlich von dem Gefühl auf, in etwas Feuchtem und Klebrigem zu liegen. Sophie schaltete das Licht ein und setzte sich ein wenig auf. Entsetzt schlug sie die Bettdecke zurück.

An das, was als Nächstes passierte, würde Sophie sich später nur noch bruchstückhaft erinnern. An Elionors entsetzte Miene und das Licht langer Krankenhausflure. An Damian, der mit Blick auf ihren Bauch nach links und rechts Anweisungen erteilte.

Und dann an nichts weiter.

Als Sophie wieder zu sich kam, stand Elionor neben ihrem Krankenhausbett, während ihr Vater auf der anderen Seite daneben saß und ihre Hand hielt.

»Was ist mit mir passiert?«

In diesem Moment ging die Zimmertür auf, und Damien erschien im weißen Arztkittel.

»Wie geht es dir, Sophie?«, fragte er mit beruhigendem Lächeln und warf einen Blick in die Patientenakte, die am Fußende des Bettes hing.

Sie antwortete nicht. Seltsamerweise tat ihr nichts weh, aber sie verspürte tiefe Beklommenheit.

Damien ahnte natürlich, wie sehr die Unsicherheit sie quälte, und klärte die Sache schnell auf: »Sophie, du bist schwanger.«

Ungläubig starrte Sophie ihn an. »Schwanger?«

»Ja, du hattest Blutungen und hättest das Kind beinahe verloren. Zum Glück hat Elionor aber schnell reagiert, sodass wir dir mit Medikamenten helfen konnten. Dem Fötus geht es gut. Jetzt musst du dich einfach nur ausruhen, dann dürfte es eigentlich keine Probleme mehr geben.«

»Aber … das verstehe ich nicht!«

Joseph tätschelte seiner Tochter sanft die Hand. »Du wirst Mutter, Liebes!«, sagte er mit neuem Lebensmut. Aber dann war sein Blick sofort wieder von dunkler Melancholie erfüllt. Wahrscheinlich dachte er an Vera, die jetzt keine Gelegenheit mehr haben würde, ihr Enkelkind kennenzulernen.

Sophie lag im Erkerzimmer auf dem Sofa unter einer warmen Decke. Sie war halb eingedöst, und das Buch, in dem sie gelesen hatte, war zu Boden gerutscht. Draußen auf der Straße rauschten die Bäume heftig im Wind, während sie immer längere Schatten auf die Straße warfen. Träge brach der Abend herein.

Sophie langweilte sich, weil ihr Vater sie einfach nichts machen ließ. Er schimpfte schon mit ihr, wenn sie nur vom Sofa aufstand. Aber er überschüttete sie auch mit Aufmerksamkeit, und insgeheim war Sophie froh über sein Verhalten.

Denn Joseph war in den letzten Tagen richtig aufgeblüht. Neues Leben bahnte sich seinen Weg und fegte die letzten Schatten des Todes hinweg, die noch über dem Haus gehangen hatten. Joseph fühlte sich endlich wieder nützlich und erlangte nach und nach seine Energie zurück.

In diesem Moment stieg Sophie der Duft von frischem Kaffee in die Nase.

Wenn Joseph diesen am Nachmittag kochte, bedeutete es, dass Elionor auf dem Heimweg war und sie gleich zu dritt im Erkerzimmer Kaffee trinken würden.

Tatsächlich hörte man nach ein paar Minuten den Schlüssel im Schloss und Elionors energische Schritte auf der Treppe.

Sophie empfing ihre Schwester mit einem Lächeln, und dann erschien auch schon Joseph mit dem Kaffee und ein paar Butterplätzchen auf einem Tablett. Nach einer Weile ließ er die beiden jungen Frauen allein.

»Wie geht es dir?«, fragte Elionor ihre Schwester.

»Gut, aber ich sterbe vor Langeweile, weil ich ja keinen Finger krumm machen darf«, klagte Sophie in einem Tonfall, der sie wie ein verzogenes kleines Mädchen klingen ließ.

»Vater und Arzt, eine gefährliche Mischung!« Elionor genoss den letzten Rest ihres Kaffees. Das Getränk war wunderbar heiß und hatte den Raum mit seinem köstlichen Duft erfüllt. Über den Rand der Tasse hinweg beobachtete Elionor ihre Schwester.

»Jetzt weißt du schon seit einer Woche, dass du schwanger bist. Aber wenn ich dich so ansehe, scheint es noch gar nicht richtig bis zu dir durchgedrungen zu sein.«

»Du hast recht, Elionor. Ich hab dir ja schon gesagt, dass Jules und ich über dieses Thema bislang nie gesprochen haben. Wir haben uns zwar nicht grundsätzlich dagegen entschieden, aber ich nehme mal an, dass wir beide erst später Kinder wollten.«

»Aber jetzt bist du nun mal schwanger!«

Sophie führte weiter aus, was ihr durch den Kopf ging, so als wäre ihre Schwester gar nicht zugegen. Sie musste die Dinge wohl laut aussprechen, um sie für sich selbst zu ordnen. »Inzwischen leben wir bereits seit zwei Jahren zusammen, aber wir haben immer aufgepasst, und es ist nie etwas passiert.«

»Dieses Mal aber schon, Sophie! Deshalb verstehe ich nicht, wieso du ihm noch nicht Bescheid gesagt hast!«

»Ich ...«

Elionor stand aus ihrem Sessel auf und setzte sich neben ihre Schwester. Sie griff nach Sophies Händen. »Sieh mir in die Augen und sag mir die Wahrheit: Willst du dieses Kind etwa nicht?«

Sophies Herz begann zu rasen, und sie fiel Elionor, in Tränen aufgelöst und von Schluchzen geschüttelt, um den Hals. »Ich will es schon! Aber ich bin mir nicht sicher, ob Jules auch so denkt, deshalb hab ich solche Angst!«

Beruhigend strich ihre große Schwester ihr über das dicke, gelockte Haar. »Nun, dieser Frage musst du dich wohl stellen und dann eine Entscheidung treffen, Sophie. Es ist das Erste, was du für dein Kind tun musst.«

Sophie nickte langsam, während ihre Hände ganz automatisch zu ihrem Bauch wanderten und zärtlich, schützend darauf liegen blieben. Es war das erste Mal, dass sie diese Geste ausführte. Und es war auch das erste Mal, dass sie in ihrem Inneren das Geheimnis des Lebens verspürte.

KAPITEL 16

EVE

Die Frühlingssonne tauchte die Gebäude an diesem Abend in zauberhaftes Leuchten, als Sophie aus der Straßenbahn stieg und ohne Eile die wohlbekannte Straße entlangschritt. Während sie die Blätter betrachtete, die in der Brise erbebten, war sie ganz und gar von einem süßen Gefühl des Wohlbefindens erfüllt.

Kurz darauf verlieh allerdings der Gedanke daran, dass ihre Freundin Lissette schon bald nach Mexiko ziehen würde, dem bislang so angenehmen Moment eine bittere Note.

Vor ein paar Tagen hatten sich Jules und Sophie deshalb mit Lissette und Gabriel im Musso & Frank Grill zu einer Abschiedsfeier getroffen.

An diesem Abend hatten sich die beiden Freundinnen zusammen in die Damentoilette zurückgezogen, um ihr Make-up ein wenig aufzufrischen. Dabei hatten sie sich zu einem ganz persönlichen letzten Lebewohl verabredet, an dem Ort, an dem sie sich einst kennengelernt hatten: in der kleinen Wohnung mit den schäbigen Möbeln über der Autowerkstatt.

Als Lissette die Tür aufmachte, trug sie eine weite Hose und einen locker sitzenden Pullover.

Sophie vermisste die Morgenmäntel im orientalischen Stil, die so viele Erinnerungen mit sich brachten.

Lissettes Morgenmäntel, die stets gefüllte Kaffeekanne neben dem Herd, das warme Leuchten vom Ofen her im Winter, der große Tisch, der immer voller Kram und zugleich doch ordentlich und aufgeräumt war, das Schlafsofa, das seinen bedauernswerten Zustand unter einer fröhlich bunten Blümchendecke verbarg – all das fügte sich zu genau der Szenerie zusammen, die Sophie bei ihrer Ankunft in Los Angeles angetroffen hatte. Damals, als noch nichts die mitgebrachten Hoffnungen und Träume in ihrem Gepäck getrübt hatte. Als ein neues Leben vor ihr gelegen hatte.

Gerührt umarmten sich die beiden jungen Frauen. Dann hielten sie einander an den Händen und betrachteten sich lachend, als hätten sie sich seit Jahren nicht gesehen.

»An deinen Bauch kann ich mich einfach nicht gewöhnen.«

»Ich auch nicht, wenn ich ehrlich bin«, meinte Sophie fröhlich und strich sich über die immer dicker werdende Kugel.

Lissette stellte die Kaffeekanne auf den Herd und holte die gleichen angeschlagenen Tassen wie eh und je hervor. Dann goss sie den schwarzen Kaffee ein, der sofort seinen Duft in dem kleinen Raum verteilte.

Als Lissette schließlich vor Sophie saß, griff sie wieder nach deren Händen. »Und, ist das hier wirklich, was du wolltest? Bist du glücklich?«

»Wie sehe ich denn für dich aus?«

Lissette lächelte und musterte ihre Freundin. In ihren grünen Augen lag eine neue Zärtlichkeit, gemischt mit Melancholie.

»Du bist wunderschön, dein Blick ist ganz sanft geworden. Und deine Haare ... Meine Güte, wie schaffst du es nur, dass die so glänzen?«

Kokett wickelte sich Sophie ein paar widerspenstige Locken um den Finger. »Das muss wohl an der Schwangerschaft liegen. Der Körper wandelt sich, aber nicht alle Veränderungen sind schlecht.«

Lissette schob sich eine Haarsträhne hinters Ohr. »Wir hatten ja kaum Zeit, uns mal in Ruhe zu unterhalten. Gabriel treibt mich wegen seiner Rückkehr nach Mexiko noch in den Wahnsinn. Sonst ist er wirklich ein Schatz, aber die ganzen Reisevorbereitungen werden mir einfach zu viel.«

Lachend schauten sie einander an, tranken genüsslich Kaffee und durchlebten jede auf ihre Weise diesen Abschied.

»Ich war sehr überrascht, als du mir von deiner Schwangerschaft erzählt hast. Jules und Sophie bekommen also ein Kind, hab ich gedacht. Ich konnte es einfach nicht fassen.«

Das Lächeln, das Sophies Gesicht zum Strahlen gebracht hatte, verblasste bei diesen Worten ein wenig. Sie hatte das Gefühl, sich verteidigen zu müssen. »Ich weiß wirklich nicht, warum du das sagst.«

In Lissettes Blick standen weder Vorwürfe noch Kritik. Nur jede Menge Liebe und ein klein wenig Besorgnis. »Werd bitte nicht böse, mein Schatz. Aber bevor du nach

New York gegangen bist, vor dem Tod deiner Mutter, lief es zwischen Jules und dir doch gar nicht gut. Deshalb habe ich dir ja auch eine Zeit lang meine Beziehung zu Gabriel verschwiegen. Es kam mir einfach egoistisch vor, so glücklich zu sein, während du …«

Eine Geste von Sophie ließ Lissette kurz verstummen, bevor sie weitersprach: »Außerdem hattest du nie erwähnt, dass du Kinder willst. Und du und ich, wir haben uns doch alles erzählt.«

Sophie nahm auf ihrem Stuhl eine etwas aufrechtere Haltung an. Ungeduld blitzte in ihren Augen auf, als sie seufzend erklärte: »Du hast recht, Jules und ich hatten nicht geplant, Eltern zu werden. Aber es ist nun mal passiert.«

Sie biss sich auf die Unterlippe, bevor sie weitersprach: »Mir hat die Sorge um das Leben meines Kindes schnell klargemacht, dass ich längst eine Entscheidung getroffen hatte: Ich wollte Mutter werden! Allerdings hatte ich wirklich Angst vor Jules' Reaktion, weil ich sie beim besten Willen nicht einschätzen konnte.«

Sophie verstummte kurz und seufzte erneut. Es war ein tiefes, entspanntes Seufzen, mit dem sie alte Ängste aus ihrem Herzen zu vertreiben schien.

»Aber er hat auf die Nachricht von meiner Schwangerschaft sehr gut reagiert und ist sofort nach New York gekommen, wo er meine Familie kennengelernt hat. Bis ich gesundgeschrieben wurde und nach Los Angeles zurückdurfte, musste ich noch zwei Wochen ruhen. In dieser Zeit hat er sich rührend um mich gekümmert. Weißt du, die Aussicht, Vater zu werden, hat ihn wirklich glücklich gemacht … und tut es immer noch. Dieses Kind hat uns großen Frieden gebracht.«

»Aber du hast dafür die Arbeit im Studio aufgegeben, die doch bisher dein ganzes Leben war.«

Sophie stand auf und presste sich die Hände ins Kreuz, während sie langsam ans Fenster trat, durch dessen Gardinen goldenes Abendlicht hereinfiel. Mit dem Rücken zu Lissette betrachtete sie die wohlvertraute Straße.

»Ja, damit hast du recht. Ich habe meine Träume aufgegeben, und an deren Stelle ist die Wirklichkeit getreten.«

»Vielleicht wirst du es später bedauern.«

Sophie fuhr herum und sprach nun hastig, allerdings ohne Wut oder Groll: »Und du, Lissette, bist du dir völlig sicher, dass deine Zukunft in Mexiko liegt? Wirst du es nicht irgendwann bereuen, deine Arbeit bei Paramount aufgegeben zu haben, um einem Mann in ein fremdes, unbekanntes Land zu folgen?«

»Aber wir haben doch ein gemeinsames berufliches Projekt. Das ist ja nicht das Gleiche.«

Lissette hatte sich nicht von ihrem Stuhl gerührt. Sophie kehrte zu ihr zurück und setzte sich hin, um ihr zärtlich die Arme um den Hals zu legen. Lissette schloss die Augen und lehnte den Kopf auf diese einladenden Arme.

»Meine liebe Freundin«, sagte Sophie, »du und ich, wir wissen beide nicht, was die Zukunft für uns bereithält. Wir sind am Leben, und das ist doch schon mal was. Aber eins kann und will ich dir sagen: Das Kind in meinem Bauch lässt die Farben meines Lebens intensiver leuchten und echter wirken. Diese Erfahrung will ich um nichts in der Welt missen, auch wenn ich dafür auf andere Dinge verzichten muss.«

Ihr Gespräch zog sich immer mehr in die Länge. Die beiden Frauen wollten sich nur ungern voneinander trennen, weil sie nicht wussten, wann sie sich wiedersehen würden, ob das Leben ihnen dieses Glück überhaupt zugestehen würde. Aber sie waren sicher, dass sie füreinander da sein würden, wenn die eine die andere brauchte.

Mit Tränen in den Augen begleitete Lissette Sophie am Ende des Abends zur Tür.

»So weit ziehst du ja auch nicht weg, Lissette«, sagte Sophie, um sich selbst Mut zu machen. Sie versuchte den Kloß in ihrem Hals zu ignorieren.

»Du hast recht, Mexiko ist doch gleich um die Ecke.«

Als Lissette in Mexiko eintraf, hatte sie allerdings den Eindruck, ganz weit weg zu sein. Weit entfernt von allem, was sie bisher gekannt hatte. Wie in einer anderen Welt.

Eine Welt, in der Bäume mit riesigen Blättern mit den Wolken sprachen. Wo das Meer in Schaum zu versinken schien. Das Land war voller Legenden, voll stiller Ruinen, unbekannter Düfte und Jadefarben. Ein Land mit schrillem Lärm und geheimnisvollem Vogelgesang, voller Legenden mit Quetzalfedern. Und auch ein Land voll dunkler Kirchen mit Heiligenbildern an den Wänden und goldenen Altären, die glitzerten und leuchteten.

Während der ersten Wochen war Gabriel mit Lissette unterwegs und zeigte ihr lauter wunderbare Sehenswürdigkeiten rund um Mexiko-Stadt, wo sie sich niederlassen würden.

Und Lissette ließ sich von all der Schönheit erobern, von den paradiesischen Stränden von Tecolutla, wo sie an Bord eines Panga-Bötchens durch Mangrovenwälder fuhr und sich Augen und Seele an einer so prächtigen Natur erfreuten, dass sie der menschlichen Fantasie entsprungen zu sein schien.

Im geschichtsträchtigen Teotihuacán verbrachte sie Stunden mit dem Versuch, die Geheimnisse der Sonnenpyramide zu ergründen.

Lissette und Gabriel spazierten gemeinsam über das Kopfsteinpflaster der Straßen von San Miguel de Allende, die wie bunte Mosaiken wirkten. Zwischen alten Kirchen, die tausend Geschichten bargen, und wimmelnden Märkten mit Kunsthandwerkern schien die Musik unverzichtbar dazuzugehören.

Und dann die mexikanische Küche! Ihre Aromen kitzelten Lissettes Gaumen und riefen völlig unerwartete Empfindungen in ihr wach.

Von Tag zu Tag kam Lissette immer mehr zu dem Schluss, dass ihre Sinne bisher nur geschlafen hatten. Denn Geschmäcke, Farben und Melodien, alles, was gut, aber auch was schlecht war, durchlebte sie in Mexiko mit neuer Intensität.

Leider waren ihre kurzen mexikanischen Ferien schnell vorbei. Schon bald zog Lissette mit Gabriel nach Mexiko-Stadt, wo er eine Villa besaß und wo auch sein Churubusco-Filmstudio lag. Bisher war das Studio nur klein, war bloß der Ansatz eines Traumes, aber Gabriel wollte daraus ein echtes mexikanisches Hollywood machen.

Lissette kam begeistert, voll positiver Energie und Hoffnung für die Zukunft in der Hauptstadt an. Da sie auf Gabriels Händchen für Geschäfte und seine in Hollywood erworbene Erfahrung vertraute, war sie sicher, dass nichts schiefgehen konnte.

Sie hatten einander und sie hatten das Kino, das in all ihren Plänen eine Rolle spielte. Wenn sie ihre Träume in die Tat umsetzen wollten, würden sie zwar die Ärmel hochkrempeln müssen, aber dazu waren sie bereit.

Lissette hatte jedoch nicht daran gedacht, wie es nach ihrer Ankunft in Mexiko-Stadt weitergehen würde. Dort stürzte sich Gabriel nämlich sofort in seine Arbeit für das Studio und verbrachte seine Zeit mit Meetings, Dienstreisen und Organisatorischem. Und Lissette konnte in dieser ersten Phase zum Aufbau des Studios noch nicht viel beisteuern.

Deshalb war ihr mexikanischer Traum auf einen Schlag vorbei. Nachdem sie Gabriel zuletzt vierundzwanzig Stunden am Tag um sich gehabt hatte, hockte sie jetzt allein in Las Lomas, einem riesigen fremden Haus in einem Wohnviertel weit weg vom Zentrum. Die Villa war viel zu groß, und Lissette fiel die Decke auf den Kopf.

Sie verstand das Dienstmädchen nicht und die Köchin noch viel weniger. Und weil sie sich immer verfuhr, graute ihr vor der Vorstellung, sich allein mit dem Auto auf den Weg ins Stadtzentrum zu machen. Deshalb verbrachte sie Wochen damit, vom Gartenzaun ins große luxuriöse Wohnzimmer und dann wieder zum Zaun zu laufen, um nachzuschauen, ob Gabriel endlich nach Hause kam.

Aber all ihre Ängste verflogen, wenn sie zusammen auf der großen Terrasse vor dem von Gardenien umstandenen Teich zu Abend aßen.

Dann erzählte Gabriel ihr von seinen Aktivitäten des Tages, mit wem er gesprochen hatte und wie es mit seinen Plänen für das Studio voranging.

Lissette lauschte ihm schweigend und hielt dabei den Blick auf die Stadt gerichtet, die zu ihren Füßen lag, voll zitternder Lichter und mit Dutzenden von Kirchen, deren glänzende Kuppeln in den Himmel ragten.

Während ihrer ersten Monate in Mexiko-Stadt waren diese Abende Balsam für Lissettes Seele. Nur leider kehrten Einsamkeit, Ängste und Zweifel jeden Morgen mit voller Macht zurück, wenn die süße Brise voller Aromen die Vorhänge im Schlafzimmer bewegte und Lissette damit weckte, dass sie ihr durchs Haar strich.

An einem Mittag Ende Juli herrschte bleierne, schwüle Hitze, und Sophie lag schon seit fast einem ganzen Tag in den Wehen. Jules wurde jedes Mal wieder weggeschickt, wenn er das Krankenhauszimmer zu betreten wagte, Elionor hingegen wich nicht von der Seite ihrer Schwester, die unerbittlich ihre Hand umklammert hielt.

Zusammen mit Joseph war Elionor ein paar Tage zuvor in Los Angeles eingetroffen, um die Ankunft des Kindes nicht zu verpassen.

Es war eine schwierige Geburt, all der Schmerz war jedoch schnell vergessen, als das gesunde und kräftige Mädchen mit empörtem Geschrei die Welt begrüßte.

Sie nannten sie Eve.

Und die kleine Eve war einfach zauberhaft.

Als Sophie sie zum ersten Mal im Arm hielt, wurde ihr schlagartig klar, dass sich von nun an ihre ganze Welt um ihre Tochter drehen würde.

Sie konnte den Blick gar nicht mehr von Eve lösen und fand sie mit ihren Spielzeugfingerchen und den winzigen Nägeln einfach perfekt. Die junge Mutter wurde von derart unfassbarer Zärtlichkeit überwältigt, dass sie gar nicht mehr aufhören konnte zu weinen.

Sophie erholte sich schnell von der Geburt und durfte nach ein paar Tagen bereits mit ihrem kleinen Mädchen nach Hause.

Nicht in die Wohnung mit nur einem Schlafzimmer am Hollywood Boulevard, sondern in das Haus, welches das Ehepaar Beck angesichts des erwarteten Familienzuwachses gekauft und eingerichtet hatte.

Sobald Jules und Sophie nach Weihnachten aus New York nach Los Angeles zurückgekehrt waren, hatten sie begonnen, den Umzug in ein Haus zu planen, in dem sie ihr Kind aufwachsen sehen wollten. Sophie hatte nur eine einzige Bedingung gestellt: Sie wollte gerne in Westwood leben, in der Nähe des Wäldchens, in dem sie so oft zusammen mit den Coats gemalt hatte.

Dieses weitläufige und ruhige Stadtviertel, das im Osten an Beverly Hills und im Westen an die Stadt Santa Monica grenzte, war für Sophie das Paradies auf Erden. Dafür ließ sie das laute Zentrum von Los Angeles nur zu gerne hinter sich.

Es war nicht schwierig, dort zu finden, was sie suchten. Obwohl Westwood als Wohnort langsam in Mode kam, konnten sie immer noch unter jeder Menge leeren Grundstücken und Häusern wählen. Schließlich entschieden sie sich für eins aus grauem Schiefer, bei dem die Glyzinien bis zum roten Ziegeldach hinaufwuchsen.

Das Haus war riesig, hatte oben drei Schlafzimmer und unten nicht nur ein Wohnzimmer und eine separate Küche, sondern auch eine Bibliothek. Das Erdgeschoss ging auf einen Garten mit Obstbäumen und Beeten voller Blumen hinaus.

Ihr neues Heim war einfach wunderschön, und Sophie war davon überzeugt, dass das kleine Wesen in ihrem Bauch es mit Freude erfüllen würde.

Die letzten Monate ihrer Schwangerschaft verbrachte sie damit, das Haus zu möblieren und es für die Ankunft des Kindes vorzubereiten.

Als Joseph und Elionor ein paar Tage vor der Geburt eintrafen, war Sophie begeistert, sie in ihrem neuen und gemütlichen Zuhause unterbringen zu können.

In letzter Zeit hatte sie oft über das Leben nachgedacht. Es hatte sich so vieles verändert! Inzwischen war sie vierundzwanzig Jahre alt und fand in sich nur noch wenig von jener Sophie wieder, die mit dem Koffer in der einen und einer Zeichenmappe in der anderen Hand in Los Angeles eingetroffen war.

Das war ein ganz anderer Mensch gewesen, ein junges Mädchen mit so viel weniger Lebenserfahrung. Damals war eine Anstellung als Animatorin ihr einziges Ziel, ihr großer Traum gewesen.

Dann hatte sie die Liebe gefunden und war von ihr auf eine harte Probe gestellt worden. Sophie war oft einsam gewesen, weit weg von zu Hause und den Ihren, deren Leid sie nur aus der Ferne hatte teilen können. Bedauerlicherweise hatte sie ihnen nicht helfen können, bei all den Entbehrungen, die sie selbst hatte ertragen müssen.

Es stimmte, dass sie gute Freunde gefunden hatte, die ihr zur Seite standen. Als sie sich wegen Jules' Untreue und der wachsenden Distanz zwischen ihnen getrennt hatte, hatte es für sie immer eine Schulter zum Ausweinen gegeben.

Und ja, irgendwann hatte sie bei Disney zu arbeiten begonnen, aber anders als erwartet, hatte sie das ihren Träumen nicht näher gebracht, sondern sie beruflich in eine Sackgasse getrieben. Inzwischen wusste Sophie, dass es unter den Trickzeichnern keine Frauen gab und dass ihre Zukunft im Studio für immer auf die Abteilung Tinte und Farbe beschränkt bleiben würde.

Als Sophie nun dieses neue Leben in sich trug, ließ sie deshalb alles hinter sich, ohne zurückzublicken. Oder zumindest fast. Allerdings kam es immer mal wieder vor, dass sich ihr Gesichtsausdruck veränderte und sie feuchte Augen bekam, wenn sie von Wehmut erfasst wurde. Dann sah sie das Studio vor sich, Art Babbitt, Martin und jenen seltsamen, flüchtigen Moment der Leidenschaft, den sie gemeinsam durchlebt hatten.

Aber Sophie reagierte sofort, wenn sie von einer solchen Welle der Erinnerungen überrollt wurde, weil sie an all das jetzt wirklich nicht denken wollte. Jules liebte sie, die schwierigen Zeiten mit ihm lagen hinter ihr, und jetzt war nur noch die Gegenwart von Bedeutung. Außerdem hatte Sophie längst begriffen, dass das Eheleben für niemanden einfach war. In jedem Fall hatte die Entdeckung der unerwarteten Schwangerschaft ihre Erwartungen verändert.

Und jetzt war Eve einfach alles für sie. Vergangenheit, Gegenwart und Zukunft.

Nach Eves Geburt blieben Joseph und Elionor noch eine Woche zu Besuch im Haus in Westwood. Das war eine wunderbare Zeit voll vertrauter Momente, die nach der großen Distanz und den vielen Trennungen von allen als wahrer Schatz empfunden wurden.

In ihrer Erinnerung würde Sophie diese Tage immer mit dem Geruch eines Neugeborenen verbinden, nach Talkumpuder und dem starken Kaffee, den ihre Familie nach dem Mittagessen auf der Terrasse trank, während sie die Kleine stillte.

Sophie nutzte die Momente, in denen Elionor Eve im Auge behielt, um mit ihrem Vater zusammen in den Garten zu gehen.

Mit Hüten gegen die unbarmherzige Sonne jener brütenden Sommertage geschützt, zupften sie Unkraut oder brachten die Beete in Ordnung. Sophie lauschte dabei den Geschichten, die Joseph unermüdlich erzählte. Normalerweise stammten sie aus der Zeit, in der Elionor und sie klein gewesen waren, lustige Anekdoten, die die Luft mit Gelächter erfüllten.

Die Unterhaltungen mit ihrem Vater boten aber auch eine gute Gelegenheit, über Vera zu sprechen, ihr Andenken zu ehren und sie vielleicht sogar noch ein bisschen besser kennenzulernen. Denn für Joseph waren diese

Erinnerungen der Rettungsring, an den er sich klammerte, um nicht in den Tiefen der Traurigkeit zu versinken.

Auch für die beiden Schwestern waren es Tage der Vertrautheit, und Elionor hatte eine wunderbare Nachricht zu verkünden: »Damien und ich haben inzwischen ein Datum für die Hochzeit.«

Sophie konnte einen überraschten Ausruf nicht unterdrücken: »Was sagst du da? Das ist ja toll! Weiß Vater es schon? Hoffentlich werde ich genug Zeit haben, um alles für die Reise vorzubereiten. Wegen Eve wäre es ja besser, wenn ihr noch ein bisschen warten würdet, denn sie ist für so eine lange Reise eigentlich noch zu klein, und ich …«

Elionor unterbrach sie mit lautem Lachen. »Keine Sorge, aber lass mich doch auch mal zu Wort kommen …«

»Entschuldige. Ich kann es gar nicht erwarten, alle Einzelheiten zu hören.«

»Vater ist bereits im Bilde, wollte aber, dass ich es dir selbst sage.« Sie legte eine feierliche Pause ein, die Sophies Geduld auf eine harte Probe stellte.

»Elionor, komm schon, du machst mich ganz hibbelig.«

»Wir heiraten Ende November, kurz bevor Damien seine neue Stelle im Mount Sinai antritt. Und ich weiß nicht, ob du schon mitbekommen hast, dass er auch zu Hause eine Praxis eröffnen will.«

»Wo werdet ihr denn wohnen?«

»Erst mal bei Damien.«

Elionor erkannte die Sorge im Blick ihrer Schwester.

»Keine Angst. Viel Platz haben wir zwar nicht, aber Vater wird auch mit einziehen. Er und Damien verstehen sich ganz wunderbar. Und so langsam ist es auch an der Zeit, dass unser alter Herr in Rente geht und sich ausruhen darf. Ich höre in der Klinik ebenfalls auf, weil ich als Krankenschwester in der Praxis meines … meines Mannes arbeiten werde.«

Die beiden Schwestern schauten sich an und brachen in ein wenig nervöses, aber fröhliches Gelächter aus.

Dann seufzte Elionor theatralisch. »Wie du siehst, werde ich mit zwei Ärzten zusammenleben! Wie grauenhaft!«

»Und das Haus? Ich meine, unser Elternhaus?«

»Jetzt ist kein guter Moment, um es zu verkaufen, obwohl allmählich etwas Bewegung in den Immobilienmarkt kommt. In unserem alten Viertel wurden bereits einige Gebäude abgerissen, um dort Wohnblocks zu bauen.«

»Oh!«

»Aber alles zu seiner Zeit, und wenn der Verkauf erst abgeschlossen ist, können wir uns überlegen, ob wir uns vielleicht eine größere Wohnung zulegen. Oder sogar ein Haus.«

Für einen Augenblick herrschte Stille, die aber schnell durchbrochen wurde, als sich Eve lautstark meldete.

»Pünktlich wie immer. Nach deiner Tochter kann man ja wirklich die Uhr stellen.«

»Tja, unsere Eve ist eben ein Nimmersatt!«

Beide Schwestern erhoben sich, um die Kleine zu versorgen. Aber bevor sie ihre Tochter hochnahm, schloss

Sophie erst noch ihre Schwester in die Arme. »Wie ich mich für dich freue! Ich bin ja so glücklich!«

Elionor blieb still stehen, schloss die Augen und gab sich ganz der Wärme dieser Umarmung hin.

Bis zu Elionors Hochzeit waren es nur noch zwei Wochen.

Sophie war ganz aufgeregt und fieberte bei den Vorbereitungen aus der Ferne mit. Allerdings hatte sie selbst auch noch viel zu tun, bevor sie ihre Reise nach New York antreten würde. Sie würde allein fahren müssen, weil Jules sich keine Unterbrechung seiner Arbeit erlauben konnte. Da er wusste, dass sich seine zierliche, so zerbrechlich wirkende Sophie mit voller Energie um alle Belange der Familie kümmerte, brauchte er selbst sich nur auf seine eigenen Angelegenheiten zu konzentrieren.

Es war ein trüber Novembermorgen des Jahres 1939, und der Sonne gelang es nicht, sich durch all die Wolken hindurchzukämpfen.

Sophie stand im Schlafzimmer und ließ den Blick über vier offen daliegende, halb gepackte Koffer wandern. Sie schien diesem Chaos einfach nicht Herr zu werden und sank erschöpft aufs Bett.

Draußen legte sich eine Art metallisches Glänzen über den Himmel.

Es wird regnen, dachte sie. Vielleicht fühle ich mich ja deshalb so aufgewühlt.

In diesem Moment erklangen zehn träge Schläge der schrecklichen Standuhr im Wohnzimmer, die Jules unbedingt hatte kaufen müssen. Dabei handelte es sich um eine sündhaft teure Antiquität, die einfach nicht zu den ansonsten modernen und praktischen Möbeln im Haus passte.

Sophie konnte diese Uhr nicht ausstehen. Der Ton, mit dem der alte Kasten die vollen und Viertelstunden anzeigte, ging ihr durch Mark und Bein. Jedes Mal ließ der ein wenig makabere Schlag sie zusammenfahren, so als würde er nicht nur die Uhrzeiten, sondern auch baldiges Unheil verkünden.

Sophie erhob sich und machte sich auf den Weg in die Küche, um die Flasche für Eve vorzubereiten. Es wunderte sie, dass ihre Tochter nicht wie sonst bereits laut danach verlangte. Eve war unersättlich und wachte normalerweise eine halbe Stunde, bevor sie gefüttert wurde, wimmernd auf. Zunächst klagte sie noch leise wie ein Kätzchen, das um Aufmerksamkeit bettelte. Nach und nach protestierte sie aber immer lauter und veranstaltete schließlich ein ohrenbetäubendes Theater. Dieses fand erst in Ende, wenn Eve ihr Fläschchen bekam und es in einem Zug, ohne Luft zu holen, leer trank.

Als Sophie das Kinderzimmer betrat, umfing sie dort wie immer jener angenehme Geruch nach Sicherheit und Liebe.

»Hat unsere Kleine heute etwa keinen Hunger?«, fragte sie, während sie auf die Wiege zuging.

Eve schlief.

Sie rührte sich nicht.

Ganz still lag sie mit geschlossenen Augen und kalten Händen da.

Sophie nahm sie auf den Arm.

Als die Uhr bedrohlich Viertel nach zehn schlug, mischte sich ein Schmerzensschrei in ihr Dröhnen.

Ein animalisches Brüllen, eine alles mitreißende Welle, die durchs ganze Haus schwappte und jedes andere Geräusch übertönte. Die Freude. Das Leben.

Danach Stille.

Mit dem leblosen Körper ihrer Tochter im Arm trat Sophie an das Fenster, das auf den Garten hinausging. Am Himmel brauten sich Gewitterwolken zusammen, Wind war aufgekommen, und die Bäume ächzten.

Tag und Nacht schienen miteinander zu verschmelzen, als Sophie ihr Spiegelbild auf der Scheibe betrachtete.

Ein Blatt fiel von einem Baum.

Ohne einen Laut.

Oktober 1940
Oktober 1945

STÜRMISCHE ZEITEN

Könnt ihr wenigstens noch warten, bis ich meine
Bleistifte zusammengesucht habe?

Art Babbitt

KAPITEL 17

NEUANFANG

500 South, Buena Vista Street, Burbank
Walt Disney Studios

An jenem Morgen Mitte Oktober 1940 fuhr ein Taxi durch den Haupteingang der Walt Disney Productions in Burbank, passierte das Pförtnerhäuschen und umrundete dann den kleinen Kreisverkehr, wo, von weißen Blumen umrahmt, der Schriftzug mit dem Namen des Studios prangte.

Sophie hatte die Stirn an die Scheibe gelehnt und betrachtete mit großen Augen die Gebäude des Studiogeländes, die durch Grünflächen voller Bäume, Blumen und zum Verweilen einladenden Bänken voneinander getrennt waren.

Sie kam zum ersten Mal ins neue Studio und musste zugeben, dass die Wirklichkeit jede Beschreibung übertraf.

Mit wehmütigem Lächeln dachte sie an das kleine Gebäude neben der Tankstelle auf der Hyperion Avenue. Sie konnte sich noch gut an die einst so einsam gelegene Straße erinnern, genau wie an die roten Lippen von Carol und an das Auto, das ihr nahe des Bürgersteigs gefolgt war. An dem Tag, als sie die Disney Studios zum ersten Mal betreten hatte, hatte sie auch Jules kennengelernt. Sophie schloss die Augen und seufzte.

Schneewittchen hatte Disneys Erwartungen und seinen Ehrgeiz deutlich gesteigert. Angespornt durch den Erfolg seines ersten Langfilms, hatte er neunzehn Kilometer vom Zentrum der Stadt entfernt einundfünfzig Morgen Land in Burbank gekauft und dort seine neue Traumfabrik bauen lassen, ein hochmodernes Studio für die Produktion von Zeichentrickfilmen.

Walt brachte sich bei der Ausführung dieses Projekts persönlich mit Leib und Seele ein. Von den Entwürfen einiger Gebäude über die Struktur des Wasserturms in der Form von Micky Maus bis hin zu den Stühlen für die Animatoren – alles ging durch seine Hände und wurde nach kritischer Begutachtung von ihm abgesegnet.

Das Projekt war eine Herausforderung, bei der er nichts dem Zufall überließ. Dieses Studio sollte eine eigenständige, fortschrittliche Produktionsstätte sein, ausgestattet mit allem, was nötig war, um den Erfolg von *Schneewittchen* fortzuführen.

Im Januar 1940 zog die Firma dann um.

In der Mitte des neuen Geländes thronte als Prachtstück des Studios das große dreistöckige Animationsgebäude in Form eines doppelten Hs. Große Fenster ließen viel Tageslicht herein, was den Trickzeichnern ihre Aufgabe enorm erleichterte. Aber sie waren nicht die Einzigen, die in diesem Gebäude arbeiteten, da dort nicht nur die Kreativ- und Animationsabteilung Platz fanden, sondern auch die Buchhaltung und die Rechtsabteilung, die Storyboardentwickler sowie Proberäume für Komponisten und Arrangeure.

In den angrenzenden Straßen standen die Gebäude für Tinte und Farbe sowie Schnitt, darüber hinaus die Tonstudios mit den Räumlichkeiten für die Aufnahme von Stimmen, für Soundeffekte und für Synchronisation.

Einige der Studiobauten waren durch unterirdische Tunnel miteinander verbunden, um bemalte Originalcels sicher und vor dem Wetter geschützt von einer Abteilung zur anderen transportieren zu können. Disney hatte also an alles gedacht.

Abgesehen von den Gebäuden mit den Arbeitsräumen für die vielen verschiedenen Künstler gab es im Studio in Burbank auch noch einen großen Kinosaal, eine Tonbühne, eine den ganzen Tag über geöffnete Kantine und einen privaten Club, den Penthouse Club.

Als das Taxi zum Stehen kam, musste Sophie erst einmal ihren Schmerz herunterschlucken. Sie stieg aus dem Wagen, strich sich mit einer Hand den Rockteil des Kleides glatt und ging noch einmal sicher, dass ihre Nylonstrümpfe perfekt saßen und keine Falten warfen.

An diesem Tag war ihr ein möglichst formeller und seriöser Auftritt wichtig. Darum hatte sie sich für ein dunkelblaues Hemdblusenkleid mit durchgehender Knopfleiste entschieden, dessen schmaler Gürtel aus hellem Leder zu ihren Handschuhen passte. Außerdem trug Sophie einen lustigen Strohhut mit einem Schleifchen in der Farbe des Kleides. Er saß ihr leicht schräg auf dem Kopf und hielt ihre widerspenstigen Locken im Zaum. Sophie schob sich die kleine Handtasche aus schwarzem Leder mit goldenem Verschluss und kurzem Griff in die Beuge des rechte Ellbogens und griff mit der linken Hand nach der Zeichenmappe. Darin befand sich ein Teil der Bilder, die sie während der letzten Monate in Mexiko angefertigt hatte, eine Auswahl ihrer mexikanischen Aquarelle.

Das Taxi hatte Sophie vor dem zentralen Gebäude der Animatoren abgesetzt, welches Jules ihr gegenüber als das schlagende Herz des Studios bezeichnet hatte. Es war Disneys Reich, über das er beruflich und als Privatmann regierte: Hier hatte er sein Arbeitszimmer sowie das repräsentative Büro, in dem er Besucher in Empfang nahm und Interviews gab. Und in Letzterem hatte Sophie an diesem Herbstmorgen, der noch immer von warmem Wind umweht wurde, ihren Termin.

Sie seufzte und schritt dann entschlossen durch die Eingangstür, um sich dieser neuen Herausforderung zu stellen.

Eine Rezeptionistin mit charmantem Lächeln erklärte ihr, dass das gesuchte Büro die Nummer 3H hatte und im dritten Stock lag. Sophie fuhr nach oben und ging einen langen Flur entlang, während im Hintergrund Schreibmaschinen klapperten und durch die offene Tür des großen Proberaums Fetzen fröhlicher Melodien erklangen.

Schließlich kam eine Glastür mit dem gesuchten Schild in Sicht: 3H. Sophie ging hindurch und betrat einen großen hellen Raum, in dem eine Sekretärin an ihrem Schreibtisch saß. Sie überwachte den Zugang zu Walt

Disneys Büro, das nur betreten durfte, wer dazu explizit einbestellt worden war.

Dolores Voght hatte in der Hyperion Avenue einst als Sekretärin von Roy angefangen und arbeitete in dieser Funktion mittlerweile für Walt.

Irgendjemand hatte in der Presse mal gesagt, dass unter Sekretärinnen die Arbeit in den Disney Studios zu den weltweit am gefragtesten gehörte.

Dem konnten im Studio alle nur beipflichten, und Dolores war äußerst stolz auf das hohe Ansehen, das sie sich durch ihre Arbeit erworben hatte. Deshalb tat sie alles, um ihrem verdienten Ruf Ehre zu machen, allerdings stets fröhlich und mit Humor, denn sie war eine vitale und lustige Frau. Meist hob schon allein ihre Anwesenheit die Laune der Menschen in ihrem Umfeld.

Dolores sagte oft, dass in diesem Studio alle schufteten wie die Irren, sie dabei aber auch jede einzelne Minute genoss.

Nun griff sie nach der Brille, die sie an einem Goldkettchen um den Hals trug, und betrachtete mit freundlichem Lächeln die hereinkommende junge Frau.

Die stellte sich vor: »Ich bin Sophie Beck und habe einen Termin mit Walt Disney.«

Das Lächeln der Sekretärin ließ nicht eine Sekunde nach, als sie kurz die Liste auf ihrem Tisch überflog, zum Telefon griff und verkündete: »Walt, Mrs Beck ist hier.«

Dann legte sie auf und richtete ein paar Worte an Sophie, die sie mit Sicherheit schon tausendmal wiederholt hatte: »Setzen Sie sich doch einen Moment, Walt ist sofort für Sie da.«

Sophie ging zu einem großen braunen Ecksofa hinüber, das einen Bereich in der Nähe der Fenster einnahm. Sie setzte sich und ließ die Mappe zu ihren Füßen ruhen.

Dann betrachtete sie die vielen an diesem Ort ausgestellten Gegenstände, Fotografien und Nachbildungen von Filmfiguren auf Beistelltischchen, Regalbrettern, in den Ecken des Raumes und an jedem Flecken der Wand. Diese Objekte boten eine Zusammenschau des Werdegangs des Studios. Ohne dass Sophie sich dessen bewusst war, verlor sich ihr Blick schließlich jenseits des großen Fensters.

Sie ließ ihn durch die mit Laub gepolsterten Gärten schweifen, wo er am Tanz eines Blattes hängen blieb, das sich vom Baum löste und zu Boden segelte.

Als Sophie die Augen schloss, zogen die letzten Monate ihres Lebens an ihr vorbei, seit jenem schrecklichen Novembermorgen, an dem sich der Verlust von Eve ihr unerbittlich ins Herz gebohrt hatte.

Ohne Kinderlachen und -weinen hatte sich das Haus in eine leere und stille Bühne verwandelt.

Während der ersten Tage war Jules seiner Frau nicht von der Seite gewichen. Elionor verschob ihre Hochzeit und kam zusammen mit Joseph nach Los Angeles, um Sophie ebenfalls Beistand zu leisten.

Aber niemand war dazu in der Lage, das tränenlose Schweigen zu durchbrechen, in das sich die junge Mutter zurückgezogen hatte. Ihr Leben war zerbrochen, und weder Weinen noch Worte konnten ihren unendlichen Schmerz zum Ausdruck bringen.

Sie verbrachte die Tage im Wohnzimmer in einem Sessel mit Blick auf den Garten. Von dort aus beobachtete Sophie den zarten Tanz der Blätter an den Bäumen und schaute dabei zu, wie sie sich bewegten, erzitterten und hinunterfielen.

Wie sie still dahinsanken.

Ohne einen Laut.

Ganz leicht.

Mit melancholischen Bewegungen, voller Sehnsucht nach ihrem kurzen, flüchtigen Leben, das nun vorbei war.

Wie das ihres kleinen Mädchens.

Wie das von Eve.

Nach einigen Tagen ging Jules wieder zur Arbeit, und Elionor musste nach New York zurückkehren.

Sie vereinbarten, dass ihr Vater bleiben und Sophie in ihrer Trauer begleiten würde, solange es nötig sein würde.

In dieser Zeit kümmerte sich Joseph rührend um seine Tochter, und sprach mit ihr, ohne eine Antwort zu erwarten. Nachdem er Sophie angezogen, sie gekämmt und ihr zu essen gegeben hatte, setzte er sich einfach zu ihr, während sie die spröden Blätter der Bäume draußen beobachtete. Nie ließ er in seinen Bemühungen nach, auch dann nicht, wenn ihm der unermessliche Schmerz, die unendliche Trauer in ihrem Blick das Herz brach.

Nein, Joseph gab nicht auf, weil er wusste, dass Sophie eines Tages aus ihrer Starre erwachen würde, aus dem kleinen Tod, in den sie sich zurückgezogen hatte. Natürlich war er sich dessen bewusst, dass der Schmerz und die Sehnsucht nach Eve nie völlig verschwinden würden. Aber er war sich sicher, dass Sophie irgendwann lernen würde, mit Eves Abwesenheit zu leben. Dickköpfig und unermüdlich hoffte er immer weiter, dass irgendein Ereignis Sophies verschütteten Überlebenswillen wieder zutage fördern würde.

»Schick uns doch bitte ein Wunder, das bei ihr eine Reaktion hervorruft«, betete Joseph.

Und eines Tages klopfte dieses Wunder an die Tür.

Als Sophie Lissette ins Wohnzimmer kommen sah, stand sie aus dem Sessel auf, in dem ihr Leben zum Stillstand gekommen war, und fiel ihr um den Hals.

Von Wogen des Schmerzes erfasst, klammerte sich Sophie an ihre beste Freundin und begann, bittere Tränen zu vergießen. Sie schluchzte und schluchzte, bis die Erschöpfung sie übermannte und sie nicht mehr weiterweinen konnte, weil ihre Seele ganz leer war.

An diesem Abend legten sich die beiden Freundinnen gemeinsam ins Bett und hielten einander an der Hand, während ihre Herzen im Einklang schlugen.

»Eine gute Mutter sollte ihre Kinder nicht überleben«, klagte Sophie. Eine Qual, wie sie sie noch nie zuvor verspürt hatte, ließ ihre Stimme brechen. »Ich habe Eve allein gehen lassen und sie nicht auf ihrem Weg begleitet. Damit habe ich als Mutter versagt.«

»Hör bitte auf damit, so etwas solltest du nicht einmal denken. Und es stimmt auch gar nicht. Begreifst du denn nicht, dass wir armen Wesen keinerlei Macht über Leben und Tod haben?«

Im dunklen Zimmer konnte Lissette Sophies Augen nicht sehen, die in einem Meer der Traurigkeit schwammen. Aber Sophies Schmerz traf sie in tiefster Seele und tat auch ihr weh.

»Weißt du, warum ich jede wache Stunde in diesem Sessel im Wohnzimmer verbringe? Weil ich mich unmöglich dem Bad nähern kann, in dem ich meine Tochter gebadet habe, oder der Küche, in der ich die Fläschchen für sie vorbereitet habe. Und erst recht nicht ihrem Zimmer. Alles hier erinnert mich an Eve, und ohne sie hat nichts mehr Sinn.«

Als Lissette Sophie sanft übers Haar strich, ließ der Schmerz ihrer Freundin sie aufschluchzen.

»Ich kann hier nicht leben, Lissette. Dieses ganze Haus war dafür gedacht, mein Kind heranwachsen zu sehen, und jetzt ist es ein Grab. Das Grab meiner Kleinen, Eves Grab!«

Die Stunden dieser langen Nacht verstrichen so langsam, dass sie sich endlos in die Länge zu ziehen schien. Als Sophie gegen Morgen endlich erschöpft einschlief, stand Lissette lautlos auf und schlich durch das Haus, in dem Träume und Stille miteinander verwoben schienen.

Die Bäume im Garten gähnten immer noch im Schatten, als Lissette sich in Sophies Sessel setzte.

Irgendetwas musste sie doch für ihre Freundin tun! Denn falls Sophie noch lange in diesem Haus eingeschlossen blieb, würde sie wohl vor Leid sterben. Noch am selben Tag traf Lissette eine Entscheidung und sprach mit Joseph und Jules darüber. Sophie musste hier raus, deshalb würde Lissette sie nach Mexiko mitnehmen.

Als sie in Las Lomas eintrafen, sah es zunächst so aus, als hätte sich nicht viel verändert.

Sophie verbrachte den ganzen Tag in ihrem Zimmer, vergrub den Kopf im Kissen und vergoss all die Tränen, die sie zuvor nicht geweint hatte.

Lissette ließ sie dabei nicht allein. Bisher hatte sie sich mit vollem Einsatz ihrem gemeinsamen Projekt mit Gabriel gewidmet, der in schwindelerregendem Tempo sein Filmstudio aufbaute. Jetzt nahm sie sich dort vorübergehend frei, weil sie genau wusste, wie sehr Sophie sie brauchte.

Genau wie Joseph zuvor betete auch Lissette um ein Wunder, welches Sophie ins Leben zurückholen würde. Und sie wartete in aller Stille darauf, ohne Sophie zu stören, ohne sie zu etwas zu zwingen, was die Trauernde nicht wollte. Mit unendlicher Geduld. So, wie es echte Freunde eben tun.

Bis zu jenem Morgen, an dem Gabriel und Lissette beim Frühstück im Esszimmer zusammensaßen und plötzlich Sophie im Nachthemd erschien. Sie war noch blasser als sonst und hatte mit ihren zerzausten Haaren und dem erschrockenen Blick etwas Geisterhaftes an sich.

Gabriel stand auf, murmelte eine Entschuldigung und ließ die beiden Freundinnen allein. Lissette führte Sophie zu einem Stuhl und servierte ihr das Frühstück. Sie fing an, mit ganz normaler Stimme darüber zu sprechen, wie sie den Tag organisieren und was sie alles unternehmen würden.

»Meine Liebe, wir sollten wirklich ins Zentrum fahren und da auf dem Markt einkaufen. Wenn du dazu keine

Lust hast, könnten wir auch einfach einen Spaziergang in La Alameda de Santa María machen. Hast du gesehen, wie toll das Wetter heute ist? Wir könnten uns auch wie die alten Männer auf die Bänke am Kiosko setzen und die Zeit verstreichen sehen. So würden wir wenigstens ein bisschen Farbe kriegen. Was meinst du?«

Sophie meinte überhaupt nichts. Sie wirkte wie jemand, der aus einem Traum erwacht und noch nicht so recht in der Wirklichkeit angekommen war. Ihr Kopf war wie leer gefegt, aber Lissette ließ nicht locker.

»Jetzt gehen wir erst mal in dein Zimmer und suchen dir für unseren kleinen Ausflug etwas zum Anziehen raus. Und was würdest du heute Mittag gern essen? In der Avenida de Juárez gibt es wirklich tolle Restaurants, ich glaube, die würden dir zusagen.«

In den folgenden Stunden ließ sich Sophie brav wie ein Lämmchen einfach von Lissettes Schwung mitreißen, genau wie am nächsten und am Tag darauf.

Bei ihrer Freundin untergehakt, lernte Sophie ganz Mexiko-Stadt kennen: die imposanten Prachtstraßen, die riesigen Parks, die Stände auf dem Markt, den Palast der schönen Künste, der aussah wie eine Hochzeitstorte, und die Kirchen mit barocken Altären voll erschrocken dreinblickender kleiner Engel.

Nach und nach kehrte Sophie ins Leben zurück, und Lissette schrieb regelmäßig Joseph in New York sowie Jules in Los Angeles, um sie über die Entwicklungen auf dem Laufenden zu halten.

Seit Sophies Ankunft in Mexiko war fast ein Monat verstrichen, als Lissette schließlich zu ihr sagte: »Leider kommt Gabriel ohne mich nicht länger aus, deshalb muss ich bald zurück zur Arbeit.« Sie stieß ihr typisches melodisches Lachen aus und zwinkerte Sophie zu. »Natürlich kannst du so lange hierbleiben, wie du möchtest, das brauche ich wohl nicht extra zu sagen. Ich werde auch versuchen, mir die Abende und einige Wochenenden für uns beide freizuhalten. Aber gönn mir vor meiner Rückkehr zum Alltag noch den Luxus einer ganz besonderen Woche. Ich hab eine Überraschung für dich vorbereitet.«

Resigniert blickte Sophie auf. Sie wusste ganz genau, dass man gegen Lissettes unendliche Beharrlichkeit nicht ankam. Und Lissette hatte sich jetzt eben vorgenommen, ihre Freundin aus ihrem dunklen Loch herauszuholen. Deshalb erwiderte Sophie nichts und ließ Lissette einfach machen.

Schon am nächsten Tag packten sie ihre Koffer und legten mit Lissettes schreiend gelbem Auburn Speedster in Rekordzeit die vierhundert Kilometer zwischen Mexiko-Stadt und Acapulco zurück.

In Acapulco hatten Lissette und Gabriel ein Haus am Meer, das mitten im Paradies zu stehen schien. Dort konnte man einfach nur tagelang auf der Terrasse sitzen, den Wellen lauschen und in die Ferne blicken, ohne an irgendetwas zu denken.

Und an diesem Ort wurde das Leben für Sophie nach und nach wieder bunt. Denn hier war einfach alles voller Farben, die man nicht übersehen konnte: Der Himmel bestand aus einer leuchtenden Palette von Blau- und Lilatönen, und die warme Luft war erfüllt vom Duft roter, gelber und goldener Dahlien sowie elfenbeinfarbener Tuberosen.

Morgens umspielten die Wellen die Füße der beiden Freundinnen bei langen Spaziergängen am Strand. Bei anderer Gelegenheit zog Sophie allein los und blieb lange still auf dem Sand sitzen, während die salzige Frische des Wassers sie umfing. Wenn sie das ruhige Meer betrachtete, erschien es auf den ersten Blick tot. Aber das war es gar nicht, denn sie konnte das Ausatmen der brechenden Wellen hören, genau wie das Seufzen ihrer kleinen Tochter tief in ihrem Herzen.

Wenn abends der schmale Mond wie ein bleiches Lächeln am Himmel stand, wiegte das sanfte nahe Rauschen der Wogen Sophie und geleitete sie oft in gütigen Schlaf.

Falls sie zu lange wach lag, stand Sophie allerdings auf und lief durch den Garten. Die Sterne oben am Himmel schienen hier intensiver zu leuchten, so als wären sie der Erde näher als anderswo.

Auch die Augen ihrer Tochter waren zwei Sterne gewesen, die ihr den Weg erhellt hatten. Sie erschienen Sophie nun ganz nah und allgegenwärtig.

Irgendwann kam der Moment, an dem es ihr nicht mehr reichte, das Meer, die Sterne und die üppige Natur um sie herum nur zu betrachten. Sie wollte all das malen, es auf Papier festhalten. Damit wollte sie die Landschaft und die Farben, die sie Eve näher gebracht hatten, für immer bewahren.

Denn an diesem ewigen ruhigen Meer hatte Sophie die Präsenz ihrer Tochter zurückerlangt und konnte Eve jetzt in der Unendlichkeit ihrer Erinnerung wieder vor sich sehen. Hier war sie sich dessen bewusst geworden, dass nichts, noch nicht einmal der Tod, eine Mutter und ihr Kind voneinander trennen konnte.

Diese Gewissheit hatte Sophie wieder mit dem Leben versöhnt und ihrer Seele Trost gespendet. In gewisser Weise war ihre Kleine zu ihr zurückgekehrt.

Lissette las ihrer Freundin jeden Wunsch von den Lippen ab und besorgte sofort alles Nötige, als Sophie erwähnte, dass sie gern malen würde.

So ruhte schließlich wieder ein Pinsel in Sophies Hand, und das Aroma von Farben stieg ihr in die Nase. Erneut war sie von jenem unerklärlichen Gefühl erfüllt, das eine leere Leinwand jedes Mal in ihr auslöste.

Einfach war es nicht. Nicht etwa, weil sie ihre Fähigkeiten verloren oder sich nicht mehr an die Techniken erinnert hätte, die die Coats ihr gezeigt hatten. Nein, so etwas vergaß man nicht. Aber Leid und Schmerz hatten Sophie verändert, hatten aus dem naiven Mädchen mit seinen Zeichnungen von Zootieren eine erwachsene Frau gemacht, die durch ihre Bilder ihre Seele zu entblößen gedachte. Sophie wollte, dass die Farben für sie sprachen und alles hinausschrien, so wie das wütende Rot des Obstes auf einem Bild, das hier in Acapulco an der Wand hing. Dieses Stillleben war Sophie schon beim Betreten des Hauses aufgefallen, und sie konnte einfach nicht aufhören, es anzusehen. Die Früchte darauf wirkten wie offene Wunden. Sie verstörten Sophie, schienen von fremdem tiefem und unheilbarem Schmerz zu künden.

»Von wem ist dieses Bild eigentlich?«, erkundigte sich Sophie eines Morgens, während sie mit Blick aufs Meer frühstückten.

»Das ist ein Werk aus Fridas erster Einzelausstellung in Julian Levis New Yorker Galerie, der Titel ist *Pitahayas*. Julian hat es dort 1938 gekauft, meine ich, und dafür dreihundert Dollar bezahlt.«

»Wer ist denn Frida?«

»Eine mexikanische Malerin, Frida Kahlo. Sie hat uns ein paarmal in Las Lomas besucht und wir sie in ihrem Casa Azul.« Obwohl sie allein waren und niemand sie hören konnte, senkte Lissette jetzt die Stimme. »Mir kommt diese Frau ja ein wenig seltsam vor. Und das, was sie malt, auch, aber Gabriel bewundert sie wirklich. Deshalb ist er sehr stolz auf ihre Freundschaft.«

Sophie dachte insgeheim, dass auch sie die Künstlerin bewunderte. Denn diese Frau hatte gelitten, und ihr Leiden spiegelte sich perfekt in jenem roten Obst wider, das Elemente von Pracht und Verfall zu vereinen schien.

Neben den Früchten hatte Frida auf das Bild ein kleines Skelett gemalt, das fast wie Spielzeug wirkte. Während Sophie das Gemälde immer wieder betrachtete, fragte sie sich, ob diese Frida wohl den Tod aus nächster Nähe kannte. Hatte sie etwa den ewigen Kampf zwischen Leben und Tod darzustellen versucht? Und wenn ja, wer würde wohl siegreich daraus hervorgehen?

Sophie wusste es nicht. Aber eins war ihr klar, nämlich dass diese Malerin Kunst benutzte, um ihren Schmerz auszutreiben, und Sophie nahm sich das Gleiche vor. Oder vielleicht nahm sie es sich nicht einmal vor, sie tat es einfach. Noch während ihrer Woche in Acapulco begann sie, wieder mit Aquarell- und Ölfarben zu malen.

Im Anschluss daran bereiste sie allein ganz Mexiko und brachte Landschaften, Blumen und Tiere zu Papier, hielt all die Farben und den unfassbaren Schmerz fest, den sie verspürte.

Danach wusste sie, was sie aus dem Leben ohne Eve, das noch vor ihr lag, machen wollte.

Sie beschloss, ganz neu anzufangen.

Als Sophie in jenem schwierigen Jahr 1940 Anfang September nach Los Angeles zurückkehrte, stieg sie im riesigen Hotel Rosslyn ab, das im Zentrum der Stadt an der südwestlichen Ecke zwischen Fifth Street und Main Street lag.

In diesem Koloss mit mehr als tausend Zimmern, inmitten chaotischer Straßen voller Menschen und Verkehr, konnte Sophie problemlos untertauchen. Sie gewährte sich hier ein paar Tage, um nachzudenken und ihr Treffen mit Jules in Ruhe vorzubereiten.

An einem Dienstagnachmittag, an dem es lustlos vor sich hin nieselte, war das Paar um fünf Uhr in einem der angenehmen Cafés des Hotels verabredet.

Sophie setzte sich an einen Tisch direkt an den großen Fenstern, durch die man auf die Straße blickte. Während die diskret gemurmelten Unterhaltungen anderer Gäste die Luft erfüllten, saß Sophie mit verlorenem Blick da, betrachtete die träge fallenden Tropfen und wartete auf die Ankunft ihres Ehemanns.

Um kurz vor fünf sah sie ihn auf dem Weg zum Hotel

die Main Street überqueren. Jules hatte sich in all den Jahren überhaupt nicht verändert und schob sich so groß, gewandt und elegant wie immer durch den dichten Verkehr.

Als er das Hotelgebäude betrat, verlor Sophie ihn kurz aus den Augen. Kurz darauf kam er aber schon ins Café und schaute sich nervös um. Sophie hob die Hand, um ihn auf sich aufmerksam zu machen.

»Sophie!«, rief er beinahe, als er den Tisch erreichte.

Sie stand auf und begrüßte ihn mit einem sanften Kuss auf die Lippen. »Hallo, Jules.«

»Wieso hast du mir denn nicht gesagt, dass du aus Mexiko zurück bist? Warum schläfst du in einem Hotel anstatt bei uns zu Hause?«

Als Jules Platz nahm, setzte sich auch Sophie wieder. Sie zögerte einen Moment, bevor sie zu sprechen begann. »Nach Hause zurück konnte ich einfach nicht mehr. Außerdem …«

Sie hatte lange darüber nachgedacht, was sie Jules sagen wollte und wie. Aber in diesem Moment kamen ihr die Worte einfach nicht über die Lippen.

Als Sophie nun den Blick auf das breite Fenster richtete, zog in wenigen Sekunden vor ihren Augen vorbei, was sie in all den Jahren zusammen mit Jules erlebt hatte. Die vielen Erinnerungen machten sie traurig und rührten sie zugleich. Sie musste tief Luft holen, bevor sie endlich sprechen konnte.

»Wir haben unsere Sache nicht sehr gut gemacht. Selbst das konnten wir nicht miteinander teilen, oder, Jules?«

»Was meinst du, Sophie?«

»Na, das. Die Trauer nach dem Tod unserer Tochter.«

Jules' Augen funkelten, sein Blick schien zu glühen, aber es lag nicht die übliche Angespanntheit darin, an die Sophie sich so gut erinnerte.

Vielmehr glänzte jetzt Schmerz in Jules' Blick, und Sophie ging zu ihrer Verblüffung zum vielleicht ersten Mal durch den Kopf, dass er ja auch eine Tochter verloren hatte.

Sie schluckte, bevor sie endlich mit unbeirrbarer Stimme weitersprechen konnte: »Nach Hause werde ich nie mehr zurückkehren, Jules, und auch nicht an deine Seite. Ich möchte, dass wir uns scheiden lassen.«

Jules zeigte sich nicht überrascht und nahm die Nachricht auf, als hätte er damit gerechnet. Er war sich dessen bewusst, dass sich Sophie mit Herz und Verstand längst weit von ihm entfernt hatte.

»Damit bin ich einverstanden, wenn es das ist, was du willst«, sagte er mit gesenktem Blick. Jedoch schaute er sofort wieder auf, um hinzuzufügen: »Aber deshalb brauchst du doch nicht in einem Hotel zu bleiben. Komm zurück nach Hause. Wir werden die Scheidung beantragen und in Ruhe darüber nachdenken, wie wir alles am besten regeln.«

»Ich kann in dieses Haus keinen Fuß mehr setzen«, sagte Sophie. Doch nachdem sie diese Worte ausgesprochen hatte, bekam sie plötzlich Angst und fühlte sich unendlich einsam.

Jules griff nach ihrer Hand, die auf dem Tisch ruhte, und Sophie ließ es geschehen.

Als Jules ihr in die Augen schaute, lag längst keine

Liebe mehr in seinem Blick. »Hast du dir schon überlegt, was du tun willst? Gehst du zurück nach New York?«

Jetzt entzog ihm Sophie ihre Hand doch und antwortete voller Entschlossenheit: »Ich fange noch einmal ganz neu an.«

»Was willst du damit sagen?«

»Dass ich auf den Pfad zurückkehren will, den ich nie hätte verlassen sollen. Ich werde an dieselbe Tür klopfen wie damals, als wir uns auf der Hyperion Avenue kennengelernt haben, und wieder daran arbeiten, die Sophie Simmons zu werden, die ich immer sein wollte. Dieses Mal werde ich es schaffen, das schwöre ich dir.«

»Also willst du zurück zu Disney?«

»Ich will Animatorin werden.«

»Sophie, es gibt unter den Animatoren keine Frauen.«

»Vielleicht muss ja nur einfach eine den ersten Schritt machen.«

Schweigend saßen sie da, ohne einander anzuschauen. Sophie bemerkte, dass der Regen nachgelassen und frischer Wind den Himmel reingewaschen hatte, obwohl sich die Sonne noch nicht zeigte.

Sophie wandte sich wieder an Jules. »Ich habe in Mexiko viel gearbeitet und verfüge daher über jede Menge Material, das ich Disney gerne zeigen würde. Zu den Damen aus der Abteilung Tinte und Farbe kehre ich nicht mehr zurück, Jules.«

»Dann lass mich dir dabei helfen.«

»Das ist wirklich nicht nötig.«

»Ich möchte es aber, schließlich kenne ich Walt gut und genieße sein Vertrauen. Er wird mir zuhören und dir einen

Termin geben. Ob ihm deine Arbeiten gut genug gefallen, um dich einzustellen, ist dann seine Angelegenheit.«

Sie nickte. Da nun alles gesagt war, standen die beiden auf und küssten sich, dieses Mal nur verhalten auf die Wange.

Sophie schaute Jules hinterher, als er ging. Sie konnte nicht verleugnen, dass er immer einen Platz in ihrem Herzen haben würde, vielleicht in jenem verborgenen Winkel, in dem wir durchlebte Emotionen bewahren. Unsere Erinnerungen. Aber Liebe und Verlangen waren fort.

Sie hatten nichts mehr gemeinsam.

Nicht einmal Eve.

Walt Disney konnte Talent schon von Weitem riechen.

Und das Material, das diese Sophie Beck ihm bei ihrem Vorstellungsgespräch präsentierte, war wirklich eine angenehme Überraschung. Dabei handelte es sich vor allem um Aquarelle mit Motiven aus der Natur Mexikos, Bilder von der Flora und Fauna des Landes.

Sophie hatte sich im Vorfeld dagegen entschieden, Disney ihre Malereien mit avantgardistischeren Themen vorzulegen, zu denen Frida Kahlo sie inspiriert hatte.

Die Ereignisse der letzten Monate und ihr Aufenthalt in Mexiko hatten Sophies Stil deutlich verändert. Sie hatte Farben, Tonalitäten, Landschaften, einfach das Leben ergründet. Daher waren die Aquarellzeichnungen, die Disney an diesem Tag studierte, wie eine Explosion leuchtender, bunter Welten.

Walt war wie geblendet vom Talent dieser am Chouinard ausgebildeten Künstlerin, die bis vor Kurzem mit einem seiner zuverlässigsten Animatoren verheiratet gewesen war. Außerdem hatte sie schon mal in der Abteilung Tinte und Farbe gearbeitet, womit sie quasi zur Firma gehörte.

Disney erkannte in ihr eine außergewöhnliche Aquarellmalerin und sah etwas in ihren Werken, was er gern in seine Filme einbringen wollte. Vor allem überzeugte ihn ihre tadellose Ausführung und ungewöhnliche Ausdruckskraft bei der Darstellung der Tierwelt. Nach Künstlern mit genau solchen Eigenschaften suchte er im Moment für sein neues Projekt, das bald in die Produktionsphase übergehen würde: *Dumbo*.

Deshalb lud er Sophie knapp einem Monat später ein zweites Mal in sein Büro in Burbank ein, weil er sie gern unter Vertrag nehmen wollte.

Disneys Vorschlag umfasste so viel mehr, als sich Sophie je erhofft hatte. Ihr wurde angeboten, in der Kreativabteilung an der Gestaltung von Storyboards mitzuarbeiten und Szenen für *Dumbo* zu entwickeln. Dafür sollte sie Konzepte entwerfen und Seite an Seite mit Schreibern, Grafikkünstlern und Trickzeichnern zusammenarbeiten, um die neuen Figuren von Grund auf zu erschaffen.

Das ließ sich Sophie nicht zweimal sagen und fing im Januar 1941 wieder im Studio an. Dabei war ihr Ziel klar: Von nun an wollte sie den Traum, der sie vor so langer Zeit nach Los Angeles geführt hatte, nie wieder aufgeben.

KAPITEL 18

DUMBO

Art Babbitt parkte sein Auto in der Olive Street und ging mit langsamen Schritten die Straße entlang bis zum Angel's Flight. Er biss die Zähne aufeinander und hatte die geballten Fäuste in den Taschen vergraben.

Zu dieser nächtlichen Stunde schien alles in reglose Stille gehüllt. Die Seilbahn fuhr nicht, durch den Tunnel unter der Station kamen kaum Autos, und einige Taxifahrer schliefen in ihren am Straßenrand geparkten gelben Wagen.

Wie gerne Art diese städtische Szenerie betrachtete, wenn sie wie auf einem Foto vor ihm lag. Daher passierte es nicht zum ersten Mal, dass er nachts hierherkam, wenn er aufgewühlt war und sich ihm tausend Gedanken aufdrängten. So wie jetzt.

Der bogenförmige Eingang, vor dem die Fahrgäste tagsüber Schlange standen, lag verwaist da. Art lief daran vorbei und blieb an der Ecke des Ferguson Building stehen, während er den schläfrigen Staub einatmete, der in der ruhigen Luft schwebte. Im Licht einer trüben Laterne lehnte sich Babbitt an die schmutzige gelbe Wand und zündete sich eine Zigarette an. Gemächlich fing er an zu rauchen, während er den Kragen seiner

Jacke hochschlug und den Hut herunterzog. Kalter Februarwind fegte in Bodennähe vorbei und trieb schmutzige Papiere über die Straße.

Art konzentrierte sich auf das, was ihm im Kopf herumging, während er den Rauch seiner Erinnerungen ausstieß. Er fühlte sich hintergangen und war frustriert. Wütend. Wütend auf sich selbst, weil er sich von Gunther Lessing, Disneys Anwalt, mit seinen üblen Tricks hatte einwickeln lassen. Wie gut er sich noch an seinen Besuch bei Lessing vor mehr als zwei Jahren erinnerte! Damals hatte Babbitt ihn vor den Risiken gewarnt, die Mafiosi wie Bioff für das Studio darstellten. Lessing hatte ihm daraufhin vorgeschlagen, den Verband zu gründen, um diese Gefahr abzuwenden – zumindest hatte Art das geglaubt.

Babbitt hatte sich mit Begeisterung in dieses Projekt gestürzt und war sogar Vorsitzender der Organisation geworden. Er hatte darin eine Gelegenheit gesehen, eine Gewerkschaft zu gründen, die die wahren Interessen der Mitarbeiter von Disney vertrat. Deshalb hatte er auch viele Kollegen davon überzeugt, dem Verband beizutreten. Er hatte alle angehört und einen Entwurf für ein Rahmenabkommen ausgearbeitet, in das viele Verbesserungsvorschläge eingeflossen waren. Vor allem die besonders schlecht abgesicherten Frauen unter den Kollegen sollten davon profitieren.

Nach und nach hatte sich Arts anfänglicher Überschwang aber in Ungeduld und Frustration verwandelt, weil die Zeit verstrichen und es einfach nicht vorangegangen war.

Erst im Juli 1939, fast ein ganzes Jahr nach der Gründung, hatte die Gewerkschaft ihre Bescheinigung vom National Labor Relations Board bekommen und damit offiziell ihre Arbeit aufnehmen können. Während all dieser Zeit war das Projekt nicht mehr gewesen als ein Versprechen, ein Traum. Ein Symbol. Oder womöglich eine Täuschung?

Als die Genehmigung der Regierung dann endlich vorlag, baten Babbitt und einige seiner Kollegen aus dem Komitee eilig um ein Treffen mit Roy Disney, um für die Arbeiter und Arbeiterinnen aus der Abteilung Tinte und Farbe um eine Gehaltserhöhung zu bitten. Roy hörte ihnen höflich zu, schüttelte aber den Kopf. Seine Antwort war klar und deutlich: Weder sie als Mitglieder der Gewerkschaft noch sonst jemand hatte das Recht, sich in die finanziellen Belange der Firma einzumischen. Bei Disney wurde nicht verhandelt.

Der Verband, die von Lessing vorgeschlagene Gewerkschaft, war also nichts als Schall und Rauch gewesen. Und das Schlimmste daran war, dass der Verband nun als einzige Gewerkschaft Mitglieder bei Disney hatte. Auf diese Weise befanden sich die Angestellten in einer schutzlosen Situation, waren ein Spielball der Firmeninteressen.

Babbitt fragte sich, wie er bloß so gutgläubig hatte sein können! So naiv und dumm! Wieso war ihm nicht klar gewesen, dass Lessings Vorschlag, den Verband zu gründen, eine Falle gewesen war, um ihn von unabhängiger Gewerkschaftsarbeit abzuhalten?

Eine Mausefalle, für ihn aufgestellt von dem reaktionären, anmaßenden und gewerkschaftsfeindlichen Anwalt, dem Disney die Arbeitspolitik der Firma anvertraut hatte und über die er nun mit harter Hand wachte.

Eine Zeit lang hatte es noch Bestrebungen gegeben, innerhalb des Verbandes den Kampf fortzusetzen. Sie hatten sogar versucht, eine Einigung über einen Kalender mit festen Zahltagen zu erzielen.

Für Babbitt war jedoch sonnenklar, dass diese Organisation für ihn nicht mehr das richtige Mittel war, um seine Ziele zu erreichen.

Aber was dann?

Als Art seinen Zigarettenstummel wegwarf, glühte er noch einen Moment leuchtend rot, bevor er am Boden erstarb.

Babbitt ging zurück zu seinem Wagen. Er musste einfach in Worte fassen, was ihm im Moment durch den Kopf ging. Und er kannte nur einen Menschen, mit dem er völlig offen sprechen konnte.

Da er Sophie aus dem Bett geklingelt hatte, öffnete sie ihm die Tür in einem dicken Morgenmantel, ungekämmt und mit dunklen Ringen unter den Augen. »Art?«

»Entschuldige bitte … Ich weiß schon, dass ich hier zu völlig unchristlicher Zeit aufkreuze. Aber ich muss einfach mit dir reden.«

Sophie ging in die Küche, um Tee zu kochen, und Art machte es sich so lange im Wohnzimmer bequem. Es war sein zweiter Besuch bei Sophie, seit sie diesen hübschen kleinen Bungalow in einem Wohnviertel in den Hollywood Hills bewohnte. Es handelte sich um eine ruhige

Gegend in einer gewissen Entfernung zum Zentrum, in der es jedoch an nichts fehlte, was Sophie in dieser neuen Phase ihres Lebens brauchte.

Der Bungalow mit Schlaf- und Wohnzimmer sowie separater Küche war winzig, aber geschmackvoll eingerichtet. Davor lag ein kleiner Garten.

Sophie war hier eingezogen, sobald sie den Vertrag mit Disney unterschrieben hatte und damit sicher war, dass sie sich die Miete leisten konnte. Und sie fühlte sich wohl in dieser Umgebung, in der alles neu war und keine schmerzhaften Bilder aus der Vergangenheit heraufbeschwor.

Während sie jetzt in der Küche herumwerkelte, begutachtete Art ein paar Zeichnungen, die auf dem Wohnzimmertisch verteilt waren.

Auf den Bleistiftskizzen war ein- und dieselbe Person in unterschiedlichen Haltungen und bei verschiedenen Tätigkeiten zu sehen: ein etwa drei- oder vierjähriges Mädchen mit blonden Haaren, lieblichen hellen Augen und einem strahlenden Lächeln.

Art hatte die Bilder immer noch in der Hand, als Sophie schließlich mit Tee und Sandwiches auf einem Tablett zurückkehrte.

»Diese Bilder sind einfach großartig, Sophie! Ich habe deine Werke immer schon bewundert, die Ausdruckskraft deiner Figuren. Ihre süße Unschuld scheint den Tiefen ihrer Seele zu entspringen. Deshalb würde ich eine Zeichnung von dir unter Tausenden wiedererkennen.«

Darauf erwiderte Sophie nichts und servierte ihm nur lächelnd den Tee.

»Wer ist denn dein Modell?«

»Meine Tochter Eve«, antwortete Sophie, während sie die Skizzen beiseitelegte, damit sie nicht schmutzig wurden. Dann ließ sie sich gegenüber von Art nieder, der sie still und besorgt ansah.

»Willst du damit etwa sagen, dass …«

»Damit will ich sagen, dass ich mir die Kleine vorstelle, sie wachsen sehe und zeichne. Ich bringe das Mädchen zu Papier, das sie hätte sein sollen und niemals sein wird.«

»Aber ist das für dich denn nicht sehr schmerzhaft?«

»Ganz im Gegenteil, Art. Es erlaubt mir vielmehr, auf dem schmalen Grat zwischen Vernunft und Wahnsinn zu wandeln.«

Sie betrachtete eine der Zeichnungen. »›Das‹, wie du es nennst, hilft mir dabei, nicht an Leid und Erinnerungen zu ersticken.«

»Ich verstehe.«

Sophie führte ihre Tasse an die Lippen. Das stimmte nicht. Denn niemand, der nicht selbst den Verlust eines Kindes erlitten hatte, konnte diese Pein verstehen.

Art sprach weiter, weil ihm gerade eine Idee gekommen war: »Hast du mal daran gedacht, aus diesen Zeichnungen eine Geschichte zu machen? Ein Bilderbuch? So zauberhafte Werke sollten auch anderen zugänglich gemacht werden.«

»Ich finde es noch zu früh, um daran zu denken.« Weil Sophie das Herz vor Schmerz und Sehnsucht zu zerspringen drohte, wechselte sie lieber schnell das Thema. Trotz des Vertrauens zu ihrem engen Freund machte sie sich

Vorwürfe, weil sie in seiner Gegenwart ihre Gefühle nicht unter Kontrolle hatte. Es gab da Dinge, die nur ihr gehörten und mit denen sie nicht an die Öffentlichkeit gehen wollte. Deshalb bedauerte sie es beinahe, dass Art diese Zeichnungen entdeckt hatte. Sie waren ihr Geheimnis.

»Sag mal, was führt dich eigentlich zu dieser späten Stunde hierher? Kannst du nicht schlafen? Musstest du wieder an Marge denken?«

Art verzog die Mundwinkel zu einem reumütigen Lächeln und wirkte matt und kraftlos, als er antwortete. Jede Erwähnung von Marge, die ihn im vergangenen Sommer verlassen hatte und von der er frisch geschieden war, traf ihn als stechender Schmerz. »Im Prinzip denke ich doch immer an sie.« Art war sich nicht einmal selbst bewusst, wie verletzlich ihn der Verlust seiner jungen Ehefrau gemacht hatte.

Aber jetzt riss er sich zusammen, hüstelte und blickte seine Freundin dann wieder mit entschlossenem, selbstbewusstem Blick an. »Sophie, weißt du eigentlich, wer ich bin?«

»Art, natürlich weiß ich das. Du bist ein großartiger Animator, einer der besten, und mein Freund. Du bist Art Babbitt, und …«

Art ließ sie nicht ausreden: »Nein, meine Liebe. Ich bin Arthur Babitsky, ein in Nebraska geborener Sohn armer russischer Einwanderer. Mit siebzehn bin ich zum Arbeiten nach New York gegangen, um meine Eltern und Geschwister finanziell zu unterstützen, und habe dort jahrelang als Werbegrafiker gearbeitet, bis ich Zugang zur Welt des Trickfilms gefunden habe. Ich glaube an harte Arbeit und an ein ehrliches Leben. Ich glaube an unsere Freiheitsrechte.«

Er legte eine Pause ein und erlangte sein spöttisches Lächeln zurück. »Damit bin ich wohl der seltsamste Star in Disneys Universum.«

Verblüfft schaute Sophie Art an, der ihr noch nie von seiner Herkunft erzählt hatte. Sie war der Meinung gewesen, ihn gut zu kennen. Aber offensichtlich fehlten ihr noch wichtige Details aus dem Leben dieses Art Babbitt, oder Babitsky, der sie immer aufs Neue überraschte.

»In den Augen mancher habe ich wohl alles erreicht, was man sich in diesem Beruf nur wünschen kann, Sophie. Aber glaub mir, ich habe trotzdem nicht vergessen, wer ich bin, woher ich stamme und an was ich glaube. Und dementsprechend finde ich eben, dass wir für die Rechte aller Arbeiter und Arbeiterinnen kämpfen sollten.«

»Ich kenne deine Ansichten, Art. Aber sollte bei Disney nicht der Verband die Interessen der Angestellten vertreten? Ich weiß noch, welch große Hoffnungen du in die Organisation gesetzt und wie begeistert du mir davon erzählt hast.«

»Mit dem Verband hat man uns betrogen, er bringt überhaupt nichts und entlarvt nur die dunkle Seite von Micky Maus.«

Eindringlich schauten sie einander an.

»Deshalb trete ich dort aus. Meiner Meinung nach sind unabhängige Gewerkschaften die einzige Lösung, und seit 1938 gibt es eine für den Trickfilmsektor, die Screen Cartoonist's Guild. Über sie führt von morgen an mein Weg.«

»Aber damit stellst du dich doch gegen die Politik des Studios, oder? Bist du dir sicher, dass du das willst? Vielleicht setzt du damit alles aufs Spiel, was du bisher erreicht hast, auch Disneys Vertrauen in dich.«

»Weißt du, ich wäre so gerne der brave Junge, den Walt in mir sehen will, aber das würde eben meinen Prinzipien widersprechen. Deshalb werde ich in die SCG eintreten und mich in den Arbeitskampf einbringen, auch wenn Walt Gewerkschaftler nur für einen Haufen Hafenarbeiter und Gangster hält. Er würde nie auf die Idee kommen, dass es unter ihnen anständige Menschen gibt, mit denen man verhandeln kann. Wenn er sich mal dazu herabgelassen hätte, sich nach den Aktivitäten des Verbandes, unseren Zielen und Forderungen zu erkundigen, dann wären wir schon lange zu einer Einigung gekommen.«

Art senkte den Blick, und mit einem Mal versiegte sein eloquenter Wortschwall. Er seufzte, bevor er weitersprach: »Sophie, ich bin hergekommen, um in Erfahrung zu bringen, ob ich bei all dem mit deiner Unterstützung rechnen kann.«

Als Antwort griff Sophie lediglich nach seiner Hand und drückte sie fest.

An *Dumbo* zu arbeiten war eine reine Freude, das Beste, was Sophie seit Langem passiert war. Und ihre Aufgaben beschränkten sich nicht nur auf die Arbeit im Studio. Sophie musste vielmehr jeden in der Stadt eintreffenden Zirkus besuchen und tausend Skizzen von allem anfertigen, was sie dort sah: von den Flaschenzügen der prächtigen Zelte bis hin zu Szenen aus der wunderbaren Welt der Clowns. Und sie verbrachte Stunden damit, die Elefanten zu zeichnen!

Als die Produktionsphase des Films im Januar 1941 begann, hatte die Geschichte des kleinen Elefanten mit den großen Ohren bereits einen langen Weg mit so einigen Stolpersteinen hinter sich.

Sophie wusste, dass Lillian Disney ihrem Mann schon Ende 1939 ein Kinderbuch gezeigt hatte, das ihr gut gefiel. Es handelte sich um eine kurze Geschichte mit ein paar Zeilen Text und nur acht Illustrationen.

Als Disney das Buch las, erkannte er direkt die Schlüsselelemente für einen rührenden Film in der Geschichte: Ein kleiner Elefant wird wegen seiner großen Ohren verachtet und gemieden, aber er lernt zu fliegen und verwandelt sein Anderssein damit in eine Stärke.

Disney brauchte dringend ein Wunder. Mit *Fantasia* hatten die Walt Disney Studios in der Welt des Trickfilms ganz neues Terrain betreten. Und bei *Pinocchio* konnte man in Bezug auf die Entwicklung der Figuren, die Ausleuchtung und die großartige Ausführung der Details von beinahe absoluter Perfektion sprechen. Finanziell waren beide Filme jedoch ein Reinfall gewesen, daher stand das Studio in den Jahren, in denen Hitler in Europa vorrückte, finanziell immer schlechter da. Und um die Firma am Laufen zu halten, suchte Disney nach einem günstigen und schnell umsetzbaren Projekt, mit dem er das Publikum erreichen und die finanzielle Durststrecke hinter sich lassen könnte.

Die Geschichte des Elefanten würde ihm helfen, die

Krise zu überwinden, da war sich Walt sicher. Deshalb beauftragte er zwei seiner geschätztesten Schreiber, Joe Grant und Dick Huemer, mit der Arbeit am Drehbuch.

Aber dann schritt Roy Disney ein. Noch einen Flop konnten sie sich nicht leisten, und Roy glaubte einfach nicht an ein Wunder durch einen fliegenden Elefanten.

Zu diesem Zeitpunkt hörte Walt auf seinen Bruder und gab das Projekt auf.

Joe und Dick aber nicht, sie arbeiteten einfach weiter am Drehbuch. Und jedes Mal, wenn sie mit einer Szene fertig waren, legten sie sie Walt auf den Schreibtisch. Dazu schrieben sie Kommentare wie »Wer nicht Rotz und Wasser heulen will, sollte bloß nicht weiterlesen« oder »Vorsicht! Von hier an wird alles nur noch schlimmer«.

Die beiden Drehbuchschreiber kannten ihren Chef nur zu gut. Nachdem das einen Monat lang so gegangen war, entschied Disney nämlich, den Film doch zu machen. Ihm stand dafür kein großes Budget und nur begrenztes Personal zur Verfügung, aber er wusste ganz genau, was er wollte. Und es gelang ihm, seine Zielstrebigkeit auf sein Team zu übertragen.

Mit der Verantwortung für die Produktion von *Dumbo* wurde Ben Sharpsteen betraut. Ben arbeitete bereits seit vielen Jahren für Disney und hatte sogar neue Animatoren in der Firma ausgebildet, unter ihnen Jules Beck. Jetzt sollte er jedoch die Rolle des Bösen übernehmen, weil er die Ausgaben der verschiedenen am Film beteiligten Abteilungen streng kontrollieren musste. Aus diesem Grund war das Erste, was Sophie zu Beginn ihrer neuen

Arbeit aus Bens Mund hörte: »So billig wie möglich, bitte!«

Sophie dachte an die Zeit von *Schneewittchen*, daran, wie sie damals gearbeitet hatten. Ihr war klar, dass *Dumbo* in vielerlei Hinsicht hinter den üblichen Standards des Studios zurückbleiben würde. Diesmal würden sie nicht so viel Sorgfalt auch bei kleinsten Details aufbringen, wie es bei Disneys Langfilmen seit *Schneewittchen* getan worden war. Die Figuren und ihre Entwicklung würden schlichter und die Hintergrundbilder mit weitaus weniger Einzelheiten ausgestattet sein.

Da bei diesem Projekt so viel auf dem Spiel stand, hatte Sophie deshalb Zweifel. Was, wenn sie und ihre Kollegen an der Herausforderung scheitern würden? Wenn sie aufgrund der finanziellen Einschränkungen nur eine drittklassige Produktion vorlegen würden? Solche Gedanken und Ängste quälten Sophie Tag und Nacht, daher beschloss sie, mit Ben Sharpsteen darüber zu sprechen.

Ben war ein anspruchsvoller Vorgesetzter, aber zum Dialog bereit. Er hörte sich Sophies Sorgen an und schaffte es, ihr einen neuen Blick auf das Projekt zu eröffnen: »Es stimmt, dass wir bei *Dumbo* anders arbeiten werden als bei den vorherigen Langfilmen, da besteht gar kein Zweifel. Aber das ist in den Disney Studios doch nichts Neues.«

»Was wollen Sie damit sagen?«, fragte Sophie, die auf ein paar beruhigende Worte hoffte.

»Wir haben es mit einer äußerst soliden, aber einfachen Geschichte zu tun. Gerade deshalb steht die Animation im Mittelpunkt und kann sich eher in die Richtung einer Karikatur als einer realistischen Darstellung bewegen. Ungefähr so wie in der Zeit vor *Schneewittchen.*«

Ben legte eine kurze Pause ein, während Sophie weiter atemlos lauschte.

»Deshalb zählen wir ja auf hochkarätige Animatoren mit großer Erfahrung, die zwar seit Jahren an unseren Langfilmen mitarbeiten, ihr Handwerk aber davor, zur Zeit der Kurzfilme, gelernt haben.«

Um sein Argument noch zu unterstreichen, brachte Ben die beiden wichtigsten Trickzeichner des Projektes zur Sprache: »Bill Tytla hat schließlich eine unglaubliche Bandbreite, finden Sie nicht, Sophie? Er kann jedes nur erdenkliche Objekt zum Leben erwecken, und ich bin mir sicher, dass er wie kein anderer die zärtliche Zuneigung zwischen der Elefantenmutter und unserer kleinen Hauptfigur darzustellen weiß.«

Er lächelte.

»Vielleicht haben Sie ja schon gehört, dass er sich von seinem zweijährigen Sohn Peter hat inspirieren lassen, um der Dumbo-Figur die nötige Wärme und Sanftmut zu verleihen.«

»Nein, das wusste ich nicht«, antwortete Sophie, die gleich feuchte Augen bekam.

»Für Bill ist ganz klar, dass man sich beim Trickfilm nicht allein auf Gags verlassen darf. Es geht vielmehr um Gefühle, die der Zuschauer als seine eigenen wiedererkennen soll.« Ben lachte dröhnend. »Oder wie Walt immer sagt: ›Eine Träne für jedes Lachen.‹«

»Was für ein treffender Spruch!«, rief Sophie aus, die

diesen im Studio so wohlbekannten Satz gerade zum ersten Mal hörte.

»Und zu Babbitt brauche ich wohl nicht viel zu sagen, oder?«, fuhr Ben fort. »Soweit ich weiß, sind Sie beide eng befreundet, nicht wahr?«

»Ja, das stimmt. Und ich hab seine Entwürfe der Szene mit dem Storch gesehen. Sie sind einfach genial!«

»Babbitts Figur ist eine Karikatur des Schauspielers Sterling Holloway, der auch die Stimme dazu beisteuern wird. Ich bin mir sicher, dass er der Szene die nötige Spannung verleihen kann.«

Ben lächelte zufrieden. Er schaute auf und sah der jungen Frau in die Augen.

»Wie Sie sehen, Sophie, brauchen Sie sich wirklich keine Sorgen zu machen. *Dumbo* wird ein Werk unserer Staranimatoren, der ›alten Garde‹.«

Das alles machte Sophie ein wenig Mut. Sie wollte sich bereits verabschieden, weil sie das interessante Gespräch damit für beendet hielt, da fragte Sharpsteen noch: »Haben Sie eigentlich bemerkt, Sophie, dass fast all diese Trickzeichner aus New York stammen?«

»Ist das denn von Bedeutung?«, fragte sie überrascht.

»Allerdings. Es wird dem Film mit Sicherheit seinen Stempel aufdrücken, ihm eine gewisse Energie verleihen, die den Animatoren von der Ostküste zu eigen ist. Nachdem sie jetzt von der Last der Detailversessenheit befreit sind, die bei den vorherigen Projekten so entscheidend war, können sie sich wieder auf den wichtigsten Aspekt bei der Animation von Figuren konzentrieren: die Aktion.«

Sophies Gesichtsausdruck hatte sich während des Gesprächs verändert. Hatte sie sich am Anfang noch besorgt und grimmig gezeigt, so stand in ihren Augen jetzt ein neues Leuchten voller Begeisterung und Zuversicht.

»Konzentrieren Sie sich darauf, schlichte Figuren zu entwickeln, Sophie. Ja, bei diesem Film wird es sich um eine Karikatur handeln, aber glauben Sie mir, Sie werden sehr stolz darauf sein.«

Der Februar hatte bereits begonnen, als Sophie bei Babbitt zu Hause vorbeischaute. Dort fand ein Treffen von Mitgliedern der SCG statt. Da jedes Trickfilmstudio innerhalb der Gewerkschaft seine eigene Abteilung hatte, sollte an diesem Tag die Wahl der Disney-Vertreter stattfinden.

Sophie erschien zu der Versammlung unentschlossen und aufgeregt. Seit sie damals mit Marion Altwell an jenen heimlichen Zusammenkünften teilgenommen hatte, war viel Zeit verstrichen und viel passiert. Sie selbst war inzwischen nicht mehr jene unerfahrene und ein wenig naive junge Frau. Deshalb trug sie auch einen heftigen inneren Kampf aus: Einerseits wollte sie auf keinen Fall ihre Arbeit bei Disney gefährden, andererseits war sie der festen Überzeugung, dass sich die Dinge langsam ändern mussten. Sophie bewunderte den Einsatz von Marion und Art und auch den der Trickfilmzeichner, die sie in ihrer Zeit in den Graphics Studios kennengelernt hatte. Deshalb wollte sie bei deren Kampf nicht außen vor bleiben.

Art nahm sie in Empfang und führte sie ins Wohnzimmer. »Komm, ich möchte dir gerne die Schriftführerin der Gewerkschaft vorstellen. Du wirst sie mögen, da bin ich mir sicher«, sagte er und blickte vielsagend zu einer großen schlanken Frau hinüber, die mit dem Rücken zu ihnen ins Gespräch mit anderen Teilnehmern vertieft war.

»Marion!«, entfuhr es Sophie.

Als sie ihren Namen hörte, drehte sich Marion Altwell um und begann zu strahlen. »Sophie? Sophie Simmons?«

»Ah, ihr kennt euch also schon?«, fragte Art Babbitt, bekam jedoch keine Antwort.

Marion und Sophie lagen einander nämlich in den Armen und schienen alles um sie herum vergessen zu haben.

»Arbeitest du etwa bei Disney?«

»Ja. Ich war lange in der Abteilung Tinte und Farbe, habe aber gerade in der Kreativabteilung angefangen.«

Marion riss übertrieben die Augen auf: »Alle Wetter, wirklich beeindruckend! Allerdings überrascht es mich nicht. So hervorragend, wie du malst, musste sich in dir ja eine große Künstlerin verbergen.«

»Jetzt übertreib mal nicht!«

»Überhaupt nicht. Mit deinem großen Talent hast du dich damals schon unter den Kolleginnen hervorgetan. Ich bin froh, dass du beruflich vorangekommen bist.« Marion musterte Sophie von oben bis unten. »Aber du hast dich verändert und bist nicht mehr das zerbrechliche kleine Mädchen, das ich einst kennengelernt habe.«

Traurig erwiderte Sophie ihr Lächeln: »Nein, schon lange nicht mehr.«

»Daher freut es mich umso mehr, dass sich deine politische Einstellung nicht geändert hat. Es ist wichtig, dass Frauen sich dessen bewusst werden, was sich alles ändern muss.«

»Tja, als ich bei Tinte und Farbe gearbeitet habe, habe ich quasi in einer Blase gelebt, weil wir Frauen dort keinerlei Kontakt zu einer komplexeren Berufswelt hatten. Jetzt, wo ich in der Kreativabteilung angestellt bin, nehme ich an vielen Treffen als einzige Frau unter Männern teil und werde dort argwöhnisch beäugt. Du hast also recht, es muss sich noch viel ändern.«

Da es mit dem Meeting gleich losgehen würde, trennten sich die beiden Frauen mit einem Lächeln voneinander und setzten sich.

Sophie ließ sich durch den Kopf gehen, was sie gerade zu Marion gesagt hatte. Es stimmte, dass das Verhältnis zwischen ihr und den Männern im Studio nicht immer leicht war. Das gehörte zwar zu ihrem Alltag, musste deshalb aber nicht hingenommen werden.

Als besonders schwierig hatte sie die ersten Tage in der Kreativabteilung empfunden, wo geschmacklose Sprüche an der Tagesordnung waren. Dort wurde von den Kollegen beklagt, dass Sophies Anwesenheit ihrem Alltag die Spontaneität nahm. Gemeint war damit, dass die Männer im Team keine dreckigen Witze mehr reißen konnten und aufpassen mussten, was sie vor der Neuen sagten.

Es war schon lange her, dass Sophie von Marion zum ersten Mal die Begriffe »Arbeitskampf« und »Gewerkschaft« gehört hatte. Und seitdem hatte sich nichts geändert. Babbitt hatte mit seiner Befürchtung recht behalten, dass sich ohne aktives Bemühen um Verbesserungen auch nichts verändern würde. Und Sophie war jetzt wirklich froh darüber, gekommen zu sein.

William Littlejohn, der Vorsitzende der SCG, eröffnete die Sitzung. Er war kein Unbekannter für Sophie, da er eine Woche zuvor die Disney-Angestellten zu einer Konferenz von Samuel Kalish eingeladen hatte, einem Mitglied der Regierungsabteilung für Arbeitgeber-Arbeitnehmer-Beziehungen.

Dadurch sollte jedem die Möglichkeit gegeben werden, sich über Gewerkschaften und ihre Arbeit zu informieren.

Sophie hatte jenen Vortrag zufrieden verlassen. Er hatte sie in ihrer Ansicht bestärkt, dass Gewerkschaften der richtige Weg zum Erreichen der angestrebten Ziele waren.

Statt auf Vorträge setzte Babbitt beim Anwerben neuer SCG-Mitglieder auf tatkräftigere Methoden, die Sophie an alte Zeiten erinnerten. Konkret hatte er überall im Studio Zettel verteilt, auf denen er günstigen Zeichenunterricht nur für Gewerkschaftsmitglieder anbot. Babbitt war einfach eine Marke.

Die Sitzung ging rasch und flott vonstatten. Art Babbitt wurde zum Vorsitzenden der Disney-Einheit innerhalb der Gewerkschaft gewählt. Als zweite Vorsitzende stand ihm Phyllis Lamberston zur Seite, eine erfahrene Kollegin aus der Abteilung Tinte und Farbe, die für ihre Ehrlichkeit und ihr Engagement bekannt war. Schatzmeister wurde Sam Armstrong aus der Backgroundabteilung.

Das Treffen trug bald Früchte, denn nach nur einem Monat gehörten bereits vierhundert Personen der Disney-Einheit innerhalb der SCG an. Diese Anzahl von Mitgliedern ermächtigte Babbitt dazu, im Namen der Gewerkschaft um einen Termin mit Disney zu bitten.

KAPITEL 19

DAS GESTÄNDNIS

Walt Disney weigerte sich rundheraus, sich mit Tytla und Babbitt zu treffen, die als Mitglieder der SCG auftraten und konkrete Forderungen vorlegen wollten. Aber der unaufhaltsame Anstieg der Mitgliederzahl bei der freien Gewerkschaft ließ bei Disney die Alarmglocken schrillen, daher lud er alle Angestellten des Studios zu einer Versammlung in den großen Vorführraum.

Sophie nahm daran mit Babbitt zusammen teil.

Wie sie bereits vermutet hatte, wollte Disney sich wegen des schlechten Finanzmanagements rechtfertigen, für das er von einigen Angestellten kritisiert wurde: »Manche wollen der Leitung unserer Firma vorhalten, die durch den Krieg in Europa ausgelöste Katastrophe nicht vorhergesehen zu haben.«

Disney ließ die Gelegenheit nicht verstreichen, damit auch indirekt die kritische Stimme von Babbitt zu diskreditieren, der durch seinen Bruch mit dem Verband die Gewerkschaftspolitik des Studios infrage gestellt hatte.

»Das halte ich wirklich für ungerecht. Wie, zum Teufel, kann man uns denn für so etwas verantwortlich machen?«

Disneys Worte markierten einen Wendepunkt in diesem Jahr 1941, das doch gerade erst anbrach, sich aber bereits als äußerst bewegt ankündigte.

Die Mitarbeiter des Studios waren zuvor schon stark polarisiert gewesen, von diesem Moment an positionierten sich aber sogar die Zurückhaltendsten unter ihnen.

Wie Babbitt im kleinen Kreis bereits vorhergesagt hatte, wurde Disneys persönliche Ansprache an sein Personal als Kriegserklärung zwischen den Anhängern des Verbands und denen der firmenungebundenen SCG verstanden. Die daraus siegreich hervorgehende Organisation würde in den Walt Disney Studios die größte Gewerkschaft werden, so viel war allen klar.

Nach dem Ende von Disneys Ansprache schienen im Vorführraum Funken zu sprühen. Es wirkte fast so, als hätte jemand Feuer gelegt.

Als Sophie sich umdrehte und Babbitt nicht mehr an seinem Platz sah, ließ sie suchend den Blick durch den Saal schweifen. Das Durcheinander verwandelte sich allmählich in wahres Chaos, die Stimmen wurden lauter und die Wortwechsel immer hitziger.

Sophie musste sich beinahe mit den Ellbogen einen Weg durch die Menge bahnen. Sie wollte eigentlich Art zur Seite eilen, der am Eingang des Kinosaals mitten auf dem Gang in eine Diskussion mit Disney verwickelt war. In diesem Moment stieß sie aber mit jemandem zusammen.

»Oh, Entschuldigung!« Sie schaute auf und erstarrte. »Martin?«

Martin Locke sah Sophie aus seinen Augen mit den goldenen Flecken an. Auch er rührte sich nicht.

Plötzlich schien die Zeit stillzustehen, und der Lärm wurde zu leisem Hintergrundrauschen.

Dann entfuhr Martin kaum vernehmbar: »Sophie …«

Statt zu antworten, wich sie nur einen Schritt zurück, ohne den Blick von Martin zu lösen. Sophie war völlig durcheinander und spürte, wie ihre Wangen zu brennen begannen. Sie hatte sich in Martins Augen wiedererkannt und plötzlich das Gefühl gehabt, erneut an jenem Abgrund zu stehen, der sie vor einiger Zeit so unwiderstehlich angezogen hatte.

»Art hat mir schon erzählt, dass du wieder im Studio angefangen hast«, rief Martin ihr zu, damit sie ihn über das Stimmengewirr im Raum hinweg hörte.

»Was sagst du da? Ich verstehe dich so schlecht.« Sophie schrie sich fast heiser, um den Tumult zu übertönen.

Kurzerhand nahm Martin Sophie bei der Hand und zog sie mit nach draußen, wo sie auf einer Bank vor dem Gebäude der Animatoren landeten. Aber als sie dort ganz allein saßen, blieben ihnen die Worte plötzlich im Hals stecken. Dabei wollten sie doch unbedingt die vielen unausgesprochenen Dinge klären.

»Sophie, es tut mir so leid, was alles …«

Der jungen Frau wurde wieder die Last jenes Nebels bewusst, der sich schwer über ihr Leben gelegt hatte, und sie senkte den Blick. »Ich gehöre jetzt übrigens zum Storyboardteam«, sagte sie ausweichend.

»Ja, ich weiß.« Martin ging auf ihren plötzlichen Themenwechsel ein. »Natürlich hab ich hier und da Kommentare darüber gehört.«

Neugierig lächelte sie. »Was denn für Kommentare?«

»Man sagt, dass das Storyboard von *Dumbo* äußerst detailliert ist. Damit hast doch sicher du etwas zu tun, wenn ich nicht völlig falschliege.«

»Und was wird sonst noch erzählt?«

»Na ja, manche der Animatoren verstehen offenbar nicht, wie eine Frau technisch hochqualitative Zeichnungen von solcher Intensität anfertigen kann.«

»Fragst du dich das auch?«

»Nein, natürlich nicht. Ich bin derselben Meinung wie Art.«

»Jetzt bin ich aber gespannt!«

»Er sagt immer, dass du dich durch den Aufenthalt in Mexiko verändert hast. Dass du zwar vorher schon das Zeug zur Künstlerin hattest, dein Licht jetzt aber von innen heraus leuchtet. Deshalb würde ich deine Bilder wirklich gerne sehen, du musst sie mir unbedingt mal zeigen.«

Sophies Augen funkelten begeistert. »Natürlich, wann immer du willst.«

Während dieser kurzen Unterhaltung hatten sie ihre Verlegenheit kaum überspielen können. Als sich jetzt Stille ausbreitete, wurden Worte durch Blicke ersetzt. In beider Augen standen unendlich viele Gefühle, die keiner von ihnen in Worte zu fassen vermochte.

Endlich wagte Sophie einen verzweifelten Vorstoß: »Es hat mich gewundert, dass ich dich bisher gar nicht im Studio gesehen habe. Wieso arbeitest du denn nicht an der Animation für *Dumbo* mit?«

»Ich war eine Zeit lang fort und hatte mir dafür eine Auszeit erbeten«, erklärte Martin mit leichtem Zittern in der Stimme. Er fuhr fort: »Bei meiner Rückkehr bin ich zunächst zu der Gruppe von Animatoren dazugestoßen, die an *Bambi* arbeiten. Aber vor ein paar Tagen hat man mich zu *Dumbo* versetzt, in Kimballs Team. Wir sind für die Szene mit den Krähen verantwortlich.«

Überrascht lächelte Sophie. »Das wusste ich nicht. Dann sehen wir uns von nun an ja öfter.«

Als jetzt in kleinen Gruppen Kollegen an ihnen vorbeikamen, beobachteten die beiden das Hin und Her schweigend. Gelegentlich fielen in den Unterhaltungen Begriffe wie »Ungerechtigkeit«, »Gewerkschaft«, »Arbeit« oder »gefährlich«.

Die untergehende Sonne warf bereits ihr goldenes Leuchten über das Studiogelände.

Sophie erschauderte unter der plötzlichen Abendkälte und strich sich die vom Wind zerzausten Locken aus dem Gesicht. »So langsam fange ich an zu frieren.«

»Soll ich dich nach Hause bringen? Ich bin mit dem Auto hier.«

Mit einem Blick stimmte Sophie zu.

Ins Gespräch vertieft schlenderten sie gemächlich zum Parkplatz hinüber und schenkten dabei dem stürmischen Ambiente um sie herum nur wenig Aufmerksamkeit.

Nach ihrer unerwarteten Begegnung trafen sich Sophie und Martin das ein oder andere Mal außerhalb des Studios. Manchmal gingen sie nach der Arbeit ein Bier trinken und sprachen über tausend Dinge.

Sophie blieb nicht verborgen, wie sehr sie sich jedes Mal darauf freute. Diese Momente versüßten ihr die Einsamkeit, die derzeit ihr Dasein prägte und unter der sie viel mehr litt als erwartet.

Als Sophie eines Abends nach Hause kam, entdeckte sie vor ihrem Bungalow ein geparktes Auto, das sie sofort erkannte. Es war Martins Wagen.

Mit brennenden Wangen ging sie weiter und fragte sich aufgeregt, welch dringende Angelegenheit ihn zu ihr geführt hatte.

Martin stieg aus dem Auto, als sie sich noch in einiger Entfernung befand, und wartete auf sie. Dabei wich er ihrem Blick aus, als würde er etwas verbergen.

»Martin, was ist denn los?«

»Ich muss mit dir reden. Es gibt da etwas, was ...«

»Na, komm.« Sie öffnete die Tür ihres Bungalows.

Noch bevor sie das Licht einschalten konnte, schlang Martin die Arme um sie und presste sie an sich.

Sophie blieb reglos stehen und gab sich der Umarmung willig hin, während eine warme Welle ihren Körper von Kopf bis Fuß durchlief. Sanft rückte sie ein wenig von Martin ab, ohne sich aus seinen Armen zu lösen.

Draußen leuchteten tausend Sterne, und im durchs Fenster hereinfallenden Dämmerlicht konnte sie sein Gesicht sehen.

Martin weinte.

»Was ist denn los?«

Er gab nicht sofort Antwort und wirkte plötzlich verloren. Seine Hände hielten Sophie fest und begannen dann, ihre Arme zärtlich zu liebkosen.

»Ich hab dir nicht die Wahrheit gesagt.«

»Was meinst du? Wann?«

»Als ich dir erzählt habe, dass ich bei der Arbeit um eine Auszeit gebeten habe. Es stimmt zwar, aber das lag daran … dass ich geheiratet habe, Sophie.«

Die junge Frau machte einen Schritt zurück und blieb reglos stehen, während sie versuchte, ihr rasendes Herz zu beruhigen. Ihr ging durch den Kopf, dass sie im Leben immer alles verlor, eins nach dem anderen.

Nach kurzem Schweigen sprudelte schließlich alles aus Martin hervor, er redete, ohne Luft zu holen: »Ich hab so lange auf irgendein Wort von dir gewartet, auf eine Erklärung. Nein! Tatsächlich habe ich ja gehofft, dass es so weitergeht, wie es in jener Nacht in Kingman begonnen hat.«

»Du brauchst dich doch nicht zu rechtfertigen, Martin. Das ist nicht nötig«, flüsterte Sophie. Sie versuchte, ihre Stimme ganz natürlich klingen zu lassen. Dann schaltete sie eine Stehlampe an, die das Wohnzimmer in sanftes Licht tauchte. Als sie sich aufs Sofa setzte, folgte Martin ihr.

»Ich will aber darüber reden und dir alles erklären.« Er vergrub den Kopf in den Händen und erklärte mit vor Tränen zitternder Stimme: »O mein Gott! Das war der größte Fehler meines Lebens!«

Sophie rückte näher und strich ihm über die Hand.

»Ich liebe nur dich, Sophie, ich hab immer nur dich geliebt. Aber während ich dich verloren hatte, war Alice eben da. Sie war immer da, und vor einem Monat haben wir dann geheiratet.«

Ihre Herzen klopften heftig, als sie einander umarmten.

Martin weinte still, und in Sophie hallte der ganze Schmerz dieses Geständnisses wider. Aber sie versuchte sich zusammenzureißen. Das war ja nicht das Ende der Welt, hatte vielleicht gar keine Bedeutung, schließlich hatte sie schon Schlimmeres überstanden. Sophie strich Martin übers Haar, um ihn zu trösten.

Noch nie hatte jemand sie so angesehen wie Martin in diesem Moment.

Ihre Lippen trafen sich zu einem gierigen Kuss, und Sophie spürte durch die Bluse hindurch die Hitze der von ihr so ersehnten Hände. Dann sanken die beiden gemeinsam aufs Sofa und gaben sich dem Wunder hin, das geschah, wenn zwei Menschen sich liebten.

Als Sophie am frühen Morgen aufwachte, war ihr das Herz derart schwer, dass das Aufstehen unmöglich erschien. Schließlich gelang es ihr, sich in ihrem Bett, das dem Fenster gegenüberstand, ein wenig aufzurichten. Mit verlorenem Blick saß sie da und war nicht ganz sicher, ob die Geschehnisse des vergangenen Abends wirklich passiert oder nur ihrer Fantasie entsprungen waren.

Sophie schob sich eine Haarsträhne aus dem Gesicht und ließ den Blick durch den kleinen Raum wandern. Nach und nach wurden die Erinnerungen immer deutlicher. Ja, Martin war bei ihr gewesen, und sie hatten einander mit derselben Leidenschaft und Intensität geliebt wie damals beim ersten Mal im Hotel. Und genau wie damals schien für sie plötzlich eine schwarz-weiße Welt wieder in Farbe zu leuchten.

Sophie stand auf und ging mit zögerlichen Schritten auf und ab, während sie versuchte, ein wenig Ordnung in das Chaos aus Emotionen zu bringen, das sie zu verschlingen drohte.

Damals hatte sie beschlossen, Martins Gefühle für sie nicht noch anzufeuern, genauso wenig wie ihre eigenen für ihn. Aber das waren natürlich andere Zeiten gewesen, in denen eine emotionale Abhängigkeit sie mit Jules verbunden hatte. Im Nachhinein kam es Sophie jetzt so vor, als habe ihr Leben damals nicht ihr selbst gehört. Nicht voll und ganz. Deshalb war sie auch so verletzlich gewesen.

Nach ihrer Scheidung hatte Sophie eine Zeit lang befürchtet, dass die Türen zur Liebe ihr von nun an verschlossen sein würden, weil sie ihre Chance vertan hatte. Bei der erneuten Begegnung mit Martin hatte ihr Herz ihr jedoch etwas anderes gesagt. Es hatte ihr gezeigt, dass man nach einer gescheiterten Beziehung erneut lieben konnte. Der Mensch hatte die Fähigkeit, wieder aufzustehen, zu vergessen und neu anzufangen.

Sophie war klar, dass sie Martin liebte. Ja, sie liebte ihn, und vielleicht schon viel länger, als sie es sich selbst hatte eingestehen wollen. Obwohl sie einander so lange nicht gesehen hatten, hatte sie nie aufgehört, an ihn zu denken. Und jetzt gab es keinen Grund mehr dafür, die Tatsache zu verleugnen.

Als sich Sophie endlich die Erlaubnis für diese Erkenntnis gab, erfüllte ein süßes Gefühl ihr Herz, während zugleich bittere Tränen in ihr aufstiegen. Denn sie konnte natürlich nicht ignorieren, dass es sich bei den gemeinsamen Momenten mit Martin nur um geliehene Stunden der Leidenschaft gehandelt hatte. Oder vielmehr gestohlene.

Und sie fragte sich, ob das wohl immer so sein würde, ob sie sich jedes Mal mit Blick auf die Uhr und angehaltenem Atem lieben würden.

Dann stieg Wut in Sophie auf. Warum war ihr auch Martin nicht vergönnt? Wieso tat das Leben ihr so etwas an, rüttelte sie derart durch und stürzte sie in immer neue Abgründe?

Schließlich lief ihr eine Träne über die Wange und dann noch eine und eine weitere. Sophie wischte sie mit den Händen weg und lächelte. Als sie schließlich zu lachen begann, klang es in ihren eigenen Ohren seltsam, weil sie diesen Laut völlig vergessen hatte. Trotz allem verspürte sie neue Energie. Es kam ihr vor, als würde sie endlich die Zügel ihrer Existenz wieder in die Hand nehmen. Als würde sie sich nicht länger damit begnügen müssen, dem Leben anderer zuzuschauen. Als würde ihr Dasein etwas von seiner Bitterkeit verlieren.

Sophie setzte sich im Wohnzimmer auf das Sofa, auf dem Martin und sie sich am Abend zuvor geliebt hatten. Sie ließ den Kopf gegen die Lehne sinken und schloss die Lider. Vor ihrem inneren Auge stieg der Anblick von Martins zärtlichen Händen auf, und sie wünschte sich, ihn wieder bei sich zu haben, seinen Körper auf dem ihren, in sich, zu spüren! Wie leidenschaftlich er doch war! Martin hatte tief verschüttete Gefühle in ihr geweckt, und die Liebe war ohne Widerstand aus ihr herausgesprudelt.

Aber sie mussten diese Liebe geheim halten.

Anders ging es nicht.

Daher fügten sie sich ins Unvermeidliche.

Dennoch würden sie sich lieben, das würde nicht einmal jene Alice verhindern können, die sich zwischen sie gedrängt hatte.

Von nun an würden sie die Szenen ihres Lebens gemeinsam malen, alles andere war nur ein Entwurf gewesen.

Als sie den Kopf von der Sofalehne löste und die Augen öffnete, schien ihr die Sonne durch die Vorhänge hindurch zuzuzwinkern. Sophie zog die Gardine beiseite, sodass das Licht des neuen Morgens ins Zimmer fiel.

Sie reckte und streckte sich wie eine Katze. Ein neuer, intensiver Arbeitstag wartete auf sie.

KAPITEL 20

DIE DUNKLE SEITE VON MICKY MAUS

Im Studio ging der Konflikt der Gewerkschaften weiter, Schlacht für Schlacht. Nach seiner berühmten Rede im Februar nahm Walt eine immer konservativere Haltung ein, vermutlich auch beeinflusst durch den Krieg. Damit positionierte er sich ganz offen gegen die progressistischen Ansichten einiger seiner Angestellten. Außerdem fasste er Art Babbitts Engagement in der Gewerkschaft als persönlichen Angriff und unverzeihlichen Verrat auf.

Auch Art machte keinerlei Zugeständnisse, ganz im Gegenteil. Ende Februar hatte er über die SCG Gunther Lessing ein Schreiben zukommen lassen, in dem er Disney mit einem landesweiten Boykott drohte. Er versuchte mit allen Mitteln, den Einfluss und die Macht des Verbands zu mindern.

Nach und nach zeigte Micky Maus eine dunkle Seite.

Wie von Ben Sharpsteen vorhergesagt, ging es mit der Produktion von *Dumbo* unglaublich schnell voran, und Sophie konnte miterleben, wie das Team jeden Tag die Arbeit daran mit Begeisterung in Angriff nahm. Tatsächlich profitierte der Rhythmus der Animation davon, dass nicht so viel Wert auf technische Perfektion gelegt wurde.

Aus Sicht der Storyboardabteilung war klar und deutlich, weshalb es mit der Produktion so flott voranging. Es lag an der wenig komplexen Handlung mit drei klar definierten Teilen: Einleitung, Konflikt und Lösung. Bei *Dumbo* wurde nicht herumprobiert, es wurden keine Szenen gezeichnet und am Ende wieder verworfen, wie es bei *Schneewittchen* vorgekommen war. Im Gegenteil, dieses Mal wusste jeder ganz genau, wie das Ziel aussah und wie man es erreichen würde.

Sophie war bei der Gestaltung des Films, bei der Entwicklung von Handlung und Figuren, von Anfang an mit dabei. Durch *Dumbo* lernte sie eine wichtige Lektion: wie man eine gute Geschichte in möglichst kurzer Zeit erzählte, ohne mit zu vielen Details von der Handlung abzulenken.

Und so schlicht wie diese Handlung sollten auch die Akteure des Films sein, wie die Mitarbeiter der Kreativabteilung gemeinsam beschlossen hatten.

Deshalb hatten sie sich für leicht zugängliche Figuren entschieden und sie vom Aussehen her an die der Bilderbuchvorlage angelehnt. Auf diese Weise sollten die Zuschauer sie wiedererkennen, sich ihnen nahe fühlen und sie sofort akzeptieren. Diesem Konzept folgend begann die Geschichte in einem Fantasiereich, einem Universum der Zeichentrickfiguren. Viele Elemente erinnerten an eine Spielzeugwelt, gleichzeitig hatte man aber auch den Elementen der Natur wie Sonne, Wolken und Bäumen große Bedeutung beigemessen und greifbaren Gegenständen wie dem Zirkuszelt. Außerdem wurde Wert darauf gelegt, die Geschichte aus der Perspektive der kleinen Hauptfigur in Elefantengestalt zu erzählen, obwohl es Bill Tytla das Animieren erschwerte.

Die Arbeit in der Kreativabteilung erforderte oft die Koordination mit anderen Teams. So arbeitete Sophie zum Beispiel mit den Animatoren an emotionalen Aspekten der Figuren, vor allem bei Dumbo selbst. Dass er nicht sprach, war eine weitere Schwierigkeit, die Bill Tytla überwinden musste, da es noch größere Sorgfalt bei der Gestaltung des Gesichtsausdrucks und der Bewegungen erforderlich machte.

Es war für diesen Film auch wieder wichtig, nach Vorlagen aus dem echten Leben zu arbeiten. Mit großem Vergnügen wohnte Sophie den Sitzungen mit den Jackson Brothers bei. Die beiden Varietésänger und -tänzer entwickelten Schritte und Choreografien, die Ward Kimball und Martin für die Krähen der Straßengangs benutzen würden.

Die daraus resultierenden Trickbilder faszinierten Sophie, weil die Bewegungen so flüssig und voller Anmut waren. Darüber hinaus hatte jeder Vogel eine ganz eigene Persönlichkeit.

Außerhalb des Studios verbrachte Sophie unendliche Stunden beim Zeichnen im Zirkus und kehrte so in die magische Welt zurück, die sie als Kind dort vorgefunden hatte. Sie kam zu dem Schluss, dass *Dumbo* durch einen wehmütigen und romantischen Blick ebendiesen Zauber so wahrhaft wie möglich vermitteln sollte.

Der Zirkus war ein Fest, eine Fantasie, und deshalb sollte der ganze Film leuchtend bunt werden. Um das sicherzustellen, schaute Sophie oft bei ihren früheren

Kolleginnen in der Abteilung Tinte und Farbe vorbei. Dort tauschte sie sich mit Hazel Sewell über die Entwicklung der Farben aus.

»Für die anderen Teams mag es sich um eine Produktion wie jede andere handeln, für uns stellt *Dumbo* aber eine wahre Herausforderung dar.«

Plaudernd gingen Sophie und Hazel zwischen den Tischen der kolorierenden Kolleginnen hindurch.

»Die Einschränkungen beim Budget treffen uns auch.«

»Das kann ich mir vorstellen«, sagte Sophie.

»Man verlangt von uns lebendige und leuchtende Farben, wir arbeiten dabei aber nur mit hundertfünfzig Schattierungen.«

Angesichts dieser Zahl zog Sophie überrascht die Augenbrauen hoch. Sie wusste nur zu gut, dass bei *Schneewittchen* tausendfünfhundert zum Einsatz gekommen waren.

»Der schwierigste Aspekt ist der Kontrast zwischen den Rot-, Blau- und Gelbtönen des Zirkus und den verschiedenen Abstufungen von Grau, die wir für die Elefanten brauchen.«

Sophie nickte. Bei ihr kamen zwei Dinge zusammen, nämlich ihre Erfahrung als Koloristin und ihre derzeitige Position, von der aus sie das Projekt im Ganzen betrachten konnte. Dadurch erkannte sie mit besonderer Klarheit, dass bei *Dumbo* die Farben eine wichtige Grundlage für die Handlung bildeten.

Das Leuchten der Blitze würde die Sturmszene intensivieren. Die warmen Töne der Sonne würden den Rahmen für die tägliche Arbeit der Zirkusleute bilden, und wenn sich der kleine Dumbo und seine Mutter endlich wiedersehen würden, würden sie dabei in das zarte Licht des Mondes gehüllt sein.

»Und eins ist wirklich ärgerlich«, erklärte Hazel nun.

Sophie wurde aus ihren Gedanken gerissen und lauschte aufmerksam.

»Die großflächigeren Figuren bereiten uns beim Kolorieren Schwierigkeiten. Oft verlaufen Farben ineinander, wodurch sich zwischen den Cels erkennbare Unterschiede ergeben. Was das Problem mit Ablagerungen angeht, arbeitet das Labor an Verbesserungen, und wir halten die Kolleginnen zu häufigem Umrühren an. Außerdem feilen wir immer noch an den Einstellungen der Klimaanlage, um den Staub so gering wie möglich zu halten. Aber vor allem bei den großen Figuren, die auf der Leinwand viel Platz einnehmen, ist er gelegentlich erkennbar. Und wie Sie sehen, tragen ausnahmslos alle hier Handschuhe und Kittel, damit die Cels keine Fingerabdrücke oder Partikel von der Kleidung abbekommen. Dennoch …«

Sophie nickte besorgt.

»Mal ganz zu schweigen davon, dass wir Himmel und Hölle in Bewegung setzen müssen, um genügend Cels für die Produktion zusammenzubekommen.«

»Gibt es da etwa Probleme?«

»Durch den Krieg sieht es mit der Lieferung von Material schlecht aus. Deshalb wird Tag und Nacht an der Reinigung von bereits benutzten Cels gearbeitet, damit es uns nicht an Nachschub fehlt. Und die Folien werden dabei nicht mehr nur dreimal gewaschen.«

»Werden sie jetzt öfter wiederverwendet?«

»So oft wie nötig. Oder anders ausgedrückt, so oft es geht.«

Sophie verabschiedete sich von Hazel Sewell mit besorgter Miene. Es war durchaus in Ordnung, eine etwas günstigere Produktion anzustreben, aber jetzt befürchtete sie wieder, dass all diese Sparmaßnahmen die Qualität des Films mindern würden.

Ein paar Tage zuvor war Sophie zum Abendessen bei den Coats gewesen, die sie zwar nur selten sah, zu denen sie den Kontakt aber nie ganz verloren hatte. Mit den beiden hatte sie darüber gesprochen, dass bei *Dumbo* wieder Aquarellzeichnungen für den Hintergrund zum Einsatz kamen.

»Wie bei *Schneewittchen*«, hatte Sophie gesagt.

»Ja. Du weißt ja, dass bei späteren Produktionen Öl- und Gouachefarben verwendet wurden, die eine bessere Qualität garantieren. Aber so sind eben die Anweisungen: Wir müssen aufs Geld achten«, hatte Claude erklärt.

Sophie liebte dieses Projekt sehr, weshalb ihr all diese Aspekte einfach nicht aus dem Kopf gingen. Daher nutzte sie jede sich bietende Gelegenheit, um ihre Zweifel mit Sharpsteen zu besprechen.

Aber die Sparmaßnahmen wurden beibehalten, und trotz allem wuchs und gedieh das Projekt, schritt ohne große Höhen oder Tiefen voran.

An diesem Tag war vor dem Mittagessen die Projektion einiger Szenen des Films angesetzt. Obwohl es sich nur um einfache Trickfilmentwürfe in Schwarz-Weiß handelte, konnten auf ihrer Grundlage die Kunst- und Animationsabteilung Korrekturen vornehmen und neue Ideen entwickeln.

Sophie erreichte den Vorführsaal mit ein wenig Verspätung und setzte sich allein nach ganz hinten, um niemanden zu stören.

Gerade sah man auf der Leinwand, wie Dumbos Mutter ihrem Sohn aus dem Gefängnis ein Wiegenlied sang. Es handelte sich um einen Moment voller Zärtlichkeit, den Tytla animiert hatte.

Im Verlauf der Szene verspürte Sophie immer stärker werdenden seelischen Schmerz. Unendliches unterschwelliges Leid stieg in ihr auf und verwandelte sich in Tränen. Am Ende verließ sie lautlos den Raum, schloss sich auf der Toilette ein und ließ den Tränen freien Lauf, um nicht in der Qual zu versinken.

Als Sophie wieder ein bisschen gefasster war, kehrte sie zurück in ihre Abteilung. Da sie keinen Hunger hatte, ging sie nicht zum Mittagessen und wollte lieber im Büro mit der Arbeit weitermachen.

Martin und Sophie versuchten, mittags so oft wie möglich zusammen zu essen. Für eine Weile ließen sie dann ihre Abteilungen, die zu Stoßzeiten so laute Cafeteria, die Kollegen und alles um sie herum hinter sich. Gemeinsam setzten sie sich draußen auf den Rasen, wickelten mitgebrachte Butterbrote aus und genossen den Moment, in dem sie nur über ein einziges Thema sprachen, nämlich über sich selbst. Dann verging die Zeit wie im Fluge, und wenn zu schnell der Abschied kam, versüßten sie ihn sich damit, dass sie sich noch für den gleichen Abend wieder verabredeten. Dabei handelte es sich um kurze, heimliche Treffen, die immer bei Sophie zu Hause stattfanden.

Oft passierte es aber auch, dass Martin das Gesicht verzog, den Blick abwandte und erklärte: »Heute klappt es nicht.«

»Dann vielleicht morgen?«, fragte Sophie und versuchte, sich ihre Enttäuschung nicht anmerken zu lassen. »Oder Mittwoch?«

Vor Blicken verborgen, küssten sie sich, verspürten bereits Sehnsucht nach einander und begannen, die Stunden bis zu ihrem Wiedersehen zu zählen.

Über Alice sprachen sie nie.

An diesem Mittag hätte Sophie gerne Zeit mit Martin verbracht, um ihn einfach nur schweigend anzusehen und dem zu lauschen, was er zu erzählen hatte. Vielleicht wäre es ihr so gelungen, den schweren Schmerz herunterzuschlucken, der ihr die Kehle zuschnürte und den sie einfach nicht in Worte fassen konnte. Aber Martin hatte am Morgen bei ihr in der Abteilung vorbeigeschaut, um ihr Bescheid zu sagen, dass er dieses Mal nicht konnte.

Erklärungen dafür gab es in solchen Fällen nicht. Er bot keine an, und Sophie stellte keine Fragen.

Sie seufzte müde. Auf die Arbeit konnte sie sich auch nicht konzentrieren, deshalb überlegte sie, vielleicht ein bisschen frische Luft zu schnappen, und verließ den Raum. Ohne dass sie sich dessen bewusst war, führten ihre Schritte sie zum Büro von Art Babbitt. Leise machte sie die Tür auf und stellte fest, dass ihr Freund über einen Zeichentisch gebeugt dasaß.

»Hast du auch keinen Hunger?«, fragte sie.

Er wandte sich ihr zu und lächelte. »Komm rein!«

»Darf ich mal sehen?«

Babbitt reichte ihr das Blatt, aber anstatt der erwarteten Zeichnung war es nur voller Gekritzel.

Da stimmte offensichtlich irgendetwas nicht, und Sophie sah ihren Freund prüfen an. »Was ist denn los, Art?«

»Und bei dir? Du hast ja ganz rote Augen, als hättest du dir die Seele aus dem Leib geheult.«

Sophie bereute es, nicht ihre Sonnenbrille aufgesetzt zu haben. »Geschummelt wird nicht, ich hab zuerst gefragt.«

Wütend schleuderte Art seinen Bleistift auf den Tisch. »Du würdest es doch auch logisch finden, dass es nach den Szenen mit dem Klapperstorch neue Aufgaben für mich gibt, oder?«

»Na klar. Hast du denn nichts zu tun?«

Er schüttelte den Kopf.

»Und warum?«, fragte Sophie und setzte sich vor ihm auf einen Hocker.

»Das habe ich Walt auch gefragt.« Art nahm eine Zigarette aus dem Päckchen, das auf dem Tisch lag, und zündete sie mit gemächlichen Bewegungen an. Dann stieß er den Rauch aus, als würde er damit seinen Ärger in die Welt hinausschicken. »Er hat geantwortet, dass von den leitenden Animatoren eben keiner mit mir zusammenarbeiten will.«

»Wie bitte? Aber das ist doch …«

»… gelogen. Es ist glatt gelogen. Ich habe nämlich mit ihnen gesprochen. Mit Dick Lundy, mit Norm Wright und Perce Pearce. Alle haben mir versichert, dass sie kein Problem mit mir haben. Gestern hab ich dann auch noch mit Ben Sharpsteen zu Mittag gegessen.«

»Und?«

»Ihn interessiert nur, wie die Szenen am Ende aussehen. Und was ich abliefere, ist gut.«

»Weshalb enthält man dir dann neue Aufgaben vor?«

»Die Leute reden, Sophie, und mir sind so einige Gerüchte zu Ohren gekommen. Walt erzählt herum, dass ich mich während der Arbeitszeit um Anliegen der Gewerkschaft kümmere. Okay, vielleicht hab ich das tatsächlich mal gemacht. Aber ich war immer vorsichtig und habe höchstens mal Kollegen über anstehende Treffen informiert, was nie länger als fünf Minuten gedauert hat. Darum geht es jedoch gar nicht. Walt fasst das Ganze als persönlichen Angriff auf, als Konflikt zwischen ihm und mir. Da müssen wir gar nicht lange um den heißen Brei herumreden: Er ist derjenige, der mich auflaufen lässt.«

Art stand auf und reckte sich. »Und du? Willst du etwa den ganzen Tag herumsitzen und dir das Gejammer dieses unglückseligen Trickfilmzeichners anhören? Gehst du nicht zum Essen?«

»Ich hab keinen Hunger.«

Er seufzte und setzte ein listiges kleines Lächeln auf. »Und Martin? Was wird der denn sagen, wenn er erfährt, dass du die ganze Mittagszeit bei mir im Büro verbracht hast? Wird er da nicht eifersüchtig?«

Erschrocken sprang Sophie von ihrem Hocker auf. »Was soll das denn heißen?«

»Warum starrst du mich so an? Glaubst du etwa, ich hab nicht mitbekommen, dass Martin und du mich hintergeht?«

»Ich weiß wirklich nicht, was …«

»Das mit euch hat damals in Kingman angefangen, da bin ich mir sicher. Allerdings konnte ich mir nicht erklären, warum alles gleich wieder vorbei war. Aber dann ist ja Jules erneut auf der Bildfläche erschienen.«

Sophie vergrub das Gesicht in den Händen, um die tiefe Röte ihrer Wangen zu verbergen.

»Ich hätte nie gedacht, dass es so lange dauern würde, bis ihr wieder zusammenkommt. Jetzt ist es endlich so weit, und ich freue mich unglaublich, weil ihr in meinen Augen einfach wie füreinander gemacht seid. Sonst hätte ich doch nie diese Reise nach New York organisiert, eigentlich spiele ich nämlich nicht gern Kindermädchen.«

»Du bist vielleicht …«

»Und ihr habt aber auch ein Pech! Erst gerät Jules euch in die Quere, und jetzt hat Martin gerade geheiratet. Das Leben spielt euch wirklich übel mit, es sieht ja fast aus, als würde es sich über euch lustig machen. Aber weißt du was? Ihr seid für euer Schicksal selbst verantwortlich, es liegt in eurer Hand.« Art verstummte.

Die Unterhaltung hatte eine unerwartete Wendung genommen, vor allem für Sophie, die sich von der Überraschung noch nicht wieder erholt hatte.

»Keine Sorge, euer Geheimnis ist bei mir sicher. Ich

gehe dann mal essen, weil ich trotz allem noch einen gesunden Appetit habe. Kommst du mit?«

Während Sophie nur den Kopf schüttelte, legte sich Art zum Abschied zwei Finger an die Schläfe und zwinkerte der jungen Frau zu.

Wer ihn nicht gut kannte, hätte durchaus denken können, dass Art Babbitt einfach nichts ernst nahm. Es gab jedoch Themen, die ihm sehr am Herzen lagen und für die er sich mit vollem Einsatz engagierte. So wie die, wegen der er sich ein paar Tage später mit Walt traf. Er wollte für seinen Assistenten Bill Hurtz gern eine wöchentliche Gehaltserhöhung von zwei Dollar durchsetzen.

Andere Mitarbeiter bekamen für die gleiche Arbeit nämlich mehr Geld als Bill, weil die Löhne im Studio so willkürlich festgelegt waren, und das wollte Art einfach nicht hinnehmen.

Walt weigerte sich jedoch rundheraus, sodass Babbitt die zusätzlichen Dollar am Ende aus eigener Tasche zahlte.

Doch damit fachte er Disneys Zorn nur noch an. Walt machte Babbitt eine Szene und drohte ihm mit ernsthaften Problemen, wenn sich seine Einstellung nicht ändere.

Diese Probleme ließen nicht lange auf sich warten.

»Es ist unfassbar und inakzeptabel, was sie da mit Art machen! Es weiß doch jeder, dass die angebliche Ablehnung der Regisseure nur eine Erfindung ist«, knurrte Sophie wütend, während sich Martin schweigend anzog.

Sie streckte sich auf dem Bett aus und betrachtete auf den zerknitterten Laken die sich ständig wandelnden Schatten der Blätter an den Bäumen draußen.

»Er ist selbst schuld, wenn er immer wieder so provoziert. Es ist doch bekannt, wie sehr Disney es hasst, seine Autorität infrage gestellt zu sehen.«

Ganz langsam schaute Sophie wieder zu Martin hinüber, als würde sie von einem weit entfernten Ort zurückkehren. Aus jenem versteckten Winkel ihres Herzens, an dem sie Bilder verbarg, die sie mit niemandem teilte. Nicht einmal mit Martin. Nach und nach bekamen ihre Wangen wieder Farbe, während sie sich in Erinnerung rief, worüber sie eigentlich gerade sprachen.

»Nein, Art provoziert doch nicht! Er kämpft, das ist nicht das Gleiche, Martin. Und als seine Freunde sollten wir ihm dabei zur Seite stehen.«

Martin rückte ganz nah an sie heran, schaute ihr in die Augen und spielte zärtlich mit ihrem Haar.

»Weißt du, ich bin mir einfach nicht sicher, ob ich das kann«, sagte er leise und schenkte ihr einen warmen Blick. In seiner Stimme lag bereits die Traurigkeit über den bevorstehenden Abschied.

»Aber warum denn nur, Martin? Willst du etwa verleugnen, wie ungerecht es im Studio zugeht?«

»Darum geht es ja gar nicht. Aber mir ist die Vorgehensweise von Babbitt und seiner Gewerkschaft unangenehm. Wie aggressiv sie sich zeigen. So geht das doch nicht.«

Martin küsste Sophie und stand auf. Nachdem er mit einem hastigen »Ich bin spät dran« verschwunden war, schloss sich die Haustür hinter ihm, und es zog wieder Stille im Bungalow ein.

Sophie schaute erneut zum Fenster hinüber, fixierte den Himmel und wartete darauf, oben über den Dächern erste Sterne aufleuchten zu sehen. Etwas Besseres fiel ihr nicht ein, um die unvermeidliche Leere nach Martins Aufbruch zu füllen.

KAPITEL 21

ICH BIN KEINE MARIONETTE

Im Studio würde keiner den 28. Mai 1941 so schnell vergessen, den Tag, an dem die Dinge eskalierten.

Sophie würde sich jedenfalls später genau daran erinnern, wie alles abgelaufen war.

An jenem Morgen erschienen zwei Sicherheitsleute in der Kreativabteilung und fragten nach Sam Armstrong. Verblüfft nahmen die dort Anwesenden zur Kenntnis, dass die Männer bewaffnet waren, und bekamen es mit der Angst zu tun.

Als Sam schließlich eintraf, ließen sie ihn seine Sachen zusammensuchen und baten ihn, sie zu begleiten.

Sams Kollegen standen fassungslos schweigend da und wussten nicht, wie sie auf die Szene reagieren sollten, die sie überhaupt nicht einordnen konnten. Sam bat alle, ruhig zu bleiben, und setzte sich zusammen mit den Sicherheitsmännern in Bewegung.

Fast alle Mitarbeiter der Abteilung folgten dem seltsamen Grüppchen bis zur Tür des Animationsgebäudes.

Dort angekommen, sahen sie noch mehr Sicherheitsleute weitere Kollegen hinaus eskortieren. Unter ihnen befand sich auch Art Babbitt, der vor dem Verlassen seines Büros die Sicherheitsmänner seelenruhig angeblickt und versetzt hatte: »Könnt ihr wenigstens noch warten, bis ich meine Bleistifte zusammengesucht habe?«

Mit bleicher Miene schauten alle den entlassenen Kollegen dabei zu, wie sie ihre Habseligkeiten zu ihren Autos brachten.

Die Nachricht verbreitete sich wie ein Lauffeuer: Disney hatte siebzehn Angestellte aus unterschiedlichen Abteilungen gefeuert, allesamt Mitglieder der SCG.

Nur wenige Tage zuvor hatten sich der Gewerkschaftsvorsitzende Bill Littlejohn und Babbitt mit Walt und seinen Anwälten getroffen, nachdem der Verband von der Regierung als gesetzwidrig erklärt worden war.

Sie hatten den Zeitpunkt als ideal erachtet, um mit der Firma über die Missachtung des Rechts auf freie Gewerkschaftswahl zu verhandeln. Disney sollte ihnen endlich eine Antwort geben, wenn er keinen Streik riskieren wollte. Und die Reaktion hatte nicht lange auf sich warten lassen.

Aufgrund dieses schwerwiegenden Vorfalls, der einen klaren Verstoß gegen das Bundesrecht darstellte, berief die Gewerkschaft noch am selben Abend in der Hollywood Legion Hall eine Sondersitzung ein.

Es wurde gewählt und der Antrag mit einer Mehrheit angenommen.

STREIK!

Die Sonne brannte bereits heiß vom Himmel, als Walt Disney am 29. Mai 1941 um neun Uhr morgens mit seinem eleganten Packard Roadster auf dem Weg ins Studio war. Auf der Buena Vista Street wurde ihm aber zu seinem Entsetzen klar, dass heute kein Tag wie jeder andere werden würde.

Auf der Straße waren nämlich Hunderte von Menschen zusammengekommen, reckten Schilder in die Höhe und skandierten Parolen.

Disney brauchte eine Weile, um zu verstehen, was los war. Als er die Geschwindigkeit drosselte und zwischen den Demonstranten hindurchfuhr, erkannte er in ihnen seine eigenen Leute: Animatoren, Inbetweener, Frauen von Tinte und Farbe sowie Kameramänner. Er konnte es nicht fassen.

Auch die Figuren, die ihn so berühmt gemacht hatten, waren auf die Straße gegangen. UNGERECHTIGKEIT BEI DISNEY!, brüllte ihm Micky, sein Micky, von einem Schild entgegen. SCHNEEWITTCHEN UND DIE 700 ZWERGE, stand auf einem anderen. Und Pinocchio rief ihm in Erinnerung: ICH BIN KEINE MARIONETTE!

Jemand verkündete über ein Megafon: »Seht ihn euch an, den Mann, der angeblich an die Brüderlichkeit aller Menschen glaubt! Nur mit ihm selbst hat das seiner Meinung nach nichts zu tun! Was für eine Schande, Walt Disney!«

Es war Babbitt.

Walt machte eine Vollbremsung.

Sie sahen sich an.

David gegen Goliath.

David gegen …

David …

Der Streikposten richtete sich auf der Straßenseite gegenüber vom Studio ein, und für öffentliche Sitzungen und Vorträge wurde ein bekanntes Lokal namens Knoll ausgewählt.

Köche aus Restaurants nahe des Toluca Lake kochten in einem improvisierten Speisesaal im Freien für die Versammelten. Die streikenden Arbeiter blieben rund um die Uhr im Lager, daher wurden in Schichten drei tägliche Mahlzeiten für sie zubereitet.

An jenem Morgen war Sophie an der Reihe, beim Servieren des Frühstücks mitzuhelfen. Babbitt kam zu ihr herüber, um sich den ersten Kaffee des Tages zu holen.

»Guten Morgen! Es gibt tolle Neuigkeiten: Die Leute von Technicolor stehen uns bei und weigern sich, die Filme von Disney zu entwickeln.«

Sophie reichte ihm mit finsterer Miene eine Tasse, ohne ihm in die Augen zu sehen.

»Also, mich muntert so eine gute Nachricht früh am Morgen ja gleich auf, das scheint für dich aber nicht zu gelten«, sagte Babbitt und blies auf die heiße Flüssigkeit in seiner Tasse.

Sophie schwieg weiterhin grimmig.

»Was ist denn los mit dir?«

Sie zuckte nur mit den Schultern und schaute unwillkürlich zur Tür des Studios hinüber. Dort wurden um diese Uhrzeit die nicht streikenden Angestellten von Rufen und Beleidigungen ihrer Kollegen in Empfang genommen.

Babbitt folgte ihrem Blick und verstand. »Na, Sophie, lass es gut sein. Martin hat seine Entscheidung getroffen und unterstützt den Streik nicht, aber das solltest du dir nicht so zu Herzen nehmen. Er wird schon seine Gründe dafür haben.«

»Aber ich verstehe einfach nicht, was dahintersteckt. Im Grunde genommen glaube ich ja, er hat nur Angst.«

»Darf ich dir einen Rat geben?«, fragte Art und trat etwas näher an sie heran.

Sophie schaute auf und sah ihn erwartungsvoll an.

»Dieser ganze Konflikt hat schon zu viel kaputtgemacht. Lasst nicht zu, dass er auch noch einen Keil zwischen euch treibt.« Mit der Tasse in der Hand ging Babbitt davon. Das Lächeln war von seinem Gesicht verschwunden. Auch er war nicht glücklich über Martins Verhalten, aber er hatte gelernt, seine Gefühle im Zaum zu halten. Nur so konnte er in diesem Krieg überleben, der wie alle Kriege auf beiden Seiten Opfer forderte.

Zwei Wochen nach Beginn des Ausstandes hatten sich die Positionen nur weiter verhärtet.

Einerseits war den Protestlern von weiteren Gewerkschaften und den Mitarbeitern anderer Studios Unterstützung zugesagt worden. Die Kollegen von Warner Bros verkleideten sich zum Beispiel jeden Mittwoch als Figuren der französischen Revolution und stießen dann zu dem Streik dazu. Selbst die Verleihfirma RKO stoppte von einem Tag auf den anderen den Vertrieb der Disneyfilme.

Andererseits weigerte sich Walt weiterhin kategorisch, an Verhandlungen teilzunehmen. Außerdem stellte er sich in den Medien als Opfer einer Verschwörung von Kommunisten dar, die angeblich Hollywood unterwandern wollten.

Tatsächlich waren ein paar Tage zuvor Flugblätter aufgetaucht, auf denen Babbitt und andere Gewerkschaftler bolschewistischer Umtriebe bezichtigt wurden.

Angesichts von Disneys Weigerung wurden die Aktionen über das Studio hinaus ausgeweitet. Organisierte Streikposten begannen, vor Kinos zu demonstrieren, in denen Filme der Firma gezeigt wurden.

Einen Wendepunkt sollte vor allem ein konkreter Disneyfilm darstellen, dessen Premiere am 20. Juni mitten im Streik stattfinden würde. Er hieß *Der Drache wider Willen,* und Disney mischte darin zum ersten Mal Aufnahmen mit Schauspielern und Zeichentrick. Der Film nahm die Zuschauer mit auf eine Tour durch die unterschiedlichen Abteilungen der Disney Studios und zeigte deren Mitarbeiter in Aktion. Tatsächlich handelte es sich um eine Art Dokumentation, in der ein Loblied auf die wunderbare Arbeitsatmosphäre bei Disney gesungen wurde.

Babbitt traf sich mit einer Gruppe Kollegen, unter denen sich auch Sophie befand, um die nächsten Aktionen der Streikposten zu besprechen.

»Morgen wird *Der Drache wider Willen* uraufgeführt, zu einem für Disney wohl idealen Zeitpunkt. Wenn ihr den Film schon gesehen habt, wisst ihr ja, was für ein idyllisches Bild vom Studio darin gezeigt wird.«

»Ein naives und verzerrtes, willst du wohl sagen.«

»Ja«, antwortete Babbitt auf diesen Einwand. »Eine unechte, gezuckerte Version der Wirklichkeit. Denn wir wissen schließlich alle, für wen die schicken Büros mit Teppichboden reserviert sind und dass die Damen von

Tinte und Farbe nur wenig Anlass zum Lächeln haben.« Er verstummte einen Moment, bis sich das empörte Murmeln seiner Kolleginnen und Kollegen wieder gelegt hatte. »Ich möchte euch vorschlagen, dass wir uns morgen bei der Uraufführung von unserer besten Seite zeigen.«

»Was willst du damit sagen?«

»Dass wir uns in Schale werfen sollten, so, als wären wir zur Premiere eingeladen.«

»Aber was redest du denn da, Art?«, fragte Sophie fassungslos. »Wir wollen doch nicht am Spektakel teilnehmen, sondern dagegen demonstrieren.«

Viele Stimmen wurden laut und gaben ihr recht.

Babbitt lächelte nur listig. Einmal mehr wurde deutlich, dass er allen anderen in Gedanken weit voraus war. »Aber stellt euch nur mal vor, wie wir da schick gekleidet mit unseren Schildern in der Hand auftauchen. Durch diesen Gegensatz machen wir die Gäste doch erst recht auf uns aufmerksam, und Disney wird die Aktion ordentlich auf den Magen schlagen.«

Nun wurde seinem Vorschlag mit Lachen und Klatschen zugestimmt.

Am nächsten Tag setzten sie Babbitts Plan in die Tat um. Einige der Streikenden fuhren mit ihrem Auto bei der Premiere vor, der eine oder andere mietete dafür sogar eine Limousine. Elegant herausgeputzt stiegen die Demonstranten aus dem Wagen und nahmen von ihren Chauffeuren Protestschilder entgegen. Wie von Babbitt vorhergesagt, blieben sie damit bei Gästen und Presse nicht unbemerkt, und die Aufnahmen der unentwegt knipsenden Fotografen würden am nächsten Tag in allen Zeitungen zu sehen sein.

Die Polizei hatte zur Vermeidung von Unruhen ein Teilstück des Hollywood Boulevard gesperrt, trotzdem kamen unter der Leitung von Art Babbitt in tadelloser Galagarderobe etwa hundert Menschen vor dem Eingang des Kinos zusammen. An seiner Seite trug Sophie das zauberhafte Kleid, das Lissette ihr einst für die Uraufführung von *Schneewittchen* genäht hatte. Eigentlich war es für die sommerlichen Temperaturen mitten im Juni nicht geeignet, aber sie hatte kein anderes Abendkleid.

Die Streikenden demonstrierten, riefen Parolen, suchten das Gespräch und erklärten allen interessierten Zuhörern die Gründe für ihren Protest. Zunächst lief also alles problemlos wie immer, bis Sophie mit einem Mal entsetzt ausrief: »Vorsicht, Art!«

Wie aus dem Nichts tauchten plötzlich fünf oder sechs Kerle mit Stöcken und Baseballschlägern auf und gingen auf die Streikenden los.

Von denen traf es Art Babbitt am schlimmsten, der völlig unvorbereitet einen heftigen Schlag ins Kreuz bekam. Mit schmerzverzerrtem Gesicht sank er zu Boden, während Sophie kreischte und die anderen Demonstranten sich auf die Eindringlinge stürzten, um sie festzusetzen.

»Ruft einen Krankenwagen!«

»Jetzt übertreib mal nicht, Sophie. Ich hab ordentlich was abgekommen, aber es ist ja nichts gebrochen.«

»Dahinter steckt mit Sicherheit Lessing. So wollen die uns also aufhalten?«

Die Nachricht von dem Angriff auf den Streikposten verbreitete sich wie ein Lauffeuer, und am nächsten Morgen wurde vor dem Studio über nichts anderes mehr gesprochen. Nicht nur hatte Art Babbitt damit Heldenstatus erlangt, sondern der Vorfall hatte auch noch eine andere Folge: Viele der Disney bislang treu ergebenen Künstler betraten das Studio an diesem Tag nicht, sondern schlossen sich ihren streikenden Kollegen an.

»Kann ich euch bei irgendwas helfen?«

Sophie fuhr so schwungvoll herum, dass der Kaffee aus der Tasse schwappte, die sie gerade servierte. Ein strahlendes Lächeln legte sich über ihre Züge. »Martin!«

»Stehe zur Ihrer Verfügung, Kommandantin!«

Sie umarmten und küssten einander, ohne sich um die neugierigen Blicke der Umstehenden zu scheren.

Schließlich löste sich Martin von Sophie und drehte sich um, weil ihm jemand auf die Schulter klopfte. »Willkommen, Kollege.«

Auch Art und Martin fielen einander in die Arme, wobei keine Erklärungen nötig waren.

Es war schon verrückt, aber ausgerechnet in dieser Situation der beruflichen Unsicherheit war Sophie so glücklich wie schon lange nicht mehr. Denn durch den Streik hatte sie Martin ganz für sich allein, von morgens bis abends und manchmal sogar nachts.

Beide hatten sich dem Kampf verschrieben und genossen es, dafür Seite an Seite zusammenzuarbeiten. Aber der Streik diente Martin auch als Vorwand dafür, aus seinem üblichen Tagesablauf, seinem Alltag, auszubrechen. So konnte er aus dieser Ehe entfliehen, in der er nicht glücklich war, und ohne Hast oder Heimlichtuerei Zeit mit Sophie verbringen.

Im Laufe der nächsten Wochen schlossen sich immer mehr Menschen dem Streik an, was zu Spannungen zwischen Kollegen mit gegensätzlichen Ansichten führte. Auf beiden Seiten wurde der Vorwurf der Nötigung laut.

Trotz allem herrschte im Lager immer noch festliche Stimmung. Jeden Abend gab es Zaubervorstellungen, es wurden Tänze aufgeführt und Produkte zugunsten der Streikenden verkauft, deren finanzielle Situation sich im Laufe der Tage und Wochen verschlechterte.

Sophie zum Beispiel befürchtete inzwischen, ihre Miete nicht mehr zahlen zu können, wenn der Streik nicht bald ein Ende fand. Sie hatte die neue Stelle im Studio ja noch nicht lange, und das wenige Ersparte schien ihr nur so durch die Finger zu rinnen. Dennoch schien nichts an ihrer Hoffnung auf eine bessere berufliche Zukunft und ihrer Begeisterung beim persönlichen Einsatz für dieses Ziel rütteln zu können.

An einem schwülen Abend Ende Juni schloss Sophie die Lider und stellte sich vor, dass ihr erfrischender Regen ins Gesicht fiel. Als sie die Augen wieder aufmachte, überlegte sie, dass ihr Körper ihr womöglich etwas sagen wollte. Vielleicht sollte sie nach Hause gehen, duschen, in Ruhe etwas essen und sich ein paar Stunden ausruhen.

Sie sagte Martin Bescheid: »Ich verschwinde für eine Weile nach Hause, komme aber bald wieder. Beendet den Streik bitte nicht ohne mich.«

»Du bist ja fix und fertig. Na los, am besten begleite ich dich.«

Trotz ihrer Proteste ließ sich Martin nicht davon abhalten, holte sein Auto und brachte sie nach Hause.

Dort verabschiedeten sie sich mit einem Kuss und einem »Bis gleich!«.

Sophie schob den Schlüssel ins Schloss und machte die Tür auf, schaltete aber das Licht noch nicht ein. Die Vorhänge waren zurückgezogen, daher konnte man durch das Wohnzimmerfenster zwischen Bäumen den rot leuchtenden Abendhimmel sehen.

Sie richtete den Blick auf die üppigen reglosen Blätter. Ihr Herz machte einen Satz, und sie streckte eine Hand aus, als wollte sie sich in der fernen grünen Unendlichkeit verlieren.

»Eve«, flüsterte sie.

Sophie wusste genau, dass sie nichts gegen diesen so oft in ihr aufblitzenden Schmerz tun konnte. Aber sie hatte gelernt, gegen die dunklen Wolken anzukämpfen. Endlich schaltete sie alle Lampen ein und zog sich auf dem Weg ins Bad aus.

Leider ertönte irgendwann die Türklingel und beendete ihren genüsslichen Moment unter dem heißen Wasserstrahl viel zu früh.

Grummelnd stieg Sophie aus der Dusche, zog sich einen Morgenmantel an und wickelte sich ein Handtuch um den Kopf. Eigentlich wusste ja nur Martin, dass sie nach Hause gegangen war, dachte sie auf dem Weg zur Tür. Bestimmt war er es. Beim Gedanken daran, dass sie vielleicht eine Weile hier zusammen verbringen könnten, legte sich ein Lächeln auf Sophies Lippen. Das verblasste jedoch schnell, als sie die Tür aufgemacht hatte.

»Jules?«

»Entschuldige bitte, aber ich muss dringend mit dir reden. Darf ich reinkommen?«

Als die beiden kurz darauf zusammen im Wohnzimmer auf dem Sofa saßen, war Sophie angezogen, hatte jedoch immer noch tropfnasse Haare.

»Ich bin hier, um dich zu bitten, ja, sogar anzuflehen, dass du wieder zur Arbeit kommst.«

Sophie öffnete den Mund, fand aber keine Worte.

»Du bringst nämlich deine Anstellung bei Disney in Gefahr.«

»Das geht dich doch nichts an.«

»Natürlich geht es mich etwas an, ich mache mir schließlich Sorgen um dich.«

»Aber noch größere Sorgen machst du dir wohl um dich selbst, oder?« Aus ihren Worten war ihre Wut herauszuhören.

Jules schaute sie an, als verstehe er nicht, was sie damit sagen wollte. Wahrscheinlich hatte er sich so sehr in seine scheinheiligen Motive verstrickt, dass er sich selbst etwas vormachte, dachte Sophie.

»Du hast Angst, Disney könnte dir deshalb Vorwürfe machen, weil sich unter den streikenden Mitarbeitern auch deine von dir empfohlene Exfrau befindet! Befürchtest du etwa, in den Augen deines Beschützers an Ansehen zu verlieren?«

Jules' Miene wurde angespannt. »Ich brauche nun wirklich keine Angst zu haben, schließlich erscheine *ich* jeden Morgen zur Arbeit. Wie man es tun sollte, wenn man Verbesserungen für alle erreichen will.«

»Von wegen!«

»*Dumbo* wird von uns fertiggestellt, von den Kollegen, die ihrer Pflicht nachkommen. Und später werdet ihr vermutlich von unserer Arbeit profitieren, obwohl ihr in dieser Zeit vor dem Studio getanzt und gesungen habt.«

Sophie sprang auf. Sie biss sich auf die Lippe, um ihre Wut im Zaum zu halten und die Worte herunterzuschlucken, die sie lieber nicht aussprechen wollte.

»Hör mal, Jules, es gibt hier nichts mehr zu sagen. Du und ich, wir liegen schon lange nicht mehr auf einer Wellenlänge. Wir werden niemals auf einen Nenner kommen.«

Auch Jules stand auf. Er ließ den Blick über die vier Wände des Wohnzimmers wandern. »Du bekommst doch sicher bald Probleme, das hier zu bezahlen, oder? Hast du daran schon mal gedacht, Sophie?«

»Geh jetzt bitte.«

»Ich bin hier, um dir Hilfe anzubieten. Komm zurück zur Arbeit und sag mir Bescheid, wenn ich dir finanziell unter die Arme greifen soll.«

Ein paar Sekunden wirkte es so, als bekäme Sophie daraufhin kein Wort heraus, aber sie riss sich zusammen. »Das ist nicht nötig, und jetzt lass mich bitte allein, ich will mich nämlich nicht mit dir streiten. Das bringt doch nichts.« Sophie ging zur Tür hinüber und machte sie auf.

Jules schnappte sich seinen Hut vom Sofa, setzte ihn auf und schob sich an Sophie vorbei. Als er bereits draußen war, drehte er sich noch einmal um. »Ah, das hab ich ganz vergessen. Du solltest es lieber von mir hören als von anderen: Ich werde wieder heiraten, und zwar Beth Addams. Sie arbeitet auch im Studio, bei Tinte und Farbe.«

Jules verschwand ohne ein weiteres Wort, während Sophie schweigend an der Tür stehen blieb.

Derweil beschloss Billie Bioff, der wegen Angehörigkeit zu einer kriminellen Vereinigung angeklagt und von einem Bundesgericht zur Zahlung einer Kaution von fünfzigtausend Dollar verurteilt worden war, seinem Chef durch Taten zu beweisen, wie viel er in Hollywood immer noch zu sagen hatte.

Er hielt den Disney-Streik für eine gute Gelegenheit, von sich reden zu machen, und tatsächlich stand sein Name durch sein Eingreifen dort bald wieder in allen Zeitungen.

Am 30. Juni erhielten Littlejohn, Babbitt und Tytla als Anführer des Streiks eine Nachricht der Disney-Vertreter, die ein Treffen beider Seiten im Hollywood Roosevelt Hotel vorschlugen.

Ein Auto sollte die Sprecher der Streikenden abholen und zum Treffpunkt bringen. Nachdem die drei eingestiegen waren, merkten sie aber schnell, dass der Wagen gar nicht die richtige Richtung einschlug. Als Littlejohn vom Mann am Steuer das tatsächliche Ziel zu erfahren verlangte, wurde ihm erklärt, dass sie auf dem Weg zu Bioffs abgelegener Ranch im San Fernando Valley waren.

Mit der Drohung, andernfalls aus dem fahrenden Wagen zu springen, bewegten die drei den Fahrer zum Anhalten und stiegen aus. Ob Walt Disney über diese seltsamen Machenschaften im Bilde war, erfuhren sie nie. Aber sie waren fassungslos, als Gunther Lessing zugab, mit Vertretern von Willie Bioffs Gewerkschaft in Kontakt zu stehen.

Am 10. Juli behauptete Walt Disney in der Presse, mit den Streikenden zu einer Einigung gekommen zu sein. Sie antworteten mit einer eigenen Erklärung: Niemals würden sie eine Abmachung akzeptieren, die durch den Mafioso Bioff zustande gekommen war. Stattdessen forderten sie Walt Disney auf, zu ihnen auf die andere Straßenseite zu kommen, wo sie jeden Morgen um zehn eine Versammlung abhielten. Man würde sich um ein freundschaftliches Gespräch bemühen, versicherten sie. Aber, so fügten sie hinzu, der passende Ort für ein Treffen war hier und nicht auf Bioffs Ranch.

Tatsächlich lag eine mögliche Einigung noch immer in weiter Ferne. Walt Disney fasste den Streik als Verrat an seiner Person auf und schien allen ewige Feindschaft zu schwören.

Der wesentlich pragmatischere Roy arbeitete hingegen im Stillen auf eine Lösung der vertrackten Situation hin.

Die weniger erfahrenen Animatoren, die an *Bambi* mitgearbeitet hatten, waren bei *Dumbo* eingesprungen, um den Film bis zur Premiere fertigzustellen. Jeden Tag betraten sie unter Rufen und Schimpfen der Streikenden das Studio.

»Ich verstehe das einfach nicht«, ereiferte sich Sophie. »Warum machen die das bloß? Glauben sie etwa, dass unsere Forderungen nur eine kleine Gruppe betreffen?«

Art schaute sie an und zuckte mit den Achseln. Tatsächlich verletzte aber auch ihn das Verhalten der Kollegen aus dem Studio, und zwar tief.

»Hast du schon gehört, dass sie bei *Dumbo* eine neue Szene hinzugefügt haben?«

Sophie verzog gequält das Gesicht. Das Schlimmste an diesem Streik war für sie, dass sie nicht länger ihrer Arbeit nachgehen konnte, die sie voller Zufriedenheit erledigt hatte. Nicht bis zum Schluss an *Dumbo* mitwirken zu können machte sie wirklich traurig. Sie versuchte, sich ihre Enttäuschung nicht anmerken zu lassen, als sie fragte: »Ach ja? Was denn für eine?«

»Eine mit betrunkenen Clowns, die Arbeitskampfparolen brüllen, während sie von ihrem Chef eine Gehaltserhöhung fordern.«

Sophie erwiderte nichts, wäre aber am liebsten in Tränen ausgebrochen.

Mitte August schloss sich auch die Gewerkschaft der Lastwagenfahrer dem Boykott an.

Inzwischen ging das Gerücht, dass Walt einen Nervenzusammenbruch erlitten hatte. Wieder einmal nutzte er die Presse, um der ganzen Filmindustrie von Hollywood mit schrecklichen Konsequenzen zu drohen, wenn der Ausstand nicht bald ein Ende finden würde. Disney behauptete, bei den Streikenden handelte es sich um in Filmstudios eingeschleuste Kommunisten, die Demokratie und Rechtsstaat zu zerstören suchten. In seiner blinden Wut lehnte er sogar einen von Präsident Roosevelt vorgeschlagenen Schlichter ab.

Solange Walt mit seiner Tobsucht den Prozess blockierte, würde es nicht vorangehen, so viel war allen klar.

Daher überlegte sich Roy einen Ausweg und schickte Walt am 17. August auf eine Lateinamerikatour, bei der er etliche der ihm treuen Animatoren mitnahm.

Allerdings wurde er selbst auf den Stationen seiner Reise von Streikposten erwartet.

KAPITEL 22

DER ANFANG VOM ENDE

Der Sommer verstrich, September kam, und allen war klar, dass sich der Streik langsam dem Ende zuneigte. Denn mittlerweile war die finanzielle Situation vieler Protestler aussichtslos.

Sophie zum Beispiel hatte sich von Babbitt Geld leihen müssen, um den Schlag ein wenig abzuschwächen und nicht auf der Straße zu landen.

Trotz Lebensmittelspenden und sonstiger Unterstützung war durch das Wetter und die bald nötige Rückkehr zur Arbeit die Stimmung gedrückt. Noch wurde der Ausstand aber fortgeführt, bis sich Roy Disney am 9. September schließlich zu Verhandlungen bereit erklärte. Am 14. September wurde der Streik offiziell beendet.

»Alles! Wir haben alles erreicht!« Nach ein paar Gläschen zu viel war Sophie richtig aufgedreht, und ihre Augen schienen Funken zu sprühen.

Als die Ergebnisse der Verhandlungen bekannt gegeben worden waren, hatte sie Art und Martin zu sich nach Hause eingeladen.

Sie hatten gemeinsam zu Abend gegessen, miteinander angestoßen und darüber beinahe die angesammelte Erschöpfung der letzten Wochen vergessen.

Art war jedoch furchtbar ernst.

»Wir haben die Vierzigstundenwoche und eine Verdopplung der Löhne durchgesetzt«, wiederholte Sophie fassungslos.

»Und die Nennung auf der Leinwand«, fügte Martin mit einem Glas in der Hand hinzu. »Wenn meine Mutter sich jetzt einen Disneyfilm ansieht, findet sie im Abspann meinen Namen. Sie wird es nicht fassen können.« Er verdrehte die Augen und fügte hinzu: »Das kann ich ja selbst kaum.«

Babbitt schloss hinter seiner Wolke aus Zigarettenrauch ein wenig die Lider. Jetzt sah er die Gesichter seiner Freunde nur noch verschwommen. Er hatte zu dem Thema den Mund noch nicht aufgemacht.

»Na los, Art, Kopf hoch!«, sagte Sophie. »In ein paar Tagen steht unsere Rückkehr ins Studio an. Und zwar unter Bedingungen, die wir uns nie hätten träumen lassen, als das Ganze vor ein paar Monaten angefangen hat.«

»Ja, endlich geht es zurück an die Arbeit. Ich hatte schon lange wieder Lust auf ein bisschen Normalität. Ihr nicht?«

Wütend schnaubte Art: »Glaubt ihr wirklich, dass wir jetzt zur Normalität zurückkehren?«

Überrascht schauten Sophie und Martin ihn an.

»Falls du dich auf deine Stelle beziehst – die bekommst du doch wieder. Roy Disney hat versprochen, alle zurückzunehmen.«

Babbitt stand vom Tisch auf und ging hinüber zum offenen Fenster, das die Nacht hereinließ, eine mondlose

Nacht ohne einen einzigen Windhauch. Und über Arts Seele hatten sich genauso dunkle Schatten gelegt, wie sie dort draußen lauerten.

Er sprach mit dem Rücken zu seinen Freunden: »Nichts wird je wieder so sein wie zuvor, denn der Streik hat das märchenhafte Image dieser Firma für immer zerstört. Oder vielleicht war es ja schon lange angeschlagen, weil wir die Augen vor den echten Probleme verschlossen haben. Wir wollten das Studio gerne für einen idealen Arbeitsplatz halten, für eine Fantasiewelt, wie wir sie in unseren Filmen erschaffen haben.«

»Ich glaube kaum, dass du dir in dieser Hinsicht Vorwürfe zu machen brauchst.«

Aber Babbitt hörte gar nicht zu. Jedes seiner Worte wirkte zentnerschwer. »Vielleicht war längst alles vorbei, als wir akzeptiert haben, für *Schneewittchen* Tag und Nacht zu schuften. Oder als wir den Mund gehalten und einfach hingenommen haben, dass unser Name nicht im Abspann erscheint. Als wir dankbar die Hand für Boni aufgehalten haben, die Disney uns gnädig hingeworfen hat, während einigen Kollegen nicht einmal die Überstunden bezahlt wurden.«

»Aber genau dafür haben wir doch gestreikt, Art, um all das zu verändern.«

Er drehte sich um und schaute seine Freunde an. »Ja, wir haben viel erreicht, aber das werden wir teuer bezahlen müssen. Jetzt kehren wir in unsere Abteilungen und zu unserer Arbeit zurück, zur Routine. Aber uns kann niemand zurückgeben, was wir uns erhofft und erträumt haben, als wir bei Disney angefangen haben. Und wisst ihr auch, warum? Weil der Zauber verflogen ist. Bei unserer Rückkehr werden wir ein Studio ohne Seele vorfinden, ein x-beliebiges wie jedes andere auch, weil es seinen ganz eigenen Charakter eingebüßt hat.«

Sophie wollte etwas einwenden, Babbitt war jedoch noch nicht fertig.

»Schließlich wird es von einem verbitterten Mann geführt, der uns als Verräter sieht. Misstrauen wird den Alltag bestimmten, und die Belegschaft wird in zwei Lager gespalten sein – die Streikteilnehmer und diejenigen, die beim Protest nicht mit dabei waren. Ihr werdet Freunde verloren haben und auf Kollegen treffen, die euch schneiden und sich bei eurem Anblick abwenden. Diese neuen Zustände sind der Preis, den wir zahlen müssen.«

»Willst du damit etwa sagen, dass es das nicht wert war?«

Art Babbitt kehrte zum Tisch zurück und leerte sein Glas mit einem Zug. Dann ging er auf die Haustür zu. »Doch, meiner Meinung nach schon. Aber vorbei ist die Sache damit noch lange nicht, es ist bloß der Anfang vom Ende.«

Nachdem er gegangen war, blieben Martin und Sophie lange im Wohnzimmer sitzen und starrten hinaus in die Dunkelheit jenseits des Fensters.

Irgendwann wurde ihr Schweigen unangenehm, daher warf Martin einen Blick auf die Armbanduhr und sagte: »Es wird spät, deshalb muss ich wohl los.«

Sophies verlorener Blick kehrte zurück aus den dunklen Schatten, durch die er geirrt war, und richtete sich auf

Martin. Sie dachte wieder an Art, daran, wie distanziert er an diesem Abend gewesen war und was er gesagt hatte. Leider befürchtete sie, dass er mit seiner Prognose nicht falschlag.

Vorbei ist es damit noch lange nicht, hatte er gesagt, *es ist bloß der Anfang vom Ende.*

Und es stimmte.

Der Streik war ein Zwischenspiel gewesen, das die Rädchen in ihrem Leben zum Stehen gebracht hatte. Die Beteiligten hatten sich nur noch auf den Arbeitskampf konzentriert und sich dabei frei und unbesiegbar gefühlt. Aber jetzt drehte sich die Welt plötzlich weiter, und Martin sah schon wieder auf die Uhr.

Als er aufstand und sich zu Sophie hinunterbeugte, erwiderte sie seinen sanften Abschiedskuss nicht.

Sie war nicht dazu imstande, ihren Liebsten zu küssen und mit ihm zu sprechen. Sophie konnte sich nicht vorstellen, ihre Beziehung in ihrer alten Form wieder aufzunehmen. Es war absurd, aber in den letzten Monaten hatte der Rebellenstatus ihr Flügel verliehen, sie auf einen Höhenflug als Aktivistin und glücklich Liebende geschickt.

Jetzt jedoch erfüllte Bitterkeit ihr Herz, und ihr ging durch den Kopf, dass sie doch wirklich ein Recht darauf hatte, ihr Leben in geordnete Bahnen zu lenken.

Sie hatte so sehr gelitten, und jetzt schien ihr die Zeit auf den Fersen zu sein. Sophie schaute zu Martin hinauf und musterte ihn mit kühlem Blick.

Bevor sich seine Abwesenheit wie dichter Nebel über sie legen würde, sprach sie aus, was sie sich bereits seit

Beginn ihrer Beziehung von Martin wünschte: »Ich will, dass du dich von Alice scheiden lässt.«

Dumbo war von den Disney treu ergebenen Animatoren fertiggestellt worden, unter ihnen Jules Beck, und wurde am 23. Oktober der Öffentlichkeit präsentiert.

Von den einstigen Streikteilnehmern blieben die meisten der Uraufführung fern, daher wiederholten sich die glamourösen Szenen wie bei der Premiere von *Schneewittchen* nicht.

Dennoch wurde *Dumbo* augenblicklich ein Kassenschlager, und vor den Kinosälen bildeten sich lange Schlangen, weil sich manche Leute den Film gleich mehrmals anguckten.

Die Kritiker waren sich darin einig, dass Disney mit der Geschichte über den kleinen Elefanten mit den großen Ohren zu seiner wahren Essenz zurückgefunden hatte.

Walt hatte somit sein Ziel erreicht: *Dumbo* schien dazu bestimmt, finanziell äußerst einträglich zu werden. Und da der Film nur 813 000 Dollar gekostet hatte und in einer Rekordzeit von neun Monaten produziert worden war, konnte man wirklich von einem Erfolg auf ganzer Linie sprechen.

Aber in Disneys eigener Welt stellte der Film einen Wendepunkt dar. Da sich Walt von vielen seiner Künstler endgültig distanziert hatte, war das Gefühl, einer einzigen großen Familie anzugehören, zerbrochen. Und damit endete das goldene Zeitalter der Disney Studios.

Mit tyrannischer Monotonie brach der Herbst über Sophie herein, dessen langsam fallende Blätter quälende Sehnsucht in ihr aufsteigen ließen.

Leider hatte Art recht, dachte sie, es ist nichts mehr wie vorher.

Zwei Monate nach Ende des Streiks war die Stimmung im Studio unerträglich, sodass viele Künstler längst freiwillig gegangen waren. Anderen war gekündigt worden, und niemand konnte verleugnen, dass die Teilnehmer des Streiks gebrandmarkt waren.

Sophie und Martin waren nach ihrer Rückkehr ins Studio der Produktion von *Bambi* zugeteilt worden. Sophie arbeitete an Skizzen für die Backgroundleute, während Martin Teil des Animationsteams war.

Sophie fasste diese neue Aufgabe als großen Rückschlag auf. Vor dem Streik war es für sie beruflich mit riesigen Schritten vorangegangen. Sie hatte erreicht, was noch keiner Frau vor ihr bei Disney gelungen war, vielleicht sogar in keinem einzigen Studio, zumindest nicht in Los Angeles. Aber leider hatte sie ihre Aufgabe nicht zu Ende führen können. Das Leben hatte sie nämlich vor die Wahl gestellt, entweder ihre berufliche Chance zu nutzen oder ihrem Gewissen zu folgen und den Arbeitskampf zu unterstützen, der die Aktivitäten des Studios beinahe zum Erliegen gebracht hätte.

Sie hatte sich für Letzteres entschieden und verbrachte deshalb jetzt den lieben langen Tag damit, Pflanzen, Blumen und blaue Himmel zu malen.

Noch vor ein paar Jahren hätte sie es himmlisch gefunden, einer solchen Tätigkeit in der Backgroundabteilung nachgehen zu können, und natürlich war es, objektiv gesehen, keine schlechte Arbeit. Aber sie hatte eben nichts mit dem gemein, was Sophie bei *Dumbo* alles übernommen hatte.

Sophie hatte nicht nur ihre Chance ungenutzt verstreichen lassen, sondern war jetzt auch noch als Gewerkschaftlerin und Streikteilnehmerin gebrandmarkt. Sie fühlte sich abgestraft.

Aber die größte Strafe bekam natürlich Art Babbitt, der einfach fallengelassen wurde. Selbst seine engsten Freunde wie sein ehemaliger Trauzeuge, der Animationsregisseur Hal Adelquist, hatten ihm den Rücken gekehrt.

Jetzt weigerte Hal sich genau wie andere Regisseure, Art irgendwelche Szenen zuzuteilen. Denn Babbitt war für das Studio ein Problem, und wer ihm zur Seite stand, konnte sich Disneys Feindschaft sicher sein.

Auch Walt hatte sich nämlich verändert, und zwar stark. Das idealistische Trickfilmgenie, das 1928 ein kleines Studio mit sieben Angestellten gegründet hatte, war inzwischen ein autoritärer Firmenchef, der einen Groll gegen die Arbeiterklasse hegte. Der einst unpolitische Disney hatte sich in einen wütenden Antikommunisten verwandelt und vertrat die Werte des konservativsten und traditionsbewusstesten Amerika. Er war gekränkt, tief getroffen und verzieh Babbitt nicht, sich gegen ihn aufgelehnt zu haben.

Mit dem Argument, dass er ja an keinen neuen Szenen mitarbeitete, konnte man Babbitt ein zweites Mal entlassen. Daraufhin zeigte er mit Unterstützung der SCG das

Studio und viele der Animationsregisseure an, mit denen er jahrelang zusammengearbeitet hatte.

Nein, in Sophies Augen war nichts mehr so wie früher, weder das Studio noch ihr Liebesleben. Denn ihre aufregende heimliche Affäre mit Martin hatte sich in einen ständigen Kampf verwandelt, durch den sich Sophie oft erschöpft fühlte.

Sie musste zugeben, dass die Veränderungen mit ihrem gekränkten Stolz zu tun hatten, der sie in einen harten Panzer gehüllt und ihre Liebe zu Martin mit unnachgiebigen Forderungen vergiftet hatte. Und auch mit Wut.

Mit einer Wut, die Sophie oft überkam und durch die sie, wenn sie zusammen waren, angespannt war wie die Saiten einer Geige. Aber Sophie sehnte sich eben so sehr nach all dem, was sie nicht hatte. Nach dem, was das Leben ihr zu versagen schien.

Hatte sie es denn nicht auch verdient, noch einmal neu anzufangen und sich ein neues Leben aufzubauen so wie Jules? Musste sie sich auf ewig mit der Rolle der heimlichen Geliebten zufriedengeben? Würde sie immer den Mund halten, ihre Liebe nach der Uhr richten müssen? Standen ihr keine Erklärungen, keine Fragen zu? Würde sie den Zorn herunterschlucken müssen? Würde sie ewig mit dem Schmerz des Verlustes leben müssen?

Zweifel, so viele Zweifel, die jegliche Gewissheit verdrängt hatten.

Sophie stellte sich zu jeder Tages- und Nachtzeit Fragen, die sie quälten, und ignorierte bei der Suche nach Antworten den Sturm, der in ihr aufzog.

Wahrscheinlich war es ihr nicht bewusst oder vielleicht schon, jedenfalls war sie von tiefer Dunkelheit erfüllt, die sie mürrisch und bitter werden ließ.

Sie hatte von Martin einen Ausweg aus der momentanen Situation verlangt, die für beide nicht angenehm war. Oder besser gesagt, für alle drei nicht, da Alice ja mit Sicherheit auch darunter litt.

Martin bat immer um mehr Zeit. Er brauchte Zeit, um seiner Ehefrau zu beichten, dass sie in Wirklichkeit nicht die Liebe seines Lebens war. Dass er ihre Hochzeit vor weniger als einem Jahr als Fehler erachtete und nicht einmal genau sagen konnte, warum er sich darauf eingelassen hatte. »Wie soll ich das Alice nur beibringen?«

»Das weiß ich auch nicht, Martin, irgendetwas wird dir schon einfallen. Oder glaubst du etwa, dass es für sie besser ist, so betrogen zu werden?«

Darauf erwiderte Martin nichts.

Aber Sophie brachte das Thema ein ums andere Mal zur Sprache, und dabei legte sich immer größerer Unmut über ihre Beziehung. Die Stunden, in denen sie sich früher geliebt hätten, verbrachten sie nun mit der Suche nach einem Ausweg, während sich ihnen das Herz in der Brust immer mehr zusammenzog.

So verstrich der November 1941, ein windiger Dezember brach an, und Sophie sah aus ihrer finsteren Melancholie heraus die Dinge nicht mehr mit Klarheit. Inzwischen hatte sie nur noch eins im Kopf: Sie wollte allem entfliehen und Weihnachten zu Hause in New York feiern.

Sich ausruhen und ihre Familie in die Arme schließen.

Noch einmal wollte Sophie die Winterabende ihrer Jugend aufleben lassen, an denen sie auf dem Sofa im Erkerzimmer stundenlang die Nase in ihr Skizzenbuch gesteckt, ihre neueste Zeichnung betrachtet und sich in Gedanken tausend weitere ausgemalt hatte.

Aber es war eine unsichere Zeit und vielleicht einfach nicht der richtige Moment fürs Glücklichsein. Denn am Sonntag, dem 7. Dezember 1941, blieb den Amerikanern das Herz stehen.

Japan hatte in Pearl Harbor die Pazifikflotte angegriffen, wobei mehr als zweitausendfünfhundert Menschen ihr Leben verloren hatten.

Am Montag, dem 8. Dezember, ging Sophie wie immer ganz normal zur Arbeit. Normal war jedoch nichts mehr.

Im Studio gab es nur noch ein Thema, nämlich den Überfall der Japaner, und alle konzentrierten sich mehr auf die nach und nach bekannt werdenden Details als auf ihre jeweiligen Aufgaben.

Einerseits schien sich jeder der unausweichlichen Folgen bewusst zu sein, andererseits wusste niemand Genaueres. Trotzdem ging ein Wort von Mund zu Mund und erklang immer lauter, schrecklicher und bedrohlicher:

KRIEG.

Es war bereits dunkel, als Sophie am Abend nach Hause kam, wo sie Mantel und Hut ablegte. Dann zog sie sich die Schuhe aus, ging barfuß zum Radio hinüber und stellte es an.

Sie musste nicht lange warten, um eine weitere Rede von Präsident Roosevelt zu hören, die die Nation prägen würde:

»Verehrter Vizepräsident, verehrter Sprecher, verehrte Mitglieder des Senats und des Repräsentantenhauses: Gestern, am 7. Dezember 1941 – einem Tag der Schande –, wurden die Vereinigten Staaten von Amerika plötzlich und vorsätzlich von See- und Luftstreitkräften des Japanischen Kaiserreichs angegriffen. […] Unsere ganze Nation wird die Umstände dieses Angriffs auf uns nie vergessen. Wie lange es auch dauern mag, diese von langer Hand geplante Invasion abzuwehren – das amerikanische Volk wird in seiner Rechtschaffenheit den absoluten Triumph erringen. […] Mit Vertrauen in unsere Streitkräfte, mit der entfesselten Entschlossenheit unseres Volkes werden wir unweigerlich den Sieg davontragen – so wahr uns Gott helfe! Ich ersuche den Kongress, nach diesem grundlosen und heimtückischen Anschlag durch Japan am Sonntag, dem 7. Dezember 1941, den Kriegszustand zwischen den Vereinigten Staaten und dem japanischen Kaiserreich auszurufen.«

KRIEG!
KRIEG!
KRIEG!
Jetzt gab es keinerlei Anlass mehr, noch weiter zu zögern, daher traf Sophie genau in diesem Moment eine Entscheidung.

Mit einem Mal waren Seelenfrieden, Hoffnung und Zukunft dahin, hatten sich in leere Phrasen ohne jede Bedeutung verwandelt.

Und Sophie hatte sich in dieser Stadt, die sie einst mit offenen Armen willkommen geheißen hatte, noch nie so einsam, verloren und hilflos gefühlt.

Darum musste sie einfach nach Hause zurückkehren.

Zu ihrer Familie.

Nach New York.

Und das tat sie auch, ohne sich zuvor von irgendjemandem zu verabschieden.

KAPITEL 23

DER BRIEF

New York, Oktober 1945

Der Mann erreichte das Haus mit der Nummer 112 West an der 72nd Street, direkt an der Columbus Avenue.

Er betrachtete das beeindruckende Gebäude und verspürte augenblicklich ein Gefühl der Beklemmung, als legte sich eine stählerne Hand um seine Brust. Die Angst lähmte sein Gehirn, wie es ihm so oft erging, und erst recht seit seiner Rückkehr nach New York.

Er überquerte die Straße und suchte sich einen Beobachtungsposten unter einem Baum, wo er selbst nicht gesehen werden würde. Wie lange es wohl dauern und ob das Warten überhaupt zu etwas führen würde, konnte er nicht sagen. Jegliche Gewissheit war schon lange von einer Leere in seinem Inneren verschluckt worden, die er unbedingt mit etwas füllen wollte. Womit, wusste selbst er nicht so genau.

Heftig zerrte der Wind an den Bäumen, und der Duft des Herbstes wirkte irgendwie klebrig.

Der Mann zündete sich eine Zigarette an und stieß eine Rauchwolke aus, bevor er sich fester in seinen Regenmantel wickelte und auf dem Bürgersteig auf und ab ging, um nicht zu frieren. Als die Sonne die Wolkendecke am Himmel zerriss, betrachtete er den goldenen Staub, der in der Luft schwebte und alles mit zauberhaften, hoffnungsvollen Farbtönen zu überziehen schien.

Während der Nachmittag verstrich, überließ die Sonne ihren Platz wieder einer dichten Decke aus traurigen Wolken. Sophie blickte zum Himmel hinauf. Der Tag ging zu Ende, und alles schien auf ein Unwetter hinzudeuten. Als sie deshalb ihre Schritte beschleunigte, verfiel der kleine Junge an ihrer Hand in einen Laufschritt, um mit seinen kurzen Beinchen hinterherzukommen.

Die Ecke Columbus/72nd Street erreichten sie rennend. Aber da blieb der Knirps plötzlich einfach stehen und fing an zu heulen.

Sophie hob ihn hoch, flüsterte ihm etwas ins Ohr und übersäte sein Gesicht mit tröstenden Küssen.

Trotzdem plärrte das Kind fortwährend mit offenen Mund. Während ihr der Junge die Arme immer heftiger um den Hals schlang, setzte sich Sophie in Bewegung und eilte hastig weiter. Weil der Kleine dadurch auf und ab hopste wie auf einem Pferd, wurde sein Weinen aber bald zu einem Kichern.

Lachend erreichten sie schließlich das Gebäude, durchschritten die Tür und verschwanden im Inneren.

Der Mann im Regenmantel hatte sich in einem Hauseingang untergestellt und hätte längst nicht mehr sagen können, wie lange er schon wartete.

Ohne sie wirklich zu sehen, richtete er den Blick auf

die vorbeieilenden Menschen. Inzwischen befürchtete er sogar, dass man ihm vielleicht eine falsche Adresse gegeben hatte.

Aber in genau diesem Moment tauchte vor seinen Augen endlich das lang ersehnte Bild auf, das inzwischen ein wenig verblasst war, nachdem er es so oft heraufbeschworen hatte.

Da war sie, ganz klar, wenn auch dünner und kleiner als in seinen Erinnerungen (die er ja jede Sekunde des Tages heraufbeschwor). Gekleidet war sie in eine grünliche Jacke mit Schulterpolstern und einen knielangen schwarzen Rock. Das lange Haar trug sie vorne ein wenig toupiert und hielt es oberhalb der Ohren mit zwei Spangen zurück.

Hier hatte er sie also vor sich, jene Frau, nur eine von vielen auf den Straßen von New York. Nun, kurz nach Kriegsende, präsentierten sie sich alle mit der gebotenen Schlichtheit, kleideten sich in dunkle Farben und trugen ähnliche Frisuren.

Sophie war nur eine Frau unter so vielen. Eine Frau, die am Abend mit einem Kind auf dem Arm nach Hause zurückkehrte.

Mit einem Jungen.

Einem Sohn.

Eine *Mutter*.

Immer und immer wieder murmelte der Mann dieses Wort vor sich hin.

Ohne sich abwenden zu können, starrte er die Tür an, hinter der Sophie mit dem Kind verschwunden war. Er nahm den Hut ab und fuhr sich mit der Hand durchs Haar, das er sehr kurz trug.

Dann trat er wieder auf die Straße und hielt erneut auf den Baum zu, der ihm zuvor als Unterstand gedient hatte. Das Hupen der Autos wurde ihm unerträglich, als er zum Himmel hinaufschaute. Der Abend legte sich bereits über diesen bedeckten traurigen Tag.

Sophie machte die Wohnungstür mit nur einer Hand auf, weil der Junge sich an sie klammerte und auf keinen Fall abgesetzt werden wollte.

Mit ihm auf dem Arm durchquerte sie das kleine schlichte Wohnzimmer mit einer Bank voller Kissen vor einer großen Scheibe, durch die man auf die Straße hinabsehen konnte.

An den Seitenwänden rechts und links des Fensters waren Regalbretter für Bücher angebracht.

Sophie hatte mit Blick nach draußen einen zauberhaften Schreibtisch aufgestellt, den sie trotz seines Preises gekauft hatte und der ihr als Arbeitsplatz diente.

Sie ging in die Küche hinüber und setzte den Jungen auf einen der Stühle in der Essecke. Bevor der Kleine noch protestieren konnte, sagte sie zu ihm: »Hast du vielleicht Hunger, mein Lieber? Ich hab diese Plätzchen da, die du so gerne isst. Oder ich hätte auch Frühstücksflocken.«

Der Junge machte den Mund zu und saß erwartungsvoll da.

Sophie nutzte die Verschnaufpause, um das Radio einzuschalten und ins Schlafzimmer hinüberzuhuschen. Dort zog sie sich die Jacke aus und tauschte ihre Schuhe gegen bequeme Pantoffeln aus, bevor sie in die Küche zurückkehrte.

»Nun gut, dann mal los!«, rief sie, während sie Schränke auf- und wieder zumachte. Unter den aufmerksamen Blicken des Jungen erschienen die Päckchen mit Plätzchen und Frühstücksflocken, und am Ende holte Sophie noch die Milch aus dem Kühlschrank.

Nachdem sie etwas gegessen hatten, war es Zeit für die Märchenstunde, die sie niemals ausfallen ließen. Eine Weile erfreuten sie sich auf dem Sofa an einer Geschichte nach der anderen, bis Sophie merkte, dass dem kleinen Kerl die Augen zufielen.

»Der Arme, er ist ja fix und fertig.«

Sophie deckte ihn zu und ging in die Küche hinüber, um Kaffee zu kochen. Als sie mit einer Tasse in der Hand ins Wohnzimmer zurückkehrte, betrachtete sie den Jungen, der den süßen Schlaf der Unschuldigen schlief, und strich ihm eine Haarsträhne aus der Stirn. Um ihn nicht zu wecken, streichelte sie ihm nur ganz vorsichtig übers Haar. Sie küsste ihn, bevor sie sich ans Fenster setzte und auf die Straße hinunterblickte. Langsam und träge verstrich der Tag. Die Wolken bliesen sich weiter auf und wurden immer finsterer.

Sophie nahm einen Schluck aus ihrer Tasse und betrachtete das Wohnzimmer, in dem nach und nach die Schatten vorrückten. Ihr kam jener Tag in den Sinn, an dem sie in der Zeitung die Anzeige für die Wohnung gesehen hatte, für eine Mietwohnung im Gallery-Gebäude an der 72nd Street, Nummer 112 West. Das war im Oktober 1942 gewesen, wie sie noch genau wusste, weil es jetzt exakt drei Jahre zurücklag.

Bei ihrer Rückkehr nach New York war Sophie zunächst bei ihrer Schwester und ihrem Schwager untergekommen, hier ganz in der Nähe, an der Kreuzung Columbus Avenue/70th Street. Dorthin waren sie von Damiens kleinem Junggesellenapartment aus umgezogen, sobald Joseph sein Haus hatte verkaufen können.

Die Wohnung war nicht riesig, aber gemütlich, und Damien hatte darin ein komfortables Arbeitszimmer, das ihm als Praxis diente.

Sophie war unendlich dankbar dafür, dass sie hier wohnen durfte, da sie ohne Ersparnisse oder Arbeit ja sonst nirgendwohin konnte. Dabei war ihr natürlich klar, dass es sich nur um eine Übergangslösung handelte.

Nur wenige Tage nach Sophies Ankunft plauderten die beiden Schwestern miteinander, während sie zusammen das Abendessen vorbereiteten.

»Elionor, eins verspreche ich dir: Sobald ich Arbeit finde, werde ich wieder auf eigenen Beinen stehen und euch nicht mehr zur Last fallen. Ich werde mir irgendwo ein Zimmer mieten, was auch immer.«

»So eilig ist das doch nicht.«

Sophie stampfte gerade Kartoffeln. Als sie von der Schüssel mit dem Püree aufschaute, schien ihre Schwester von innen heraus zu leuchten.

»Was meinst du? Ich will keinesfalls länger bleiben, um euch nicht zu stören!«

»Ich würde eher sagen, dass du genau im richtigen Moment gekommen bist.«

»Das verstehe ich nicht.«

Elionor nahm Sophies Hände und legte sie sich auf den Bauch. »Ich bin schwanger, Sophie! Jetzt fehlt mir Mutter mehr als je zuvor, aber so ist nun mal das Leben. Allerdings hat es mir dich geschickt, genau in dem Moment, in dem ich dich am meisten brauche. Du ahnst ja gar nicht, wie sehr es mich tröstet, dich hier zu haben.«

An diesem Abend war Sophie so aufgewühlt, dass sie keinen Schlaf fand. Natürlich hatte sie die Nachricht von Elionors Schwangerschaft mit der gebührenden Freude und Begeisterung aufgenommen. In der nächtlichen Einsamkeit ihres Zimmerchens wusste sie aber nicht so recht, ob diese Reaktion wirklich von Herzen gekommen war. War es denn ein froher Anlass, mitten im Krieg ein Kind willkommen zu heißen? Nein, ihrer Meinung nach nicht, vielmehr hielt sie es sogar für unverantwortlich.

Dabei wusste sie genau, dass sie sich eigentlich eine weitaus schwerwiegendere Frage stellen sollte, weil sie in Wirklichkeit etwas ganz anderes bedrückte. Niemals würde sie mit jemandem darüber sprechen können, da sie es sich selbst kaum einzugestehen wagte. Sophie schämte sich dafür, dennoch konnte sie den Gedanken nicht abschütteln: Wie würde sie sich wohl fühlen, wenn Elionors Kind erst auf der Welt war? Würde sie die Situation ertragen und das Neugeborene auch nur ansehen, es berühren oder in die Arme schließen können? Würde sie an Eve denken müssen, wenn ihr sein Duft in die Nase stieg? Würde sie dieses Kind lieben können, ohne ihm Vorwürfe zu machen, weil es am Leben war?

Wochenlang wurde Sophie von diesen Ängsten gequält. Zwar versuchte sie, ihre Sorge hinter einem Lächeln zu verstecken, das jedoch angespannt und reserviert wirkte. Da ihre Zeichnungen das Einzige waren, was ihr ein Gefühl von Sicherheit und Freiheit gab, flüchtete sich Sophie in diese Welt.

Sie widmete sich wieder ihren Bildern von Eve, die sie während der letzten Zeit in Los Angeles ein wenig vernachlässigt hatte. Zusätzlich schrieb sie kurze Texte und brachte sie in die Form von Geschichten. Dabei kamen ihr die Worte von Art Babbitt in den Sinn, der beim Anblick ihrer Bilder gesagt hatte: »So zauberhafte Werke sollten auch anderen zugänglich gemacht werden.«

Sophie stürzte sich in dieses Projekt mit einem Feuereifer, dem allerdings auch eine gewisse Verzweiflung anhaftete.

Während im immer dickeren Bauch ihrer Schwester ein neues Leben heranwuchs, nahmen auch die Geschichten der kleinen Eve, die niemals heranwachsen durfte, nach und nach Form an.

Als Sophie der Meinung war, dass sie genug Material zusammen hatte, stellte sie ihr Konzept dem Verlag Simon & Schuster vor. Die Verantwortlichen dort fanden Gefallen an den einfühlsamen und meisterhaft illustrierten Erzählungen und veröffentlichten sie im Rahmen ihrer erfolgreichen Kinderbuchreihe *Little Golden Books*.

Obwohl Sophies Erstlingswerk gut aufgenommen wurde, konnte sie danach nicht die Hände in den Schoß legen. Da Krieg herrschte und viele Menschen ums Überleben kämpften, wurden nur wenige Bücher verkauft.

Als die große Werbeagentur J. Walter Thompson durch ihre Zeichnungen auf sie aufmerksam wurde, akzeptierte Sophie deshalb erste Projekte im Bereich Grafikdesign. Auch der Reklamesektor hatte sich in den letzten Jahren verändert und stand ganz im Zeichen des Krieges. Daher war Sophie an Kampagnen beteiligt, mit denen Frauen für die frei gewordenen Arbeitsstellen der Männer im Fronteinsatz angeworben werden sollten.

Ein Auftrag führte zum nächsten, und nach kurzer Zeit arbeitete Sophie mit dem War Advertising Council zusammen, der gemeinsam mit der Regierung das Land auf den Weg zum Sieg schicken sollte.

Sophie hatte so viel zu tun, dass bald regelmäßig Geld hereinkam. Obgleich ihre Einkünfte noch bescheiden waren, konnte sie damit auf eigenen Füßen stehen und war nicht länger auf die Hilfe ihrer Familie angewiesen. Das gab Sophie endlich wieder so etwas wie Seelenfrieden.

Das Leben sah für sie jetzt etwas rosiger aus. Es eröffneten sich neue Möglichkeiten, und Sophie wagte wieder zu hoffen. Vielleicht könnte sie nach Kriegsende ihre alten Ziele erneut in Angriff nehmen und sich in einem Trickfilmstudio in New York bewerben. Aber alles zu seiner Zeit. Im Moment hatten wegen des Krieges die meisten der Studios ihre Arbeit eingestellt, und Sophie musste ohnehin erst einmal sehen, wie sie über die Runden kam.

Und dann erblickte Louis das Licht der Welt, ein einfach zauberhaftes Baby. Als Sophie ihn sah, ihn zum ersten Mal auf den Arm nahm, schien ein Sonnenstrahl durch die Finsternis ihrer Ängste zu brechen.

Jener warme, perfekte kleine Körper und der Geruch des gerade beginnenden Lebens riefen in ihr Erinnerungen an bereits durchlebte Sinneseindrücke wach.

Anders als befürchtet, schmerzten diese Erinnerungen aber nicht. Stattdessen wurde Sophie klar, dass in ihrem Herzen genug Platz für Louis war, ohne dass sie dadurch Eve weniger lieben würde.

Aus diesem Grund spielte sie in Louis' Leben vom ersten Tag an die Rolle der liebevollen Tante.

Zwei Monate nach Louis' Geburt entdeckte Sophie in der Zeitung dann die Anzeige: Im Gallery-Gebäude an der 72nd Street war eine Mietwohnung frei geworden.

»Die werde ich mir mal ansehen«, verkündete Sophie, als die ganze Familie beim Frühstück zusammensaß.

»Besonders günstig wird sie aber nicht sein«, wandte Damien ein. »Die Wohnungen im Gallery sind ziemlich luxuriös.«

»Vielleicht kann sich Sophie so etwas ja leisten, schließlich arbeitet sie ununterbrochen«, sagte ihr Vater stolz.

»Ich kann mich tatsächlich vor Arbeit kaum retten, Vater. Das Geld für die Miete zusammenzubekommen, selbst für eine bescheidene Wohnung, wird mir trotzdem nicht leichtfallen.«

»Du brauchst wirklich nichts zu überstürzen, Sophie. Wahrscheinlich ahnst du gar nicht, wie froh ich bin, dich hier bei uns zu haben. Louis ist noch so klein und macht so viel Arbeit.«

»Aber dieses Gebäude ist doch gleich nebenan, daher wären wir ja Nachbarn. Ich könnte dir also genauso gut weiter zur Hand gehen, aber mit ruhigerem Gewissen.«

Sophie war nicht dazu bereit, die Gelegenheit ungenutzt verstreichen zu lassen. Obgleich Damien und Elionor ihr eine Enttäuschung prophezeiten, machte sie sich noch in derselben Woche auf den Weg.

Als sie vor The Gallery eintraf, ging Sophie das Herz auf. Es handelte sich um ein prachtvolles Gebäude im Pariser Stil mit einem Mansardendach und Erkern vor den Wohnungen des zweiten bis sechsten Stocks. Sophie fragte sich, ob ein Leben in solchem Komfort und derart zentraler Lage für sie wohl im Rahmen des Möglichen lag. Vielleicht würde sie hier sogar so etwas Ähnliches haben wie den heiß geliebten Erker aus ihrer Kindheit.

Als sie eintrat, zitterten ihr vor Aufregung die Knie.

Der Portier nahm sie freundlich in Empfang und war gerne dazu bereit, ihr die leer stehende Wohnung zu zeigen. »Es ist eine von denen ganz oben, Miss.«

»Ach, ohne Erker?«, fragte Sophie ernüchtert, während ihre Träume zerflossen wie schmelzender Zucker.

»Ohne Erker oder Balkon, allerdings mit einem großen Fenster zur Straße hin. Die oberen Wohnungen sind kleiner und haben nur ein Schlafzimmer, daher ist der Preis weitaus erschwinglicher als bei den anderen.«

Der Pförtner sah ihr wohl die Enttäuschung an, daher fügte er rasch hinzu: »Ich muss allerdings sagen, dass sie wirklich gut geschnitten sind. Das Apartment, das ich Ihnen zeigen werde, ist hell und hat eine separate Küche, ideal für eine einzelne Person.«

Sophie überlegte es sich nicht zweimal und griff zu. Sie konnte sich die Miete leisten und würde hier auf eigenen Beinen stehen, jedoch in unmittelbarer Nähe zu ihrer Familie leben.

Die Wohnung war klein, aber hübsch, nur stellte sich schnell heraus, dass sie im Winter der reinste Kühlschrank und im Sommer heiß wie ein Ofen war.

Nun riss die Türklingel Sophie aus ihren Gedanken und weckte auch noch Louis.

»Elionor …«

»Entschuldige bitte. Wenn du wüsstest, was heute in der Praxis los war! Damien musste wegen eines Notfalls in die Klinik. Gut, dass Vater in solchen Fällen einspringen und sich um die Patienten kümmern kann. Aber Mrs Brown, dieses Miststück …«

»Mami!«

»Wie geht es meinem Kleinen?«, rief Elionor und ging zu ihrem Sohn hinüber, um ihn in die Arme zu schließen.

»Er war so müde, dass er beim Vorlesen mitten in einer Geschichte eingeschlafen ist.«

»Das tut mir so leid! Und auf dich wartet doch sicher noch viel Arbeit, oder, meine Liebe?«

Sophie lächelte, während sie ihrer Schwester dabei half, Louis fertig zu machen.

»Na los, kleiner Mann, ab nach Hause!«, sagte Elionor und versuchte, ihren Sohn mitzuziehen, der quengelnd weinte und sich nicht von seiner Tante lösen wollte.

Als Elionor schließlich mit Louis auf dem Arm das Gebäude verließ, prasselten erneut Tropfen aufs Pflaster.

Elionor zog ihre Jacke aus und wickelte Louis darin ein, bevor sie mit hastigen Schritten davoneilte.

Auf dem Bordstein gegenüber war der Mann mit dem Regenmantel verschwunden.

Martin kehrte zurück nach Brooklyn, wo er seit seiner Ankunft in New York bei seiner Mutter wohnte.

Dort zog er sich in das Zimmer zurück, in dem er seine Kindheit und Jugend verbracht hatte. Die Erinnerungen, die aus den Schatten der Wände näher krochen, ignorierte er, als er den Mantel und seinen nassen Hut achtlos aufs Bett warf.

Nachdem er Papier und Füllfeder aus einer Schublade genommen hatte, setzte er sich und versuchte erfolglos, den dicken Kloß im Hals herunterzuschlucken.

Endlich begann Martin zu schreiben.

Geliebte Sophie,

es ist mir ein Anliegen, diesen Abschiedsbrief an dich zu verfassen, weil wir ja nie richtig voneinander Abschied genommen haben.

Ich bin in New York. Eventuell hast du schon gehört, dass ich mich gleich nach deinem Weggang bei der Marine verpflichtet habe. Womöglich hat dir Art davon erzählt, der ein paar Monate später das Gleiche getan hat.

Aber vielleicht hat er sich auch gar nicht getraut, sich bei dir zu melden, weil du ja nichts mehr von uns wissen wolltest. Schließlich bist du einfach ohne ein Wort verschwunden, wolltest wohl mit allen und allem brechen.

Damals habe ich das nicht verstanden. Während der letzten Jahre habe ich jedoch gelernt, deine Entscheidung zu respektieren …

Martin spürte, wie sich eine Wolke aus Erinnerungen über seinen Verstand legte. Einen Moment saß er still da und blickte mit ausdrucksloser Miene ins Leere.

Er las noch einmal, was er zu Papier gebracht hatte, und erkannte, dass seine Worte von Herzen kamen. Daher widerstand er der Versuchung, das Geschriebene zu ändern.

So war es besser. Wenn er jetzt innehielt und irgendetwas strich, würde dieser Brief womöglich nie fertig.

Art und ich haben beide in der Armee gedient, sind einander dort aber nie begegnet, dabei bin ich durchaus anderen Bekannten aus dem Studio über den Weg gelaufen. Denn viele Kollegen aus Hollywood sind schließlich auf einem der Stützpunkte gelandet, wo Ausbildungsfilme fürs Militär produziert wurden.

Ich muss zugeben, dass Babbitt es zu mehr gebracht hat als ich. Er hat für den Geheimdienst gearbeitet, ist in der Marineinfanterie bis zum Sergeant aufgestiegen und hat mit seinen Skizzen von feindlichen Gebieten Luftangriffe ermöglicht. Art wurde mit Ehren entlassen, aber vielleicht weißt du das alles ja schon.

Ich, meine Liebste (ärgere dich bitte nicht über diese Anrede, schließlich habe ich nie aufgehört, dich zu lieben), habe mein Talent für andere Dinge eingesetzt. Man könnte sagen, dass ich den ganzen Krieg damit verbracht habe, Comics und Karikaturen zu zeichnen.

Tatsächlich war einer der Gründe für meine Rückkehr nach New York, allerdings einer der unwichtigsten, beruflicher Art. Ich wollte mir hier gern mithilfe der Werke aus den drei finstersten Jahren meines Lebens einen Namen in der Comicbranche machen.

Martin las den letzten Absatz noch einmal und stieß ein Seufzen aus, in dem die Last eines halben Lebens zu liegen schien. Er stand auf und öffnete das Fenster, um einen Moment der Melodie des gleichmäßig fallenden Regens zu lauschen. Dann lehnte er es an und setzte sich wieder, um weiterzuschreiben. Martin war müde und seine Seele von Schmerz erfüllt, aber er hatte noch so viel zu sagen und wollte es jetzt endlich zum Ausdruck bringen.

Sophie, du ahnst ja nicht, wie oft ich mir wegen meiner Unfähigkeit Vorwürfe gemacht habe, denn ich habe einfach alles falsch gemacht. Ich hatte so große Angst davor, Alice zu verletzen. Dabei habe ich überhaupt nicht gesehen, wie sehr ich damit dir wehgetan habe, ach, euch beiden.

Als du gegangen bist, konnte ich mich der Wahrheit nicht stellen. Ich hatte weder den Mut für eine Aussprache mit meiner Frau noch dafür, dich zu suchen. Deshalb bin ich einfach geflohen.

Zunächst war der Krieg für mich daher fast ein Glücksfall, die perfekte Ausrede. Aber er hat mir allzu schnell die Augen geöffnet.

Deshalb habe ich Alice bei meinem ersten Heimaturlaub um die Scheidung gebeten. Sie war nicht überrascht, als ich ihr alles erzählt habe.

Danach hat mich dann der Krieg von dir ferngehalten. Du ahnst nicht, geliebte Sophie, wie unfassbar allein man sich in so einer Situation fühlen kann. Leider konnte ich dich unter der einzigen New Yorker Adresse, die ich von dir hatte, nicht erreichen. Aber glaub mir, Sophie, jahrelang waren die Erinnerungen an dich, an dein Lächeln und deine Stimme, meine einzige Gesellschaft.

Ich habe die Armee vor nicht einmal einem Monat verlassen und bin so schnell wie möglich nach New York gekommen. Zwar lebt auch meine Mutter hier, viel wichtiger war für mich aber, was Babbitt mir verraten hat: dass du wieder in der Stadt bist.

Vor Ort war es für mich dann nicht mehr schwierig, deine aktuelle Adresse in Erfahrung zu bringen.

Wir Veteranen genießen eben gewisse Vorteile, denn der Einsatz für das Vaterland öffnet uns viele Türen. Da ich deine Karriere genau verfolgt habe, wusste ich von deiner Buchveröffentlichung bei Simon & Schuster. Ich habe im Verlag angerufen und den Leuten dort erzählt, dass ich früher mit dir zusammengearbeitet habe. Als ich erwähnt habe, wie gerne ich mich bei dir melden würde, haben sie sich vor Hilfsbereitschaft fast überschlagen. Also bin ich mit deiner Adresse in der Hand bis zur Nummer 112 West an der 72nd Street marschiert.

Ich wollte dich unbedingt wiedersehen und mit dir sprechen. Natürlich hatte ich keine Ahnung, was ich vorfinden würde, aber meiner Meinung nach war es das Risiko wert.

Leider wurde ich dort mit dem einzigen Szenario konfrontiert, das mir vorher nie in den Sinn gekommen wäre. Ich habe dich gesehen, Sophie. Mit deinem kleinen Sohn.

Als Elionor mit dem Jungen gegangen war, machte sich Sophie ans Werk. Sie musste noch ein paar eilige Skizzen fertigstellen und außerdem die Probeabzüge der nächsten Ausgabe ihrer Geschichten mit Eve durchgehen.

Im Moment türmten sich die Aufträge, aber Sophie konnte sich den Luxus nicht erlauben, einen davon abzulehnen.

Während sie mit dem leisen, beruhigenden Lied des Regens im Hintergrund Stunde um Stunde arbeitete, vergaß sie sogar das Abendessen.

Und ehrlich gesagt wusste sie später nicht mehr so genau, wie und wann sie eigentlich auf dem Sofa gelandet war. Dort lag sie angezogen unter einer Decke, als sie von lautem Klopfen an der Tür geweckt wurde.

Erschrocken fuhr Sophie auf. Sie brauchte einen Moment, um halbwegs wach zu werden, aber wer da anklopfte, schien keine große Geduld zu haben.

Sophie taumelte zur Wohnungstür.

»Guten Morgen, Mrs Beck.«

»Guten Morgen, Jimmy«, sagte sie zum Portier, der vor ihr stand. »Geht etwa das Gebäude in Flammen auf?«

»Im Moment nicht, aber es ist ein Brief für Sie gekommen.«

»Tatsächlich? Na, das ist ja mal was!«

Sophie machte die Tür zu und ging mit dem Umschlag in der Hand in die Küche. Dass der Pförtner ihr so früh am Morgen die Post hochbrachte, war ungewöhnlich, normalerweise verteilte er sie erst am Nachmittag.

Außerdem bekam Sophie seit ihrem Umzug nach New York eigentlich nur Briefe von Lissette, die weiterhin in Mexiko lebte und sich oft meldete, um über die neuesten Ereignisse in ihrem Leben zu berichten. Jedes Mal drängte sie Sophie, doch zu Besuch zu kommen und eine Zeit lang zu bleiben. Auch Sophie sehnte sich nach einem Wiedersehen mit ihrer Freundin, konnte sich eine solche Reise aber nicht leisten.

Seit sie in New York war, trudelten ebenfalls regelmäßig Nachrichten von Art Babbitt ein. Der erste seiner Briefe war bei ihrer Schwester zu Hause angekommen.

Sophie hatte nie erfahren, wie Babbitt in Erfahrung gebracht hatte, wo sie sich befand. Aber es wunderte sie auch nicht weiter, da für ihren alten Freund ja nichts unmöglich zu sein schien.

In jenem ersten Brief machte er ihr wegen ihrer fluchtartigen Abreise Vorwürfe, erzählte davon, wie es im Studio lief, und erwähnte fast beiläufig Martins Verpflichtung bei der Marine.

Im zweiten verkündete er dann seinen eigenen Eintritt in die Seestreitkräfte. Von diesem Moment an erhielt

Sophie immer mal wieder ein Lebenszeichen von ihrem Freund, konnte ihm aber nicht antworten, weil seine Briefe von so vielen unterschiedlichen und überraschenden Orten stammten.

Babbitts Tonfall veränderte sich im Laufe des Krieges. Was er schrieb, zeugte oft von Einsamkeit – übertüncht von seiner typischen spöttischen Manier –, und Sophie konnte darin die Angst vor der Nähe des Todes lesen.

Ganze Abschnitte waren ihr im Gedächtnis geblieben:

Es gibt Dinge, die ich hier nicht erwähnen kann, meine Liebe. Wahrscheinlich werde ich sie später irgendwann zu Papier bringen, aber im Moment darf ich darüber noch nicht sprechen, in Ordnung?

Über meine Rückkehr nach Iwo-Jima allerdings schon. Ich hatte dir ja bereits von den Kampfpiloten erzählt, einer Gruppe von völlig irren jungen Kerlen, die nach einer siegreichen Mission immer wie ein Schwarm Mücken um die Insel sausen. Es gehört zu den großen ungelösten Rätseln der Menschheit, wie ihnen das ohne Zusammenstöße gelingt.

Reden wir über die Rückkehr nach Guam, zu dem Stützpunkt, auf dem ich stationiert bin. Meine erste Aufgabe dort bestand im Putzen. Ich war auf einer unglückseligen Mission für das Marinecorps unterwegs gewesen, und man konnte die Länge meiner Abwesenheit gut an der mehr als einen Zentimeter dicken Staubschicht und dem alles überwuchernden grünen Schimmel ablesen.

Der Staub stammte von den Flugplätzen von Guam, wo die B-29-Maschinen in Richtung Japan abgehoben sind. Gleichzeitig haben sich von Tinian aus noch mehr Jagdflieger auf den Weg nach Norden gemacht.

Was ich dir hier so erzähle, ergibt von den Abläufen her keinen Sinn, aber ich werde es später einmal erklären. Irgendwann sprechen wir persönlich darüber, und dann werde ich alles in die richtige Reihenfolge bringen, sofern ich denn …

Auf dem Kuvert ohne Briefmarke oder Absender, das Sophie nun betrachtete, stand lediglich ihr Name. Es war aber weder Lissettes Handschrift noch die von Art.

Dennoch kannte Sophie diese Schrift gut und starrte sie wie vom Schlag getroffen an, weil sie ihr die nie verwundene Abwesenheit eines Menschen in Erinnerung rief.

Zitternd ließ sich Sophie mit dem Umschlag in der Hand aufs Sofa sinken. Sie machte ihn auf und zog drei Bögen Papier heraus. Als sie auf dem letzten Blatt nach der Unterschrift suchte, bestätigte sich ihre Vermutung:

Auf ewig dein,
Martin

Ihr Herz begann zu rasen, während der Geschmack nie vergessener Küsse auf ihre Lippen zurückkehrte.

Ihre Seele war in Aufruhr.

Sophie fing an zu lesen.

Natürlich hatte ich keine Ahnung, was ich vorfinden würde, aber meiner Meinung nach war es das Risiko wert.

Leider wurde ich dort mit dem einzigen Szenario konfrontiert, das mir vorher nie in den Sinn gekommen wäre. Ich habe dich gesehen, Sophie. Mit deinem kleinen Sohn.

Das konnte doch nicht wahr sein! In stiller Verzweiflung presste Sophie sich die Hand gegen die Stirn.

Schon verrückt, wie uns das Leben manchmal mitspielt, nicht wahr, meine Geliebte? Du und ich, wir waren nicht mehr als Blätter im Wind, ohne Richtung oder Ziel.

Bis du eine Entscheidung getroffen und dein Leben neu geordnet hast. Mit Sicherheit hast du jemanden gefunden, der dich besser behandelt als ich. Und du hast da einen tollen Sohn. Wie alt ist er denn? Zwei? Oder drei?

Meine Gefühle für dich sind schon bei unserer ersten Begegnung entflammt, allerdings war ich leider zu feige. Für mich bist du alles und wirst es immer sein, aber so still, wie ich dich geliebt habe, werde ich auch gehen. Nun ist Schluss mit diesem Dahintreiben ohne Ziel oder Rast. Ich muss dich loslassen und dir ein erfülltes Leben gönnen. Falls du dabei je an mich denkst, dann bitte ohne Groll.

Ja, ich reise ab. Da ich jetzt weiß, dass ich meine Chance vertan und dich endgültig verloren habe, kann ich nicht länger in New York bleiben. Sobald ich diesen Brief für dich abgegeben habe, werde ich in einen Zug steigen und für immer aus deinem Leben verschwinden. Ich werde dich nie mehr belästigen.

Werd bitte glücklich.

Auf ewig dein,
Martin

Sophie schrie auf, während der Brief ihr aus der Hand glitt. Als Blätter im Wind hatte Martin sie bezeichnet. Nein, das würden sie nie wieder sein, nicht, wenn sie es verhindern konnte.

Sophie sah auf die Uhr. Es war halb neun.

Sie ging in ihr Zimmer, um sich umzuziehen, und schlüpfte in das Erstbeste, was ihr in die Hände fiel. Dann band sie sich ein Tuch ums Haar und griff nach ihrer Handtasche.

Mit hastigen Schritten eilte sie aus ihrer Wohnung und bemerkte dabei kaum, dass es draußen in Strömen regnete.

Verzweifelt, aber fest entschlossen, rannte und rannte Sophie, während sich ihre Tränen mit dem Regen mischten. Nicht noch einmal sollten sich all ihre Hoffnungen zerschlagen.

Obwohl Martin es in seinem Brief nicht erwähnt hatte, war Sophie sicher, dass er nach Los Angeles zurückkehren würde. So, wie sie ihn kannte, wollte er bestimmt an sein altes Leben anknüpfen. Und den Großteil davon hatte er nun einmal in Los Angeles verbracht.

Sophie war von Kopf bis Fuß pitschnass, als sie endlich Grand Central Terminal erreichte und einen Blick auf den Fahrplan warf. Es gab einen Zug in Richtung Westküste, der in zwanzig Minuten abfahren würde.

Die Anspannung schnürte Sophie die Kehle zu, als sie am Schalter nach Einzelheiten fragte.

Dann lief sie zu den Gleisen hinunter und musste sich erst einmal orientieren.

Sie suchte den Zug.

Und fand ihn.

Wie üblich auf dieser Strecke, die Sophie so gut kannte, war er unendlich lang. Wie sollte sie Martin bloß inmitten so vieler Leute finden? Vorausgesetzt, dass er wirklich hier war. Die Zweifel ließen Sophies Herz vor Schmerz erglühen. Das alles war doch Wahnsinn!

Mit fest entschlossenen Schritten eilte sie den Bahnsteig entlang. Dabei betrachtete sie ohne große Hoffnung die Fahrgäste in den Waggons und auch die in alle Richtungen an ihr vorbeihastenden Leute.

Unbarmherzig tickte die Uhr, und Sophie hatte das Gefühl, dass etwas sie innerlich zerriss. Bestimmt würde sie Martin nicht finden und hatte ihn damit verloren. Wieder einmal.

Sophie wurde mehr als einmal angerempelt, als sie plötzlich reglos stehen blieb. »Martin …«, flüsterte sie.

Keine Spur von ihm, obwohl Sophie inzwischen die Lok erreicht hatte. Per Lautsprecher verkündete nun eine metallische Stimme, dass der Zug in fünf Minuten abfahren würde. Sophie blieb also keine Zeit, um einzusteigen und in den Wagen nach Martin zu suchen.

Ein kalter Schauder ergriff sie, und das Getöse des Bahnhofs schien sich in Stille zu verwandeln. Diese Stille dröhnte in ihren Ohren, als sie erneut die Waggons des Zuges ablief, der in wenigen Minuten abfahren würde.

Plötzlich meinte sie ein Pochen zu hören.

Sophie schaute auf. »Martin!«

Tatsächlich, da war er und klopfte von innen ans Zugfenster, um Sophies Aufmerksamkeit zu erregen.

Die junge Frau versuchte gar nicht erst, die Tränen zu unterdrücken, die ihr in die Augen stiegen.

Sie presste sich die Hand aufs Herz und schloss die Lider. »Ich liebe dich«, sagten ihre Lippen.

Während die Lok ein Pfeifen ausstieß und der Zug aus seiner Trägheit erwachte, öffnete Sophie ganz langsam wieder die Augen. Zu spät, dachte sie.

Aber in diesem Moment spürte sie die Berührung von Händen, die sie nie vergessen hatte.

»Sophie!«

Zitternd und ungläubig umklammerten Martin und Sophie einander. Sie versanken in einer Umarmung voller Wärme, die endlich das Eis vom langen Winter ihres Lebens zum Schmelzen brachte.

Neben ihnen nahm der Zug nach Los Angeles Fahrt auf, bis nur noch ein Windhauch zurückblieb, dem sie nun den Rücken kehrten.

DANKSAGUNG

Ein Buch ist nie nur das Werk eines Einzigen, es entsteht durch die Mühe und Begeisterung vieler Menschen. Und dafür möchte ich meine Dankbarkeit zum Ausdruck bringen.

Zunächst einmal möchte ich meiner Tochter Clàudia danken, die den Grundstein für diese Geschichte gelegt hat. Sie hat mir davon erzählt, wie Frauen einst um ihren Platz in der Männerwelt der Trickfilmbranche kämpfen mussten. Als Illustratorin und Animatorin war ihr bewusst, dass Pionierinnen wie Retta Scott oder Mary Blair für ihre Nachfolgerinnen Rechte erstritten haben, die in den ersten Jahren des Zeichentrickfilms noch undenkbar gewesen wären.

Clàudia, besonders dankbar bin ich auch dafür, dass du mir die komplizierten Arbeitsabläufe aus den Anfangszeiten des Trickfilms erklärt hast.

Außerdem danke ich Glòria Gasch, meiner Verlegerin, für ihre engagierte und sorgfältige Arbeit an diesem Buch.

Mein Dank gilt ebenfalls meinen Schriftstellerfreunden und -freundinnen, die Phasen der Mutlosigkeit ertragen und sich dabei viele ungeduldige Klagen angehört haben.

Ein ganz besonderes Dankeschön geht an meine Leserinnen und Leser. Trotz all der Fehler in meinen Büchern bringt ihr jeden Tag eure Leidenschaft für Literatur und für meine Romane zum Ausdruck. Ich hoffe wirklich, euch nicht zu enttäuschen.

Und ich danke auch dem Leben, das es mir ermöglicht, zu schreiben. Und zu schreiben und zu schreiben.

Sant Esteve Sesrovires, Februar 2020

Sl.